―――― 阅读之前 没有真相

午夜文库

苍海馆事件

[日] 阿津川辰海 著
朱东冬 译

新 星 出 版 社　NEW STAR PRESS

目 录

1	序幕（断章）
5	第一部 去Y村
121	第二部 葛城家的众人
239	第三部 去沉陷的村落
269	第四部 一夜之间
283	第五部 对话
393	第六部 真相
455	尾声

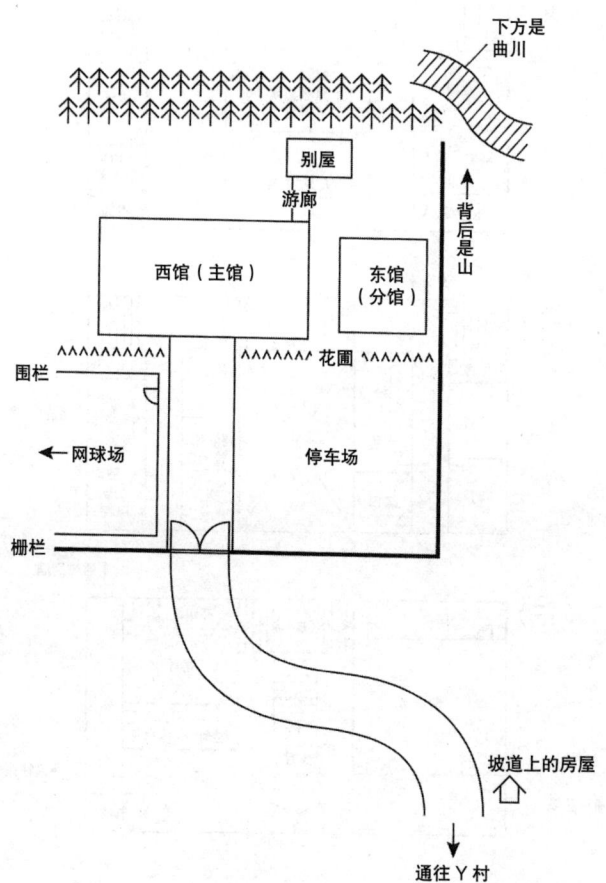

苍海馆周边示意图

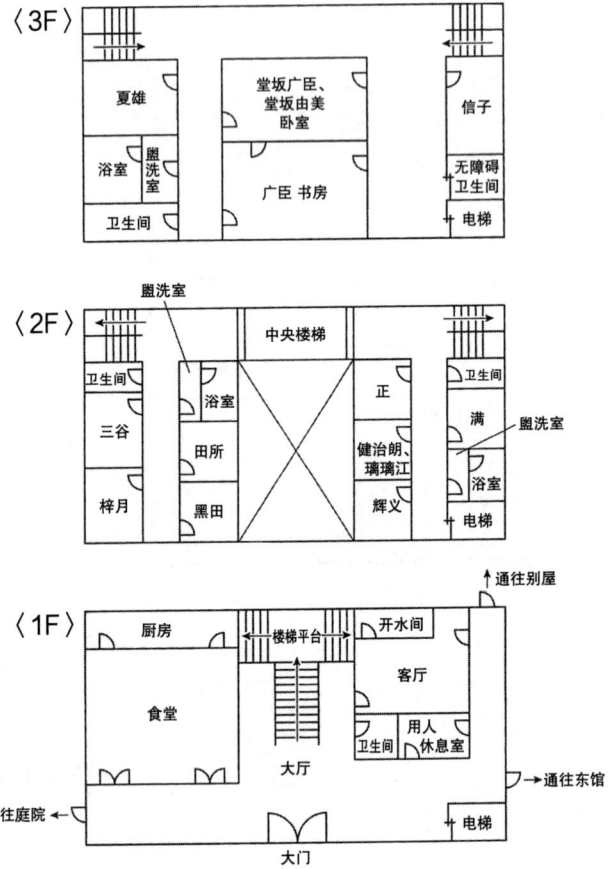

苍海馆周边示意图

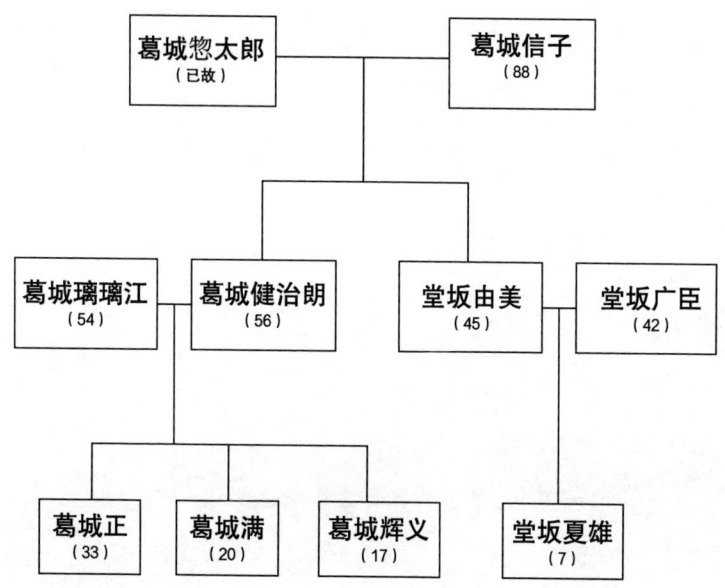

家谱图

主要登场人物

葛城辉义：田所的同学。自 M 山事件后不再来上学。名侦探。
葛城健治朗：辉义的父亲。自信满满的政客。
葛城璃璃江：辉义的母亲。大学教授。重视逻辑。
葛城正：辉义的哥哥。警察。教导辉义成为名侦探。
葛城满：辉义的姐姐。顶级模特。对辉义很凶。
堂坂由美：辉义的姑姑。一向活泼开朗。
堂坂广臣：辉义的姑父。律师。能言善辩，但举止做作。
堂坂夏雄：辉义的表弟。言行奔放，常引发混乱。
葛城信子：辉义的祖母。尽管患有认知障碍症，举手投足仍不失优雅。
葛城惣太郎：已故。辉义的祖父。大约两个月前去世。

坂口：杂志记者。满的前男友。
黑田：夏雄的家庭教师。给人感觉有些阴郁。
丹叶梓月：葛城家的主治医生。

三谷绿郎：田所的朋友。乐天派的图书委员。
田所信哉：高中生。葛城辉义的助手。

序幕（断章）

【水位距馆 0 米】

眼看凶手就要登上楼梯。

我站在葛城家二楼的走廊上。此前从未料想,建于深山高地的这座馆会遭遇水灾。

现在,水涌进了一楼。

"快点上楼!水要淹过来了!"

"可我的包还在一楼……啊!该死!"

我的家人以及避难者们尖叫着跑上楼梯。大家拖着湿淋淋的脚,拼命逃离大水。有人连嘴唇都发白了。

位于坡道下方的 Y 村已然被泥水吞噬。世界覆上一层薄膜。在我的父亲——政客健治朗的指挥下,我家接收了未能逃离 Y 村的居民,把他们安置在一楼的食堂和大厅。

谁知大水竟漫延至此……

胃部一阵痉挛。死亡的威胁步步逼近,能否活下来都不好说。

"葛城,我们也快逃吧……去三楼!"

田所牵起我的手。

见我固执地不肯动,他睁大双眼,眼角垂下,露出担忧的眼神。大概是以为我受到太大冲击而动弹不得吧。

"我在等。"我回答。

"这种生死关头,你到底还在等什么?"田所尖声说道。

我理解田所的不安,但不能告诉他答案。他的反应太过诚实,恐怕会被凶手察觉。

我在等凶手。

谜团已全部解开,与凶手对峙的准备也已就绪。

我有胜算。尽管如此,身体仍止不住地颤抖。绘制出如此犯罪蓝图的凶手——对于他,我感到恐惧。明明仔细确认过结论,却依然想象不出胜利的情景。

所以,我想见证这个瞬间。

自身面临生命危险的瞬间——他会做何表情?

从中能窥见真实吗?若是不然,他在说怎样的谎?

众人尖叫着跑上楼梯。

其中一人是我锁定的目标。

他过来了。

第一部 去Y村

"如果你认识我爷爷的话,"索菲亚说,"你就会对他的死感到非常意外了。"

——阿加莎·克里斯蒂《怪屋》[1]

---

[1] 译本采用新星出版社 2014 年 5 月版,陈杰译。

1 路途【水位距馆 30 米】

宫殿。

来到葛城家主宅，我脑中冒出这个词。

三层洋馆以白色为主色调，门前设有网球场和停车场。建筑不止一栋，旁边还有一栋庄重的和风木屋。

栅栏门的高度将近身高的两倍，震慑力十足。门扉打开，露面的是身穿黑色管家服的老者和一身得体黑西服的年轻男人。大门距离洋馆还有十五米左右。地皮大得惊人。目睹宛如幻境的光景，我心神恍惚，怀疑自己在做梦。这一切令我意识到，自己和葛城不是同一个世界的人。

时值十月中旬的周末，初秋的空气凉爽宜人。天空阴沉沉的，应是正在接近日本列岛的大型台风所致。

夏雄松开我的手，张开双臂示意我看洋馆。他鼻孔张大，一脸自豪。

"大哥哥，你看！这里就是魔王的城堡！企图征服世界的大魔王住的城堡！"

夏雄豪放地一笑。

这孩子说话真怪。硬要打比方的话，比起魔王的城堡，这里倒更像王族的城堡。

我瑟缩在原地，深觉自己置身于此有多么不合时宜。

"喂，田所，你这就怕了啊？"朋友三谷低声说，嘴角噙着笑，"这种时候就该豁出去，至少要见葛城一面再走。"

"啊，嗯……"

声音明显底气不足，我自己也清楚。三谷冲我挤挤眼睛。行了行了，我知道啦。是让我鼓起干劲儿对吧？

我和三谷结伴来到关东某县①山里的Y村。

为了见已经闭门不出两个多月的朋友——葛城辉义。

他为何无法来学校？我和三谷为何来到这里？

要解释其中缘由，得从这周的周三讲起。

＊ 周三

"服丧？"

正批改小测验试卷的班主任停下来，抬起头，镜片后的双眼眨巴几下。

"原来你没听说啊？田所，我看你跟葛城走得挺近，还以为你肯定知道。"

"没有……"

班主任将目光移回试卷。"这些试卷明天要返给高三的学生，得赶紧批完。你是高二的，看见内容也没关系。"他找借口般说道。窗户大开，运动社社员奔跑时的口号声从操场传来，听着格外喧闹。

"你们俩被关了多久禁闭来着？"

---

①日本的县相当于中国的省。——译者注，下同。

"两周。"

"那就是到九月中旬。八月底,葛城的家人过世,忘了是爷爷还是奶奶。禁闭结束后,他还要继续服丧。现在好像在办尾七法会。"

看来家人去世是在八月下旬。葛城的家人,究竟是谁呢?他跟父母和姐姐一起住在东京,但主宅据说在别的地方。

红笔在纸上游走,发出冰冷的沙沙声。

"……丧假能请那么长吗?十月都进入第二周了。"

老师态度漠然,我只好抓住一点紧咬不放。

"噢……丧假最多能请十天,参加法会只能请一天假,其他都直接按缺勤处理。他应该非常难过吧。不过无须担忧,葛城很优秀,很快就能追上课程进度,而且他还有杰出的家人。葛城的父亲可是知名政客。你平时看新闻吗?"

"不,不怎么看。"

"葛城家是不折不扣的精英家族。他父亲是政客,姐姐是顶级模特,家里还有大学教授、警察和律师——可谓群英荟萃。在这所名校里,学生有名人亲属不是什么稀罕事,但葛城家的情况不可相提并论。三方面谈[①]时反而是我更紧张。"

他开了个玩笑,自顾自笑起来。

我看向老师杂乱的桌子,偶然注意到文件夹里的一份文件。"丧假申请书"。

他批完试卷,站起身微微一笑,轻轻拍了下我的肩膀。

"总之,眼下能做的就是耐心等待。我去看足球社训练了,再见。"

---

①学生、家长、教师三方围绕学生的校园生活、家庭生活、未来规划等面谈。

班主任走了，剩我一人在办公室。还以为你肯定知道。一句随口之言犹如利刺扎进我的胸口，拔不掉取不出。我明白对方没有恶意，为此伤心可笑至极。脑子里明白，心却无法遏制地沉了下去。

图书室的前台挂了张牌子，上面写着"如需帮助，请到管理员办公室询问"。离考试还远，图书室里人影寥寥。

我绕到前台后面，透过窗户往管理员办公室里一瞧，发现要找的人就在里面。

图书委员三谷正在包透明书皮。处理前台事务才是图书委员的主要工作，不过三谷和图书管理员很熟，跟她学过包书皮的方法，兴起时会去帮忙。

他在包一本文库本，是迈克尔·Z.勒温的《沉默的推销员》。

他把书皮背后的纸揭开一个角，将书皮对准书的边缘。透明书皮很容易沾上指纹，不一次贴好会损伤书籍，平素吊儿郎当的三谷唯有此刻会露出极为认真的表情。他用尺子比着，细致地去除空气，贴完封面、书脊和封底后，斜着剪掉书脊上下多余的部分，留出用于折进封皮内侧的边，以保护封皮上下边缘的薄弱部分。手法相当娴熟。

看准他停下动作歇口气的时机，我敲响管理员办公室的门。三谷抬起头，隔着窗户冲我一笑。

"哟，小说家老师。今天也是来找资料的吗？"

他一打开门，就压低声音调侃起我来。

我跟三谷和葛城关系很好，告诉过他们自己在写小说给新人奖投稿。

"不是啦。确实有个短篇遇到了瓶颈……但我今天过来不是为这事。是葛城的事。"

"唔，是嘛。先进来再说。就是屋里有点乱。"

他有个坏毛病，爱把管理员办公室当私人房间用。

"接着说。你从班主任那儿打听到葛城的消息了？"

见葛城不来上学，我去过他在东京的家一趟，可惜没能见到家人，在用人面前也吃了闭门羹。就是在那时，我得知那里是"分宅"，而"主宅"在别处。

"说是在服丧。"

三谷挑了挑眉毛。

"这丧期也太长了吧。"

三谷是我的朋友，我受到禁闭处分后最挂心我的非他莫属。

今年暑假合宿的时候，我跟好友葛城一起溜了出去。小说家财田雄山的馆就在住宿地点附近，我们前往那座馆，不幸遭遇山火，困在馆里无法脱身。其间，一个少女死在我们面前——

头一跳一跳地疼。

最终我们侥幸生还。搜救队把我们送进附近的医院接受治疗，并联系了老师和家长。

老师们火冒三丈，以"合宿时擅离集体，以身犯险"为由，给了我们严重警告和两周的禁闭处分。九月的前两周，我在禁闭室被从早关到晚。在校期间都要一个人待在禁闭室里，偶尔有老师来巡视，着实让人吃不消。

父母起初对我嘘寒问暖，待到我身体复原，立马狠狠训了我一顿。见母亲直抹眼泪，我六神无主。父亲发了一通火之后，趁母亲不在时半开玩笑地说："话说回来，你既然想写小说，多经历点事倒也不亏。"我不禁鼻子一酸，老老实实低头认错。

结束禁闭回到校园，迎接我的是同学们好奇的目光。大家七嘴八舌地问我为什么要在合宿时溜走，到底发生了什么……媒体报道称馆彻底烧毁，残骸中发现了严重受损的焦尸。

我把能说的都说了，唯独不愿提葛城的事。

三谷跟葛城不算太熟，但似乎是打心底担心我，总是默默听我倾诉。

"他真是在服丧吗？"三谷抱起胳膊，往椅背上一靠，"照你的说法，葛城伤心到极点了。"

"以致无力出门，是吗……"

的确，那起案件对葛城的自我身份认同造成了严重的伤害。

飞鸟井光流——曾经的名侦探，我深深憧憬的人。因为她，我一度不自量力地渴望成为名侦探。上小学时，我卷进一起案件，她大显身手揭露了真相。在落日馆与她意外重逢令我很是开心，谁知从案发时起，她便和葛城针锋相对。

那起案件亦是飞鸟井与葛城的侦探理念之战。查明真相后，侦探该如何行动，能对凶手和当事人做些什么？

葛城解开了谜团。真凶、诡计、不可告人的企图，悉数破解。然而飞鸟井通过拒绝解谜，将所有人从危机中解救了出来。想必是拜此所赐，葛城开始动摇，无法再相信解开谜团是绝对正确的行为。十年来坚信的价值观遭到否定，导致他如今畏缩不前。

这样梳理下来，我头脑中尚存的理智仍旧认为葛城是在钻牛角尖。可他在那起案件落幕之际露出的神情是那般悲怆，令人难以忽视其满腹思虑。

（可是哪怕如此，我也……只能去解开谜题。）

那喊声至今仍在耳畔回响。

"……老师桌上有张丧假申请书。老师离开后，我看了眼内容，确实是葛城提交的。去世的是葛城惣太郎，好像是葛城的爷爷。死亡日期是八月下旬，到这周末刚好是死后第四十九天。"

"我说你啊……"三谷扶住额头，长长地叹了口气，"以前就这么乱来吗？擅自偷看老师桌上的文件可不是小事，万一又被关禁闭怎么办？"

"我很小心，不会有人发现的。而且——"我从校服的胸兜里掏出一张便条，"丧假申请书附有惣太郎先生的死亡证明复印件，主宅地址到手了。"

三谷耸肩摇头。

"真拿你没辙……我记得你说过，财田雄山的住址是从编辑的信件里查到的？这次还是老一套啊。"

"呃，这个……"

他看向便条。

"看样子在邻县的深山里……过去看看？"他冷不丁地说道。

"欸？"

听到这话，我吃惊地抬起头来。三谷面露微笑，夸张地耸了耸肩。

"田所，我看你一直忧心忡忡的，索性去一趟图个踏实呗。"

"可是……"

虽然担心葛城，但自八月以后，我跟他连面都没见过。

葛城家也是个问题。

我没见过葛城的家人，却莫名对他们印象不佳。

葛城擅长看穿谎言。他跟我说过，自己变成这样都是家人害的。

葛城出身名流家族，据说全家人都很重视家族声誉。葛城本人是相当阔绰的少爷，从东京分宅的豪华程度便可见一斑。

葛城的家人在上流社会生活的浸染下，性格中充斥着虚荣与虚伪。终日为谎言所包围，葛城渐渐能够看穿人在说谎时的小动作等，甚至形成了会对谎言产生排斥反应的体质。

有一次，葛城对我说了这样一番话：

"田所君[①]，我讨厌我的家人。他们会面不改色、若无其事地撒谎。我家就是个骗子家族。"

葛城的说法与班主任口中光鲜亮丽的家族形象大相径庭。

糟糕的想象不断膨胀。

假如葛城因落日馆之行而遭家人禁足；假如葛城的家人认为他在现在这所学校交友不慎而走上歪路，禁止他上学，逼迫他转学——那我也许就再也见不到他了。我越想越难过。

"两千日元。"

三谷的声音把我拽回现实。

"从东京坐两小时电车，然后倒公交，单程两千日元。"三谷看完手机抬起头来，笑眯眯地说道，"好嘞，咱俩一块儿去看看。毕竟是你的好友，我自然也放心不下。"

他的语气亲切随和。

"我这周末正好很闲。反正只是去见葛城一面，当天就能往返，就当是场短途旅行吧。"

我不太想把三谷卷进来，奈何一个人上路又心里没底。我自认朋友还算多，谁承想仅仅葛城一人缺席就让我精神如此萎靡不振。

"……谢谢。那我就恭敬不如从命了……"

"不用这么客气，我本来就想去。"

[①] 在人名后加"君"，是日语中对关系亲近的同龄人及下级、晚辈的一种称呼方式，主要用于称呼男性。

"啊，不过，"三谷接着说，"这周末好像有台风来袭？"

"新闻上说这回是个超大号台风。"

"是周六晚上登陆吧。那我们周六早上出发，下午就回东京。"

"就这么定了。再遇上自然灾害我可遭不住。"

三谷闻言忍俊不禁。

"不错，有心情开玩笑了。"

* 周六

三谷打了个大大的哈欠道："从昨晚起天就阴沉沉的，像是要下雨。看来真的要刮台风。今早的天气预报说台风移速有所加快，预计下午登陆。我们最好快去快回。"

早上七点，我们坐上慢车[①]。电车倒公交一共要花三个小时。我俩各自悠闲地看书，度过电车上的时间。

下电车后乘上公交。小巧舒适的公交车在宁静的山间风景中穿行。

公交开出十站后，过了一条河。在电车车站，为保险起见我从架子上拿了份地图。根据地图，这条河名叫曲川。河宽五米左右，河道微微蜿蜒。

"地理课上学过，"三谷凑过来看着地图说，"河道蜿蜒，泥沙在两岸堆积，形成天然堤。W村就是建在那道堤上的。"

"而我们要去的Y村在河对岸。"

"葛城家好像在地势稍高些的地方。"

[①]每站都停的普通列车。

在车上颠簸了约莫四十分钟，终于抵达 Y 村内的公交车站。路面铺设完好，混凝土建筑很多，亦不乏古朴精致的粗点心铺、介绍名胜"月牙池"的生锈标识牌等深山中才能得见的景致，我们且走且欣赏。

从山上吹来的风带着湿气。乌云低垂，笼罩大地。希望别下雨。

我们来到坡道，地图 App 显示，葛城家在这条坡道的尽头。

"坡道太长的话可够受的。"三谷嘟囔。

从车站拿来的地图上还画有等高线，与标出葛城家主宅位置的地图 App 比对可知，Y 村海拔约四十五米，主宅海拔约七十米。坡也不陡，估计不会爬得太累。

爬坡到一半，路上有个孩子向我们搭话："大哥哥们是从哪儿来的呀？"

是个五六岁的男孩，习惯性地吮着食指。他仰头看向我们，眼神天真烂漫。

另一个孩子从他身后走了出来，看上去大一两岁，身穿黑色上衣和黑色短裤，挺着胸，脸上挂着狡黠的笑。

大些的孩子穿着擦得锃亮的皮鞋，小点的孩子穿着沾满泥土的运动鞋。眼前是一栋独门独院的老旧木屋，玲珑别致。皮鞋跟这房子不太相称，大些的孩子是家住附近的玩伴吗？

"喂喂，大哥哥们，"大些的孩子说，"谁允许你们过来的？这儿是我们的岛。"

他边说边高高挥动手里的树枝。他还没变声，嗓音尖锐，毫无威慑力。刚说完，他自己就哧哧笑了起来，可见是闹着玩的。

三谷挺配合，故作滑稽地说："哎呀呀，实在对不住，我们是今天初来乍到的外乡人。"两个孩子对视一眼，欢快地哈哈大笑。

"大哥哥真逗。"大些的孩子说。

"我不叫'大哥哥',叫三谷。他叫田所。你们叫什么名字?"

大些的孩子叫夏雄,小点的孩子叫悠人。

"你们是朋友?"

"对。我是坡上的,他是坡下的。"

我望向前方延伸的坡道。往上走应该就能到葛城家。莫非夏雄是葛城的家人?想到这里,再看夏雄的衣服,便觉好似礼服一般。

"坡上""坡下"大概是指家的位置。这用词有些歧视的意味,夏雄在我眼里瞬间成了一个傲慢自大的孩子。更令我不舒服的是,悠人笑着接受了这个说法。

三谷也皱了下眉,旋即微笑着继续与两人对话。为了平视两个孩子,他是蹲着的。

"我们是从东京来的。你们是本地人?"

"嗯。我住在那儿。"

悠人指指木屋。庭院里有栋小小的木制建筑,像是仓库。距仓库不远处挖了个直径约五十厘米的坑,旁边堆着土,是在建池塘吧。说不定他们家是最近刚搬来的。

"今天是有什么特别的事吗?"

悠人一脸兴趣盎然的表情,声音里透着兴奋。我们自然而然放松下来。

"为什么这么问?"

"来了好多人嘛。大哥哥们是要去山上那个房子吧?"

"嗯,是啊。去见朋友。"

夏雄"嚯——"地感叹一声，挑起眉毛。

"那大哥哥们是来开牢房的啰。但牢房的锁打不开哟，谁都打不开。因为有可怕的龙看守。"

夏雄的话令人费解。他是不打算认真讲话吗？"牢房"一词听着不怎么吉利。

三谷从夏雄身上移开视线，转而问悠人："今天都来了些什么人？"

"唔，那个……最先来的呢，是一辆好大好气派的汽车。"

"汽车？那可真是不得了。"

"是黑色的，亮闪闪的，跟我爸爸的车一点也不一样。"

"然后呢，"悠人接着说，"有个很凶的哥哥走过去了。"

"很凶？"

"嗯。不知道他在想什么，特别吓人。"悠人眨眨眼，"像大灰狼一样。"

"大灰狼？"

"大灰狼会吃掉小红帽嘛。"

他似乎把绘本里的故事和现实混为一谈了。尽管如此，听来还是比夏雄那夹杂着游戏之类内容的话可爱一些。

"夏雄君看见那个很凶的人了吗？"

"没有。我刚从坡上下来。待在那边太难受了——那儿什么都有，大灰狼啦、妖怪啦，连杀人犯、驭魔者都有。我家就是座鬼屋。"

"小夏，别说了，妖怪什么的好可怕……"

"哼，我不是告诉过你嘛，悠人，"夏雄吸了吸鼻子，"今天是爷爷从阴间回来的日子。爷爷现在还在那边晃悠呢。"

"太吓人了，快别说啦。"

悠人捂住双耳，使劲儿摇头。

"夏雄君，你说的是尾七法会吗？为葛城惣太郎先生办的……"

"唔，大哥哥们果然知道啊。来解救被囚禁的公主了。"

"等等，被囚禁……你说的该不会是葛城……呃，辉义吧？"

"辉义是指小夏的表哥？听说他夏天去了个什么地方。"

跟去落日馆的时间相符。我探过身。

"没错。他在魔王和王后那里吃了苦头，眼下闷在家里，等着迟迟不来搭救的勇士。现在宅子里到处都是恶魔，还有小偷三人组大摇大摆地走来走去。小偷总是三人一伙。"

我咽了口唾沫。夏雄的话虽然难懂，却隐隐印证了我糟糕的想象。葛城多半是因合宿时溜走的事挨了训，处于家人的控制之下——

去解救被"骗子家族"囚禁的葛城——夏雄的话让我联想到这样的英雄冒险情景，心生忐忑。但面对葛城家的人需要保持高度警惕，我再次打起精神。

悠人神情平淡地问夏雄："可是，小夏，你爷爷为什么会变成幽灵？"

"悠人，你可真笨。对这个世界有留恋，就会变成幽灵。因为还有事情没办完，所以会变成幽灵出来。这种事村里随便一个人都知道。"

"你爷爷有'留恋'？"

"当然了，毕竟——"

这时，从庭院传来"当啷"一声。

"悠人！你在那儿干吗呢？！"

随即响起的是怒吼声。

一个中年女人快步朝这边走来。她双目充血，头发凌乱，连耳朵都通红通红的，仿佛下一秒就要喷出火。看年纪像是悠人的母亲。

她身后的地上扔着一把硕大的铁锹。我想起院子里那个似是挖池塘挖到一半的大坑。可如果是在那儿干活，刚才我们应该会看见她才对。坑旁的土堆也没变高。她要么是方才在别的地方用铁锹干活，要么就是刚拿上铁锹走到院里。

她抓住悠人的右臂，凶巴巴地说："跟你说过多少次了，不许跟坡上的孩子玩！"

"可是小夏他……"

"没有可是！"

三谷倒吸一口气，最终只吐出一声几不可闻的叹息。

她放话道"回家了"，瞪了我们一眼，拽着悠人走进家门。

"'坡上''坡下'这种词，原来是跟那位母亲学的啊。"三谷小声说，"你觉不觉得她有点奇怪？对住在附近的孩子，不该是这种态度吧。"

"喂，大哥哥们要怎么办？"夏雄大声问道。

"唔——"三谷咕哝一声，"我想想……夏雄君，方便带我们去你家吗？"

"可以呀。你们可得跟紧点。"说着，夏雄哼起国民RPG游戏的效果音，"叮叮叮叮、叮、叮、叮——三谷和田所成为伙伴！"

夏雄挥舞着手中的树枝，往坡上走去。受游戏影响，他的言行甚是古怪。这个年龄段的孩子往往都这样。

话虽如此，认真应对也很累。没准他只是掺杂游戏内容满嘴跑火车。这么说小孩子或许有些刻薄，但总之我打定主意，夏雄的话只信一半。

悠人母亲方才的态度颇令人在意。不许跟坡上的孩子玩,她会这么说兴许是由于心胸狭隘。但还有另一种可能。

遭人疏远,是葛城家自身的问题。

而此时此刻,宛若宫殿的葛城家近在眼前。

我们从悠人家沿着缓坡走了十分钟左右。这里的海拔与Y村相差约二十五米。宏伟的房屋背后有一道山崖,曲川在崖下流淌。房子后面是一片广阔葱郁的森林。

我有点明白夏雄为何会混淆游戏和现实了。宁静的村落与自然风光,再加上坡道尽头的自家豪宅,俨然RPG游戏主角冒险之旅的起点。俯瞰溪流,周边的水田与河对岸的满山红叶交相辉映,构成一幅优美宜人的全景画。不过是座小山丘,却拥有绝佳的视野。

按下门铃后,一个年轻男人和一个白胡子老先生走了出来。两人都一身黑衣。

"夏雄,不可以乱说话招客人烦。"

年轻男人抓着夏雄的肩膀说。夏雄发出一阵嘻嘻哈哈的笑声。

笑容温柔的小个子男人,和蔼可亲的长辈,这是我对他的第一印象。

然而葛城所说的"骗子家族"一词再度闪过脑海。温和的面孔弄不好是装出来的,撕下面具便会露出獠牙。

他看向我们,莞尔一笑。

"夏雄多有失礼。在下葛城正。这位是家里的总管北里先生。"

旁边的老先生徐徐鞠了一躬,动作标准,让人忍不住想用量角器去量一量。他的一举一动都极为优雅。

"那个，我们是辉义君的同学，我叫田所信哉，他叫三谷绿郎。请多指教。"

"我们今天带了辉义休假期间的通知过来。"

三谷随口撒了个谎。我偷偷瞥一眼他的侧脸，只见他神态自若。

"辛苦两位远道而来。现在家里人都在忙，通知由我转交即可。正少爷和夏雄少爷请到屋里等待。"

夏雄嘟起嘴。

"欸——怎么这样。真没劲。我跟他们的冒险刚要开始呢。"

正从旁打圆场："好啦好啦，别直接把人家拒之门外呀，北里先生。今天有家族内部的重要法事，你的心情倒也可以理解……"

北里的表情丝毫未变。

"要不我们还是……"

话还没说完，三谷掐了我胳膊一下。

"啊，不用介意。上午我们刚办完尾七法会，是在镇上的祠堂办的，离这个村子大约一小时路程。我们还邀请了祖父的朋友，办得很隆重。但法事想办得低调点，仅限家人出席，现在大家都聚到了这边的宅子里。"

"那我们就更不好打扰了……"

我流露退缩之意。三谷见状，更加用力地掐我胳膊。

"不要紧的，是吧，北里先生？阿辉的朋友难得大老远跑来这深山里，怎么忍心让人家吃闭门羹呢。反正家里已经来外人了，再多一两个人也无妨。"

北里神色不变，猛地俯身。

"但是,健治朗老爷和璃璃江夫人不知会怎么想。"

"爸妈那边我来劝。就通融一下呗?"正手按胸脯道。

北里盯着正,眨了几下眼睛。"……既然正少爷发话。"他语气生硬地说,"我去整理那位的房间,这两位客人就拜托正少爷了。"

"好嘞,包在我身上……说来抱歉,还麻烦北里先生也一起照顾那个人。"

"没关系。"北里摇摇头。

"'那个人'是指?"

"噢……"正挠挠脸颊,"其实除了你们,还有其他不速之客。所以你们不用那么拘谨。"

是什么样的人呢?

这时夏雄插嘴道:"我说,三谷,田所,你们知道吗?正哥哥是警察!"

"嚯——"三谷感慨出声,"这么一说还真是,正先生给人的感觉确实像是和蔼可亲的小镇警官。"

听了三谷坦率的感想,正露出苦笑。"恭维我也得不到什么好处。"他说,"况且我个子矮,还长了这么张脸,凶恶的罪犯也好,同事也罢,都不把我放在眼里。压根没啥好事。"

他笑着说出这些,姿态分外洒脱。

葛城家的警察。这个词组唤醒了记忆,我好像听葛城说过些什么。

"警察战斗也很厉害哟。他会跟坏蛋战斗,自己也是个坏蛋。"

夏雄用拇指和食指比出手枪的形状。

"喂喂,夏雄,那是你最近看的电视剧吧?"

正从后面抓住夏雄，挠他痒痒。夏雄咯咯大笑。

"警察……啊！"我想起葛城的话了，"跟葛城……跟辉义君讲自己负责的案子的警察家人，莫非就是……"

我以前听葛城讲过他立志成为名侦探的契机。葛城有个家人是警察，那人把案情讲给当时还是小学生的葛城听，葛城当即解开了谜团。自那以后，那个警察便经常向葛城讲述案情，每破获一起案件，葛城的自信便增长一分。

我记得葛城告诉我这件事的时候表情非常温柔，似乎与那个警察格外亲近。

"你为什么会知道这事？"

正的眼里闪过凌厉的光芒。

"……啊！田所君！你就是田所君啊！我听阿辉提起过。"他面露微笑，"阿辉说他查案的时候，总是有个朋友陪在身边。你们是侦探和助手，对吧？"

阿辉。时隔许久我再次意识到葛城的全名是葛城辉义，但怎么也想象不出以阿辉称呼葛城的样子。

"啊？侦探？还有助手？"

三谷瞠目结舌。北里仅眉毛稍稍动了一下，除此以外表情丝毫未变。

我和葛城查案的事，在同学间鲜有人知，只有牵扯到案件中的几个学生知道。我跟三谷关系很好，但葛城不喜欢别人吹嘘他的侦探身份，因此我盘算着等到合适的时机再告诉三谷。

我向三谷简单解释了一下。

"……啊？"

三谷满脸问号。正笑得前仰后合。

"乍听也许难以置信，可我保证，阿辉具备当侦探的能力。

他向来只要听过大致案情，就能立刻看穿真相。那时候阿辉才七岁。我是考进警察厅当上警察的，恰巧在那年调动到警视厅任职。我这个孱弱的后辈被那些'现场派'[①]刑警教训得够呛，于是常常拜托阿辉帮忙。"

葛城七岁的时候，算来大约是十年前。年轻刑警接二连三地破案，感觉容易招人嫉妒，不过看正现在的状态，想必是应付自如。他大概很善于为人处世。

三谷的视线在我和正之间游移。

"……一时有点不敢相信……以后我该怎么对待你和葛城啊？"

"嗐，你想得也太多了。"我苦笑道，"跟以前一样，当我是个爱看书的朋友就好啊。我们又不是一年到头都在破案……"

正笑眯眯地点点头。

"恰好今天办开斋宴，也算是欢迎田所君和三谷君了。"

这个名叫正的男人一副好人模样。然而葛城所说的"骗子家族"一词在脑海中挥之不去，让我无法轻易信任这个人。三谷似乎已经彻底对正产生好感，而我还没放松警惕。既然会帮正解决案件，说明葛城信任正，或许我没必要这么多疑。话说回来，也可能是葛城在下意识地偏袒。

有人轻轻拽了下我的袖子。夏雄仰头看着我，双眼闪闪发亮。

"田所在跟阿辉哥哥一起当侦探吗？！"他喘着粗气，滔滔不绝，"关于侦探的事，我什么都知道。侦探会调查杀人案。大房子里发生杀人事件，不光家里人，一般还有医生、老师之类的'先生'[②]在。然后呢，'先生'是坏人。"

[①]警察厅的工作内容侧重管理，东京的警视厅及其他各地警署的警察则更活跃于现场。
[②]此处"先生"是日语中对从事教师、医生等职业者的敬称，不特指男性。

"哈哈，是嘛。夏雄君能成为名侦探呢。"

我随便附和一声。夏雄并未停下话头。

"黑田老师也是。可不能因为他看起来人模人样就疏忽大意。恶魔都会变身术，黑田老师也会。"

"夏雄，不可以说黑田先生的坏话。"

夏雄仰头看正，眨了眨眼，拖着长声回答："好——"他好像很听正的话。正对我们解释道："黑田先生是夏雄的家庭教师，今天也来登门问候了，稍后介绍给你们。"

一直沉默不语的北里上前一步，按住夏雄的肩膀。

"来，夏雄少爷跟我一起回屋，妈妈在找你呢。"

"不要——我要跟正哥哥一起。"

夏雄直跺脚。

"不行。来，跟我走。"

北里不由分说地拉过夏雄的手，转身朝向我们，又动作标准地鞠了一躬，道了声"失陪"。夏雄喊着"不要不要"拼命反抗，片刻后许是死心了，有气无力地挥着手说："再见，三谷，田所。"

正叹了口气。

"对了，"他冲我们笑笑，"能稍微闲聊两句吗？我有话想问你俩——阿辉在学校过得怎么样？"

三谷立即答道："他热爱学习，成绩优秀。我是图书委员，经常和他聊书的话题，我们关系不错。"

三谷面不改色地信口开河。他明明跟葛城没说过几句话。

"你是田所君……对吧？你呢？"

正把话头抛给了我，我浑身僵硬。"我也跟他关系很好，一起吃午饭，放学后一起闲逛，一起旅行……"

"旅行？"正瞪大眼睛，"哦，是说那次啊。记得是去M山来着？"

我这才反应过来，自己在对方心里的形象，恐怕是撺掇葛城在合宿时溜走，把他带去M山财田家的坏朋友。我恨不得找个地缝钻进去。

"对不起……我……"

"咦？没事没事，不用道歉。阿辉交到这么活泼的朋友，倒是让我松了口气。当然，遇上事故是挺倒霉的。"

"……对不起。"

"都说了不用道歉。最好别总把'对不起'挂在嘴边，不然真到自己犯了错的时候，道歉也没有分量了。"

正眼角的笑纹更深了。

我对正依然半信半疑，可不知怎的，这个人的话语竟直抵心灵深处。毫无说教感，让我打心底相信那是为照顾我的感受而特意说给我听的。温暖的目光、柔和的口吻、亲切的态度，通通给人一致的印象。正因如此，也有股危险的气息。

假如眼前这个人表现出来的一切都是伪装呢？不停思考这些令我渐感疲惫。倘若全家人都是这种角色，葛城会心生厌倦也不足为奇。

"话说这房子可真大啊。"

"这是葛城家的主宅，一九七〇年买下的，有个夸张的名字，叫'青海馆'。据说是因为河对岸的山峦到夏天会披上新绿，一片青葱，所以将其比作海，取了这个名字。估计恰恰是因为位于内陆县，没有海，才硬要跟海扯上点边。这名字取得够讽刺的。"

"哦……这房子里大概住了多少人？"

三谷挠着后脑勺问道。

"平时住在这里的有堂坂夫妇——我的姑姑、姑父，他们的儿子夏雄，以及我的奶奶信子四个人。另外，刚才见过的北里先生是总管，除他以外，当班的用人一般有十个左右。"

"十个用人？！"

三谷目瞪口呆。正笑得肩膀都在颤。

"会惊讶也正常。这里有西馆和东馆，还有栋别屋，光是日常维护和打扫就需要这么多人手。"

有钱人的世界超乎想象。眼前的房子显得越发像宫殿了。

"不过今天让他们一大早就做完扫除、准备好饭菜离开了。今天的法事仅限家人出席。只有总管北里先生还留在这儿，他在这座宅子工作有四十年了，形同家人。"

"正先生平时住在别的地方吗？"三谷问。

"嗯，是啊。我、满、阿辉兄弟姐妹三人，还有我们的父母都住在东京。其他四人住在东京的分宅，我是独居。"

"分宅我去过，去看辉义君的藏书。但那时他的父母和满小姐都不在家，没能见到。"

"阿辉那孩子还会带朋友到家里啊。田所君，看来你跟阿辉关系相当不错呢。"

正露出微笑，继而神色黯淡下来。

"自从八月旅行回来后，阿辉一直待在这边的家里。说是需要在空气清新的地方静养。"

也就是说，今天从东京过来的有正、满和他们的父母，一共四人。

"算下来，今天家里有九个葛城家的人，加上北里共十人，另有……四位客人。把你们算进去了。"

"也包括'那个人'？"

"居然在办法事的日子来打扰,脸皮真厚……"

三谷自言自语。只字不提自己,一如他一贯的作风。

正苦笑道:"另外两位客人,一位是夏雄的家庭教师黑田先生,本来他只是来问候一声,鉴于他跟我们家交情比较久,我们便留他吃开斋宴;另一位是,嗯……周刊记者坂口先生。"

正讲到这里就止住话头别过脸去。我随口询问是哪家杂志,得知是《日暮周刊》,一家名不见经传的八卦杂志。

"杂志记者来这儿干吗?采访?"

"不是。他跟家里人有些关系。"正重新转向我们,爽朗地说,"一直站在门口说话也不像话,我带你们进去吧。跟我来。"

*

走进大门,正面是西馆,一栋犹如白色宫殿的三层建筑。门前环绕的花圃飘来秋日花朵的芬芳。

西馆右侧有一栋二层木造建筑,还不到西馆的一半大,静静坐落于白色宫殿旁,看上去有不少年头了,如黑檀木般散发着微光,与先前所见悠人的家相比,更具一番风格。

"那是东馆。"正指着那边说,"大体来说,家里人住在西馆,用人住的房间、仓库之类的基本都在东馆。五十年前,家祖葛城惣太郎发家致富,从当地富豪手中买下了这块地和这座宅子。东馆虽是木制,但富于韵味,于是原样保留,西馆则在大约三十年前进行了大规模改建。"

结果建出了这般富丽堂皇的建筑。

三谷拉住我的袖子,凑到我耳边悄声道:"住这么高级的地方,伙食肯定差不了。"

"我说你啊,可别打歪主意。"

"知道啦知道啦。"三谷连声应着,轻轻吹起口哨。

西馆和东馆之间有铺好的路,没有房顶,完全露天。

"刚才提到还有栋别屋?"

"在西馆后面,从这里看不见。"正握住门把手,"先把你们介绍给家父家母认识一下。跟我来。"

就在这一刹那——

突然响起"咚"的爆破音。

我不由得一个激灵。那声音跟烟花、火药爆炸的声音很像。那是——

"枪声?"

三谷的话令我错愕不已。枪声?这种地方为什么会突然传出枪声?

又是案件?难道我是走到哪儿都会被卷入不幸的体质?

"噢,不用那么紧张。应该是广臣姑父。"

正笑着说。似乎并非我想象中的事态。三谷多半跟我想到一块儿去了,一副如释重负的样子。

"是我姑父堂坂广臣。他和由美姑姑是在大学认识的,两人感情很好,堪称神仙眷侣。广臣是颇具实力的律师,讲话潇洒迷人,唯一的不良嗜好就是打猎。他的事务所设在东京,但为了玩枪,他冬天都住在深山里。"

不一会儿,出现了一个把帽子压得很低的男人的身影。风中弥漫着刺鼻的火药味。那是个体格健壮的中年男人,皱着眉头不知在想些什么。他脚步匆忙,双手抱着沉甸甸的大猎枪。

"广臣姑父——成果如何?"

广臣像童话里的七个小矮人一样夸张地打个喷嚏,揉揉鼻子。

"哦，是正君啊。沉闷的法会总算结束了，我去散了散心，试射了一发当作检查。快等不及狩猎解禁喽。"

这稍微有点出格吧？我几欲脱口而出，却慑于猎枪的威力而说不出话来。

广臣看向我们。

"这两个年轻人是？该不会又来客人了吧？"

"他们是值得欢迎的客人。是阿辉的朋友。"

广臣吹了声口哨，摘下帽子。每一个动作都很做作。

"那可得好好欢迎。我叫堂坂广臣，是个律师，幸会。"

"幸会。"做过自我介绍后，我问，"您喜欢打猎？"

"当然，我有狩猎许可证和持枪许可证。"广臣笑眯眯地耸耸肩，"我好歹也是个法律从业者，对不对？"

这里好像是笑点。三谷摆出客套的笑容。

此人言谈风趣，风度翩翩，只是那装模作样的举止惹人厌烦——我依然在用批判的眼光审视。

"由美姑姑呢？"

"在准备开斋宴。女佣已经处理好食材，她还要忙前忙后。她平常就这样，有时甚至不让女佣插手，非要亲自下厨才舒坦，干劲十足。"

正转向我和三谷说："由美姑姑一向活泼开朗，像个小太阳。她大学毕业就结婚了，有些不谙世事，倒也是一种魅力。"

"哎哟，正君难不成在打我老婆的主意？"

"又在说笑。"正苦笑摆手。

"老公，你又进山了？"

传来一个女声，响亮而充满活力，令人不由自主地循声望去。

一个女人从东馆那边走过来。

回头一看，我不禁目眩神迷。

一言以蔽之，那是个华贵的女人。尽管身穿黑色丧服，仍掩不住容颜之靓丽，宛若错季的向日葵。她是广臣的妻子，那么应该比我年长二十甚至三十岁，可脸上全无岁月痕迹，说她不到三十岁我都信。

"哎呀！"她捂住嘴巴，"有客人登门啊。"

我们做过自我介绍后，广臣说："承蒙正的介绍，她就是我的爱妻。"说罢他莞尔一笑。正刚才说的"神仙眷侣"一词恰如其分。有这样的父母，难怪夏雄能茁壮成长。就是分不清游戏和现实这点不敢恭维。

"饭菜准备得有点多了，我本来还在头疼呢，你俩来得正好。年轻人还在长身体，胃口好，别客气，至少吃顿午饭再走。"

"不用了，我们……"

这欢迎的架势超乎预想，我无所适从。说实话，我完全跟不上节奏。

"欸，可以吗！"

不出所料，三谷见钩就咬，一点都不见外。我不禁哑然。

广臣笑呵呵地说："我爱人对任何事都以积极乐观的心态看待，我这个律师都得向她学习。我们上大学时就认识了。"

"虽然没考上第一志愿，但在第二志愿的大学里遇到了广臣。"

"所以她总说凡事都有意义，说正因为没考上第一志愿，才遇到了我。世上还有比我更幸运的男人吗？"

广臣抱住由美的肩膀，由美欣然微笑。

"打住打住。"正啪啪拍两下手，"姑父，你们也太爱讲这事秀恩爱了，我听得都快反胃啦。"

正吐舌做呕吐状，并无揶揄之意，只是在搞笑。广臣和由美都笑了。

我越发迷茫。正是可靠的大哥，广臣和由美则俨然一对活泼亲切的神仙眷侣。

然而莫名的不安令我如鲠在喉。这就是葛城所说的"谎言"的感觉吗？

"唉，对了，又少了一个盘子。"

"又少了？是不是记录错了？"

"张口就来。"由美鼓起腮帮子，"你又不进厨房。"

我疑惑地问："'又'少了……是怎么回事？"

"抱歉跟你们提这种私事，家里每周都会少一个盘子。肯定是小偷干的。"

"小偷不太可能一个一个地偷盘子吧。"

《悲惨世界》里有银质餐具失窃的情节——我把这文学青年式的感慨憋了回去。

"那些盘子都是名牌货，卖掉换钱估计能小赚一笔。"

"也有道理……现在网上拍卖、转卖都很方便……"

广臣嘟囔一通后看向我们，摸摸后脖颈，满不在乎地说："丢都丢了，纠结也没用，对不对？"

确实很难想象这座豪宅会频频有外来者闯入。大门完好无损，若是遭人偷盗，嫌疑最大的自然是家里人或用人。广臣大概是不愿在我们两个外人面前追究这种事。

从广臣此刻的眼神里，我感受到了"隐情"的气息。

"好了，老公，赶紧把那危险的家伙收起来，换上丧服。我明白你压力很大，但玩得太过火可不好。再过一会儿大家就要聚齐了。"

"那么，三谷、田所，一会儿见。"

说完，广臣向东馆走去。

"快把两位客人介绍给辉义的爸爸妈妈吧，他们准会很高兴的。"由美语调轻快地说。

正打开房门。

我们终于进入葛城家——宫殿之中。

2 精英家族【水位距馆 30 米】

刚一进门,我便惊叹于大厅天花板的高度。二楼设有客房,三楼有用人的房间,而大厅是贯穿一楼和二楼的天井式结构,宏伟的楼梯耸立于中央。墙上安的不是真正的蜡烛,而是设计成蜡烛形状的电灯,小小的家什也洋溢着异国情调。

"那个,鞋脱了该放哪儿……"我诚惶诚恐地问。

"穿着鞋进来就行,没关系的。"

简直像乡间别墅一样。短短的时间里我震惊不断。

我看看正的脚下,是一双黑色运动鞋。颜色倒是与丧服相配,不过能看出他在家里没那么讲究。

"我也好想在这种地方住上一回啊……不不,怕是待不踏实……我压根配不上这样的房子……"

三谷梦呓般喃喃自语,挺有意思。

正与这栋房子很相称,言谈举止尽显优雅从容。

"家父家母在一楼客厅,现在不太方便……"正挠挠脸颊,"他们好像正在接待客人。先给你们介绍一下我的妹妹和祖母吧。跟我来。"

我恍恍惚惚地跟在正身后。

"我妹妹满今年二十岁,读大二,从事模特工作,还参加过高校选美大赛,没准你们听说过她。"

三谷用只有我能听见的声音低语:"她那双美腿棒极了。"他说经常在图书室新到的面向女性的杂志上看到她的身影,一来二去成了狂热粉丝。可是,拜托,能不能别在人家的亲属面前说"美腿"这种令人尴尬的词啊?

"包括阿辉在内,我们兄弟姐妹三人之中,成长得最无拘无束的就是满了。我做着稳定的工作,阿辉也如你们所见一本正经的。满虽然个性张扬,对家人却很温柔——哟,说谁谁到,看。"

一个女人从一楼走廊右侧深处、电梯的方向推着轮椅走了过来。轮椅上坐着一位眼角下垂、面容和蔼的老奶奶。她就是葛城的祖母信子吧。

"什么啊,哥,你们在说什么?不会是在说我的坏话吧?"

满嘟起嘴。连表达不悦都显得娇俏可爱。一身丧服也藏不住她的华美,染成红色的头发、眼部的妆容、巧妙呈现魅力的站姿,无一不透着成熟的风韵,令我怦然心动。和班里的同学截然不同。她以手掩口,简单涂成深红色的指甲映入眼帘。若由美是向日葵,那她就是玫瑰。

"哥,他们是?"

"辉义的同学,田所君和三谷君。这是我妹妹满,这是我祖母信子。"

满挥着手说:"请多指教——"信子咕哝着什么,目光涣散地看过来。

"幸……幸会!"

三谷的声音因紧张而变尖。满捂嘴笑起来。

"啊哈,真是直爽的好孩子!阿辉交到这么好的朋友,姐姐我太开心啦。"

"嘿嘿，这么说我会不好意思的，嘿嘿。"

三谷抓抓后脑勺。这家伙不对劲。敢情他会像这样对女生撒娇卖萌？

信子忽然看向我。

"小哥，你是新来的护工吗？年纪轻轻这么勤奋，真了不起。今天特别热闹，好高兴。"信子用高亢的声音说道。

不可思议。明明正刚介绍说我们是葛城的同学。随即我明白过来，她患有认知障碍症。我的祖父母都还精神抖擞，我总觉得认知障碍症离自己很遥远。

三谷迎上信子的视线，笑吟吟地说："今天多有叨扰。我是三谷。"

他认真看着对方的眼睛，一字一顿，吐字清晰。我切实感受到三谷处理这种情况时更有经验。目睹平日里没个正形的同学出人意料的一面，我有些吃惊。

"是三——谷——先生啊。有这么年轻的客人来访，真高兴啊。"

"说的什么话，奶奶你也很年轻啊。"

"呵呵。"信子以衣袖掩嘴轻笑，文雅的举止与笑声俨然名门闺秀。果然无论活到多少岁，刻在骨子里的修养都不会改变分毫。

满冲三谷眨眨眼，小声道："有两下子嘛，三谷君。刚才那番应对相当专业呢。"

三谷连耳朵根都红了，缩缩脖子道："过奖。"

我问具体是哪里专业，满便把信子交给正照应，站到离信子稍远处回答："你知道法语词'humanitude'吗？意思是人性照护法……"

原来，认知障碍症不仅会导致判断能力和认知能力下降，还会造成视觉感知的大幅变化，可能出现的症状有视野变窄、因认知功能衰退而注意不到近处的东西，等等。因此，面对面直视对方的眼睛，可以更加顺利地与之交流。所谓"人性照护法"，即旨在使老年人直到最后都保有人类尊严的照护方法，照护者应谨记于心。

"三谷君实践得不错，你没有否定奶奶的话，这很重要，能避免伤害对方的自尊心。"

三谷摸着后脑勺说："啊，我都是自己摸索的。我家爷爷也有认知障碍，直视着他说话更容易得到回应，我只是想到这个……"

他嘴角含着淡淡的笑意，没忘对满补一句"受教了"。我们仨回到正和信子身旁。

我暗自惊愕。老实说，三谷看起来有点帅。

"三谷君真了不起。我是因为奶奶的关系，在大学选修了相关课程才知道这些的。"

"你也很了不起啊。"正微微一笑，"是带奶奶去散步了吧？佩服佩服。"

"喂，停停停，哥，别拿我开玩笑啊。毕竟只有这种场合能见到奶奶嘛。奶奶说想去别屋，我就带她去了。爷爷以前常用那个屋子，那里想必充满回忆吧。"

信子眨眨眼，歪了歪头。那是像猫头鹰一样可爱的动作。

怎么看都是令人欣慰的祖孙三人合家欢。通情达理的晚辈绕膝陪伴，可谓理想的老年生活。我对他们百般猜疑，会不会是在以小人之心度君子之腹？

"哥，"满看向正，"刚才抱歉啦。阿坂太烦人了……"

"你道个什么歉？"

"真受不了，连这种日子都不请自来，未免太不可理喻。啊啊，头好痛……"

满言辞激烈。她眉头紧锁，表情也变得凶狠。

"请问，阿坂是……"

"我前男友坂口。"满耸耸肩，夸张的姿态挺有模特范儿，"真是的，我为什么会招惹上那种人啊？那家伙长得倒是不错，危险的气质也蛮适合他的……没想到居然是个记者，而且这么难缠。"

正苦笑着提醒："喂喂，在客人面前说这种话不合适吧？"

姓坂口，职业是记者，基本可以确定是正提到过的"客人"了。

"也……也对，交过一两个男朋友也很正常……"

三谷则像是受到了打击。他这会儿不太对劲，他说是通过杂志知道满的……莫非对她心生恋慕了？

"坂口先生不是说收到了咱家发出的邀请函吗？肯定是有人邀请了他。"

"哥，你把人想得也太好了。那玩意儿准是他自己伪造的。"

看来这个姓坂口的男人格外招人厌，帮他说话的正彻底词穷。他似乎与满关系匪浅，身为满的前男友，也是当然。

我蓦地想起钱包还揣在屁兜里，拿出来想放进背包。说时迟那时快——

"咦？"

信子伸手夺过我的钱包。她用劲很大，以至于骨节分明的指尖泛白，酒红色长款钱包的皮革都起皱了。我试着往外抽，但根本抽不动。信子两眼发直。"得送过去才行。"我隐约听到有人低语。这话太不合时宜，我还以为是听错了。

信子试图从轮椅上起身，把重心移到脚踏板上。

三谷从身后抓住我的肩膀。"田所，慢慢走到信子夫人身前，一点点松劲之后放手。不要与她起冲突。"那她不就拿走我的钱包了吗？我心里涌起不安。可一直这样较劲也无济于事。我照三谷说的做了。

信子坐回轮椅上。不料她右手拿过钱包后，左手按着扶手又想站起来。满慌忙阻止，正从信子身后靠近，趁机夺回钱包。

满向信子搭话，聊起天气和午饭，信子恢复了原先的柔和表情。

仿佛只有我做了场噩梦。

正悄悄把钱包还给我，对我耳语："快收好，别让她看见。"我把钱包收进背包，总算松了口气。

"抱歉，田所。"满双手合十，闭上一只眼，"妈妈说奶奶有时会这样，一看到点心盒、工具盒之类的小盒子就想收集起来。这好像是奶奶现在的爱好，听说夏雄还为此跟她吵过架。"

信子只是大声反问："嗯？"看似已经忘记刚才的事了。

"'收集癖'啊。"三谷严肃道，"我有所耳闻，患上认知障碍症后会出现这种症状。有收集宝石的，有收集抽纸盒的，据说还有人会收集报纸杂志，觉得上面写着自己的事。"

"嗯。奶奶把那些东西都收到了自己房间的背包里。前段时间由美姑姑发现一大堆过期的盒装点心，直呼'服了她了'。呵呵，奶奶很可爱吧？"

我难以忘记信子方才的力气和直勾勾的眼神。假如就么较劲下去，受伤的会是她，体格差距摆在那里。然而从眼神能看出她是动真格的，我像被蛇盯住的青蛙一样，僵在原地动弹不得。

"收集癖"一词我闻所未闻。真有这么简单吗？点心盒和钱包全无共同点，"得送过去才行"这句话也让我觉得突兀。

信子当时气势慑人，说实话，我体会不到满口中的"可爱"。但温和微笑着的信子颇具气质，教人看着心情舒畅。

"哥，那待会儿见。"满看向我们这边，"你们也要参加法事吗？还是只来见见阿辉？"

"我先带他们去见爸妈，之后就看爸妈的意思了。"

"不愧是爱护弟弟的温柔大哥。"满笑道，"看来是把大 boss 留到最后啰。"

"欸？"三谷一个激灵，"大 boss？"

"放轻松，少年，别那么紧张。只要跟我哥待在一块儿，应该不会遭雷劈。"

"……雷？！"

三谷面色惨白。

满和信子乘上电梯。电梯关门前，满冲我们挥手道："回见。"

我和三谷留在原地，战战兢兢地向正询问："……正先生，辉义的父母……那个……怎么说呢……是很可怕的人吗？"

"啊哈哈……"

正无力地笑了笑。

"满吓唬人吓过头了。说'可怕'有点过，该说是严厉吧。尤其是家母。

"家父健治朗是政客，年纪五十过半后事业终于达到顶峰。他这人充满自信，擅长观察社会现状、不断学习，能明确地表达意见，同时不乏人情味，很有声望。阿辉回来后，家父只训了他一顿就豪爽地一笑而过。

"家母璃璃江在一所大学担任物理学教授,擅长条分缕析地思考。她在家人面前也很少笑。我们经常挨训。她算是跟家父刚好相反的类型。"

胃因不安而抽搐。正和堂坂夫妇对我们抱欢迎态度,但照此说法,我们可能会遭到葛城的母亲璃璃江的排斥。因为我是个"坏朋友"。

"好啦,不用担心。我特意先把你们介绍给姑姑、姑父和满,做好了铺垫。"

正啪地拍了下胸口。真是个可靠又好脾气的人,能感受到正很爱自己的家人。他身上有种让人想追随的领袖魅力。广臣、由美、满、信子说不定也都是表里如一的"好人"。看着面前的正,我渐渐产生依赖感。

北里从走廊过来告诉正:"客厅的谈话结束了。"

正露出坏笑:"终于要碰面了,做好心理准备了吗?"

我们移步至一楼客厅门前。正敲敲门。

"请进。"

是个响亮的男声。嗓音很好听,一开口便能引人注目。

"打扰了。"

我们跟着正进屋。

里面的沙发上坐着一男一女,两人都身穿丧服。男人体格健壮,随意地敞着上衣扣子,坐姿雍容。女人侧身朝向这边,只瞥了我们一眼,沉默不语。

正把我和三谷介绍给他们。

"这是家父健治朗,这是家母璃璃江。"

健治朗抬起一只手露出微笑,滴水不漏的动作活像选举车上的候选人。而璃璃江只轻轻点了下头,依然一言不发。

璃璃江有种利刃般的美。其美貌令人心醉,却散发着谁敢触碰便砍断其手的冷峻气息。眼镜后的冰冷双眸加深了这种印象。学校里要是有这样的老师,我也许会迷上。

璃璃江终于开口:"田所同学,三谷同学。家里正忙着操办重要的家族事务,通知我们一定转达,现在——可以请你们先回去吗?"

口吻平淡而不由分说。能冻死人的冰冷视线更是扎心。

"哎呀哎呀,别这么说,璃璃江。"健治朗眯起眼,"那孩子交到会来家里玩的朋友,不是值得高兴嘛。"

健治朗豪放地笑起来。

璃璃江推了推眼镜,直直地盯着我。我紧张得胃里翻江倒海。

"你是姓田所,对吧?"

"……是的。"

"今年夏天,你和辉义在合宿时溜走去了M山。我也知道辉义喜欢那个小说家——我就不绕弯子了。"

璃璃江几乎是在瞪着我。

"是谁提议去M山的?"

如同在接受审讯的强烈紧张感袭来。我下意识地低下头,咽口唾沫,深吸一口气后回答:"……是我。是我制订好计划,去跟辉义提出来的。"

三谷猛地缩了缩下巴,睁大眼睛看向我。

"……这样啊。"璃璃江长叹一声,"辉义一口咬定是他提议的。"

"咦?"

我惊讶地抬起头来。璃璃江别过脸。

"辉义在拼命包庇你。你们的说法不一致,我不想现在就决定相信谁,那不是合理的态度。"

合理?我纳罕不已。好歹身为人母,理应姑且相信儿子吧?脑子里刚冒出这个念头,她又冷冷地瞥了我一眼,道:"不过,'是你提议的'这个说法听起来更真实。"

"……是的。"

"总之,你曾让辉义陷入危险,不能让你和他见面。"

"那、那个,"三谷怯生生地说,"不方便的话,我们就先告辞了。"

我看了眼三谷。明明是你说的"这种时候就该豁出去"!那股气势去哪儿了!我试着用眼神抗议,可三谷只是难为情地缩起脖子。他的额头布满亮晶晶的汗珠。

"妈。"正上前一步,单手握拳,一脸骇人的表情,"没必要说得这么绝情吧!辉义和田所也都吃了不小的苦头。总有些事是两个人合力才能办到的,怎么能不分青红皂白地否认这一点呢!归根结底,妈,你的教育理念过于严厉了,所以满在你面前才会感到自卑——"

"正。"

健治朗抬手制止了正。正不甘地垂下头。

"……这事轮不到正插话。我自认把满和辉义都教育成了配得上葛城家的人,可辉义还是贸然涉险。田所同学,这难道不是你的错吗?"

"算啦,璃璃江,差不多得了。"健治朗苦笑道,"我在辉义这个年纪,也没少调皮捣蛋。"

"谁问你这个了!"

璃璃江涨红了脸。

健治朗重新转向我们。

"对不住。璃璃江是大学教授,有职业病,什么事都要追根究底才痛快。其实她心里也明白,辉义会包庇你,说明你对他而言是非常重要的朋友。"

"等等,健治朗,我不是要说这个——"

"不管怎样,今天就让他们见上一面吧。你说呢?"

璃璃江用简直能咒死人的眼神注视着自己的丈夫,片刻后突然扭过头去。

"随你们便吧。"

"不好意思,我太太不怎么坦率。"健治朗向我们露出爽朗的笑容,"对了,你们是吃完饭再走吧?听说由美邀请你们了。"

"你和由美就是太好说话了。"

"彻底闹起别扭啦。"健治朗摊手耸肩。

"那我带他们去辉义的房间。爸,妈,待会儿见。"

璃璃江依旧背着脸,看不到表情。健治朗微笑着,再次滴水不漏地抬手示意。

出了客厅来到走廊,正长出一口气,有气无力地冲我们笑笑。

"……实在对不起。家父家母失礼了。"

他真的好温柔。我的紧张情绪总算得到了缓解。

"没事,也不能怪她那么说我……谢谢你帮我说话。"

葛城的母亲璃璃江毫不掩饰严厉的态度,但想到我对葛城做出的事,这点数落我其实早有心理准备。

首先得见葛城一面——本次短途旅行的首要目的,驱使我前来此地的动因。那起案件留下的创伤,只有我能与葛城分担——只有我能。

胃愈加敏感,我感到喉咙发紧。

3 时隔两个月的会面【水位距馆 29.8 米】

"终于要见面喽。"

三谷不停地用手肘戳我。

葛城的房间在二楼走廊尽头。正敲了敲葛城的房门。

"阿辉,在吗?"

门内似有人屏住了呼吸。紧张的氛围犹如绷紧的细丝,仿佛一触即断。

"……什么嘛,原来是哥哥啊。"

听闻葛城的声音,我蓦地鼻子一酸。本来还担心再也见不到他了。现在,他就在那里,真真切切。

"我不是说过吗!我不去吃午饭……不下楼!"

然而葛城的语气十分激烈。我不禁有些畏缩。他声音嘶哑,话里带刺。

"哥哥过来不就好了……只要有哥哥陪在身边,我就……"

这次变成了恳求的口吻。我备受冲击。葛城竟然在对人撒娇。我认识的葛城总是超然物外,言谈举止间把周围人折腾得团团转。

"阿辉,你听我说。今天来客人了。"

"哦!"葛城语气很冲地说,"不就是像寄生虫一样黏着姐姐的人渣和夏雄那个阴郁的家庭教师吗？我才不想看见那两张脸！"

他像个闹脾气的孩子。我哑口无言。

"不是啦，阿辉。是你的朋友。"

"——朋友？"

正朝我使个眼色。我点点头，下定决心对门里的人说："……葛城，是我，田所信哉。"

门里传来倒吸一口气的动静。

"我有话想跟你说，就过来了。开门吧，拜托。"

沉默降临。门纹丝不动，不知道葛城的反应。

经过永恒般漫长的等待，门冷不丁开了。

葛城的身影——好似瘦骨嶙峋的亡者。

他个头本就矮，此时微微驼着背，看上去更矮了。脸上挂着黑眼圈，气色很差，皮肤也粗糙，大概是没怎么吃东西。肯定也没出过门。

"田所君，为什么……"

葛城的嘴唇在颤抖。

"哟，葛城。你还好吗？"

三谷忽然从我背后探出头来。葛城眯起眼睛。

"……啊，噢，你是隔壁班的。"

"好过分啊，把我给忘了吗？唉，只偶尔在图书室碰过面，也难怪。"三谷笑眯眯地说，"你喜欢的奇幻杂志，新刊到货啦。喔，我坐这儿行吗？"

不等对方回答，他就一屁股坐到椅子上，速度之快不容分说。我甚至有些敬佩三谷的直截了当了。

"……田所君，你也进来吧。屋里有点乱，见谅。"

葛城扯扯嘴角，挤出略显笨拙的憔悴笑容。

"阿辉，"正说，"我下楼弄点饮料。红茶怎么样？两位客人也喝红茶可以吧？"

"谢谢你，哥哥。"

正离开房间，是为了让我们三个能无所顾虑地说说话吧。他想得很周到。

葛城坐到床上，我靠在墙边。葛城始终低头不语。我难以忍受长久的沉默，率先开口。

"你回主宅了啊。"

"……嗯。"葛城没看我，仍低着头回答，"医生说我需要静养，八月末出院后我一直待在这边。关禁闭的两周也是在这座宅子里度过的。居家禁闭。"

我点点头。

"记得你说过，当侦探的契机是警察家人？"

"噢，是嘛，我跟你提过啊。"葛城的表情略微柔和了些，"是啊。正哥哥是带给我最初的案件的人……也是教我入门的恩师。"

三谷兴奋地插嘴："我们刚才也听正先生说了，你上小学时就干脆利落地解决了不少案件。好厉害啊！再张扬一点也无妨嘛。"

"我破案又不是为了得到夸奖。只是觉得应该那么做。"葛城背过脸厉声道，语气中流露出抵触。

"哦，这样啊……"三谷挠挠脸颊，"啊，对了，你小时候就连连破案，那你在警察之间也很有名喽？"

"不，功劳全归哥哥。警察都以为是哥哥破的案。"

"这算啥啊。"三谷噘着嘴抡起拳头，"太狡猾了吧。"

"小学生破案这种事，说了也没人信啊。现实又不是小说。"

我从旁安抚。话音刚落，葛城哧哧笑起来。自我们进屋后，他第一次展露开朗的笑容。

"就知道你会这么想。可我那哥哥实诚过头了，把情况如实汇报给了上司，说'是我弟弟破的案'。"

葛城一谈起哥哥就来了劲。

"真的假的？"三谷吹了声口哨，"实诚也得有个限度。"

"不用说，对方根本不信。不止如此，最后反倒是哥哥遭到了嘲弄。"

葛城直摇头。

"我爸还笑眯眯地说：'算作正的功劳不是挺好嘛。能帮上哥哥的忙，辉义一定也很开心吧？'"葛城的嘴唇难看地歪了歪，"但是，正哥哥说'那样是不对的'。听了爸爸的话，他紧紧咬住嘴唇，一脸不甘。我看不下去，便主动提出不介意功劳归哥哥。我还记得那时哥哥神情悲伤地向我道了歉。"

我为怀疑正而惭愧。从初见时起，抑或从他在健治朗和璃璃江面前维护我和三谷时起，我已对他的为人胸中有数。但他太过完美，以致我忍不住想去否定——兴许是我的乖僻性情使然。

"哥哥教过我好多事。"

葛城的眼睛恢复光彩，背挺直了，声音显出活力。这让我很高兴。仅是见他这副模样，我便觉不虚此行。

我是凭一股冲劲来到这里的。

还没想好该对他说什么。

脑海里倏然浮现一句话，我说出了口："——葛城，要不要回来？"

葛城变得面无表情。我后悔说出这句话了。

"……我需要时间来调整心情。"

"你已经调整很久了。那起案件绝对不怪你。当然，就像她说的那样，我们也许错了。但是……我也不觉得她就是对的。"

我自感言辞空洞徒劳，焦急不堪。

"唉……"葛城摇头道，"有时我自己也搞不清楚，究竟是什么打击得我一蹶不振……"

"可是……"

"我无能为力，田所君。对于已故之人，我什么都做不了……也没法把被害人还给她的家人……你明白吗？结果无法改变。侦探插手案件，总是在一切都结束之后。我已经……受够这种事了。"

"你们在说什么？"三谷面露疑惑，"是跟M山的事有关吗？"

"是啊。"葛城淡淡地笑了，"那次给田所君也添了很大的麻烦。田所君，害你也被关禁闭，实在抱歉。"

"我过来不是想听你说这个！"

心裂开一道缝，吼声从缝隙里冲了出来。耳鸣声逐渐退去，取而代之的是自己的呼吸声。我过于激动，几乎要掉下泪来，能感觉到脸在不住地颤抖。

葛城用挂着黑眼圈的眼睛看向我，眼神冰冷而混浊，不复方才谈论哥哥时的光彩。冰冷的眼神很像他的母亲，但他母亲的眼神是清澈的。他抬起那双不像任何人的眼眸，似要彰显孤独一般，从房间的角落看向我。

"那么，田所君，你过来是想要什么？"

"欸——"

"你来这儿，是想看我变成什么样子？"

胃空得难受，周围的氧气好像消失了。

变成什么样子？

不知道。遍寻内心也找不到答案。

喉咙干涩，发不出声音。

这时突然传来"啪"的一声脆响。

我吓了一跳，循声望去，原来是三谷拍了下手。

门外似乎也有动静，可能是错觉。

"复杂的事情之后再说。正先生一直没回来，我们下楼后跟他打声招呼。啊，对了，院子里有个挺大的网球场，也有球具吧，要不要去活动活动身体？"

"不，我就免了。球具尽管用。跟哥哥说一声，他应该会带你们过去。"

"是嘛。"三谷把手搭到葛城的肩上，"我们要一起吃午饭，你也过来呗。可别说什么'不去吃午饭'，咱们都好久没一块儿吃过饭啦。"

"……啊？三谷君，我跟你一块儿吃过饭吗？"

"真薄情啊。"

三谷"啧"地咂了下舌。葛城小声笑起来。

我倍感震惊。我弄僵的气氛，三谷一瞬间就令其复原，甚至让葛城又露出笑脸。而我总在关键时刻掉链子。

——那么，田所君，你过来是想要什么？

脑海的一隅在不停搜寻答案。

4 不速之客【水位距馆 29.8 米】

离开斋宴还有将近一个小时，正和三谷打了会儿网球。正麻利地从东馆拿来网球服和全套球具，邀请我也一起打，但我提不起兴致，婉拒了。

两人在网球场愉快地对打，我倚着围栏旁观。

浓云密布，厚重的云层直压地面。头开始刺痛。据说这回是超强台风。也许不该这么悠闲地逗留，而应尽快打道回府……

葛城的话在脑中挥之不去。

本以为见了面总会有办法。当然，我知道不可能那么顺利，并没指望马上与葛城回到从前的状态。虽说案子的影响和丧事赶到了一起，像他这样闷在家里不来上学也属异常。但即便如此，我还是期冀这能成为改变葛城行动的第一步。谁知他拒人于千里之外。本以为只要见到面，就能靠近他，哪怕只不过是互相舔舐伤口。

可我却这么没出息，连话都说不出来。

"喂，田所——你要蔫到什么时候啊——呼，嘿！"

"嚯，三谷君，有一手嘛，第一次能打成这样很不错了！"

"真的吗！"

三谷把球打过去后，正轻松接起，打回容易接球的位置。

刚要感叹他还挺照顾初学者,便见他又是放高球诱导三谷打出重球,又是尝试打锐角球,球技相当精湛。三谷累得面红耳赤,畅快地满场奔跑。我也活动活动身体的话,心中的忧郁能消解几分吗?要不我也去换上网球服加入他们吧。就在动念之时——

忽然从背后飘来香烟的气味。

围栏对面站着一个男人,戴着墨镜,梳个大背头,倒是穿着丧服,但衬衫领口大敞。年纪三十过半,装扮甚是吓人,好在五官端正,总体上是"帅大叔"的形象。

尚未询问名字,我已隐约意识到他是谁。

"哼,真够悠闲的。小子,你也有同感吧?"

他声音粗哑,可能是抽烟过度抽坏了嗓子。

"我姓坂口。小子,你是生面孔啊,是私生子吗?"

果不其然。我想起"纠缠满的前男友"这一信息,以及葛城唾骂的那句"人渣"。五官再怎么端正,这粗鲁的态度也让人喜欢不起来。

许是由嗓音产生的联想,他让我想起蛇。家住坡道上的悠人口中那个像"大灰狼"一样可怕的男人,弄不好就是坂口。想到这里,我又觉得比起蛇,狼更贴切一些。

"不是,我是辉义君的朋友。"

他是杂志记者,为什么今天会来参加法事呢?总感觉此人心怀鬼胎。

说到客人,这座馆里还有另一位,记得是姓黑田。葛城对其的评价是"夏雄那个阴郁的家庭教师"。

"喔,有人在打球。我要不要也加入呢——"

从坂口背后传来另一个慢吞吞的声音。一个阴郁的男人站在那里。厚镜片的黑框眼镜、嘴边浓密的胡须……想来是整体气质使人觉得阴郁。唯有镜片后下垂的眼角给人以温和稳重之感。

坂口指尖夹着香烟，笑得肩膀都在抖。

"黑田，你还真悠闲啊。该不会全无目的，单纯是来参加法事的吧？"

"坂口先生，你这么说，看来是别有目的？"

黑田的回敬让坂口大声咂舌。黑田看向我，微笑询问："你是？"从笑的方式能看出他很擅长和小孩相处。

做过自我介绍后，我指着在打网球的三谷顺便也介绍了下。

坂口的视线移回我身上。

"喂，关于M山的火灾和落日馆的案子，你是不是知道些什么？"

我不确定有没有掩饰好细微的身体反应。轻轻吸一口气后，我问："为什么这么说？"

"在办法事的日子登门，可见你跟那家伙关系不浅，我寻思你可能知道点什么。我也想跟那家伙聊上几句。他没准看到了有趣的东西，比如财田雄山不为人知的一面。"

坂口发出嘲弄的声音，嘴角挂着讥讽的笑。其态度令人不快。

"可惜那家伙闭门不出，满居然也什么都不知道。哎，这也难怪。我就没怎么听她提起过弟弟。估计姐弟关系很差吧。"

我心生诧异。姐弟关系差？这还是头一回听说，而且跟我的印象不符。

"怎么会关系差呢，她人那么好。"

我不自觉地加强了语气。

"那是因为你不了解真正的她。"坂口露出不怀好意的笑，"女人是很恐怖的，小子。当然，不止女人。这个家就是蛇的魔窟。剥去画皮，不知会现出什么样的原形。"

我火冒三丈。他口中的"蛇"自然也包括葛城。

"是吗？我倒是觉得这家人给人印象不错。"

我将此前的疑神疑鬼抛到脑后，脱口而出。

坂口挑了挑眉毛，捻灭烟。我浑身僵硬，害怕他会绕到围栏里对我动手。

"你上当了。那个男人也一样……"

他的声音很做作。他隔着围栏往里一指，所指之处是朗笑着挥动球拍的正。

"和表象相反，那种人往往居心叵测，根本看不透心里在打什么算盘。他是满的哥哥吧。跟那个疯婆娘流着一样的血……"

就在我怒气冲冲想反驳的刹那，球场上的正注意到这边。正立刻沉下脸，朝我们走来。

"坂口先生，怎么又是你？你向田所君灌输了什么？"

"噢哟，这么瞪我我可受不住。"坂口离开围栏，故作滑稽地笑笑，"没什么，只是看这小子挺单纯，稍微捉弄了下而已。"

他发出抽噎般的笑声。

"走着瞧，我可是有压箱底的'材料'……"

我感到坂口墨镜背后的双眼在放光。他来回扫视观察我们每一个人，活像即将扑向猎物的猎犬。

"嘿，拭目以待吧。再见啰，老实巴交的小子。"

刚想问他是什么"材料"，坂口已大步向宅子走去。

"那我也先告辞了……"

黑田似有些窘迫，匆匆走远。

正叹了口气。

"对不起，我早点注意到就好了。他惹你不开心了吧。"

正把手轻轻搭在我肩上，仰头看我的脸色。

"啊，没事。"我摇摇头，"只是说了会儿话。他可真是个怪人。"

正无奈地笑笑。

"还有点时间，要再打一会儿吗？"

"不了，被打断后没兴致了。而且，"三谷把运动毛巾挂到脖子上，"我想听听正先生的故事。正先生是警察，肯定有不少趣事可讲吧？"

三谷爱好冷硬派小说和警察小说，对现实中警察的工作兴趣浓厚。

"欸——这可头疼了。你要是期待影视剧里那种故事，我可满足不了你。还有些事出于职业要求不能说……"

"挑能说的部分讲就好。锵锵！这位田所老师将来会成为伟大的推理作家，警察小说领域也要有所涉猎才行。"

"什……你个笨蛋，别这么大声！"

三谷善解人意，让人讨厌不起来，唯独这种时候着实令人伤脑筋。除了极少数例外，我并不想让别人知道自己在写小说。

"这么说，你也在写。厉害厉害……"

正立即重重点了下头，没再细问。

"好的，我明白了。当然，具体案件中的个人信息不能透露，我就挑有助于田所君创作的内容讲讲吧。"

"谢……谢谢……"

随后，正讲了许多趣事：当上警察后做的第一项工作，与葛城携手破获的首起案件，从负责盗窃案的同事那里学到的小偷思维模式，自己侦办的离奇杀人案，等等。让人简直想直接加工成小说。在听第二件事之前我干劲满满地说了声"等一下"，从背包里取出素材本，认真地记起笔记。

一想到葛城从小就能听到这样的故事，我就开始羡慕他。正的讲述是如此引人入胜。葛城初当侦探的激昂、拜正为师的喜悦，跨越时光在我心里掀起了共鸣。

葛城缺失的就是这些吧？

得唤醒他心中的喜悦与激昂。

——对于已故之人，我什么都做不了。

——结果无法改变。侦探插手案件，总是在一切都结束之后。

——我已经……受够这种事了。

思及葛城那一句句透着悔恨的话语，我又觉得还差点什么。可是……

突然响起手机铃声。

正看向自己的衣兜。"抱歉，来电话了。"他眯起一只眼表示歉意。

"喂？哦，那事等回东京再说……"正接电话的时候我一直在看他的手机。天蓝色，款式简单，手机壳上有南国风情的照片。

通话结束后，三谷问："这手机壳不错，在哪儿买的？"

"噢，你问这个？"正微笑道，"其实是由美姑姑给我的。她买了新的手机壳，就把这个旧的送我了。我也不知道在哪儿能买到。"

正看了眼手机屏幕，道："快到吃饭时间了，去食堂吧。"

"啊，正先生，谢谢你讲了这么多事给我听。"

发觉自己还没道谢，我又大声表达了感激。正害羞地笑笑："不客气，能帮到忙就好。"

"运动完肚子好饿！"

三谷边用毛巾擦脸边说。真够悠闲的。唯有这点我赞同坂口。

*

葛城家的众人与客人们齐聚食堂。

最里面的座位上立着一个小相框，里面是快活笑着的白胡子老人的照片——已故葛城惣太郎的遗照。他眼角下垂，给人以和蔼的印象，与"杰出家族"家主的身份十分相称。

葛城惣太郎是一流企业"葛城物产"的最高管理者。公司Logo颇具特色：中间是盾牌，交叉的剑与弓紧贴在盾牌外侧。如此设计体现出"进攻是最好的防守"的经营理念。这一理念得到了贯彻，葛城物产是自昭和时代以来担任商界中流砥柱的知名企业。

依次打量在座所有人后，璃璃江哼了一声，耸肩道："真是热闹。今天不是要'只有家里人，放松一些'吗？"

我如坐针毡。我、三谷、坂口和黑田混进这种场合，果然很不识趣。

"有什么关系嘛，饭就是要大家一起吃才香啊。"由美轻快地笑道，"你俩喝果汁可以吗？有苹果汁和葡萄汁，喜欢哪个？多喝点，敞开了喝。"

这苹果汁和葡萄汁比我平常喝的纸盒装软饮高档得多，新鲜芳醇，像是果实鲜榨的。

我又在脑子里梳理了一遍葛城家的人物关系。

健治朗和璃璃江是辉义的父母，两人育有三名子女，从长至幼分别是正、满和辉义。健治朗是惣太郎与其妻信子的长子。

堂坂夫妇是辉义的姑姑、姑父。由美是葛城惣太郎的长女，与广臣结婚后改姓堂坂。两人育有一子夏雄。

葛城家共九名成员：信子，健治朗、璃璃江夫妇，其子女正、满、辉义，堂坂夫妇，其子夏雄。客人共四名：坂口、家庭教师黑田，以及我和三谷。

十三个人围坐在细长的餐桌旁，好不热闹。总管北里并未落座，无声无息地穿梭于众人之间，勤快地端茶送水。由美说着"爸爸生前很爱喝这种酒"，把一杯清酒放到遗照前面；健治朗喊着"老爸，干杯"，脸色通红地举盏畅饮；满说"这汤真好喝，由美姑姑，之后教我怎么做吧"；黑田拘谨道"对不起，不请自来不说，还蹭吃蹭喝……"；广臣立马满面春风地回答"别那么客气，老师能过来，夏雄很高兴的"。

——好似在看刻意表演的家庭剧。

我惊讶于脑中突兀冒出的词组，同时感觉想通了，这个词组就是答案。葛城一家给人印象不错，正大概也是"好人"，尽管如此，我为何仍心存怀疑？眼前这幅过于理想的"和睦大家庭"光景……其中充斥着虚伪的气息。就像每个人都在扮演分配好的角色一样……

会不会太恶意揣测了？是否应放下偏见，更坦率地接纳他们呢？

"田所，你怎么闷闷不乐的？快尝尝，红酒烩牛肉巨好吃，入口即化……再灌两口超好喝的葡萄汁，牛肉和果汁混合，软糯顺滑，堪称极致享受……你说，我再续一杯果汁会不会太厚脸皮啊？"

三谷笑容满面地大快朵颐。我在心里叹了口气。或许我也别想太多为好。

我最近真是不太对劲……

葛城默默吃着饭，但似乎没什么食欲。

"正工作挺忙的吧？毕竟是警察。"由美说。

"哈哈，还好，一般忙吧。"

"你说啥呢哥！明明超忙吧？今天本来能坐爸爸的车一起从东京过来，结果接到紧急任务！"

"然后自己过来了吗？那可够辛苦的，电车和公交都要坐好久呢。何况是刚忙完工作就赶路。"

广臣慰劳几句，正笑答："谢谢关心。"

信子坐在轮椅上，由美陪在她身边。

"孩子爸，你去哪儿了？"信子东张西望，"吃饭啦，孩子爸——"

"爸爸马上过来。来，快趁热吃吧。"

信子慢慢端详坐在左前方的黑田。

"孩子爸，原来你在这儿啊。"

"欸？"

"孩子爸，你刚才去哪儿了？又去找女人了？喂，是不是啊，你倒是说话呀——"

信子气得脸都红了。

由美握住信子的手。"妈妈，快吃饭吧。"信子眼神空洞地看向自己的女儿。"欸？哦，对。吃饭。"她皱巴巴的嘴唇颤抖着，"吃饭。"她拿起勺子，像是忘了自己刚说过的话。"真好吃。我喜欢虾。是你做的吗？你是哪位？"

面对信子的询问，璃璃江莞尔道："很好吃呢。"与先前对我们显露的表情迥然不同，那是非常温婉的微笑，也没有流露失望之色。她大概早已习惯这样的交流。

广臣对黑田解释道："不好意思，岳母把家里一半人的长相都给忘了。她错把你当成惣太郎先生了。"

"噢，原来是这么回事。"黑田缩缩脖子，不停挠着后脑勺，

"和惣太郎先生这样的成功人士相比，我就是个不值一提的小人物，能让人觉得我跟他有点像的话，还真挺开心。万分荣幸。"

黑田嘴角泛起淡淡的笑意。由美笑盈盈地说："哪里，平日一直承蒙老师关照……"随即又有人欢快地接话。刻意表演的家庭剧——这个词组在我脑中越发膨胀。

"黑田先生，别介意，我哥偶尔也会被认错。"

满话音刚落，广臣便笑道："正君本来就跟惣太郎先生很像，隔代遗传嘛。"正只是微笑着缩了缩脖子。

"'去找女人'，这话挺耐人寻味啊。老人家呢，看似昏头昏脑，违心话是绝对不会说的。"

家庭剧生出裂纹。

是坂口。他笑得肩膀都在抖，将杯中果汁一饮而尽。

空气凝滞了。"你什么意思？"健治朗说。

"换言之，"坂口露出嘲讽的笑，"患上认知障碍症的人，能想起来的事都是过去的经历。她说惣太郎先生'去找女人'了，是因为很久以前经历过这种事。"

健治朗面色阴沉下来。

"坂口先生……在悼念家父惣太郎的场合，还请你不要无凭无据地中伤逝者。"

"有凭据啊。她对黑田先生的反应就是最好的证据。没错吧？"

冷不防遭坂口质询，黑田吓得一哆嗦。

惣太郎出过轨？真的吗？不过，信子刚才的眼神就和抢我钱包时一样，是动真格的。

在这种场合谈及逝者过往的外遇，坂口的没心没肺令人难以置信。难怪满厌之如蛇蝎。

"哎，可别想赶我走。我有邀请函。"

坂口说着从胸兜里取出一个信封。满大步流星地上前，将信封从坂口手里一把抢过。

众人依次传看邀请函。信封上的收件信息明确写着坂口的名字和公司地址。文字是打印出来的，看不出寄信人是谁。信件内容也是电脑打印的，简要通知了尾七法会和法事的日程。信封上盖有 Y 村的邮戳，邀请函的确寄自这个村子。

信封背面写有法会地点祠堂的地址、法事地点葛城家的地址，并附备注："根据家人意愿，法事仅限亲属与部分密友出席。"

"这玩意儿有台电脑谁都能做。"满轻蔑地哼了一声，"肯定是你伪造的。法会日程告知过熟人朋友，对你来说不难打听，稍微下点功夫就能问到。"

"但是，我也收到了一样的……"

黑田在背包里摸索一阵，掏出一个信封。坂口将其夺过。

"我明白了。"坂口说，"瞧，我和黑田先生的邀请函是用同一台打印机打印的。"

还真是，两人的邀请函右上角都有飞白。把两张纸重叠起来看，飞白在同一个位置。

"我对这个痕迹有印象。你们发的法会导览也是这里印字有飞白，八成是打印机故障吧。也就是说，我的邀请函的的确确是用这个家里的打印机打印出来的。"

满焦躁地叹口气，连珠炮般说："打印机谁都能用。没准你之前来我们家偷偷用过。"

"噢哟噢哟，真吓人。"

坂口没事人似的嘿嘿笑着。

邀请函一事显然蹊跷。很难想象葛城家的人会想邀请坂口出席，他势必要砸场子。在场者之中，有人邀请了坂口和黑田。用意何在？

我不动声色地观察这家人的反应，没发现有谁举止不自然。

这时，视野下方突然探出个脑袋。

是夏雄。他扬起还沾着番茄酱的嘴角，恶作剧般冲我笑笑。

"话说，田所和三谷来我家是要干吗？"

"别闹，夏雄。"由美责备道，"两位客人是辉义君的朋友，来串门的。"

"我刚才听到了，阿辉哥哥是侦探对吧？"夏雄说，"那田所就是阿辉哥哥的助手喽。刑警和侦探总是两人一组出动。凑齐两人就开始行动。好玩的案子一个接一个发生，侦探最后一定会揭露出人意料的真相。凶手要么是最可疑的人，要么是最不可疑的人。"

"夏雄，不许烦客人。"

广臣眉头紧蹙，摸着后脖颈低喝道。

我顿生预感——不能再往下听了。剑拔弩张的气氛浸没了整个空间。"刻意表演的家庭剧"裂纹越来越大。这家人眼看就要放弃自己扮演的角色，凶相毕露地争执起来——

"夏雄君说话挺有意思啊。"

坂口探过身去。我产生了他嘴边不停吐着蛇信子的错觉。我今天不对劲。幻想和现实诡异地交融在一起。

"夏雄君，你为什么对田所君和三谷君来访这么挂心？为什么关心侦探的事？"

"那是因为——"

"夏雄！"

广臣严厉地呵斥一声。然而夏雄已经指向遗照。

夏雄歪着脑袋,用天真无邪的语气说:"因为,外公是被杀害的呀。"

5 疑云【水位距馆 29.7 米】

猛烈的"呼呼——"声在屋里回响，听来有如用力过猛的舞台音效。异常喧嚣的风声透着不祥。

"北里，你去看看情况。说不定是受台风影响。"

良久，健治朗用厚实的手掌摩挲着下巴，打破沉默吩咐道。

"……遵命。"

北里徐徐鞠了一躬，走出房间。想必他也因夏雄的话而心神摇摆，却依然面无表情，许是出于管家特有的冷静。

"来，我们接着说。"坂口露齿笑道，"夏雄君，我对你刚才的话很感兴趣呢。为什么觉得惣太郎外公是被杀害的？"

葛城惣太郎……这座馆的原家主，于八月下旬去世。在出席其尾七法事的家人面前说出"惣太郎是被杀害的"……空气会冻结也是难怪。

被杀害的？

葛城无动于衷，没有要开口的意思。我有些焦躁。

"竟然说什么被杀害，纯粹是无稽之谈。"璃璃江看我们一眼，声色俱厉地说，"老人是在自己床上仙逝的，遗容很安详。结论已出，是宿疾心脏病发作。警方也判定'没有犯罪迹象'。"

"算啦算啦，别动气，璃璃江。小孩说的话，用不着那么较真。"由美笑着打圆场。

既然判定"没有犯罪迹象",说明尸体没有明显外伤。这种事问问就知道,但眼下的氛围让人根本不敢开口。

若为杀人案,莫不是毒杀?既然没有犯罪迹象,死因也明确,应该不会对尸体进行司法解剖……

"是真的。我看得清清楚楚,有人往外公注射的药里加了东西。田所,这超级可疑吧?"

"小孩子瞎说的。"广臣打起哈哈。

"广臣先生,我是在问这个孩子。我相信夏雄君的话。"

坂口冷冷道。广臣不吭声了,默默摸着后颈。

夏雄看着我和坂口说:"外公身体不舒服那天……有个人站在别屋的柜子前……柜子里放着药……就是外公注射的那些药……"

夏雄一副小大人的口吻,怕是又在模仿哪部作品。

"夏雄!"广臣低声斥责。

"站在柜子前的那个人……看起来鬼鬼祟祟的……不知在打什么坏主意……我就观望了一下。然后——"

"夏雄!别说了!"

由美忍无可忍地吼道。我头一回见她这么大声说话。

"不是跟你说过吗?不可以当着大家的面讲这事。"

"为什么啊?"

"外公是病死的。"由美放缓语气,"他身体不好。"

夏雄眨巴几下眼睛。少顷,他像是想通了什么,满意地笑笑。

"哦,这样啊。"

夏雄从我腿边走开,回到原位。他不时向四周张望,从眼神能看出他对此局面乐在其中。

"由美姑姑，夏雄以前就说过这种话吗？"

正问道。语气轻柔，目光却很犀利。那是刑警的神态。也许当前事态唤起了他的职业精神。

"啊……嗯，是啊。"

"我办案也会对孩子的证词持谨慎态度。那个——"

正看看夏雄，欲言又止。广臣顺势接话，语调夸张。

"诚如正君所说，这孩子分不清电视剧和现实的区别。他最近刚看过两小时悬疑剧。这种现象在幼童身上很常见，对不对？"

"好过分！"夏雄一拍桌子站起来，"原来爸爸和正哥哥都是这么想的！"

"不，别误会，夏雄，我不是这个意思——"

正试图安抚，由美嘴快地打断了他。

"我嘱咐过不知多少遍，没想到这孩子还是在重要场合口无遮拦，实在对不起……夏雄，还愣着干吗，你也赶紧道歉。"

"凭什么啊。"夏雄嘟起嘴，"我说的都是真的。"

"还强词夺理……"

由美嘴唇战栗。紧绷的氛围一触即发。由美和广臣似乎有点反应过度，估计是每次听夏雄说出那番话都要叮嘱一遍"不可以当着大家的面讲这事"，因此积攒了不少压力吧。

"话说，"三谷道，"别屋在西馆后面对吧。药居然保管在那儿吗？难不成惚太郎先生……睡觉也在那个屋？"

"那倒不是。他在别屋只是鼓捣兴趣爱好，虽然偶尔会在那边的沙发上睡着，他的卧室在西馆三楼……"

"药原本放在三楼的书房，可外公发疯大闹，把药瓶全打碎了，手还受了伤。"夏雄笑嘻嘻地说。

"夏雄！你连这事都……"

"由美夫人，这是真的吗？"

听黑田询问，由美叹息一声。

"嗯，没错。父亲腰腿变差，认知障碍也越发严重后，我经常帮他做睡前注射，所以把药放在卧室旁边的书房里……结果有一天，书房里的药瓶全摔碎了……啊，抱歉，不该在外人面前讲家长里短。"

"没事……"

她不情不愿地细细道来，语气里透着与形象不符的疲惫。

"岳父的手被玻璃划伤了，伤口较深，鞋底还扎着玻璃碎片。"广臣言简意赅地陈述事实，像在法庭上宣读辩护词似的。

"我们只好把药放到离父亲远点的地方。用过那种药后确实会精神恍惚，父亲多半是难以忍受被药束缚的现实了。那天恰好有家庭聚会，客房腾不出来，我灵机一动，想到可以放到别屋的立柜里，空间也足够。"

"岳父自从身体不行了就没再去过别屋，后来药就一直放在那边了……"

"家庭聚会……"健治朗蹙起眉，"是我们过来那次啊。四月时的事，到现在都过去半年了。难怪父亲那天从早到晚都蒙着被子睡觉，看来是在拼命掩饰，不想让我们和客人看见手上的伤。"

听健治朗指出这一点，广臣登时一窒。

若堂坂夫妇所言属实，那么药的确保管在别屋的立柜里。

有人站在立柜前对药动了手脚……夏雄的话是真是假，目前还缺乏判断依据。想到夏雄的奇特言行，便觉得他也可能是在说谎捣乱。

葛城家是骗子家族……

"由美,由美,怎么了?你的表情好吓人。"

信子挽住由美的胳膊说。一触即发的氛围悄然缓和,由美抚摸信子的后背道:"没事的,妈妈,别怕。抱歉吓到你啦……"

但刀光剑影仍未散去。坂口纠缠不休。

"你没必要道歉啊,夫人。"坂口哂笑,"这孩子只是说出所见。"

"坂口先生,"璃璃江声色俱厉,"你真是不依不饶。挖空心思套夏雄君的话,是何居心?"

"璃璃江说得没错。"健治朗沉声道,"这是葛城家的家务事,跟你没关系。"

坂口凝视二人片刻,夸张地耸了耸肩。

"当然是为了正义啦。假如,我是说假如——惣太郎先生真是被杀害的,放任凶手逍遥法外,岂非有违正义?"

何其轻飘飘的说辞。

"滑天下之大稽。"满哼笑一声,"正义?坂口先生,这个词跟你八竿子打不着。说来说去,你关心的就是钱吧。"

"真生分哪。像以前一样喊我'阿坂'嘛。我落寞得都快哭了。"

满蹙眉啐道:"恶心。"

坂口究竟意图何在?单纯热衷八卦,抑或有所图谋?

坂口站起身,围着桌子开始踱步。他在我们十二个人身后绕了一圈,边走边看每个人的脸。明明没做亏心事,我却大气都不敢喘。他的态度就是如此光明正大。我恍然生出错觉,仿佛他是定罪者,而我们是等待处刑的罪人。

"葛城惣太郎——靠实业致富的企业家,因宿疾心脏病发作去世。考虑到他已有八十七岁高龄,倒也没什么可大惊小怪的。"

说到这里，坂口止住话头，意味深长地一笑。

"可偏偏他前脚刚改写完遗嘱，决定全部财产由长女继承，后脚就死了。"

由美面红耳赤地站了起来。

"你怎么会知道——"

堂坂夫妇对坂口怒目而视，眼里是露骨的敌意。场面胶着。气氛越发凶险。

我总算听出坂口的弦外之音。他认为这是一桩意在争夺遗产的谋杀。这就是他说的"材料"？不对，我感觉他还留有底牌。

"既然如此——索性打开天窗说亮话吧。"

加入对话的竟是璃璃江。她目光如炬。

"惣太郎先生改写遗嘱的时间和死亡的时间离得太近，的确非常不自然，难免会让人怀疑其中有人为因素。"

"璃璃江，"健治朗劝道，"别失了体面。还有外人在呢。"

我身体发僵，蓦地感到自己格格不入。"那个，我先——"我打个招呼，刚想起身离席，只见健治朗眉毛一挑，露出从容的微笑，神态如同演员一般。

"当然，璃璃江，我跟你是同一个想法。"

广臣收起下巴，深深叹了口气。他把额发往后一撩，看向健治朗。

"要不我讨厌政客呢，说话拐弯抹角的。能不能把话说清楚？"

"论说话拐弯抹角，律师也一样。想问的事，必须设法让对方主动说出来，对不对？"

广臣眉头猛地一皱。健治朗故意模仿了他的口头禅。

"可是啊，健治朗先生，璃璃江夫人——那仅仅是巧合。岳父猝然离世，我们确实吃了一惊，不过对他而言，改写遗嘱顺理成章。岳母能轻松认出我们夫妻俩的脸，刚才却问璃璃江夫人'你是哪位'。"

璃璃江沉下脸来。广臣一副辩护律师的做派，不紧不慢地陈述事实，以说服对方。

"我想，大概是我们住在这座宅子里，每日细心照料她老人家的缘故吧。岳父也一样，比起离家去东京从政的长子、随长子悠然过活的儿媳，他对我们的感情更深，对不对？"

"无聊。"满摆弄着手机说，"我们聚到一起是为了争长论短吗？这种话题没人爱听吧——哦，我忘了，阿辉特别喜欢杀人的话题。"

她高声嗤笑，笑声令人不禁愕然。我想起坂口说满和葛城"姐弟关系很差"。

"不，我没有……"葛城垂眼道。

"我说错了吗？"满把手机往桌上一扣，"你从小就整天黏着哥，缠他讲些无聊的事。"

"满，没必要这么说阿辉吧……"

正出言劝阻。满漂亮的脸蛋稍稍扭曲。

"哥，你就是太会照顾人了，对这家伙还真是温柔。"

满貌似很信赖正，对葛城则始终态度严苛。

满和葛城之间究竟有何芥蒂？

而葛城的状态有点奇怪。眼见家人蒙上杀人嫌疑，他竟不为所动。愤怒，抗拒，抑或好奇——从他身上看不出任何一种情绪。他此刻在思考什么？他生来无法停止思考。

坂口"啪、啪"地拍了两下手。

"各位，内讧就到此为止吧。"

"内讧?!分明是你先煽风点火的!"

璃璃江涨红了脸。

"我就直说了,当务之急是找出杀害惣太郎先生的凶手。我认定那是谋杀,自有根据。"

"一派胡言——"

坂口摘掉墨镜。

霎时间,在座所有人都倒吸一口凉气。

坂口右眼上方有一道长长的刀伤。伤口已经缝合。

"从上个月起,有人盯上了我的性命。我推断凶手就在你们中间。"

6 袭击【水位距馆 29.6 米】

敲门声响了三下。

"打扰了。"

北里打破凝重的沉默走进屋里。他肩膀都湿透了，头发往下滴着水珠。

"风雨变大了，我就出去把可能被风刮跑的东西收了收……新闻上说，台风××号已登陆关东，中心气压维持在九百三十百帕。"

"九百三?!"健治朗惊呼。

"爸爸，别那么大声。九百三怎么了，很严重吗？"

健治朗摸摸下巴。或许是心理作用，我似乎看见他额头上冒出冷汗。

"……风势相当强。台风是中心气压越低威力越大，普通台风中心气压在九百六十百帕到九百九十百帕之间。中心气压低至九百三十百帕，威力能位列史上前三。"

健治朗的讲解在脑中回荡，我不由得胆战心惊。我们是不是挑了个最糟糕的时机出远门？

我和三谷面面相觑。他八成也有同感。

"Y村没发布避难警告吗？"

"好像还没。电车和公交预计在下午两点停止运行。"

"啊？""啊？"

我和三谷异口同声。这可如何是好？现在都下午一点半了。就算请人开车送我们，也赶不上两点的电车。

许是察觉到我们的不安，健治朗道："田所君，三谷君，黑田君，事情就是这样。公共交通眼看要停运，而且风雨天出门太危险。今天会给你们准备房间，住一宿再走吧。幸好有几间客房空着。"

家庭教师点头致谢。

"健治朗先生，那我呢？"

坂口指着自己问道。他眼睛上方的伤口还很新鲜。

"……坂口先生也住一宿再走。我不会见死不救。"

"多谢馆主大人，敝人感激涕零。"

坂口动作夸张地抹着眼睛。

"北里，你去看看二楼空房间的情况。昨晚吩咐人打扫过，应该没什么问题。发现缺什么物品就补充一下。"

"遵命。"

北里鞠了一躬，再度离开。大约是因为没有其他用人在，他忙得不可开交。

健治朗长长叹息一声。

"Y村位于低湿地，一旦曲川涨过危险水位，村子会淹掉一大半。曲川流域向来容易闹水灾。"

"是吗？"

"嗯。Y村东边有个池塘，本地人叫它'月牙池'。那是一百五十年前发洪水时，在河水泛滥的水域围出的池塘。"

璃璃江"嚯——"地感慨一声，却并没看着健治朗。

"你对专业领域之外的事向来毫无兴趣。"

健治朗苦笑道,拿起最新型号的智能手机查看消息。

"……总之,在台风离境之前,得想办法度过今晚。假如天气预报准确,台风会在周日,也就是明天中午离境。"

"喂喂,"坂口吵吵嚷嚷,"我可不同意。居然要我跟杀人犯,还是盯上我性命的家伙共度一晚?"

话题转到台风之后,坂口依旧无意撤回前言。广臣站起身,言辞犀利地说:"我说你啊,找碴儿也适可而止。所谓惣太郎先生是遭人杀害,只不过是臆测。我已经证实改写遗嘱的时间和死亡时间相近仅仅是巧合。"

"哟,'证实'?证实两件事毫不相干,这有可能吗?律师还真是一群乐天派。"

"你们记者恰恰相反,总把毫不相干的两件事硬扯到一起,煽动舆论。怕是有不少人对你怀恨在心。"

"你不也在仅凭臆测出口伤人吗?我都快哭了。"

广臣始终用凌厉的目光盯着坂口。

"广臣先生,你这么急于解释,该不会就是你杀害了惣太郎先生吧?"

"爸爸不是凶手!刚才不都说过了吗!"夏雄冷不丁地大声喊道。

"夏雄,别大呼小叫的。"

"爸爸不是凶手!因为——"

"夏雄!"

被广臣一吼,夏雄吓得一哆嗦。他大声咂舌抱怨:"真没劲。"

这时,葛城终于开口:"归根结底,坂口先生怀疑我们一家涉嫌犯罪的根据……是什么呢？"

他眼神局促地看着坂口。果然和平常的状态不一样。葛城追查谜题时不会这般踌躇不决。

"喂，阿辉，"满嗤笑道，"你竟然相信这家伙的鬼话？"

"……听过之后再决定相不相信也不迟。"

"嚄，挺严谨嘛。不愧是大侦探。"

满对葛城的态度甚是冷淡。不，不止如此，她口中说出的"侦探"一词，甚至能听出侮辱的意味。

"你好贴心啊，大叔我快要泪流满面了——啊，跑题了，讲讲我的根据吧。一开始是在Y村这儿出了事。惣太郎先生去世前一天，我也在Y村逗留。"

简直是跟踪狂嘛。我忍住没说出口。

"为什么要逗留？"

"为了追求可爱的姑娘——这么说能让你满意吗？"

直觉告诉我没那么简单。坂口在葛城家周围刺探，绝不是因为这种事。他一定是嗅到了秘密的气息，才来探听虚实。

"那天，我用相机拍到了某个场景——它就是我压箱底的'材料'。我怕招来杀身之祸，不便透露照片的具体内容。"

他环视一圈食堂里的人，明显在锁定目标。

"哼，不存在的东西当然拿不出来。"

坂口无视健治朗的奚落，继续道："总之，紧接着我就遇到了袭击。从这座馆下坡去Y村的路上，我遭遇了落石。从山崖上接连掉下来一堆石头，直径在三十到五十厘米不等。万一让那玩意儿砸到了要害，搞不好小命不保。"

若是人为，就是伪装成落石事故的谋杀。即便是在座某个人干的，又何必如此大费周张？

"当时你们全家都在 Y 村。惣太郎先生的主治医生，还有黑田先生也在。东京那边估计有很多人记恨我，但没人会大老远追到这么偏僻的地方。我认为落石袭击和惣太郎先生的死必然有关联。"

"太武断了。也可能只是事故啊？"

听广臣这么说，坂口笑道："要是只有一次，我也会这么想。但巧合不会连着发生两次。"

他指着自己眼睛上方的伤，终于讲到其来由。

"这道伤是我回到东京后，第二次遇袭时留下的。六周前，新宿高架下，歹徒用铁管把我打成了这副德行。那人体形纤细，身手敏捷，看不出是男是女。所幸伤得不重，只缝了五六针。运气再差一点，我整个脑袋都得开花。"

坂口语调极尽夸张之能事。广臣哼笑一声。

"这次十有八九是记恨你的人干的。你在东京树敌不少吧。"

"确实。但袭击者问我'相机在哪儿'，我恍然大悟：对方的目标是我在惣太郎先生去世前拍到的那张照片。"

"牵强附会。再说，真有那么张照片的话，痛痛快快拿出来看看，不比空口白话强？哦，被人抢走了拿不出来是吧……"广臣不屑地说。

坂口突然从胸兜里拿出个东西。是 SD 卡。

食堂内众人顿时屏息。

"千算万算，不如天算。"坂口一脸得意扬扬，肆无忌惮地笑道，"歹徒抢走的是另一台相机的 SD 卡。瞧，照片数据完好无损。"

"……如果你所言不虚，手里拿的是真正的数据，那只要抢走它便万事大吉。你大肆招摇——就算被人杀了也是活该。"

健治朗厉声说。最后一句颇为凶狠，形同恐吓。

虽说意在敲打这家人以探明真相，但坂口挑衅得太过头。"就算被人杀了也是活该"，这话听来有种令人不适的沉重。

"哟，知名政客威胁一介杂志记者？嘿，光这个就能写篇精彩的报道。"

"威胁？我分明是好心警告。"

"不劳您费心，我留了一手。抢走它也没用，我家里有备份。"

健治朗哼了一声。

广臣摸着下巴道："居然弄错相机，歹徒够毛躁的。"

"此言差矣，歹徒行事周密得很。我把数码相机当幌子交出来，那人立马说'不是这台相机'。我当即意识到，这家伙了解我的工作方式。我的搭档是它。"

坂口从包里取出单反相机。

"随后，歹徒从我包里抢走了移动硬盘。"

"这年头还有人用硬盘存照片啊。"广臣睁大眼睛，"我还以为你用的是云存储。"

"那玩意儿靠不住。况且我这人比较落伍。重要数据让人抢走就糟了，所以我只跟同事提过硬盘的事。这家伙是同行？就在我寻思的当口，对方犯了个天大的错误。"坂口哈哈大笑，"歹徒把我那天带的工作用相机当成私人单反，拔下 SD 卡跑了。可见那人相当着急。"

"你看。"坂口就近把相机递给我。还真是，设有 SD 卡槽的相机底部贴着标签，上面印有"Shukan Higure"（日暮周刊）字样，是公司代表刊物的刊名。想看不见都难。歹徒太着急了？还是说——

坂口横眼扫视在座众人，无疑是在观察大家的反应。得知证据尚在，谁会动摇？不料所有人都只是不悦地看着坂口，或眯着眼或板着脸，没人有什么特别的反应。

正干咳一声。

"概括一下，夏雄的证词、坂口先生两度遇袭的事实，以及坂口先生声称持有的'照片'——这些就是坂口先生认为惣太郎死于谋杀的依据。全都没超出间接证据的范畴。"

"给大家添麻烦了。"由美语调轻快地说，"这孩子有时会撒谎博关注，我会好好管教的。他平时那些胡言乱语还蛮有趣，就是偶尔语出惊人很成问题。夏雄！你也快给大家道歉。"

"……对不起。"

夏雄的语调没有一丝起伏，道歉道得敷衍，有赌气成分。

"坂口先生。"健治朗严肃地说，"我还无法相信你的假设，唯有一件事毋庸置疑：你闯进我家，侮辱了我的家人，此等暴行绝不能原谅。日后我要向你任职的公司提出严重抗议。"

坂口吹了声口哨。

"嚯，不胜惶恐。不过这么强势真的好吗？我手上的照片并非其他，恰恰是能证明惣太郎先生死于谋杀的决定性证据。"

坂口的话令我屏住呼吸。而健治朗连眉毛都没抬一下。

"请不要信口诬蔑我的家人。"

坂口讥笑道："那夏雄的说法也有必要认真听听吧？你们这样——也能算家人？"

坂口的话挑不出毛病，无人能反驳。

"那个，"三谷开口了，语气漫不经心，全无紧张感，"我在想……只是假设啊，假如药里混了毒……主治医生岂不是很可疑？"

"怎么可能！"广臣大声否认，"丹叶医生绝不会做出这种事。他为人古道热肠。惣太郎先生去世前一天，他刚从美国出差回来就赶到家里。'碰巧今天是出诊日'，他说得轻松，其实多半是百忙之中抽空过来的。像他那么热心的医生可不多见。"

"没错，"由美说，"他阳光爽朗，整个人朝气蓬勃，年仅二十九岁便有专家风范，让人很有安全感。他是我们的家庭医生，看病非常仔细。"

健治朗对两人的夸奖表示赞同。

"诚如两位所说。丹叶医生向来很为我们家人着想。起初他只是担任惣太郎和信子的主治医生，后来我们找他咨询健康问题，他也会热情地答疑解惑。如今我们全家都跟他很熟。我们和丹叶医生的夫人关系也很好。是吧，璃璃江？"

璃璃江瞥了健治朗一眼，耸了耸肩。"……是吗？"

"哈哈，还装傻。丹叶医生以外的人给璃璃江看病，她都不大乐意。"

能让理性的璃璃江如此信赖，看来丹叶医生不仅颇具人格魅力，对病情与意见的阐述也条理清晰。阳光爽朗，为人热忱，头脑聪明……从众人的叙述中归纳出的"丹叶医生"形象可谓完美无缺。听口吻也不像在偏袒。

"哎呀，在聊我吗？"

食堂门口传来人声。

听到这声音，我浑身一震。

他没道理出现在这儿。

门口站着两个男人。一个是北里，另一个是——

北里走上前来。

"老爷，恕我冒昧，我把丹叶医生带来了。他有邀请函。"

说着，北里举起戴着手套的手，手上有一个信封，和坂口、黑田拿出的信封一样。看样子有人邀请了他。可是，为什么？

"我是丹叶。听说今天是惣太郎先生尾七，我想至少要问候一声，便前来拜访。本想打声招呼就告辞，别给大家添麻烦……"

此人仪容整洁，谁见了都会有好印象。葛城一家所述的"丹叶医生"形象化为实体。不管怎么看，都是德才兼备的大好人。

但我知道他的真面目。

"哪里的话，丹叶医生。"健治朗站起身，"雨这么大，出门难保不会发生事故。先安顿下来，等天气好转再走吧。不用客气，今天来了好多客人呢……"

"是吗？那我就恭敬不如从命了。"

"对了，"他接着说，"大家在聊什么——咦？"

环绕食堂的视线停在我身上。

他脸上浮现客套的笑容。这笑容我再了解不过。

为了隐藏本性，他会精心戴上"假面"。

他那和善的笑脸能骗过所有人。

却骗不了我。

"哟，真巧啊，信哉。没想到会在这儿遇见你。"

"你来这里干什么……你为什么会在这种地方啊……"

我瞪住眼前人。

"——梓月哥哥。"

7 兄弟【水位距馆 29.5 米】

"欸？原来田所君和医生是兄弟？"

广臣双眼睁得溜圆。

我哥哥——丹叶梓月露出讨人喜爱的笑。

"我也吃了一惊！听闻辉义君有个有趣的朋友，没想到是信哉。哎呀，信哉，无巧不成书！我太高兴啦——真的特别高兴。"

他双手搭在我肩上，窥视我的脸，用食指"咚、咚"地敲着我的肩膀，就像在悄悄对我打暗号。应该没人注意到哥哥手上的动作，他选了大家的视野盲区。

"可医生姓丹叶啊？"黑田问道。

"噢，"哥哥把手从我肩上拿开，挺直腰板，"我是赘婿，结婚后随了妻姓，因为妻子出身于家规严格的医学世家。多亏这层关系，才有我和各位的缘分。"

我在心里把"缘分"一词替换成"门路"。他跟现在的夫人结婚，肯定也是奔着钱去的。哥哥从小就会无所顾忌地利用身边的所有人，对象包括同学、班主任，乃至父母。对我这个没有利用价值的弟弟，哥哥从来不屑一顾。

我十三岁那年，哥哥从医大毕业，成为实习医生，辗转于各家医院。从那时起哥哥便开始独居，与我联系渐少。我出席了哥哥的婚礼，但除了道一句"恭喜"，都没怎么和他说上话。他始终忙着和医界名流套近乎。哥哥永远以自我为中心。

七岁那年，我遇见飞鸟井光流，立志成为侦探。彼时哥哥十九岁，在为考医大而复读。那天，他斜睨尸体，淡定地吃着烤牛排。对他而言，别人全都无关紧要。

我的呼吸变得急促起来。主治医生是我哥哥的话，弄不好人真是他杀的。金钱、利益、自保。我恨不得立刻揭下哥哥的假面。然而葛城全家都对梓月的表象深信不疑，哪怕我一人提出异议，形势也不会改变分毫——迄今为止的经历让我明白这一点。一直都是这样。无论是亲戚，还是了解哥哥优秀履历的教师，都选择相信已经构筑起"信赖"关系的哥哥。吃亏的总是我。哥哥刚才敲我的肩，是在暗示我"别做多余的事"。他的手已经拿开，我却莫名感觉他的体重仍然压在我肩上。

"大家刚才到底在聊什么？"

梓月又问了一遍。健治朗表情复杂，坂口则面露喜色解释道："是这么回事……"广臣和由美张口欲言，怎奈一家人都没来得及阻止坂口。

梓月听完，点头道："原来如此……谋杀嫌疑啊。"

他面色肃然，默默打开诊疗包，取出注射器和安瓿。安瓿里装着药液。折断玻璃尖头，便能用注射器从中吸取药液进行注射。

梓月举起安瓿，冷眼注视其中的药液，一副医生派头。

"……安瓿折断后无法复原，掺入毒液不可能不留痕迹。尖头由玻璃制成，要想弄回原样，得先去学学焊接。"

梓月的俏皮话令众人忍俊不禁。

"你是出于医学伦理才这么说的吗？其实有办法吧？"

"坂口先生，你也太死缠烂打了。"广臣厌烦地说。

其后，梓月在众人的簇拥下谈笑风生，璃璃江和由美给梓月准备了饭菜。坂口遭到排挤，说什么都没人理会。

坂口咂舌："真扫兴。"

很遗憾，我和坂口有同感。

*

风雨越发猛烈，整栋房子的窗户都在咔嗒咔嗒响。从房檐滴落的雨水喧嚣不绝，折磨着神经。

"这雨真够呛。也不知曲川情况如何……"

由美忧心忡忡。

健治朗沉吟道："我在监测河流状况。现阶段水位在一点点上升，好在离危险水位还远。"

"监测？怎么个监测法？"

健治朗向提问的黑田出示手机画面。

"这是县政府办的网站。曲川是二级河流，由都道府县[①]管理。河流流域设有监控相机，每隔一分钟会拍照传到网站上。"

健治朗足不出户，灾害信息倒是收集了不少。璃璃江说，健治朗有志提升城市抗灾能力，曾系统了解过这类工具。

"各位客人先把行李放到房间里吧。房间怎么分配？"

健治朗给大家看示意图。二楼右边是家里人的房间，左边有四间客房；三楼是信子等常住成员的住处。

"客人有丹叶医生、黑田先生、坂口先生、田所君、三谷君

[①]指日本的东京都、北海道、京都府、大阪府及其他四十三县，相当于中国的省级行政区。

五位,还缺一间客房,我们只好把别屋准备了出来。"

"欸,没关系吗?"我说,"那是惣太郎先生用的屋子吧?"

已故馆主的屋子,随随便便进去合适吗?

"自从父亲病倒,一年多来,那屋子一直闲置当库房用。父亲应该不会介意的。不过那屋子打扫得不太细致,而且没有床,只能凑合睡在大沙发上,让客人住那种屋子着实不妥。干脆我去——"

健治朗说到一半,坂口举起手来。

"那就我住那屋呗。反正我负责垫底嘛。"

空气凝固了。

"……但你是——"

"喂喂喂,这会儿又把我当客人了?明明刚才还群起攻击。还是说怎么着,有什么不想让我去那个屋子的理由?"

倒是坂口多半别有用意。我猜在场所有人都是这么想的。

健治朗清了清嗓子道:"……怎么会。只是不忍心让你住那么不方便的屋子。"

健治朗表情僵硬,我有点纳闷他为何不直接拒绝。坂口准是在打什么鬼主意,比如去确认夏雄的说法。

思至此,我回过味来。拒绝坂口的提议,反而会显得健治朗有所隐瞒,对主张不存在谋杀的葛城家一方来说无异于授人以柄,坐实谋杀论。

而坂口恐怕是算到了这步,在试探对方。

坂口耸耸肩,满不在乎地应道:"不打紧,我住车里都是家常便饭。有地方躺就知足。"

"……是嘛。那么,非常抱歉,就委屈你住别屋了。"

"多谢,乐于入住。"

坂口故作滑稽地用起礼貌的言辞。

"……哼，西馆少个吵闹的家伙也不错。今晚能睡个好觉。"满自言自语般冒出一句。

"真绝情啊。"坂口笑道。

"那我先失陪了。"

坂口夸张地行了一礼，走出食堂。

葛城直到最后都一言不发，逃也似的匆匆离去。我都来不及拦下他问问看法。

是因为有家人在场，所以他不肯像平时那样待我？

抑或——他的内心产生了某种本质性的变化。

我在原地愣怔半晌。

8 侦探【水位距馆 29.3 米】

开斋宴结束,众人散场。

刚踏上一楼走廊,我就被人轻轻拽住胳膊,带到中央楼梯旁的空间。那里位于客厅正前方,是从食堂出来上楼众人的视线死角。

"——没想到会在这儿遇见你,信哉。你来干吗?"

"我还想问你呢,哥哥。你为什么会在办法事的日子过来?总不可能全无目的。"

梓月呵呵干笑两声。邀请函可以伪造,他大概给坂口和黑田也寄了同款打掩护。很像他的行事风格。

"……人是你杀的吧?"

哥哥闻言睁大眼睛,扑哧一声笑了出来。

"有长进,变得不落人后了。你小时候缺的就是这股劲儿。"

"我不是要跟你叙旧。还是说,你不想回答?"

哥哥依旧笑得从容不迫。

"刚才听到的说法是,夏雄君看到'某个人'站在别屋的立柜前。姑且认为他说的是真话,那我就不可能是凶手。"

"凭什么这么说?"

"我要是凶手,何必特意跑到这座宅子来下毒?在诊所下好毒再带过来岂不更省事？"

我咽了咽口水。

——他就是这种人。

满口大道理，从不考虑别人的心情。刚才那句话性质恶劣，根本不是医生该有的发言。

自我幼时起，哥哥就没拿正眼瞧过我这个没出息的弟弟。我渴望获得哥哥的认可，才考入现在的高中。因为哥哥毕业于这所名校。

得知考试合格，我给哥哥打了个电话。

"哥哥，我考上了和你一样的高中。"

怎么样，看到没？只要努力，我也能做得很好。我自认证明了实力，起劲地说。

可梓月只回了一句话："那又怎样？"

我蓦然惊觉，哥哥对我压根没兴趣。打那以后，我越发讨厌哥哥。

哥哥把手从我胳膊上拿开。

"不说这些啦。看样子今晚我们都得住在这座宅子里。要好好相处哟，弟弟。"

哥哥恢复客套的笑容，拍拍我的肩。钝痛与寒意从肩膀扩散开来。

*

客房里备有单人床、桌子、木椅和衣柜。从柔软的地毯到各处的电灯，每样家什都分外精巧，令人印象深刻。

我联系家里人，说今晚要在外留宿。母亲貌似很担心，觉得台风天待在深山里太危险。我告诉她公共交通停运了，她听了便也认为在这边住一晚更稳妥。

头痛。我本来就有气压一低就头痛的毛病，来到这边后，事态发展更是让我头晕目眩。葛城家的成员、坡道上的奇怪住户、惣太郎遇害疑云、坂口遭遇的两次袭击……完全看不透一连串事件背后藏着何种隐情。

倘若像葛城那般头脑敏锐，想必能看出些什么吧。

然而现在的葛城连看都不愿看。

——那么，田所君，你过来是想要什么？

我想起葛城透着排斥的声音。想起他只对哥哥正展现的亲昵态度，以及姐姐满对他流露的轻蔑之意。那是我不曾知晓的、葛城在家里的形象。

任何人家里家外的形象都多少有些区别。

目睹葛城在家人面前的形象，并非我备受打击的原因。

真正的原因是，我自己都不知道想要什么。在这种状态下，我甚至不确定有没有能为葛城做的事。

头痛。

响起敲门声。

"是我，三谷。能进吗？"

三谷笑容比往常少，声音也有气无力，略显憔悴。

我把椅子让给三谷，自己坐到床上。

"没想到回不去了。真不走运。"我说。

"等到明天，台风就过去啦。公交和电车一恢复运行，就能回东京。我刚才也联系了父母。"

尽管疲惫不堪，他仍保持着乐观心态。从健治朗的反应和描述来看，这次台风也许格外猛烈。我心里涌起不安。

三谷注意到桌上的两本书，是我刚才收拾行李时从包里拿出来的吉姆·凯利的《水钟》和杜鲁门·卡波特的《给变色龙的音乐》。每逢出门旅行，我大多会带几本书，涵盖常读的类型和较少涉猎的领域。

"哇，你在读什么？"

三谷对吉姆·凯利表现出兴趣。这书开头蛮对我口味，奈何我心绪不宁，路上没读多少。

两年前，我给短篇推理比赛投过稿，虽未能获奖，幸得编辑留意，其后定期见面。我告诉他："我喜欢英国推理。"他便建议道："那也读读当代作品吧，安·克利芙丝、吉姆·凯利之类的。"后来会读彼得·拉佛西、雷吉纳德·希尔，也是受他影响。

"回程电车上我们换书看吧？我那本在过来的路上就读得差不多了。"

我只读了个开头，自然不介意。"你带了什么书？"我问。

"罗伯特·克莱斯的《催眠城》。"三谷回答。

三谷把手里的《水钟》还给我。

"……对了，葛城在当侦探的事，是真的吗？"

"千真万确。难以置信？"

"该怎么界定他算不算侦探啊？又不像美国私家侦探那样有营业执照。要不让他在大家面前表演一段名推理？"

三谷的语调轻松诙谐，并不招人反感。我也不由自主地笑了。只不过，听到"侦探"一词，我的手还在有一搭无一搭地翻着《水钟》的书页，心思已然飞到那一天。

熊熊燃烧的山火。煤烟熏黑的手掌。眼前萎靡不振的葛城。

害我们卷入山火的那起案件落幕后，我望着病房雪白的天花板，怎么也闲不下来，就打开手机备忘录写起短篇小说，按捺不住要将盘旋于脑海的文字倾吐而出。唯有如此，才能熬过漫漫长夜。这部短篇三万来字，以侦探的存在意义为主题，我用上了压箱底的密室诡计，自诩用得很高明。我像着了魔似的疯狂码字，完稿那天终于得以酣眠。

谁知编辑反馈并不理想。

"诡计不错。作案手法出人意料，伏笔也扎实。可是……"他蹙眉摇头，"田所君，你想让这个侦探变成什么样子？我看不太出来。"

"什么样子？"

"'侦探本应如此'，这种句子终归浮于表面。写成长篇或许有所不同，但在短篇有限的篇幅内，我看不出他想变成什么样子。"

想让他变成什么样子？

就是因为说不清，才写了这个故事来表达。刚要开口，我意识到反驳也是徒劳。自己都没想出答案，读者又怎么可能感受得到？

"在我看来，你作品的优点在于轻松幽默的文风。这次算是尝试新风格，走这个路子的话，我希望你再多推敲推敲。以此为前提，我想了几个具体方案——"

我边听边记录，再次深感编辑对我的悉心栽培。直白的话语犹如一根根尖刺扎在心上，我劝慰自己良药苦口。他是为我着想，我不该感到不快，不该感到自身价值遭到了否定。他是我的战友。

虽极力自我开导，却仍因落在纸上的冰冷文字而痛苦万分。

"话说回来，"编辑最后补了一句，"现今还有多少读者能理解'侦探的存在意义'这样的主题呢？何为名侦探。解谜之人应当如何。再怎么用心诠释，可能也没人能跟上你的脚步。兴许终点是一片焦土，除你以外再无人烟。"

我僵坐原地，如遭霜打。迄今为止，我从没想过这个问题。莫大的孤独感骤然袭上心头。回到家里，我像抓住救命稻草一般，对照编辑建议逐一修改原稿。

改出来的稿子面目全非，已不是我最初想表达的内容。

我想写的不是这个。亲手写下的文字狠狠背叛了我。大水侵袭地处穷乡僻壤的伊利①。对关键问题尚懵懵懂懂，我便蹚进水中。寒意从脚底向上弥漫。趣味、真情均荡然无存。这种东西不是我的作品。这不是我想要的效果。我思索起自己缘何身处伊利。稿纸满篇皆红。那一夜怅然翻动稿纸的手，此刻下意识地翻着《水钟》的书页。啊，原来如此。伊利是《水钟》的故事舞台。发觉这点后，现实与空想依然混沌不清。我拿着亲手用红笔改花的稿纸，卷入伊利的水灾。水好冷。冷得骇人。水流冲得我迈不动脚。作品逐渐脱离掌控。罢了，这样也好。我看淡了。那已不是我喜欢的推理。

"田所。"

我吓了一跳，抬起头来，只见三谷担忧地看着我。

"……你怎么了？突然就不吭声了。"

"啊，没事。"

我神游天外，把三谷晾在了一旁。

现在的我真的不对劲。动辄意识飘飞，沉浸在自己的世界，犹如身陷沼泽，越挣扎陷得越深。明知原因是葛城的事，却全然不知如何解决，我越发沮丧。

---

①英国英格兰东部剑桥郡城市。

见三谷一脸关切，我感觉一个人闷头纠结很对不起他。尽管对于讲述那些含糊的烦恼稍有踟蹰，我还是将创作的困境、对侦探存在意义的思考一吐为快。

"嗯嗯……"三谷苦苦思索。

"三谷，你怎么看？你也读过克莱斯吧？想想埃尔维斯·柯尔。你认为侦探应该是什么样的？"

三谷闭上眼，抱着胳膊沉吟。我紧张地屏息等待。三谷猛地睁开眼。

"搞不懂！"

三谷干脆地放弃思考，前倾的身体塌了下去。

"搞……搞不懂？想了半天，就这——"

"你一天到晚苦思冥想都想不出来，何况我呢！"三谷挠头道，"这话你听了别生气，老实说，我不太明白你到底在纠结什么。"

"为什么啊，你不是也读推理吗？"

"我读推理，也读纯文学和奇幻。推理只是一部分。所以，像何为侦探、侦探应当如何这类问题，我都没怎么想过。我读推理，仅仅是因为侦探大显身手很有趣，遍体鳞伤仍不懈努力的劲头振奋人心。"

我感到浑身脱力。

当头一棒。与三谷商量实属万幸。并非我夸大其词，商讨对象是交心的同学，这一点很重要。饶是他这个同好，热衷程度也与我悬殊。

面对编辑时的孤独感再度袭来。

"别太悲观，又不是没有以此为主题的小说，你纠结侦探的意义也挺好啊。在我看来，光是写小说就很厉害了，钻研到这种地步简直让人肃然起敬。"三谷恳切地说。

"……抱歉，不分场合地跟你聊这种没头没脑的话题。"

"道什么歉哪。田所在一本正经地想这种事啊——我还觉得挺好玩呢。"

"什……你这家伙，我可是在认真跟你讨论！"

三谷哈哈大笑。

心情平复了些。也许确实是我想太多。

"啊，反过来想，横竖要纠结，索性找出属于自己的答案，用一句话概括出来不就好啦。"

"一句话概括？"

"这样兴趣不大的人也能看懂，还有望让编辑大吃一惊，出口恶气。"

"用一句话，太难了吧。"

"难才要挑战嘛！侦探哪怕魅力超群，也得遇上案件才有用武之地。而且必须是扑朔迷离、引人入胜的案件。你写的诡计受到夸奖，所以案件方面不成问题。接下来要完善'侦探'方面。"

"用一句话？"

"没错。"

三谷侃侃而谈，听来莫名有说服力。的确，只要能用一句话点明主旨，那部短篇就能更加紧凑。眼前现出一条坦途。虽然一时半会儿找不到答案，但我确信沿着这条路走，必将柳暗花明。

希望在道路前方，也能有葛城的身影。

敲门声再次响起，打断我的思绪。

"醒着吧？是我，坂口。"

我和三谷对视一眼，喉头动了动。

9 毒杀？【水位距馆29.2米】

"我看你们对我讲的事好像挺感兴趣。"坂口站在房间中央嬉皮笑脸地说，"其实我还去找过那个叫辉义的小鬼，可他死活不应门，我就来找你俩说说。"

"你想干吗？"三谷并未放松警惕，"尽量多拉拢支持者？"

坂口耸耸肩，答非所问："要看别屋就趁现在。"

这人真难对付。他要求住别屋，果然有所企图。

我对惣太郎之死的内情有些兴趣。既然眼下葛城不打算出马，我先去观察一番，之后汇报给他，也算不虚此行。

这时，有人抓住我的肩膀。是三谷。他压低嗓门道："喂，你该不会想去吧？我劝你打消这个念头。天知道那家伙在打什么算盘，万一摊上麻烦怎么办！"

三谷极为冷静。如果上赶着跟坂口共同行动，过后他说不定会借题发挥，在葛城家的人面前扬言"田所君和三谷君貌似也抱有怀疑"。像他会使的手段。

三谷说得中肯。我萌生退意。

"哇啊！"

坂口冷不丁大叫一声，从桌边闪开。

"怎么了？"

"……什……什么嘛,原来是画啊。吓死我了。"

循其视线看去,是杜鲁门·卡波特的《给变色龙的音乐》,封面绘有五线谱,以及红、绿、紫三只变色龙。我相当中意这个封面。

"……坂口先生,莫非你害怕变色龙?"

坂口发出一声微弱的呻吟。

"胡说八道!我一个成年人,怎么可能害怕那玩意儿?"

他语气略为激烈地疾声道,话里似是带着火气。

我顿觉揣度他的心思很可笑。获取信息后再琢磨也不迟。何况谋杀什么的,没准是坂口和夏雄的妄想。没准去看看就会发现,惣太郎显然是病死的。没有调查就没有发言权。

"坂口先生,麻烦你带路。"

一楼走廊尽头有个后门,通往别屋。打开门,面前是一条游廊,长约五米,由瓷砖铺就,上方有顶棚,还设有扶手。

顶棚很宽大,这等狂风之中都只吹进一点雨水。

"扶手是给惣太郎先生用的。他上了岁数,摔不得。"坂口回过头说。

游廊的扶手和顶棚崭新,别屋本身却是陈旧的木制建筑。

"你听说没?这座馆原本是另一户名门的宅子,葛城家把它买了下来。东馆和别屋还是当初的木结构房屋,原样没动。"

等于给老房子新建了顶棚和扶手。

"但别屋看着比东馆那栋木房子新,为什么呢?"

"嗯?还真是。我不太清楚……"

白门是常规门型,转动门把手,锁舌就会缩回。门板高处有扇小窗,从窗内透出强烈的白光。将内开门推到底,木材的馨香与灰尘的气味扑鼻而来。

进门左侧是书架和写字台，对面摆着一张大沙发，右侧则是立柜、步入式衣柜、挂衣架、蓝色凳子、音响一类的物件。桌上倒扣着客用蓝色玻璃杯。右边立柜里除了CD和音频设备，最下层还放着一排药。抬头看看，天花板显得稍高，加上木材的馨香，心情也随之敞亮。装潢不似西馆那般奢华，有种简单朴素的质感。

对面墙上左右各有一扇窗户。

物件多归多，倒是比想象中整洁。CD严格按歌手名字顺序码放。惣太郎身体还硬朗时，想必很喜欢拾掇屋子吧。由于长期搁置，物品都落满灰尘，除却这点，算是不赖的房间，能窥见逝者之雅趣。

"这房间住着如何……连床都没有，很不方便吧。灯也是老旧的灯泡式……"

屋里只有一盏灯泡式吊灯，套着白色灯罩，也没有老房子里常见的灯绳。灯罩上满是尘埃，怕是很久没换过灯泡了。事出仓促，北里也没能打扫得那么细致吧。

"嗐，我睡得惯沙发，没什么不方便的。就是这灯确实麻烦，老式灯泡亮得晃眼，连个橙色长明灯模式都没有，开关也只有门边这一个，急死个人。我在家都是用手机远程操作。"

别的不论，"亮得晃眼"是真的。过于刺目的白光都从门上的小窗透出去了，甚至透过墙上的窗户向外投下阴影。

"这栋别屋还保持着惣太郎去世时的样子。家人好几次想处理，无奈信子死活不依。想来是夫人的意愿不好违逆。"

"这柜子里的东西，"坂口站到右边立柜前，继续道，"也保持着那天的原样。"

坂口指指立柜最下层的药。头痛药、胃药、眼药等市售常用药品旁边，密密麻麻摆着盛放药液的安瓿，标签全部朝外。眼药上标有开封日期，大概是因为开封后要在三个月内用完。隔层板上堆积的灰尘无声诉说着惣太郎死后经过的时间。

"那天，我听说惣太郎先生病危的消息，赶来这座宅子附近……到这里都讲过了。我想从葛城家逮个人打听打听，在院子里到处转悠……大门是管家给我开的。然后呢，我就找到了这栋别屋背后。"

"别卖关子了。"三谷吸吸鼻子皱眉道，"坂口先生，你在那儿看见了什么？就是之前说的'材料'吧？"

"听我慢慢讲。我站在窗外，看见立柜前站着一个男人……"

坂口伸手指向正对着门的左边那扇窗户，从那个位置的确能看见立柜。夏雄也说过看到有人站在立柜前，因此我并没有太惊讶。

坂口举起手机给我们看照片。

明显是偷拍的角度，画面昏暗，隐约能看见立柜前站着一个男人，背朝镜头。立柜的玻璃门大开。不愧是专业人士，对焦清晰，连那人手中的物件都拍得清清楚楚。他左手拿着一个安瓿，右手从这个角度看不到。

"这……这是……"

"我把文件存进手机了。那人把安瓿放回柜子后立即走出屋子，我就绕到门这边，进屋查看立柜。"

他滑动手机屏幕，切到下一张照片。

是立柜的正面照。有一个安瓿标签斜着朝外，在码得齐齐整整的标签之中醒目异常。

"当时我没察觉这意味着什么，第二天就听说惣太郎先生死

◎坂口的站位

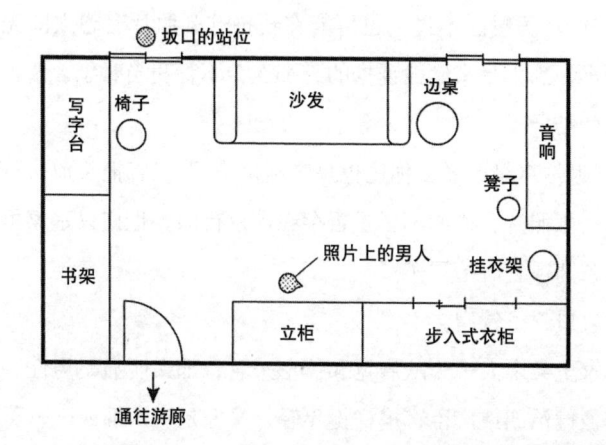

写字台	椅子	沙发	边桌	音响
书架		凳子	
	照片上的男人	挂衣架
	立柜	步入式衣柜

↓
通往游廊

别屋示意图①

了。我断定凶手就是那个男人。"坂口唾沫星子四溅,"没错,这家伙就是一切的关键……"

三谷沉下脸。

"但凡你目睹此事后立刻处理掉那个安瓿,惣太郎先生也不会死。你是专业记者,不可能想不到那人举动的含义。"

"好严厉啊。不过,也可能在我拍这张照片时惣太郎先生已经中毒,那人是来销毁证据的。那么,不管我当时怎么做,都无力改变结局。"

"哪怕真是这样,你这也是唯结果论。"三谷摇头道,"再说,仅凭一张照片,说明不了是否存在谋杀行为。也许只是家里某个人来拿药或者收拾屋子。"

坂口耸了耸肩。

家里某个人……从肩宽和体形来看,那人明显是男性。体形看着像健治朗或广臣,模样挺年轻,又像是正。抑或……葛城?

我惊觉自己的思路越发离谱。怎么还怀疑起了葛城?唯独他绝不可能杀害自己的祖父。

等等……当真如此吗?

"咦?等一下,"三谷拍拍我的肩,"刚才的说法和这张照片,你不觉得有点奇怪吗?"

"哪里奇怪?"

"这不明摆着嘛。从那扇窗户能看见房门。"

"眼睛真尖。而且你们看,照片里门是敞开的。"

第一张照片里,内开门开到最大,露出游廊的一部分。

我猛然间灵光一闪。

"我懂了!"我飞快地说,"夏雄君说看到有人站在立柜前,换言之,他和坂口先生目击到了同一场景。但是——"

"答对了。"坂口嘴角浮现笑意,"没地方让那小鬼偷窥。"

我观察起别屋,确认坂口的发言是否属实。

可供偷窥的地点有两处:窗外和门边。先说窗外。左侧窗外站着坂口,两扇窗户又在同一面墙上,假如夏雄站在右侧窗外,坂口必然能看到他。

门边也不可能。照片里,门开到了最大,倘若门外有人,坂口或屋里那人定会发现。

那屋里呢?也找不出那人和坂口共同的视野盲区。钻到沙发底下或许行得通,但坂口又补充说"我去屋里拍照时,仔细查看了每个角落",否定了这个猜想。

"这么看来……那孩子的话是彻头彻尾的谎言。"

坂口此言让我略受打击。夏雄那般激烈争辩,结果只是在撒谎。葛城家是骗子家族。这句话又一次在耳畔回荡。

同时,我也莫名感到合理。夏雄言行奇特,刚见面就打了我和三谷一个措手不及,他会混淆电视剧和现实也不足为怪。

可若是如此——

"为什么坂口先生和夏雄的说法完全一致呢?"

"问题就在这里。"坂口歪头沉吟,"我当然没给那小鬼看过刚才的照片。你们是最先看到照片的人。那小鬼提及的信息有限,不排除巧合的可能。所以我想找他再套套话……可惜他父母抗拒得要命。是心虚吗?"

他说着露出粗鄙的笑。

"……巧合固然令人在意,另一方面,要真只是凑巧,能支撑谋杀论的间接证据,就只剩你那张照片了。"

既然坂口清楚夏雄在说谎,那么他盘问夏雄的目的就仅仅在于煽动葛城一家。面前这人登时更显可疑。

三谷站在门口，回头对坂口说："要是你喊我们过来就为了说这些，恕我先行告辞。"

"太冷淡了吧。无论如何都不相信我吗？"

三谷耸耸肩，说了句"田所，我们走"便走出屋子。从背后传来坂口"呵呵"的干笑声。

犹如蛇一般阴沉。我不寒而栗。

*

晚饭前是自由活动时间。我强撑着读书，却集中不了精神，挂念葛城以至于抓心挠肝。我想找机会再跟他聊一次。他是我重要的朋友。

把从坂口那里听来的事告诉他，也许能稍微引起关注——想到这个主意我立马坐不住了，去往葛城的房间。我敲了敲门。

"葛城，在吗？"

门内静悄悄的。我执着地站在原地。不一会儿，传来一声疲惫的叹息。

"……什么事啊，田所君？"

"我从坂口先生那里听来些事，想找你参谋参谋。虽然目前可能性还是对半开，但惣太郎先生确实有可能是被杀害的……能开门让我进屋吗？"

葛城"呼"地吐出一口气。

"找我参谋，说得倒好听。我一出面，准又事事全靠我，自己当甩手掌柜。"

若是半开玩笑也就罢了，如此露骨地嘲讽我，不像平时的葛城。

"可是——"

"爷爷是被杀害的。那又怎样？就算解开谜团，爷爷也不会回来。"

"凶手可还活着！放任不管的话，搞不好会再次行凶。"

"嗯……也许吧。但如果凶手杀人是迫不得已，又该怎么办？我没有权利制裁那样的人……"

"无论有什么苦衷，杀人就该受到裁决。"

沉默蔓延。

葛城缓缓叹了口气。

"田所君……我已经厌倦这种事了。"

他就此放弃与我争辩。

*

三谷仰躺在自己房间的床上，沉浸在书中。我问他要不要去大厅说说话，他马上放下书陪我下楼。

"喔，来得正好，家里需要男士帮忙。"

到了一楼，满叫住我们。

满带我们来到客厅，健治朗和璃璃江在屋里。

"为了防止窗玻璃碎裂，我们想给窗户贴上瓦楞纸。"健治朗说，"这会儿在挨个喊人。今天把用人遣散了，人手不足。方便的话，希望两位也能搭把手。"

偌大的房子，窗户想必很多。

"举手之劳！一宿一饭之恩，当勤劳工作相报。"三谷回过头对我小声说，"'一宿一饭之恩'这个说法我一直想用一次。虽说饭会吃两三顿。"

这家伙真是脑回路清奇。

我们接过防护胶带和瓦楞纸，在一楼开始忙活。除了信子和夏雄，馆内全员都接到了动员令。

三谷边给走廊上的窗户贴瓦楞纸边叹气。这一区域只有我们俩。

"老实说，这里的氛围沉重得让人喘不过气。午饭吃到后来啊，简直有种'我们待在这儿真的没问题吗'的感觉。你也一样吧？"

三谷嘀咕着，手上动作不停。

"是啊……饭菜都没味道了。"

"欸？明明那么好吃！那你亏大了田所。烦归烦，饭菜我还是吃得挺香。"

"你心可真大……"

我心不在焉地应着，思忖葛城的心情。健治朗和广臣冷言相讥，诚然是由于坂口的煽动，却也给人习以为常之感。他的家人素来那般交恶吗？明面上则扮演着知书识礼的上流阶层。从葛城幼时起，直至今日。

"还有那个姓坂口的，午饭时就够烦人了，在别屋讲的话更过分。凭那点东西就说什么谋杀，根本是捕风捉影。那种人，除了煽风点火就没别的爱好吧。"

坂口的主张不可轻信。这样想着，仍禁不住被照片上真切的画面吸引。惣太郎去世前一天，有个男人站在那里。不太可能是巧合。

脑子里突然冒出一个疑问。

坂口所说的"材料"，真是指那张照片吗？

那张照片固然富有冲击力，但值得吹嘘为"压箱底"吗？

没错，这家伙就是一切的关键……我回想起他的话，心下一惊。"这家伙就是"。难不成坂口对那个男人的身份有头绪？那人到底是谁？政客健治朗？律师广臣？还是……警察正？

"要说还有什么让我吃惊的，就是你哥了。他竟然是葛城惣太郎先生的主治医生。世上还有这种巧合？"

"……巧合个鬼。"我话赶话地发起牢骚，"我哥哥向来只热衷于钱和科研，连自己的患者都当小白鼠看。"

"欸——话不必说这么绝吧。葛城家的人都很信赖他，说他阳光爽朗、工作热心。他不像是你说的那种人啊……"

"他就是那种人！金玉其外，心底在盘算什么不得而知。他接近葛城家肯定是别有用心。坂口先生那张照片里的人，没准就是我哥哥。"

对啊！说出口的瞬间，我认定答案非此莫属。坂口弄到了能威胁这位优秀医生，而非葛城家成员的"压箱底的材料"！

三谷眯起眼睛打量我。他面露狐疑，用略显冷淡的语气说："……不是我不相信你，可你对自己的亲哥哥未免太刻薄。另外……你该不会还在怀疑惣太郎先生死于谋杀吧？"

我一时语塞。激昂的心情迅速低落下来。

"坂口先生的话不足为凭。那种照片算不上证据，小孩子胡扯也不能当真。"

三谷断言道。我有些不甘，继续为反驳而反驳。

"……如果真的发生过谋杀呢？那种事……有违正义，绝对不能饶恕啊！"

于是轮到葛城出马。脑海深处嗡嗡作响。葛城通过精彩的名推理，揪出潜伏在家人之中的杀人狂——

三谷哼笑一声。轻快如常的调子里似乎掺杂些许嘲笑的意味。或许是我多心。

"一本正经地说什么正义……我说你啊，为什么执着到这个份儿上？四处打探关于谋杀的消息，太恶俗啦。杀人案嘛，在书里读读、纸上写写就得了。即使真有人犯罪，交给大人们解决就好。"

这话在理。我心里也明白，普通高中生对此无能为力。

"可是！"

"这个家里连警察都有，哪用得着你这么拼？"

"嗯？在聊我吗？"

我惊讶地回头望去，只见正擦着额头朝这边走来。

"正……正先生！你什么时候过来的？"

"你们提到'警察'这词的时候。我贴完负责的区域了。需要帮忙吗？"

"啊，不用不用，我们自己来。"三谷道，"其实是边贴边聊才贴得慢了些，抱歉。"

"是吗？那也陪我聊聊呗。"

正说着拿起脚边的瓦楞纸，语气亲切，丝毫没有卖人情之感。待在正的身旁，便莫名安心。

我和三谷对视少顷，同时叹了口气。停战。方才的争吵一笔勾销。我好像变得有点容易动气。

"田所君跟阿辉认识很久了吗？"

"高中入学时认识的，到现在一年半左右。"

"阿辉经常提起你。他上小学和初中时没这么活泼。一年半看似很短，对阿辉来说，可谓最充实的一段时光。"

我不由得害羞起来。

"说来听听吧。"正擦擦额头上的汗，"田所君和阿辉的故事。"

"噢，我也有兴趣。没听你细讲过。"

在三谷的催促下，我开始讲述。从高一那年四月合宿时发生的杀人案讲起。遇害者是与学校无关的住客，所以三谷只知道有这么起案子，不知详情。我和葛城同组行动，偶然成为尸体的第一发现者，遭到警方怀疑。对外公布的说法是此案由当地警方破获，实际上多亏葛城根据凶手遗留的物品展开推理，揭露了真相。

后来，我和葛城携手解决了学校里发生的坠楼案、附近商业街发生的连环盗窃案。葛城时而巧妙地推出案件原委，令我醉心不已；时而不管不顾地莽撞行事，让人捏一把汗。我俩都喜欢读推理小说，平时经常交流爱好。有时我会把习作给葛城看，他会狠狠批评一通并给出建议。

落日馆事件我不知从何说起。谈及那座馆里的另一个侦探飞鸟井光流，我有些难以启齿。正通过提问循循善诱，我才缓缓道来。

"还发生过这种事啊……"

三谷喟然长叹。他关切的眼神让我心里好受许多。

我抬起头，看到正用温柔的目光注视着我。

"……田所君总是陪在阿辉身边呢。"

出乎意料的回应。我不配得到如此温柔的安慰。

"不……我什么都没做。那起案子里，他遭受打击时我只是呆站在旁边。"

那天，葛城遭人持刀袭击时，我一步都没动。

眼见葛城陷入危机，我却一步都迈不动。何等怯懦之人。

"没这回事。"三谷笃定地说，"你今天不还跑到这边来看望他吗？你啊，看着挺开朗，没想到骨子里这么自卑。"

一针见血的剖析直击内心深处。

"有你在身边，阿辉一定踏实不少。"正笑眯眯道，"我只促使他成为侦探，没能陪伴他一路向前。从阿辉上小学时起，我就为有他这个弟弟而无比骄傲，恨不得逮个人就炫耀说'我弟弟是世界上最厉害的人'……当然，警察同事都没什么好脸色。"

正垂下眼帘。

"唉，阿辉从小就有偏执的一面。"

"是吗？"

正深深叹息一声。

"……满曾经有一阵子很消沉，阿辉弄清了原因。轮到满照看小学里养的金鱼那天，金鱼死掉了。满认为是自己的过失，试图掩盖，从隔壁班的鱼缸里捞来金鱼，瞒天过海。金鱼真正的死因无从得知，但满认定责任在自己，不敢面对……可她还是逃不过良心的谴责，因此被阿辉识破。阿辉那时还小，不知轻重，看穿实情后去质问了满。"

像葛城的风格。他一向直来直去。为查明真相，他会目不斜视地笔直前行。

而直来直去的性格迟早会引发冲突。

"'金鱼死掉不是满的错'——随口说句善意的谎言，也不至于闹成后来那样。"

"但辉义君从不说谎。"我说。

正闻言点点头。

"可想而知，满大发雷霆。"

——你什么意思啊，你以为你是谁？

——不就比别人多点小聪明吗！

——别自说自话干涉我的私事!

"家里人都只当是小孩子吵架,没太放在心上。弄明白满为何消沉,说实话我放心不少,所以好长一段时间都没注意到阿辉和满之间产生了很深的隔阂。满直到现在都看不惯阿辉的侦探做派。现在想来,就是从那一阵起,阿辉不再当着家人的面推理了。我跟阿辉说话,也都是趁家里其他人不在的时候。"

"……那么,支持辉义君至今的,还是正先生。在辉义君遭受打击时你陪在他身边,而现在的我却无能为力。"

"我已经力不从心喽。阿辉现在需要同龄人。像我这样仅仅陪在他身边还不够。能走进他内心的同龄人——这才是阿辉急需的。"

"走进内心……"

正露出温柔的微笑,凝神看着我。

"在我看来,没有比你更好的人选。"

"靠我这种人……"

话音刚落,正轻轻叹了口气。他那无助的神情令我愕然。

"……老实说,我也束手无策了。"

成熟可靠的正,竟在向我诉苦。我太过震惊,以至僵在原地。

"阿辉这么萎靡不振还是头一遭。自打他从 M 山回来,我想方设法给他鼓劲,却收效甚微……碰巧最近没什么需要阿辉协助的案子,我跟他说话都有点放不开……"

我能深切体会正的心情。家里有个忽而沮丧忽而发怒的人,难免会不自在。再亲密无间的家人,也难免会感到窒息。

"要让阿辉振作起来,得有个契机……见你来到这里,我仿佛抓到了这个'契机',仿佛握住了温暖的援手。"

——田所君!你就是田所君啊!

在大门迎接我们时,他露出的笑脸原来还有这层含义。

正凝眸看着我的眼睛。

"田所君,能请你把阿辉从深渊里救出来吗?"

年长我十多岁的人,且是我毫无保留地信赖的人,在诚心诚意恳求我。试问谁能拒绝?

"……我本就是为此而来的。"

三谷在我背上重重拍了一下,力道大得我整个后背都隐隐作痛。

"说得好!就等你这句话呢!"

正笑了。许是我的错觉,他的笑容貌似柔和了些许。

心里涌起一股暖流。

贴完窗户,正拍拍我的肩膀说:"辛苦啦。回自己房间歇会儿吧。"

他回房间前又单独叫住我,勉励道:"放轻松,田所君。现在是黎明前。"

"欸?"

"黎明前最为黑暗。你偶然遇上了最黑暗的时期而已。没有永不结束的夜晚。虽说都是些老生常谈,哈哈。"正莞尔一笑,"阿辉……就拜托你了。"

我心潮澎湃。放手一搏。我一定能做到。

10 不眠之夜【水位距馆 28.7 米】

晚饭时间是晚上六点多,馆内全员再度齐聚食堂。无人交谈。

健治朗对众人说道:"大家今天都早点睡吧。整晚都会有强降雨,台风预计于深夜登陆 Y 村一带,各位尽量养足精神,以防万一。雨势大的话,有可能刚过零点就被警报吵醒,到时候想睡也睡不着了。"

没有人提出异议。我和三谷两个夜猫子也商定今晚八点左右就睡。

"地势这么高,不至于遭水淹吧……"梓月摇了摇头。

"只是以防万一,医生。"广臣说,"不过,河流状况让人放心不下。要不去视察一趟?开车来的有健治朗先生、坂口先生、黑田先生、丹叶医生,还有我。"

"我去看看吧。"黑田站起身,"我体力还够。"

"那就麻烦你了,黑田先生。我的相机借你,最好拍几张照片回来。"

黑田郑重点头。坂口在他身旁讥笑:"居然主动请缨,多管闲事。"健治朗冷冷瞥了坂口一眼,回屋去取相机。视察的准备工作稳步推进。

葛城似是食欲不佳,几乎没碰盘子里的食物。我们一度视线相遇，他立即尴尬地别过脸。

众人陆续返回自己的房间，晚餐落下帷幕。

＊ 三谷

晚上九点四十八分。

真伤脑筋……我在夜晚的房间里自言自语。

邀田所一起踏上的短途旅行，竟演变成这种局面……

我本来没想太多，寻思能见上葛城一面就算值。可田所那么拼命是为哪般？他窘迫到这等地步，令我始料未及……葛城家也不是省油的灯，谋杀疑云、袭击事件、盘子失窃，处处散发着可疑的气息……

若台风不严重，明天就能回到家……葛城家的人是不是有点反应过度？还是说，我这个土生土长的东京人是站着说话不腰疼，对当地人而言，台风是实实在在的危机？

我叹了口气。

嗐，算了。

田所钻牛角尖钻成那样，要是连我都愁眉苦脸的，他岂不是会更加颓废？至少我得保持平常心。乐观思考，笑对现状，相信总会雨过天晴。千万别陷进田所的情绪旋涡。

思绪飘飞间，从走廊对面传来啪的关门声。是田所房间的方向。

估计是起床去上厕所。他肯定也辗转难眠。

我躺在床上，仰望陌生的天花板，念咒般呢喃："平常心，平常心……"

* 田所【水位距馆 27.2 米】

刺耳的声音将我吵醒。

那声音尖锐执拗,像是警报声。我头痛欲裂。

"什么情况?!"

我一个鲤鱼打挺坐起身。床边桌上的手机亮着。现在几点?刚才的声音是?手机屏幕上显示"现发布洪水警报 警戒等级3:××县Y村、R村……"我心口发凉。是台风。Y村也在警报名单里。洪水?难道河流泛滥了?

手机显示现在是凌晨一点零六分。大家都起来没?刚才的警报声听着像好多地方一齐响起来的。大家的反应都差不多吧?

我趿拉着拖鞋走出房间。

斜对面的房门猛地打开,门后是呼哧带喘的三谷。对上我的目光,他如释重负地长舒一口气。

"还好还好……我还以为出了啥事,彻底醒了。"

"我也是。"

三谷隔壁的房门开了,哥哥走了出来。

"你俩都醒啦?"梓月看向对面的房间,"这间房住的是黑田先生吧。"

梓月敲敲黑田的房门。没人应声。

"……他不会是去看河流状况一直没回来吧?"三谷说。

"听过刚才那声响,哪还睡得着?"梓月咕哝一句,冷静地说,"也可能他比我们先醒,去别处了。我们去找找其他人吧。"

虽然不愿承认,但梓月意外地可靠。我几乎是气冲冲跟在哥哥身后。

二楼左侧只有三谷、梓月、黑田和我的房间。来到右侧走廊，便看见葛城、健治朗、璃璃江、满和北里的身影。右侧还有正的房间。

北里最先看到我们。

这时，传来一阵下楼的脚步声。三楼住着广臣、由美、信子和夏雄。

"大家都没事吧？"

广臣顶着鸟窝头走下来。

"没事。三楼的人呢？"

"我爱人和夏雄都没事。信子夫人睡得挺香，直打呼噜。年迈耳背也有好处，那么吵闹的声音都听不见。对不对？"

广臣的俏皮话没能逗笑任何人。

满重重叹了口气。她穿着睡衣，头发稍有些凌乱，颇显性感。

"一个台风而已，小题大做。警报那么大声，吵得人没法睡……"

健治朗蹙眉道："满，别不把台风当回事。这次台风规模尤其大，水灾形势也要时刻关注。警戒等级共分五级，三级是示意人们带老年人和需要照护者避难的信号。曲川流域发生了什么？"

广臣摇摇头："目前还完全不清楚。"

"现在的降雨情况是，"满打着哈欠道，她正摆弄着手机查消息，"二十四小时降水量预计达八百毫米，每小时降水量九十毫米。很严重吗？"

"九十？！"健治朗惊叫，"……气象局的'暴雨'标准是每小时八十毫米。"

"不会吧，比那还严重？"满垂头丧气，"真是糟糕透顶。"

健治朗眉头紧锁。

"……总之尽量多收集信息，确认现状。大家分头行动吧。果真睡不成觉了。"

"咦，田所，你的手指怎么了？"

"哦。"我看看缠在右手食指和中指上的创口贴，"夜里看书让纸给划破了。"

"唔。"三谷低哼一声。

"首先确认不在场的人是否安全。不在的有正、黑田先生，还有……坂口先生。"

"我刚才敲过黑田先生的房门，"梓月说，"没人应声。也不知道他去视察河流状况后回没回来。健治朗先生有他的消息吗？"

"他还没来找我汇报。黑田君的安危令人担忧，我去外边看看情况吧。正这孩子也是，走廊吵吵嚷嚷的，也不见他出来，睡得真死。"

"爸爸，你就体谅一下嘛，他工作太累了。我和这家伙去喊他起来。"

满打圆场道，抓住葛城的肩膀。葛城惴惴不安地张望着家人。

"嗯，去叫他一声吧。问题是坂口先生……"

"他该不会……真被杀了吧？"

广臣冷不丁冒出一句。在场全员都看向广臣。

"不，不不，我开玩笑的。他差不多也该露面了。即便是那种人，这会儿一个人待着，八成心里也打鼓。"

"那我过去看看吧。"梓月提议。

最终由我、三谷和梓月去叫坂口，葛城和满去喊正起来，健治朗外出查看，广臣回三楼再次确认信子的情形。

一楼走廊既不见正，也不见坂口的身影。直至此时，我脑中才真正警铃大作——这不正常。坂口会不会真被杀了？

打开后门，风雨顷刻间灌入。雨水直往脸上拍。这种天气里，游廊的顶棚根本不起作用。

我敲敲别屋的门。敲门声淹没在风声里。我握拳使劲捶门，发出"咚！咚！"的激烈声响。

"坂口先生，在吗？"

没人回答。梓月握住门把手。

"……门开着。"

他打开门。

"这是啥？"

梓月用手指摩挲门锁锁舌。"是白色的防护胶带。"他说，"谁贴上去的？门都锁不上了。"

"好暗啊。"三谷走进屋里，"灯的开关在……这里。咦，怎么不亮？"

"灯泡也坏了啊。这屋子真够破的。"

仗着没有住户在场，梓月出言不逊。

踏进房间，我闻到一股怪味，与白天进来时不同。白天屋里氤氲着木材香气，闻之心旷神怡。现在则有股铁锈味。空气潮湿，憋闷得紧。

"呜哇！"

三谷突然大叫一声，踉跄几步摔倒在地。

"怎么了？"

"踢到这玩意儿了。"

三谷打开手机的手电筒，照向他口中的"这玩意儿"。

是一把蓝色凳子，横倒在地上。三谷刚进屋就被它绊倒，可见它原本放在离门不远处。

"怎么会放在这儿……那个,我记得白天过来的时候,它在更靠墙的位置。"

"到底为啥放在这么碍事的地方啊?哎哟,好疼……"

三谷缓缓站起身。

不祥的预感逐渐膨胀。那么大的警报声过后仍不见坂口醒来,甚至……听不到他的呼吸声。

"在不在啊,大叔,在就吱一声。这儿太暗啦,啥都看不清。"三谷一边絮絮叨叨一边用手电筒照向屋子里边,"坂口先生,你在哪儿——"

三谷突兀地止住话头,手机掉到地上。手电筒的光直射天花板,映亮他僵硬的神情,煞是阴森。三谷大口喘息,止不住地战栗。

他吓得不轻。

"喂……别吓我,刚才那是什……什么啊?"

三谷紧张得声音都变尖了。

"别慌,三谷。你看到了什么?"

"还用问,你没看见吗?刚才……刚才那……"

光只照过去一瞬,我什么都没看清。

寒意袭遍全身。我感到胸闷气短。想背过脸不看,脚却自顾自动起来。"喂,田所,你——"不顾三谷的阻止,我一步步向房间深处走去。

哥哥慢慢弯下腰,捡起三谷掉落的手机,把光对准屋子里边。

喉咙里漏出一丝呻吟。

"原来如此。看来我这医生来得正好。"

哥哥冷酷的话语传入耳中。

在手电筒灯光的映照下——我看见了那个。

胃里翻江倒海。

"喂，信哉。"梓月抓住我的肩膀，在我耳边低语，"要吐去外面吐。就算你是我可爱的弟弟，也绝不允许你破坏现场。"

你就这么跟"可爱的弟弟"说话？我连这样的反驳都说不出口。

椅子上是男人的尸体。

死者坐在椅子上，身体后仰，背后溅满鲜血。他没有头。准确地说，只有头的下半部分和身体连着。我花费了些时间，才辨认出耷拉着的暗红色物体是他的舌头。头的其余部分已无影无踪，化作血和脑浆迸溅到身后。尸体身后的喷溅状血迹犹如盛放的曼珠沙华，用最不吉利的色彩绘出一幅残酷画卷。

我不由得倒退几步，后背撞上存放药品的立柜。白天与坂口的对话犹在耳边。惣太郎死亡疑云中的男人身影……此刻，在同一间屋子里，坂口也死了。

这栋别屋充斥着死者的气息。

坂口尸体右脚的鞋子滑落于脚边，一把霰弹枪掉在身侧。

——他是自己用脚扣动了扳机吗？

"什么时候的事？我没听见枪声啊。"梓月沉着脸道，"没想到坂口先生会死得这么惨……"

"我怎么了？"

身后忽然传来说话声，我一个激灵。

回头一看，坂口好好地站在那里。蛇一般阴险的表情、眼睛上方的新鲜伤口，都与白天并无二致。

"哇啊——"丢人的惨叫从喉咙里迸出。心脏差点停跳。我的震惊程度堪比听到死人开口说话，毕竟——我以为他死了！

坂口身后是满和葛城。满按着葛城的后脖颈，像是强行把他带过来的。

"喂,怎么回事啊!我去我哥的房间喊他,结果屋里是这家伙。"

满和葛城还不知道我们发现了尸体。而我们惊魂未定,跟不上眼前的事态,亦无暇解释。

"啊——好烦,头疼得厉害。究竟出什么事了?"

"你……你为什么……你不是在别屋吗……"三谷哆哆嗦嗦地指着坂口说。

坂口挠着头回答:"哦,你问这个啊。我和正先生交换了房间。他说愿意跟我换。"

"什么!"

我失声惊叫。

细瞧尸体的衣着,我霎时间头晕目眩。那身衣服我见过。颜色清新的翻领长袖衬衫,黑色修身长裤。我双腿发软,跌坐在地。

别看,葛城。我恨不得在一秒钟之内把他赶出这个房间。

一束光聚拢到房间深处。紧接着,似是出自满的高亢悲鸣响彻别屋。她风一般飞奔到尸体跟前。

"啊啊,骗人……骗人的吧,哥!哥!快说你是在骗我——"

满抓住尸体大喊大叫,脸和睡衣都染上血痕。她疯狂摇着头,大颗大颗的泪珠从眼里滚落。

"不要,不要,不要……不要啊!!!"

她瘫坐在尸体脚边,脸埋于其腿上,双手紧紧抓着尸体的裤子,手掌因过于用力而发白。

葛城呆若木鸡地站在原地,恍惚地交替看向满和尸体。

"我……"

葛城的声音细若蚊蝇。他仿佛一下子老了几十岁。
"又什么都没能做到……"
"葛城……"
"哥哥死了,做什么都晚了……我总是什么都做不了……"
看着他那双黯淡的眼眸,我肝肠寸断。
"……你们看这个。"
梓月拿起摊在桌上的笔记本。

我已经无法忍受。
先一步去天国了。

文字以流丽的笔迹仓促写就。遗书?是自杀吗?现实摇摇欲坠。脚下失去平衡。我的腿浸在水中。
——为什么?为什么事情会变成这样?
葛城正死了。
葛城家唯一不说谎的人。
坚定地贯彻正义的警察。
给予我认可的直爽之人。
教葛城辉义推理的老师。
我只是来帮助葛城的。
可为何事与愿违,竟发生这等惨剧?
风摇撼着窗户,发出巨大的响声,声声惊心。

第二部 葛城家的众人 ───

我知道这个问题对你很重要，也能理解你想融入自己观点的心情，但大多数读者根本不在乎推理小说的理想形式和身为侦探的道德基准。

——法月纶太郎
······GALLONS OF RUBBING ALCOHOL FLOW THROUGH THE STRIP

0 半年前

大雨滂沱的夜晚。

雨水倾盆而下，无尽无休。春季的暴风雨来势凶猛，加之又热又潮，驻在所①内湿气弥漫，着实闷得慌。

为防范水灾，间田巡查奉命于驻在所值勤。万一曲川泛滥，不仅这边的 W 村，河对岸的 Y 村也会有许多人外出避难，届时需要有人驻守两村间的这家驻在所，给人们指引避难所的位置，为避难人员提供帮助。

间田打了个长长的哈欠。

他讨厌潮湿的夜晚。汗流不止，脸上冒油，喘气都难受。这一晚上，他已去盥洗室洗过三次脸。

烦躁间，玻璃门砰然作响。

不是风吹的。"咣咣"两下，急促的节奏透露出焦灼。

"来了——"

间田随口应了一声，打开拉门。

外面站着一个老翁，全身湿透，瑟瑟发抖。他衣衫褴褛，嘴边蓄的白色胡须却透着一股威严，给人奇妙的印象。

---

①警署下属机构，多设于郊区与山区。巡查二十四小时驻守其中，负责辖区警备并处理相关事务。

"需要帮助吗？"间田尽量用温和的语气询问。

对方只是摇头，一声不吭地走进屋。不待间田有所反应，老翁已坐到客用折叠椅上，望着墙壁发起呆。

间田看向他的脚。

他穿着凉鞋，鞋上沾满泥污，裤子的膝盖处和毛衣的前面也满是泥渍。是路上摔倒了吧。暴雨天路本就难走，偏偏还穿凉鞋出门——

您还好吗？家住哪里？是来避难吗？间田问了好几个问题，然而对方没什么反应。

此人身着方便穿脱的大领口宽松毛衣。间田去年亡故的祖父晚年也总穿这种衣服，照护者帮忙穿脱时轻松省力。

间田由此怀疑此人患有认知障碍症，所以才会无缘无故跑出家门，顶着大雨四处乱晃。想必他的家人现已乱作一团。假如他经常走失，频频让家人担惊受怕——

"对不住。"间田道声抱歉，掀开他的毛衣。贴身衣物翻卷起来，露出后背，估计是摔倒时弄的。毛衣标签上贴着字条，上面写有姓名和联系方式。

"猜对了！"

间田嘀咕一句，凑近看字条，大吃一惊。

葛城惣太郎
长女（堂坂由美）
联系电话：080-××××-●●●●

（葛城？说到葛城这个姓氏，第一反应就是河对岸Y村的名流家族。家主惣太郎是某家公司的社长，按说是个了不得的大人物……)

怪不得他那一嘴胡须透着威严。感慨之余，间田也生出恻隐之心。

(到头来，大家都一样。)

纵使攀至巅峰，功成名就，老天也不会额外开恩。人到晚年，大家都同样落魄。

间田把电话号码誊到记事簿上，对惣太郎说："我这就联系您的家人。放心，很快就能回家了。"

事态发展匪夷所思。

惣太郎睁大双眼，脸上失去血色。他颤抖着嘴唇，用威吓的口气说："住手！"

"啊？"

"住手。不许联系我家里。"

怎么看都不像求人办事的态度。当惯社长的人，活到多少岁都是社长，颐指气使的做派不是一天两天能改掉的。

"可是，不通知您家人，怎么送您回家呢？今天雨这么大，还是早点回去比较好。"

间田满嘴车轱辘话连哄带劝，惣太郎始终重复着同一个回答。两人僵持约莫五分钟后，惣太郎说："我不想回家。"

惣太郎首次坦率表明意愿。此话一出，间田凭借职业敏感捕捉到异常。

像惣太郎这种身份的人，竟两手空空、脚踩凉鞋，冒着暴雨造访邻村的驻在所。

间田知道Y村葛城家的位置，从那边走过来要大约四十分钟，老人花的时间更长。惣太郎拼死拼活，大老远逃到了这里。若非恐惧驱使，人不会做出这等举动。再加上他那句"不想回家"——

间田怀疑惣太郎遭到了家暴。

方才掀开他毛衣的时候,并未在露出的那截后背上看到伤痕。间田不动声色地查看惣太郎全身,发现他右手上有许多细小的划伤,像是被利刃割破的。为何伤口会在如此显眼的地方……

家暴的对象绝非只有儿童。老人遭受家暴的事例也屡见不鲜,家人动手殴打,照护者恶语相向,形式不一而足。加害者是亲属的情况下,身为受害者的老人往往忍气吞声,唯恐家丑外扬,听老人袒露心声的机会是很难得的。

间田耐心地询问:"为什么不想回家呢?"他蹲下身,视线与坐在折叠椅上的惣太郎持平。

惣太郎像是忘了自己刚说过的话,满脸狐疑地看着间田。

然后,冷不防吐出一句:"有人要杀我。"

间田的喉头动了一下。

"为什么会这么想?令郎或令嫒对您做了什么吗?"

"那个家里有妖怪。"

答非所问。间田再度询问家人是否对他做了什么,但仍无法顺利交流。

惣太郎捂住脸,右手的伤跃入间田的眼帘,触目惊心。

"醒过来时,我平时用的药……装着药的玻璃瓶碎了一地。妻子问我是不是做了噩梦。大家都以为是我弄碎的。我手上还多出不知怎么来的伤痕。"

惣太郎断断续续地说着。

"我说不是我弄碎的,没人相信。"

"是嘛,真憋屈啊。"

"药挪到别屋了。放在那边,有人动手脚也注意不到。"

从这部分起,间田把惣太郎的话打了个对折听。担心有人对药动手脚,典型的被迫害妄想,过度猜疑,常见于大人物。高处不胜寒,攀至巅峰之人会对切身的危险愈加敏感,乃至神经过敏。听到惣太郎说有人要杀自己,间田还以为他遭受了什么非人的对待,看来是虚惊一场。况且,惣太郎表现出了疑似认知障碍症患者的反应和症状。他忘记自己打碎了药瓶,想把责任推给别人——这么想更合理些。现阶段还无须单凭一面之词认定为家暴。

"哎呀,真让人不放心。不好意思,我得打个工作上的电话,一会儿就完,请您稍等一下。"

说着,间田麻利地用驻在所的电话拨号。

"您好,我是堂坂。"

电话对面传来疲惫的女声。间田报上姓名,说明了原委。女人安心地松了口气。

"太好了,我们找了半天……嗯,对,老公,人找到了……啊,抱歉。我们这就过去。是W村的驻在所对吧,我跟老公开车去接他。"

间田挂断电话,对惣太郎说:"放心吧,令媛马上过来接您。"

惣太郎瞬间涨红了脸。

"浑蛋,竟敢骗我!"

间田缩缩脖子。

(看样子低估了他的认知能力。要是在家人来接之前发生冲突,可不是闹着玩的……)

间田心头闪过一丝不安。所幸惣太郎没再大吵大嚷,也没揪着这事不放,只是无力地摇了摇头。

"那个家里有妖怪。"

惣太郎重复了一遍。

"您刚才也这么说。所谓'妖怪',具体是指什么呢?"

惣太郎深吸一口气,道:"……zhizhu。"

间田乍一下没听明白。反应过来后,瘆人的形象一点点占据脑海。

蜘蛛……

在惣太郎的卧室里,一个人蹲在床边,用裁纸刀划伤惣太郎的右手——间田脑中浮现出这样一幅画面。那是阴险至极的行为,与施虐欲和暴力倾向都无关。随后,那人打碎玻璃药瓶。全家人都以为是惣太郎干的,任他百般辩解也无人相信……

蜘蛛。

如假包换的蜘蛛。吐出无数蛛丝紧紧缠住猎物,猎物越是挣扎就陷得越深。处心积虑暗布天罗地网,称那人为蜘蛛恰如其分……

打碎药瓶意图何在?是为了把药挪到惣太郎接触不到的地方?如此一来便可避人耳目,的确更容易下毒。

那个家里,有蜘蛛般处心积虑布网之人?

有那么一瞬间,间田差点全盘相信了惣太郎的说辞。

这时,玻璃拉门打开了,门口站着堂坂由美和貌似她丈夫的男人。男人自称堂坂广臣,向间田表达了谢意。

"啊,爸爸,幸好你没事。"

由美用浴巾裹住惣太郎的肩膀,细心擦拭被淋湿的身体。

"实在不好意思,大晚上的给您添麻烦了。"

广臣深深鞠了一躬。

"哪里哪里,这是我分内之事。"

夫妻俩都很有礼貌。间田心情轻快许多，让两人接走了惣太郎。

惣太郎坐进车里。间田向他挥手道别，暗暗想道：就是嘛，怎么可能呢……在那样的富贵之家，又有那么好的家人，不可能发生惣太郎所说的骇人之事……

间田还要面对漫漫长夜。他随手记下刚才的事件。由于并未重视起来，他仅仅是机械性地记录下来，以备参考。时隔大约半年，葛城家的某个人才辗转获悉此事。

夜尽天明，雨彻底停歇。春日里短暂的晴天令人神清气爽。曲川并未像人们担忧的那样泛滥成灾。

昨晚的插曲已然从间田的脑海中淡去。

1 尸体【水位距馆 26.8 米】

意识朦朦胧胧，感觉不到时间流逝。满依偎在尸体脚边哭个不停。

不知过了多久，满终于站起身，向葛城投去凌厉的目光。她揪住葛城的前襟怒吼："你这家伙，怎么跟没事人似的！哥……我们的哥哥死了啊！"

如她所说，葛城一滴泪也没流。可是……我想起方才他那失魂落魄的神情。他的内心绝对不似表面这般平静。

"我……"

"你已经看惯尸体了是吧，所以才那么沉得住气。"

"看惯……怎么可能。那是哥哥啊。我们的哥哥……"

葛城的声音渐渐发虚。

"那就让我见识见识你的拿手好戏啊。是谁做出这么残忍的事？你告诉我啊！"

"做不到……"葛城摇头，"我做不到。"

"那就把自己关回房间里！永远逃避下去吧！"

满猛地松开葛城的前襟，用力擦擦眼睛，转身看向我们。她双眼红肿。

"……对不起，我失态了。得赶紧知会爸爸他们一声……"

梓月轻轻把手搭上满的肩，温言安慰。

葛城寸步未移，默默不语地注视着哥哥的尸体。

众人无所适从地站在二楼右侧。正的死讯犹如一石激起千层浪，惊愕与悲伤在家人间蔓延。葛城一言不发，摇摇晃晃地躲回自己的房间。我想挽留，却碍于氛围说不出口。

"为什么会突然发生这种事……"

健治朗双目圆睁，面露沉痛之色。

"怎……怎么会？正他……"

由美泪如泉涌，明显备受打击。她捂住双眼垂下头。站在她身旁的广臣摇头不已，连呼"这不可能"。

"骗人……"

璃璃江并未表现出慌乱，但死的毕竟是亲儿子。她迷茫地睁大眼睛，怔在原地。

满抱住由美又开始哭泣，许是见到家人，紧绷的情绪松弛了些。不是向自己的母亲，而是向由美寻求慰藉啊，我内心暗忖。由美把脸埋在满的肩上，缓缓摩挲满的后背。

"总之先去看看情况。丹叶医生，劳驾您跟我一起过去。"

过了十分钟左右，两人回来了。

健治朗说："灯不亮，看不清楚情形。我想换个灯泡，可惜梯凳放在东馆，冒着大雨去拿太麻烦……"

广臣接话道："田所君，以你的身高应该能够到……抱歉还得麻烦你再去那种地方一趟，能请你帮帮我们吗？"

我不情不愿地答应下来。别屋天花板的高度有三米出头。我身高一米八五，是在场众人里最高的。

"我也过去。我想检查一下尸体的状况。"

梓月从椅子上起身。

既然要调查现场,我很想带上葛城,可又不能强行把他从房间里拖出来。担忧与内疚撕扯着我的心。

健治朗、广臣、梓月和我一行四人去往别屋。

广臣从别屋的衣柜里拿出替换用的灯泡。

我没精打采地站到凳子上。广臣把灯泡递给我。刚才走过游廊时,我的手被吹进来的雨水打湿了,不好直接拿。我用手帕仔细擦干双手,才接过灯泡。为安全起见,梓月扶着我的腰。破旧的凳子发出嘎吱嘎吱的响声。我仰头看灯泡,伸出右手。灯泡是往哪边拧来着?往左还是往右?

刚拧了一下,灯泡就啪地亮了。

"哇啊——"

眼前白茫茫一片。手中的替换用灯泡滑落,随即是玻璃碎裂的声音。我以为要摔倒了,还好梓月牢牢扶住了我的身体。待视线逐渐聚焦,我慢慢从凳子上下来。脚边是摔碎的灯泡。

"看来灯泡没坏,只是松了。"广臣说道。

我出了一身冷汗,清理着碎玻璃碴,长呼一口气。

屋里总算亮起来,能看清周围的情形了。

写字台边的椅子正对着门放在左侧窗前,尸体坐于其上,上身大幅后仰。我下意识地别过脸去。

写字台上有个淡蓝色玻璃杯,盛着水,还有个笔记本,写有遗言般的文字,内容先前梓月已经朗读过。

皮沙发整个皱皱巴巴的,显然曾有人躺在上面。沙发右侧有张边桌,桌上放着一部手机,应该是正的。

装有药品的立柜与白天相比毫无变化。

"唔……最惹眼的还数这玩意儿。"

健治朗走到尸体身边蹲下，隔着薄手帕捡起地上的枪。是枪身很长的霰弹枪，刚来到这座宅子时我见广臣用过。

"是我的东西。昨天白天我试射了一发，用完就收回东馆了。"广臣皱着眉说道。

我想起昨天白天跟三谷初到此地时听见的枪声。我们亲眼看见广臣带着枪去了东馆（旧馆）。

健治朗点头道："枪管冰凉，距离上次射击有一阵子了。"

"可我没听见枪声。凶手究竟是什么时候开的枪？"

"多半是因为这个。"

健治朗稍稍掀开手帕，露出枪身。枪管前端套着个金属筒状物。

广臣摇头道："消音器……"

"广臣先生，你为什么会有这种东西？日本法律禁止给霰弹枪装消音器。"

"我知道！"广臣抬高嗓门，"那个只是……对，只是买来收藏的。我一次也没用过。"

健治朗将枪口对准广臣，顶到他胸口上。我倒吸一口冷气。梓月做了个吹口哨的口形，瞥了我一眼。

"我可没那么好骗。"健治朗语气阴沉。

"舅兄，别这样，太危险了。"广臣声音发颤。

广臣深深凝视健治朗片刻，徐徐吐出一口气，道："……只用过一次。就一次。"

健治朗放下枪，问："性能如何？"

"无可挑剔。不过霰弹枪上的消音器能起到的作用有限，装上之后也还是会有拍巴掌那么大的声音。"

啪！陡然一声巨响，广臣"哇"地叫起来。我吓了一跳，回头看去,只见梓月一脸严肃道:"……也就是说,差不多这么大声。"

他绝对是在故意吓唬人。我瞪了梓月一眼。

"声音不小,"健治朗摇头道,"但没听见也属正常……虽然别屋是栋老旧木屋,可西馆是石头建造的。"

加之风雨大作,窗户上还贴了瓦楞纸……这么多条件凑到一块儿,淹没枪声也不足为奇。

"关于枪声的疑问算是解决了,问题是正的……尸体。"

健治朗发出一声呜咽。说出"尸体"一词时,沉稳如他,也显出些许动摇。

"是自杀……还是他杀……"

我再度端详尸体。

尸体背部大幅向后倒,以仰面朝天的姿势坐在椅子上。面部惨不忍睹,我不禁移开视线。尸体左脚穿着鞋,右脚的鞋却脱掉了。

"健治朗先生,这哪还用得着想,一看就是自杀啊,对不对?"广臣断然说道,"把霰弹枪的枪口含在嘴里,脚趾搭上扳机。脱下右脚的鞋,是因为穿着鞋没法完成这个动作。扣下扳机后,头整个被打飞,身体因冲击力而后仰——看,跟眼前这具尸体的凄惨状况完全相符。他杀很难造成这种状况。对不对,医生?"

广臣把话头抛给梓月。梓月模棱两可地笑了笑。

"不好说。很遗憾,法医学不是我的专长。"

梓月有所保留。我知道哥哥从上初中时起,就嗜读带插图的法医学专著。姑且先不戳穿他。

广臣的观点颇具说服力。死者下颌损伤相对较少,得以残存,可以确定是在含着枪口的状态下向喉咙开的枪。此外,血

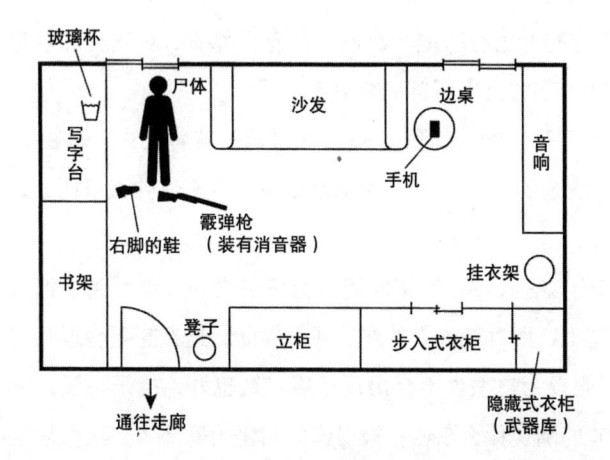

别屋示意图②

溅到了天花板上，可见枪口是冲着斜上方的。如果是他杀，凶手得伏在被害人身下，把枪口塞进其嘴里。被害人绝不会疏忽至此，任人宰割。

"但是广臣先生，在这个位置……"

健治朗蹲到尸体脚边，指着尸体前方的地毯。

"地毯上也有喷溅状血迹。还有，你看……这里和这里。本应连在一起的血迹不自然地中断了。"

还真是，健治朗所指的两处血迹，若将其中一处的末端延长，刚好能连上另一处。貌似是地毯上本来有什么东西，致使血迹中断。

"恰似有人站在血迹的起点与终点之间。血溅到了那人的衣服和鞋上，所以地毯上的血迹才会中断。这么想更合理吧？"

"假设为自杀也不会出现矛盾。纸也好，椅子也罢，原本放在那儿的随便什么东西，被射击的后坐力吹飞了，这么想也说得通，对不对？"

不知是各自性格还是职业病使然，健治朗和广臣唇枪舌剑地争论不休，已全然不见失去亲人的伤痛。

"那封遗书就是决定性证据。"

"那种东西，随随便便就能伪造出来。"健治朗哼了一声，拿过笔记本一通翻，"你看看这两行字的位置。"

健治朗先翻到写有遗言般文字的那页，随即翻动前后几页。后面一页写满了字。

"这两行字在笔记本正中间。前后都写有日记或工作笔记之类的，翻回正中间写遗书未免太不自然。换言之，这一页本来就写着这两行字，可能是正在查案时做的记录或备忘。凶手想到可以用它冒充遗言，就把笔记本翻到这页摊在桌上……"

"确实有这种可能。"广臣道,"那你倒是说说,凶手是在何时何地找出那页的?杀完人后,在这个打不开灯的房间,单手拿着手电筒摸黑翻找?比起如此牵强的说法,还是看作正君事先写好的遗书更为明智,对不对?"

健治朗哼哼唧唧地查看起写字台抽屉和立柜里面。抽屉被翻得乱七八糟,立柜里摆着的 CD 有几张掉在地上。

"你看看,这间屋子明显有被翻过的痕迹……凶手曾在屋里寻找某样东西。是想偷走什么吗……"

"诚然,翻找的痕迹与自杀论略显冲突,但也可以解释为正君在找笔时自己弄乱的。健治朗先生,你想太多啦。谁会挑这种暴风雨之夜杀人啊……"

我调动起全身感官,怀着异样的紧张感聆听两人的对话。健治朗关于笔记本与翻找痕迹的分析都条理清晰,而广臣始终拘泥于自杀论。广臣竭力主张正是自杀,莫非背后有什么缘由?

"看样子,"梓月道,"为了判断是自杀还是他杀,还是需要确认一下尸体状况啊。"

梓月戴上从诊疗包里拿出来的塑料手套,突然开始触摸尸体。

"喂,医生——"

"只是大致检查一下,不会对警方的调查造成干扰。而且——"

"最好趁'新鲜'时查看。"

我抢先说出梓月接下来的台词。梓月面无表情地回头看向我,皮笑肉不笑道:"哎呀,抱歉。我弟弟痴迷侦探小说,老爱说些吓人的话。我只是觉得,既然不清楚开枪时间,至少稍作检查帮助判断比较好。"

"噢,那您请便……"

广臣说着瞟了我一眼。都怪梓月，这下我被当成分不清小说和现实的毛孩子了。我瞬间气血上涌，奈何眼下不是兄弟吵架的场合，只得忍住火气。

梓月先是触摸尸体下颌，继而是腿和胳膊。

"收到警报是在凌晨一点六分，发现尸体差不多在一点十五分。现在是凌晨一点半。倒推一下……推测死亡时间在夜里十一点半到凌晨零点半之间。"梓月回头对我们说道，"首先，下颌关节出现尸僵，但僵直尚未扩散到四肢，据此可以推断，死者死后过去了一个小时到四个小时。此外，尸体脚边地板及地毯上的血有一部分已经凝固。倒也有还黏糊糊的液体……血液凝固时间与环境也有关，一般在一个小时到三个小时，与根据尸僵做出的推测相符。正先生并无血友病症状，其血液凝固速度应与常人无异。"

别屋的地板上，从左侧写字台前到右侧音响前铺有长毛地毯。地毯上的血尚未完全凝固。

梓月站起身，耸耸肩道："凭我在大学里研究的那点法医学知识，也就能看出这些。测量直肠温度并检验胃内容物，还可以知道更多细节。后续分析只能交给警察了。"

"您过谦了，非常有帮助。"健治朗郑重道。

"话说回来……"广臣摇头道，"看到这样的尸体……难免会让人怀疑这到底是不是正君。"

"因为没有头？"

健治朗直白的言辞吓了我一跳。广臣深深点头："哎呀，冒出这种疑问，简直像是推理小说。我也没脸嘲笑夏雄了。"

这样的尸体即所谓"无面尸"。小说往往侧重探讨摧毁尸体面部的理由，除去心怀怨恨等情感方面的动机，大抵是为了混淆身份。迟迟不出现的黑田，该不会成了正的替身吧？我脑中浮现荒唐的想象，旋即又打消。正个子很矮，和黑田有十厘米左右的身高差，外形差异瞒不过众人的眼睛。

"会有这样的疑问也很正常。要伪装身份，对调一下衣服和鞋即可。体形再怎么相似，也无法断言眼前就是正本人……而且老实说，身为父亲，我到现在都还不愿相信。"

健治朗说罢，我们几人不由得陷入沉默。倘若真如"无面尸"的套路那般，凶手与死者对调了身份，那么正还活着，并且十有八九就是真凶。自己的儿子要么死了，要么是杀人犯。对为人父母者而言哪个更痛苦？健治朗宁可接受儿子是杀人犯，也希望他还活着吗？

"有办法确认。"

梓月冷不丁开口。广臣闻言睁大眼睛，急促地发问："怎么确认？难不成要在这种地方解剖？"

"不，还有更简单的方法。"

梓月把沙发旁那张边桌上的手机拿了过来。是正的手机，我对手机壳有印象。

梓月握住尸体的手指，将拇指按到手机下端。是指纹解锁的位置。

手机成功解锁。我们三人不约而同发出惊叹。

"用死人的手指也能解锁吗？"

听广臣这么问，梓月又一次露出那种温煦和善的笑容。

"手机的指纹识别机制有好几种，归根结底，区别在于如何感应指纹凹凸。电容式靠手指与基板接触时的电容变化来识别，光学式靠光线反射捕捉指纹图像，超声波式则通过超声波回波提取指纹特征，诸如此类。苹果手机直到 iPhone 8 用的都是电容式，屏幕下方有形似开关的按键。另外两种无须设置基板，可以把屏幕做得更大。"

梓月把正的手机举给我们看。

"瞧，这部手机屏幕很大，也没有按键。由此可知，它用的是超声波式或光学式。很轻易就解锁了，我猜八成是光学式。据说光学式仅用指纹图像就能解锁。人刚死不久，今天湿度又高，手指皮肤还没怎么收缩。幸亏不是电容式，要不我就得冒着感染的风险舔尸体的手指了，万幸万幸。"

侃侃而谈的梓月让我心里发毛，健治朗和广臣则赞叹有加。健治朗大肆恭维："医生，您真是见多识广。"梓月解释说，他是从理科生朋友那里学来的这些知识。

总而言之，能通过指纹认证，说明这具尸体无疑是正本人。正不是凶手，他确确实实已经死了。

"唔……还有件事我想不通，凶器……"

广臣低头摸着下巴念念有词。他慢步走到角落里的步入式衣柜前，手搭上衣柜内壁，拉动一个把手状的东西。暗门打开，里面是——

"这……这都啥啊？"

衣柜里还有另一个秘密空间，里面陈列着各式武器：左轮手枪、日本刀、中世纪风格的斧头与木制回旋镖、吹箭筒，等等。回旋镖和吹箭筒上刻有独特的纹路，作为工艺品也属上乘。一看便知是收藏家的藏品。

"喔，挺厉害啊。都是真家伙吗？"梓月若无其事地说。

"全都是真货……掌握使用方法就能杀人。"广臣说着缓缓摇头，"……岳父惣太郎有个麻烦的爱好。虽说我自己也有把猎枪，没资格说他……岳父去世界各地旅行，总会购买这类武器留作纪念。当然,都是偷偷买的。他买得实在太多了,有次信子夫人想处理掉,闹得家里鸡犬不宁。他住进多有不便的别屋,估计也有想安置好这些藏品的因素。"

"不可救药的坏毛病,我也曾经大伤脑筋。谁知他没长教训,还在摆弄这些玩意儿。"

健治朗抚额摇头。

"哦……那这些藏品为什么会留到现在?信子夫人没提出要处理掉吗?"

听梓月这么问,健治朗深深叹了口气。

"自从家父去世以后,家母的认知障碍越发严重,可能跟病情也有关系,她的态度来了个一百八十度大转弯,现在不许任何人动别屋里的物件。是想尽量多留些家父活过的印记在这里吧。直到现在,她还总是一个人去别屋——"

"舅兄,这事……"

广臣无力地摇摇头。见状,健治朗闭上嘴。我很好奇健治朗本来想说什么。是因为涉及家丑,所以广臣不想让外人知道吗?

然而——似乎不仅如此。广臣从刚才起就眼神游移,不停打量我、梓月和健治朗,好似在窥伺时机。

健治朗轻拂左轮手枪,手指沾上许多灰尘。

"……哪件都没有被人碰过的痕迹。"

"你怀疑是盗窃?确实,卖掉惣太郎先生的藏品能大赚一笔,毕竟每件都来历非凡。"

广臣暧昧地点点头,看向手机画面,随即睁大眼睛,向健治朗招手道:"舅兄,过来一下。"两人走到别屋外边。门稍稍开着一点,架不住风雨声太大,听不清他们在说什么。

方才广臣悄悄打量我们,就是为了找机会跟健治朗单独交谈？我刚要往门口走，哥哥突然推了我胸口一下。

"呜哇！"

我结结实实摔了个屁股蹲儿。揉揉屁股，感觉手背碰到了什么冰凉的东西。回头一看，身后是那具凄惨的无面尸。

我吓得尖叫，急忙闪开。哥哥哧哧地低声笑着。

"哎呀，你给侦探当助手，我还以为你早就见惯了尸体。就是想捉弄你一下。"

"开……开什么玩笑！别以为谁都像你一样！"

我以手撑地，试图站起来，却双腿发软。就为我先前抢话的事，一见这里只剩下我和他，哥哥就二话不说对我进行报复！即使健治朗和广臣这会儿回来，也只会以为我是自己摔倒的，决计不会相信是哥哥推倒了我！诡计多端的施虐狂！

此时，我偶然看向自己的右手。尸体旁边的地毯上，我右手按住的地方起了毛，摸着很是粗糙。但起毛的部分没有一丁点血迹。

这是——怎么回事？哪怕从斜下方开枪，也可能会有碰巧没溅到血的地方。蹊跷之处在于，这块位置没沾上一点血，却起毛严重。必然是有血以外的液体附着，其后凝固。安灯泡之前我仔细擦过手。我手上不可能有水。

我进而发现地毯某处有泥土污渍，在沙发腿旁边。泥渍刚好呈一双鞋的形状。我看看尸体脚下，鞋底边缘部分沾着泥。

我想起皮沙发起的皱。正曾经躺在这张沙发上。从泥渍形状明显能看出，他把鞋脱下来后整齐地码放在了沙发腿旁边。之后，正坐起身，穿上鞋——穿上鞋？那他是什么时候决定自杀的？

若要自杀，根本用不着穿鞋。穿上鞋就没法扣动扳机了，这一点显而易见。或许他起初没打算用霰弹枪？我想到步入式衣柜里的左轮手枪。对啊。就算铁了心要自杀,也是用手枪更省事,没必要舍易求难用霰弹枪。难道那把左轮手枪不好使?得再调查一下那个衣柜里面——

别屋的门开了,健治朗和广臣走进来。

"哎哟——怎么回事,田所君,不小心摔倒了吗?"

健治朗的反应不出所料,我落得个哑巴吃黄连,有苦说不出。梓月趁另两人不注意,悄悄冲我露出坏笑。

"两位快离开这里吧,大家都到食堂集合了。我这就报警。另外,看这大雨的架势——也大意不得。"

大雨……没错。

暑假里,我和葛城卷进案件的那天,大火在山中蔓延。这次则是大雨。并且和那时一样,惨不忍睹的尸体如约登场。形势不容乐观。

"让尸体保持原状,等警察过来吧。我把别屋锁上。"

"在那之前,先给尸体盖上防水布吧?东馆有备用的。就这么放着……呃……实在于心不忍。"

广臣的提议得到赞同,广臣和梓月从东馆取来防水布。我们用防水布盖住尸体,拿防护胶带把边缘粘在地上。虽遮不住尸臭,好歹表面看着没那么惨烈了。

一行四人来到外面,健治朗锁上别屋的门。返回食堂途中,健治朗顺路去了趟用人休息室。走出房间时他手上空空如也,说是钥匙已放回固定位置。

此时此刻,我满脑子都是对自身厄运的愤愤不平,以及地毯上不自然的痕迹。

健治朗和广臣离开别屋,都谈了些什么——我已然将此疑问抛至九霄云外。

2 探讨与假设【水位距馆 26.8 米】

除夏雄、信子、葛城、黑田和北里以外,全员齐聚食堂。

一见广臣回来,由美立马起身向他寻求安慰。璃璃江则面无表情地看着健治朗坐到身边,与由美形成鲜明对比。满抱膝坐在椅子上,脸埋在膝盖间。坂口嘟着嘴,不去看悲痛欲绝的家人。看来他也颇为尴尬。梓月甫一进屋,立即礼数周全地向璃璃江和由美等人致以哀悼,言谈举止挑不出一丝毛病。三谷眼睛滴溜溜转,张望房间角落,显得坐立不安。一看到我,他登时像饿虎扑羊般朝我飞扑过来。

"啊,田所,你还好吧?冷不防被带去现场,又半天不回来……我都快担心死了。"

三谷大呼小叫的样子挺好玩,我心情放松了些。

"田所,我好怕。"三谷战战兢兢,"没想到会发生这种事……我头一回见那种血淋淋的场景,感觉要做噩梦。不过反正也睡不着……"

信子自从响起洪水警报就情绪不稳,吵吵闹闹的,奈何正的死造成的冲击太大,由美和满无暇顾及。听说是北里接手在照管她。

黑田还没回来吗?狂风暴雨之中,他究竟去哪儿了……

"辉义君在自己的房间里吗?"我问。

满噗笑出声。她脸上还挂着仿佛一触即碎的惝恍神情,唯有气势不减。

"那家伙闷在屋里不出来,索性让他带孩子了。夏雄在他房间里呢。"

语气饱含轻蔑。

满移开视线。

"起码在这种时候……得振作一点吧……"

她刚毅地说,随即抿唇陷入沉默。

葛城正。对葛城而言,失去最为信赖的兄长,无疑是巨大的创伤。就连刚认识正十几个小时的我都对他心生好感,何况葛城?不仅葛城——满,以及正的父母,该有多么悲痛啊。

食堂笼罩在沉重的氛围里。正的死带来的哀戚与惊惶侵蚀着家人的心。

如先前所说,健治朗着手报警。他铿锵有力地保证道:"为了确认大致情形,我们动过现场。现已锁上别屋,尸体也保持原状,权当补救。也许会受到警察斥责,到时由我兜着。"健治朗雷厉风行,举手投足间给人以安全感。他自然也因正的死备受打击,却丝毫不形于色。

"……对,是在Y村高地……对。没错。拜托您了。"

健治朗放下电话听筒。

"警察怎么说?"广臣问。

"说是会派警车过来。人成了那副模样,神仙都救不活,就没叫救护车。"

健治朗措辞冷酷,但无人细究。

"要花多久?"

"最近的驻在所在河对岸的村子,现在人手都调去 W 村了,恐怕来不了这边。开警车过来,八成是附近的县警吧,一个小时能到就不错了。

"另外,我把黑田先生的相关情况和外貌特征告诉警察了。他到现在都没回来,说不定在哪儿出了事故。警察那边说,如果在来的路上发现他,会妥善应对。"

黑田已成实质性失踪状态,至今音信全无。大家给黑田的手机拨了好几通电话,怎么也打不通。恰在发现正的尸体之际下落不明,时机未免太巧,让人禁不住怀疑黑田就是真凶。

好一个疯狂的夜晚。

广臣摇头叹道:"唉……万万没想到正君会……用那种方式自杀……"

璃璃江按着内眼角,黯然垂首。

坂口目瞪口呆地连连摇头。

"喂喂,广臣先生,你居然认为那是自杀?"

"总归比看作他杀更切合实际。遗书也印证了是自杀。再说雨这么大,不太可能有抢匪或夜贼上门,屋里也没有遭人擅闯的痕迹。"

"不愧是律师。"坂口咕哝,"看来你很擅长刑事案件辩护。可要是自杀,动机是什么?看不出他有这种念头啊。"

"……自杀者的心理,往往到最后都不得而知。"

广臣语气冷淡。

"还真是敷衍的说辞。我倒是对正的自杀动机有头绪。"

坂口的双眼似在微微放光。他好像是想将话题引到所谓"头绪"上。

健治朗轻哼一声,道:"坂口先生,我们没空听你闲扯。"

"别那么死板嘛。说穿了其实很简单……"

坂口卖个关子，猖狂地微微一笑。

"是正先生杀害了惣太郎先生……正先生承受不住良心煎熬，选择自杀。怎么样？这个解释合情合理。"

"你说什么？！"我失声喊道。

全都连上了！我想起坂口出示的那张男人站在立柜前的照片。之前怀疑坂口知道那人的身份，果然没猜错——他盯上了葛城正！

可是，正先生杀了人？这怎么可能？只恨葛城不在这里。

"胡说八道！"健治朗怒斥，"你说正杀了我父亲？！简直是血口喷人！你有证据吗？"

"你问这个啊……"坂口歪头装傻，"令郎若有心犯罪，怕是不会留下证据。"

"哼，拿不出证据吧。这是无凭无据的中伤。"

健治朗话音刚落，坂口便笑道："噢哟，谁说我没证据？"

食堂顿时鸦雀无声。少顷，广臣厉声说："荒唐透顶！坂口先生，你的观点处处自相矛盾。即便正君真犯过什么罪，为何等到今天才突然自杀？有什么重大事件能让他内心动摇？"

"当然是昨天开斋宴上的事啦，还没忘吧？遭到我和夏雄君穷追猛打，他深知已经逃无可逃，万念俱灰。"

"嗬！"健治朗奚落道，"那种程度就叫'穷追猛打'啊！那议会岂不是称得上'烈火焚身'了！"

"对，对，就是嘛。而且夏雄那些话，嗐，都是小孩子的胡言乱语……"由美微笑着说。直至昨日还熠熠生辉的笑容，遇此紧急事态也蒙上荫翳。

满敲了敲桌子。所有人都看向她。她瞪着坂口道："哥不可能自杀！比起这种牵强的说法，还有更靠谱的解释。"

说着，她伸手指向坂口。

"这是杀人案，凶手的目标原本是你。"

"我？"

坂口的眉毛快挑到天上去了。

"什……什么？"三谷惊呼，"你是说，凶手错把正先生当成坂口先生杀害了？绝对不可能。他俩的长相和体形一点都不像……"

"我一开始也这么想……但是，三谷君，不妨站在凶手的角度考虑一下。凶手为什么要去别屋？不用说，是意欲加害别屋里的人。坂口，当晚应当住在别屋的人，是你……谁都没料到，你和哥交换了房间……"

"这么一说还真是，"广臣接话，"别屋的灯泡松了，灯打不开。凶手是在一片黑暗中行凶的，对不对？拜大雨所赐，连点月光都没有，屋里一片漆黑，也没法通过衣着分辨。"

"那个房间，"健治朗说，"有遭人翻过的痕迹……凶手在找某样东西。摸着黑轻手轻脚翻找，生怕吵醒睡梦中的人。不料那人忽然醒了，大喊：'你在干什么！'这可如何是好？犯罪就在一念间。凶手端起霰弹枪扣动扳机。在伸手不见五指的屋子里，要把枪口精准塞进对方嘴里难乎其难。头被打飞，人坐倒在椅子上，都是巧合。下手太过仓促，凶手没发现杀错了目标。"

璃璃江微微颔首。由美幽幽道："很有可能……"

的确，客观条件十分完备。无法预测的交换房间、黑暗之中的情急杀人……客观来看，满所主张的误杀可能性极高。满是经过全面分析后提出这一推测的吗？她展现出过人的机敏，她的家人也一点就透，令我不禁咋舌。

"这一晚死的人本该是你,坂口。你把我们家搅得一团乱。先前奔着葛城家的财产和丑闻接近我时就没个消停,我看穿你的居心,跟你分手之后,你依然纠缠不休,昨天甚至还扬言爷爷是被杀害的。爸爸真没说错,你这种人,就算被杀了也不新鲜。"

"喂喂,这话太伤人了吧。我好想哭。"

"你给我闭嘴。"满厉声说,"大半夜睡不成觉,已经够烦了。熬夜是美容的大忌。"

在满那里碰了一鼻子灰,坂口悻悻地耸肩道:"我被杀也是活该。而正先生备受敬仰,没人有理由去杀那样的圣人……你们接下来是不是要这么说?"

他语带讥讽,但对正的评价很贴切。

谁会想杀正?

究竟有谁会对正怀恨在心?

或许,其实这才是支持此案为误杀的最有力论据。

没人会想杀的人横死,被杀也活该的人幸存。唯有误杀论能解释这一反常、颠倒的状况。

健治朗傲然微笑,接过话头:"这要是杀人案,显然是蓄意谋杀。门把手上贴着胶带,以致锁不上门。北里去布置暂做客房用的别屋时还没有胶带,说明胶带是在坂口先生来访后贴上去的。凶手趁昨天白天精心做好了准备工作。"

健治朗的推测天衣无缝,连胶带的细节都考虑到了,我不禁咋舌。

坂口意味深长地一笑。

"可凶手把那具尸体伪装成了自杀的样子吧?留了封遗书,还脱掉尸体的一只鞋,为的是让发现尸体的人以为,死者用没穿鞋的那只脚扣下了扳机。但伪装成自杀又有什么用?健治朗先生，我看着像是会寻短见的人吗？"

"谁知道呢。自杀者的心理，往往到最后都不得而知。"

"嘿，在这儿等着我哪。"

坂口皱起眉。他现在完全是被健治朗牵着鼻子走。我行我素如坂口，也彻底乱了方寸。

"对了，坂口先生……你为什么突然提出跟正交换房间？"

"就是！"满说，"但凡你没跟哥换房间，就会是你被杀，哥活下来！"

满狠狠瞪着坂口，紧咬嘴唇，像在极力忍住不发作。

"哎呀呀，这话可真不中听。要问这个嘛，得感谢正先生的好意。别屋那两扇窗户咔嗒咔嗒响个没完，吵得人心慌。我昨天本来困到睁不开眼，结果又被窗户响声闹得坐卧不宁。临睡我去客厅喝了会儿茶，随口抱怨了句，正先生便主动提出愿意跟我换房间，真可谓雪中送炭。我对声音特别敏感，稍微有点动静就睡不踏实。"

坂口拿腔作调地喋喋不休，任谁听了都觉得是在撒谎。果不其然，广臣嗤笑道："把自己择得可真干净。是你诱导正君这么提议的吧？对不对？"

坂口露出暧昧的微笑，回道："随你怎么想。正先生真是个好人啊。噢，该说生前是个好人。"

满哐当一声站起来。

"……你这家伙！"

"喂喂，你们生气，我还生气呢！一个个都说应该是我被杀，想没想过我的感受？正先生遇害了，事情就这么简单，没必要搞那么复杂，扯什么误杀之类的歪理。"

坂口声色俱厉，像是要强行夺取主导权。

"没人会想杀哥。你刚才也说过,没有理由。他跟你一个天上一个地下。你要称他为圣人也无妨,他当得起这个称谓。他对谁都很温柔,为人体贴,大家都喜欢他……"

满眯眼吸了吸鼻涕。

"这可不好说。人哪,招致怨恨时常常不自知。"

"那是因为你以践踏别人为生。平日里做惯了伤人的勾当,变得麻木不仁。"

"没准那家伙本性像蛇。狡猾的蛇。"

要说像蛇,还是你更像,我差点脱口而出。又或者……我看向梓月,只见他抱着胳膊沉默不语,表面气定神闲,心思则不得而知。

"坂口先生……"健治朗站起身,脸上青筋暴起,"你再侮辱我儿子一句试试……"

"噢哟,好可怕。冲冠一怒为爱子,替孩子出头的父母当真气势超凡。那我换个角度提问吧。由美夫人,在你眼里,侄子是个什么形象?"

坂口将矛头指向由美。"问我吗?"由美眨眨眼咕哝一句。

"嗯,我们不住在一起,也就新年前后和盂兰盆节阖家团聚时会碰面。虽然见面机会不多,但他给我的印象非常好……我和健治朗哥相差十岁有余,往回推算,第一次见到正的时候我还在上初中,那时他还是个小婴儿。一眨眼的工夫,他都长这么大了,成了一名优秀的警察……"

由美垂下眼帘,轻拭眼角。

"唔,可惜。看来亲属也对正先生遇害的理由没有头绪。"

"遇害……"由美似是因抵触而浑身发抖,"这种事绝不可能。"

"是啊。"健治朗说,"我儿子没理由被杀。非要说有,那就像坂口先生起初主张自杀论时说的,是因为他杀害了家父惣太郎。但是,这种说法也——不太合适。"

我心里一怔。

健治朗的措辞有些古怪。不太合适。不太合适是什么意思?

"各位,在警察赶到之前,我想说说我的看法……"

健治朗郑重宣告,引得全员瞩目。

与此同时,我产生了相当不妙的预感。胃开始绞痛。为什么呢?我思索着原因,忽见广臣手摸着后脖颈,视线从健治朗脸上移开。广臣蹙起眉、皱起脸,看上去有点尴尬。周围一切都褪去颜色,唯独他那副表情有如定格画面一般,深深烙印在我的脑海。心头一道闪电划过,我终于回想起来。

健治朗和广臣当时暂离别屋,都谈了些什么?

"杀害正的凶手是谁?我是这样想的。"

健治朗顿了顿,继续说道:"凶手不是田所君就是三谷君——这就是我的观点。"

3 葛城健治朗的推测【水位距馆 26.0 米】

心脏几乎停跳。我感到呼吸急促，大脑无法正常思考。

健治朗和广臣当时居然是在讨论这个？两人达成一致，认为我形迹可疑？

"凶手不是田所就是我？你在说什么啊！"

三谷向前探身。他双目圆睁，肩膀剧烈起伏。一贯云淡风轻的三谷，此刻也失去了冷静。

"纯属找碴儿。你这么说，到底有什么根据？"

"根据有二。"

健治朗煞有介事地竖起两根手指，好似一举一动都凝结着说服力。

"首先是贴在门把手上的胶带。刚才也说过，北里布置房间时还没有胶带。由此可知，从分配好房间到发现尸体前的这段时间里，凶手完成了贴胶带的准备工作。而在昨天傍晚，有两个人曾去别屋见坂口先生，是田所君和三谷君。"

我的喉咙逸出一丝呻吟。坂口瞪大眼睛看向我们。

"其实，你们从连接游廊那扇门回来的时候让北里看见了。他为了应对台风忙得团团转，未作停留便快步走开，你们估计没发现吧。"

是傍晚应坂口之邀过去那次。见我默不作声，三谷急不可耐地疾声争辩："荒谬。除我们俩以外，可能还有别人去找过坂口先生……再说，有机会贴胶带的人明明还有一个——"

"坂口先生本人，对吧？"健治朗抢先说出三谷要说的话，"在交换房间之前，先设法让别屋的门锁不上。毋庸赘述，是为了之后过去杀人。诚然存在这种可能性，但交换房间势必引人起疑，弊端更大。"

健治朗的反驳有条有理，我脑子里一片空白。我和三谷都哑口无言。

"其次，"健治朗接着说，"还有一个根据，就是成为凶器的霰弹枪。"

我一头雾水，搞不清他葫芦里卖的什么药。

"那把霰弹枪是广臣先生打猎用的，平时保管在东馆仓库里。昨天是办法会和法事的日子，他都没收敛点，白天还拿出来试射来着。"

广臣缩缩肩膀。

"田所君和三谷君刚到不久，就听见试射的枪声。这事广臣先生和由美夫人都能做证。然后，你们俩看着广臣先生拿着猎枪走向东馆。你们知道霰弹枪放在哪儿，也知道它能当凶器用，这一点无可辩驳。"

"那又怎样？葛城家的人都知道那把霰弹枪吧，为什么只有我和田所有杀人嫌疑啊！"三谷大喊。

"会特意用霰弹枪当凶器的人，只有你们俩。"

三谷霍然愣住，死瞪着健治朗。是没懂他什么意思吧。我也没懂。

"田所君跟我和广臣先生一起去过现场，应该也看到了。别屋里有家父惣太郎生前出于爱好收藏的各式武器。还记得吧？"

"啊，嗯。有左轮手枪、日本刀、回旋镖、吹箭筒之类的，都很精致，堪称工艺品。那又……"

我停下话头。我明白健治朗想说什么了。三谷着急地问："怎么了啊？"

"惣太郎收藏武器的事，在我们家是尽人皆知的秘密。"

"是的。"璃璃江点头道，"很花钱，传出去也不好听，我们都希望他别再鼓捣那些东西了……可他从来不听劝。"

"那间屋子里可供挑选的凶器远不止三四样，凶手却偏偏用了最不称手的霰弹枪。况且西馆和别屋有游廊相连，从东馆到西馆或别屋则没遮没挡，得冒着大雨小心翼翼地搬运，以免火药受潮。何必用这么费事的东西当凶器？结论呼之欲出：凶手只知道有霰弹枪。"

"啊……"三谷总算反应过来。

"我再强调一遍，家父的收藏在亲属之间是尽人皆知的秘密。换言之，葛城家的人全都可以排除嫌疑，用人北里也包括在内。那么嫌疑人就只剩下坂口先生、黑田先生、丹叶医生、田所君和三谷君五人。其中，目睹霰弹枪被收进东馆的，只有田所君和三谷君两人。"

很像。

跟葛城的推理方式如出一辙。对证据的选择、对事实的归纳——我曾以为葛城是特别的，实则不然。恐怕葛城家全员头脑聪慧。葛城思维敏捷不仅是受正影响，常年与这样的家人打交道，也磨炼出他过人的思维。

当那思维化作利剑刺向自己——竟是如此恐怖。

健治朗直直盯着我和三谷，一副自信满满之态，举止没什么不自然。广臣也不知是肩膀酸痛还是怎的，手摸着后脖颈，眼神狐疑地瞧着这边。满环抱双臂看着我和三谷，流露出不加掩饰的怀疑。璃璃江擦着眼镜，对我们俩怒目而视。由美微垂着头，视线飘忽。

我顿觉怪异。

垂着头？为什么？是做了亏心事吗？心虚？

"喂，田所！"

三谷的怒吼让我回过神来。

"你现在可是让人当成凶手了啊！老老实实一声不吭算怎么回事！"

"欸，啊，嗯……"

"怎么一点危机感都没有！"三谷抓住我的肩膀猛摇，"你从刚才起就不对劲！整个人跟丢了魂儿似的……"

闻听此言，我心里咯噔一下。原来他早就看出我样子不对劲了。

可恶。要是葛城在这儿该有多好。

我舔舔嘴唇，深吸一口气。现在不是慌乱的时候，再这样下去，真要被当成凶手了。

"大家先前的看法是，凶手弄混了正先生和坂口先生。如果像健治朗先生所说，那我们实际上是意欲加害坂口先生。可我们没有杀坂口先生的动机。鉴于坂口先生曾试图揭露惣太郎先生遇害一事，反倒是你的动机更充分。"

"动机我就不清楚了。坂口先生业务范围很广，多半是在东京跟你们有过与我们无关的纠纷。"

健治朗慢条斯理地说，丝毫没因我的反驳而乱掉节奏。我气不打一处来。

广臣探身道:"遗书怎么解释?那是能证实此案为自杀的确凿证据。"

"才两行字而已,说明不了什么。再者,那个笔记本正查案时一直随身携带,上面自然记录有大量案件信息,有那么一页写着关联人的遗书内容也不奇怪。"

"你的意思是,凶手在现场发现了那页,顺势用它做了伪装?"

"没错。笔记本从正中间摊开,这个细节也值得关注。本子后面的部分也写满笔记,很难想象他会单独空出中间一页用来写遗书。可见笔记本上本来就写着那两行字。"

我有些纳闷:广臣为何会反对健治朗的观点,帮我说话?

"田所君——你有没有要反驳的?"健治朗催促道。

我感觉说什么都扭转不了当前的局面,脸上冷汗流个不停。哪怕是无谓的抵抗也好,我绞尽脑汁思索该如何应答。

"……按健治朗先生的推理,凶手是因为不知道有其他武器,才迫不得已用了霰弹枪。假如事实刚好相反……凶手是出于某种理由主动选择了霰弹枪呢?"

"原来如此。但这么笼统的论点终归超不出想象的范畴。具体说说?"

"……为了损毁面部。"

我想到"伯尔斯通弃子法"[①]这个词。它是指凶手与被害人对调身份,无头尸、无面尸通常与之如影随形。

由美倒吸一口凉气,呻吟道:"这也——太可怕了……"

"好家伙,你是推理小说看多了,想法才这么吓人的,对不

---

①推理小说术语,指凶手通过与死者对调身份,来营造自己已死的假象。

对?"广臣直摇头。

"可是……"

"若真如你所推测,凶手就是正啰。算上弑父嫌疑,这已经是他的第二条罪名了。你也好,坂口先生也好,是无论如何都要把我儿子诬蔑成罪犯啊。"

健治朗摊手摇头。听他这么一说,我也不确定了,觉得自己太异想天开。再看看家人的反应,我逐渐失去自信。

"再说,"梓月单单朝我冷笑,"我已经用指纹解锁确认过,那具尸体就是正先生本人。"

"另外,"健治朗说,"你主张正和死者对调了身份,那你倒是说说看,他是从哪儿找来了这么个体形和自己相似的男人?这种暴雨天里,根本没地方可藏,何况今天在场的人之中,正是身高最矮的,也就一米六左右。这样的身材对警察来说是种劣势,他曾为此很苦恼,我对此记忆犹新。"

"换句话说,"他继续道,"至少在场者之中,没有能和正对调身份的人。逃到外边也不切实际。难不成凶手冒着这么大的雨,逃到了Y村的什么地方?"

"还有——"健治朗口若悬河。还没说完啊?我一阵胃痛。

"就算凶手想损毁尸体面部,用惣太郎的藏品也足以达成目的,没必要非用霰弹枪。譬如用锤子砸烂面部,或是用刀子划伤面部。不愿意碰尸体的话,用左轮手枪开上几枪,多少也能有些效果。

"如此看来,凶手使用霰弹枪的理由仍旧是唯一的——只知道有霰弹枪。因此,凶手是你们俩中的一人。就结果而言,"健治朗做出总结,"客人想杀客人,却把我的家人卷了进去……这就是案件的来龙去脉。要杀便杀,认准人杀掉坂口先生就好了。"

"这样一来,葛城家就能置身事外了,是吗?"

坂口怒视健治朗。后者面不改色。

"不爽。真是不爽。你们一个个的都只在乎自己是吧?唯恐葛城家的'家族声誉'受损。"

这个词极为不合时宜,搅得我脑子里一团糨糊。

家族声誉——他说家族声誉?我顿感仿佛穿越回了昭和年代,横沟正史的作品、栗本薰《弦之圣域》中的年代。我想起抵达这座馆后的第一个念头,当时的印象与重视家族声誉的价值观十分合拍。

该不会——该不会——

他们是为了保全家族声誉,才诬陷我们是凶手?

并非没有可能。健治朗和广臣躲到别屋外边就是在谋划这事。刚才广臣提出异议,不是为了维护我们,实际意图在于通过反驳健治朗的推理,让健治朗再反驳回来,起到巩固健治朗观点的作用。

健治朗和广臣是一伙的。

敌人的强大令我眩晕。好希望葛城尽快回到这里。只要葛城出马,不费吹灰之力就能驳倒这种小儿科的推测,救我于水火之中。现在的他或许会拒绝,但他有这个能力。

快想,得想想办法。冥思苦想间,只听梓月冷不丁开口:"消音器怎么解释?"

"欸?"

广臣茫然看向梓月。梓月好整以暇地踱至我身后,大声说道:"那把霰弹枪上装的消音器在日本是违法的,我记得广臣先生说只用过一次就收起来了。"

"嗯。"广臣点头。

"信哉今天初来乍到就找出这东西,未免太过巧合。我是看着信哉长大的,对他知根知底,他没那个胆子杀人。"

"您是他哥哥,"由美说,"当然会这么想。得知家人杀了人,谁都不会轻易接受的。"

对于由美的反驳,梓月微笑以对。由美羞红了脸。

"大家冷静一下。我把消音器的事给忘了。丹叶医生的意见也有道理,疑心田所君和三谷君是凶手,是我想太多。"

健治朗冲我们深深俯首,郑重道歉。三谷挠着后脑勺,连声道"算啦算啦,不用这么夸张",表情明显放松下来。

然而我心中的不安仍未消逝。

忘了?机敏至此的人,不可能会忘。要是哥哥没提出来,他肯定打算就这么糊弄过去。

哥哥给搭在我肩上的手加了点力道,屈身在我耳畔低语:"欠我一个人情。"

说罢,梓月直起身,叮嘱般敲了敲我的肩膀,走回自己的座位。我那般厌恶的哥哥帮了我……我沦落到要他来帮的下场……羞耻与不甘交织,又莫名生出愤怒。但我方才大脑一片空白也是事实。这次还是应该坦率地抱以谢意。

"话说回来。"

健治朗威严地清了清嗓子,缓缓转向坂口。

我汗毛直竖。

他改变了目标。

"又扯起家族声誉了?好嘛,坂口先生,挑衅到这个份儿上,堪称行为艺术了。毕竟——你不惜编造从未发生的事件,也要给我们家泼脏水。"

"你说什么?"

坂口眨眨眼，张大嘴巴，显然猝不及防。

健治朗傲然微笑。

"我是说——在Y村和东京接连两次遭遇袭击，是你编造的谎言。"

4 葛城健治朗的空谈【水位距馆 25.8 米】

"开什么玩笑!"

坂口霍地挥手起身,背后的椅子应声倒地。

"血口喷人!你说我的经历全是编的?!我伤还没好利索呢!"

坂口彻底焦躁起来,先前的淡定无影无踪。嗓门挺响,却言之无物。

"但是,梳理一下现状就知道,能从中得到好处的只有你。"

"我能有什么好处?!我可是被人盯上了!"

"就是这个。"

健治朗堂堂正正地伸手一指。坂口似有些畏缩。

我丈二和尚摸不着头脑。健治朗的推理太过跳跃,让人猜不透意图。他到底想说什么?因被人盯上而得到好处,听来很矛盾。

"落石、袭击,以及误杀,你三次险遭杀身之祸,现在稳稳站在了'受害者'立场。这原本绝无可能。你是混进尾七法事的,是彻头彻尾的外人。一旦发生案件,大家首先就会怀疑你。于是你虚构出两起遇袭事件,假装成受害者,逃脱了嫌疑。"

"什么!"

我不禁惊呼。这个推论颇为大胆,但又很合理。我忘记自己前一刻还处于千夫所指的窘境,浑然沉浸在健治朗的推理中。

"你本来就有杀我儿子的动机,但直接下手会招致怀疑。你对满死缠烂打,还四处打探家父惣太郎的事……前科累累,再可疑不过。于是乎,你构想出'凶手错将我儿子当成你杀害'的桥段,以此撇清嫌疑。交换房间是你提出来的吧。待正死后,理由你想怎么编都行。为了营造误杀的假象,交换房间是必需的一步。"

"原来如此。"梓月表现出几分兴趣,"得知正先生被误杀,我还以为是凶手的失误,犯下'不必要的罪行'。看来事实并非如此。正先生不是死于误杀。对坂口先生来说,这恰恰是'必要的罪行'。"

"可是,爸爸,他突然过来这事本身就够可疑了,如果他打的是这个算盘,我看好像也没起什么效果啊。"

"是啊。所以他亲手筹备了登门的由头——那封邀请函。"

健治朗脸上浮现笑意。那是能称为"会心一笑"的爽朗笑容。

"哦,那个啊。"满打个响指,"写有尾七法会和法事通知的邀请函,到最后也没弄清楚是家里哪个人寄的。"

"邀请函是坂口先生自己做的。考虑到仅自己一人持有会很突兀,就又做了两份一样的寄给黑田先生和丹叶医生。外人多达三个,他就没那么显眼了。田所君和三谷君突然来访,对坂口先生而言大概也算是侥幸。"

已经发出的三封信[①],我的脑子里冒出无聊的联想。

"荒唐!"

[①]此处田所是联想到了野村芳太郎导演的电影《没有发出的三封信》(配達されない三通の手紙),该电影改编自埃勒里·奎因的《灾难之城》。

坂口怒吼。他从衣兜里掏出信封，啪地拍到餐桌上。

"看清楚！这个信封上写有葛城家的地址，还盖着Y村的邮戳！"

"只要从Y村寄出就会有邮戳，算不上什么可靠的证据。"

"那打印机呢？！文字间有飞白，说明邀请函确实是用这个家里的打印机打印的，你们当时也承认了。我和黑田的邀请函上有一模一样的痕迹。"

"只要有心，办法总是有的。你经常出入我们家，八成是哪次过来时偷偷打印了三份邀请函备用，之后找准时机，来Y村寄出即可。"

似有些牵强附会，却也不无道理。邮戳和飞白这两样证据不足为凭，难以证明邀请函的真实性。

"对了，健治朗哥，"由美道，"你刚才说袭击事件从未发生过，是什么意思？坂口先生就不可能真的只是为了调查而来吗？"

"问得好。他还编造了另一个登门理由，即家父惣太郎遇害疑云。你说准备了'压箱底的材料'，是吧？"

"没错。先看看这张照片再——"

"不用看也知道。十有八九是有人站在存放药品的立柜前——我没说错吧？"

坂口僵在原地。

"那个人其实是我。我担心惣太郎的病情，想多寻求些意见以供参考，就去找相熟的其他医生商量。对方说想看看惣太郎现在用的是什么药，让我拍张照片发过去。你看到的就是那一幕。那位医生跟葛城家也是老交情了，我们私下一直保持着联系。"

"不对！那个人不是你。"坂口大手一挥说。

"你拍到了那个场景,企图用它捏造杀人案。"

"那——那就——"

"那就去问问夏雄,是吗?"

健治朗先下手为强,牢牢牵制坂口。

"既然你当时在场,心里自然也清楚,那里没有可供夏雄偷窥的空间。窗外和游廊上都不行。你好歹是个记者,想必对视角很讲究,应该仔细观察过。"

健治朗的话宛如附上了魔力。不仅看都没看就说中照片内容,还抢先提出了我们几人讨论过的问题。昨天傍晚,我和三谷、坂口就夏雄的站位讨论了一番。

"你的照片并不能证明家父是被杀害的。你两度遭遇袭击、惣太郎被人杀害,都是子虚乌有——反倒是你,通过主张存在谋杀意图,营造出有人盯上自己的假象。"

综上所述,案件与葛城家无关。

外人杀害了葛城家的孩子,葛城家是不折不扣的受害者。

健治朗仿佛在高声宣告这一主张。

坂口暴跳如雷,大声喊道:"你们爱怎么说就怎么说吧!"

包括我在内的几名男性都微微起身,打算见势不妙就制住他。

他一把摘下墨镜,露出眼睛上方的伤口,竖起右手拇指指着伤处,满口唾沫星子道:"你们看清楚了!刚来时我也说过,我两次遇袭,眼睛上面伤成这样。你们之中有人想杀我灭口吧?啊?"

他的语气已几近恫吓。

"确实,坂口先生的伤也应该考虑在内,健治朗。"

璃璃江蓦然开口。我有些意外。本以为她性情冷淡,对丈夫的推理漠不关心。

"制造伤口假装遇袭固然符合逻辑,但自己下手的话,眼睛旁边是最差的选择,稍有不慎就有失明的危险,实在不是明智之举。手、腿、肩膀,更适合制造伤口的地方要多少有多少,不是吗?"

璃璃江的论述有条不紊,似乎已然忘却正的死带来的打击,令我感到恐怖。

"坂口先生眼睛上方的伤货真价实。医师缝合的痕迹也是真的。我可以打包票。"梓月从旁补充。

"看吧,看吧,看吧!你们的主治医生也这么说!"

坂口欢快地说,恢复了笑脸。他明显放松下来,已无丝毫惧意。

"我没说一句假话!我真的遭遇了袭击!"

坂口那副兴奋样令人不适,不过这的确是强有力的反诘。饶是健治朗,要击溃此论也没那么简单。

不承想,健治朗依旧泰然处之,没显出半分动摇。这是为何?璃璃江的反驳分明一针见血——

我猛然醒悟过来,恨不得扇自己一巴掌。

为什么我永远都不懂吸取经验!一样的!跟刚才广臣反驳健治朗是同一个套路!如此想来,这番对话始终在重复同一个模式。提起邀请函的是满,引出照片话题的是由美,这回则轮到璃璃江。

"那么,"健治朗威严地说,"我就投璃璃江所好,来一段逻辑推理。伤口位于眼睛上方,关于这个不合理的位置,这么想就说得通了:只有伤口是真的。坂口先生在东京遭人殴打一事属实,但该事件与葛城家无关。"

"啊!"

三谷在我身旁惊呼出声,他也完全被健治朗带跑了。

"在东京袭击坂口先生的人不在我们之中,是记恨坂口先生的其他人物。坂口先生的确曾在新宿的高架桥下遭人殴打,导致眼睛上方受了伤。你平素再怎么张狂,挨打时多半也手足无措,但事情一过你就动起歪脑筋,看着那处伤口,想到'这伤能加以利用',继而编造出有人盯上自己的情节。"

"跌倒也要抓把泥……嗯,像这家伙的作风。"

满点头表示同意。

"伤是真的,才更显真实。至于落石事件,看作事故或谎言都无妨。"

"别开玩笑了……你为什么千方百计……"

"那你能证明自己没说谎吗?有什么证据吗?"

"这个……"

坂口眼神游移。

他应该是有的。即便称不上决定性证据,也是足以主张凶手是葛城家成员的线索。只要把它拿出来——

在我东想西想间,坂口突然一笑。

"这话没法谈了——"

他声音颤抖,一看便知是在虚张声势。

"健治朗先生,你打的什么算盘?给我扣这么一口黑锅,到底是想怎样?"

敌人不只是健治朗。广臣、由美、璃璃江和满也站在同一战线。他们假装反驳,实则使健治朗的推论更加牢不可破。至此,我终于想到最适合形容他们一家的词。

铁板一块。

我感到毛骨悚然。先前萌生的怪异感就是源于此。昨天的开斋宴上，一家人围绕对信子的看护、遗产问题以及夏雄的发言争论个不停，气氛剑拔弩张。葛城家也并非人人都步调一致。

现在却不同。他们完美地打着配合——甚至试图将我、三谷和坂口诬陷为杀人凶手。这一夜之间究竟发生了什么？是什么让他们团结到这种地步？莫非真如坂口所说，是为了"保全家族声誉"这种与当今时代格格不入的价值观？

我战栗不已。我们怕是已逃不出这家人的手掌心。这座宅子是用于捕捉猎物的陷阱，一旦造访便在劫难逃——脑中浮现不吉利的想象。

恐怕除了葛城以外，葛城家全员都对"真相"毫不在乎。凭借出色的头脑与辞令，他们能够随心所欲地颠倒黑白。

"我没空陪你们胡闹！"坂口激烈地摇头，拍案而起，"我要开自己的车回去。公交和电车停运，开车总行吧。总比待在这儿背黑锅强。"

不待众人回话，坂口便夺门而出。

"不用追吗，健治朗？"璃璃江眼都不抬地说。

"假如他真是凶手，不能就这么放他跑了⋯⋯嗐，也罢。一来当务之急是安全度过台风天，二来坂口先生的身份明明白白，不怕事后找不到他。况且，我们也没有确凿的证据。"健治朗若无其事地直言。

"健治朗先生讲话，向来很耐人寻味啊。" 梓月说，"你刚才发表那么一番推理，该不会就是为了赶走坂口先生吧？"

梓月的问题听来有些失礼，不过健治朗等人好像当他在开玩笑。"被你发现啦。"健治朗的回答透着股滑稽腔，广臣和由美也都笑呵呵的。

我冲出食堂。"喂，田所，你要去哪儿！"三谷追了上来。

5 连环杀人？【水位距馆 25.5 米】

我们在走廊上偶遇坂口。他肩背挎包,手搭在大厅的门上,看样子是去二楼房间拿上行李后便急匆匆要出门。

"坂口先生!"

他没转身,只回过头来。

"哟,小子们,要不要搭我的车离开?就算暂时摆脱嫌疑也不能掉以轻心,天知道什么时候又会被当成凶手。"

铁板一块的一家人,我忆起方才的感慨。趁早逃离这个地方为妙。可若是抛下失去哥哥伤心欲绝的葛城不管,就这么一走了之,我肯定会后悔的。

"我……要留在这里。因为……"

"哦,担心朋友啊。"坂口咂了咂舌,"那家伙得知正先生死了之后就魂不守舍的。啧啧啧,真是感天动地的友情。"

我按下心头火,转头对三谷说:"三谷,我打算留在这儿,你要不——"

"太见外了吧。唔,坂口先生,我会陪这家伙到最后。好意心领了。"

坂口吹了声口哨。

"你们可别后悔。"

坂口打开门，风雨一齐灌入。雨大到让人睁不开眼，风声震耳欲聋。

"等一下！"我扯着嗓子喊，以免声音淹没在风里，"走之前请告诉我一件事！你说的'压箱底的材料'是什么？！"

"啊？！"

坂口稍稍扭头，只用右眼看向我。

"不是给你们看过嘛！就是那张照片！"

"不止这么简单吧！照片里的人是谁，你心里清楚，是不是！"

他右眼微眯。

"是孙辈。"

"咦？"

"孙辈。惣太郎先生死于疼爱有加的孙辈之手……哎呀，打住，只能跟你们说这么多了，我还要留着素材写报道呢。我是不会放弃的。"

坂口说罢便迈进风雨之中。

孙辈？什么情况？惣太郎的孙辈，从长至幼依次是正、满、葛城、夏雄，而照片里的人是成年男性，只有正与之相符。葛城也勉强沾边。难道正真的杀了人？若真如此，正自杀的说法就显得合理起来。等等，换个思路如何——那张照片和杀害惣太郎的凶手毫不相干。那么，即使健治朗主张"照片上的人是我"，对坂口而言也无足轻重。凶手也可能是满，抑或明显在撒谎的夏雄……

"喂，田所！你发什么呆呢！"

三谷摇晃着我的肩，我回过神来。吹进来的雨水浇湿了我的脸。三谷准是觉得我已经病入膏肓了。

"啊，噢……"

三谷深深叹了口气，对我说："田所……刚才在坂口先生面前，我顺嘴说要陪你到最后，但其实是在逞能……我总感觉这个家不对劲。比如刚才，全家人团结一致陷害咱俩……让人心里凉飕飕的。怎么说呢，打个比方，这个家就像一个巨大的蜘蛛巢穴，我们就像飞进来的苍蝇……我觉得有点瘆得慌……"

三谷倾诉不安时我则死死盯着坂口的一举一动，盯着他出门后走下石阶的背影……怎么回事？我到底怎么了？到底在纠结什么？为何如此心绪不宁？

"现在跟上去还来得及，真要放过这个机会吗？这家人不对劲。弄不好是葛城家全员合伙杀的人。"

那就成著名推理小说里的桥段了。我连吐槽都顾不上，定定地凝视着坂口……

门外左边是停车场，坂口快步朝一辆红色的车走去。车。脑子里嗡的一声。车？我没来由地在意起车来。坂口的车有什么令人在意之处？

"喂，田所……"

三谷在背后焦急地催促。然而我的视线仍无法从坂口的车上移开。

坂口坐进车里，前照灯亮了起来。红色轿车于黑暗之中浮现，在前照灯的光芒里，无数银线般的雨丝飘飘摇摇。

车身右侧朝着门，从这边能看见驾驶座。[①]坂口手握方向盘的身姿化作剪影显露在夜色中。透过迷蒙的雨幕，竟能看得这样清楚，宛若舞台布景一般。

---

① 日本汽车的驾驶座位于右侧。

唯听引擎轰响，不见车身向前。坂口打开了前照灯，手握着方向盘，车子却没有要动的意思。

何止如此。

简直是纹丝不动。

就好像在等待什么。

身后响起脚步声。

"你们俩干什么呢？待在那儿会淋湿的，赶紧回屋里来……"

从嗓音能听出是广臣。但我不为所动，依旧无法挪开视线。

"啊，广臣先生。没办法啊，这家伙恍恍惚惚的……"

三谷的说话声仿佛来自遥远的梦境，毫无现实感。我搞不懂自己为何如此在意坂口的车。

噗噜噜噜噜。

微弱的手机铃声穿过雨幕传来。这瓢泼大雨里本不可能听见的声音犹如某种启示。

"嗯？刚才那是什么声音？"

"闪开！"我没头没脑地脱口而出。

"啊？"

"广臣先生也快闪开——感觉——感觉要出事！"

电光石火间，一道橘红色的光芒划破黑暗。我用手捂住脸，闭上眼睛，扑向身后的三谷和广臣，把他们俩撞倒在玄关地板上。

——轰隆隆隆隆！

背后响起轰鸣。紧接着，热浪拂过皮肤。磕到地板上的膝盖和腹部钻心地疼。我慢慢起身，回头望去，只见坂口的车陷入熊熊火海。滚滚浓烟从火柱中升腾而起，断断续续的燃烧声与爆裂声盖过了雨声。

"天……天哪……怎么回事……"

三谷瘫坐在地上。他声音颤抖，面色也似乎有些苍白。

两侧车门被炸飞，玻璃部分已不见踪影。要不是刚才一直盯着，我八成看不出那原本是辆车，会以为是丢在垃圾场里的大件垃圾。可能是点着了汽油，包裹住车身的火焰噼噼啪啪、越烧越旺。

撑在玄关地板上的手碰到了什么硬物。

我看向手心，是个暗红色的东西。直径两厘米左右的细小圆柱体。表面软塌塌的，坚硬的是中间的芯。手上蓦地传来釉质触感，仔细一瞧，赫然是——

指甲。

这个肉块是人的手指。

"唔呃……"

我不禁发出悲鸣，手指从手里滑落。那辆车离这儿有将近十米远，爆炸产生的气浪竟这么强？听说在电车事故中，有过身体碎块飞到附近电线上的情况。过于猛烈的冲击会把一切都崩得七零八落。

三谷和广臣大张着嘴，怔怔注视燃烧的汽车。

我按住疼痛难忍的头，晃晃悠悠地起身走向那辆车。背后传来三谷的呼唤。

热浪包裹肌肤，额头渗满汗水。我感到呼吸困难。每每目睹飞散到泥土中的衣服碎片、已然不成原形的肉块，胃里都会一阵翻腾。随着一步步靠近，炙烤过的金属与涂料的气味越发浓烈，最后是肉和油脂的气味扑鼻而来。我狂咳不止。脚踢到了硬邦邦的东西，是碎裂的相机镜头。那张照片永远地遗失了，与他怀抱的秘密一起。

"是炸弹……"

为什么总是这样？在那座燃烧的馆里，一名少女被升降天花板挤压而死。在这个暴雨之夜，正被人爆头而死。而现在，坂口死于爆炸，尸体面目全非。我牵扯进的案件为什么总是悲惨至极？是我杀的。剧痛的头颅里有声音在叫嚣。都是我杀的。对，不止一个人。全都是我害死的——

"到底出什么事了？！"

回头一看，健治朗来到了玄关。广臣在跟健治朗交谈。由广臣来解释效率更高。

一小块玻璃碎片掉在脚边。从尚完好的边缘部分来看，这块碎片大约占镜头整体的三分之一。这镜头尺寸够小的，也就坂口那台单反的镜头的五分之一左右。这是什么镜头呢？

它能成为线索吗？放着不管的话，会被大雨冲走。短暂的踌躇后，我用手帕包住玻璃碎片，揣进衣兜。

刚才——究竟是怎么回事？我的视线黏在坂口身上，挪不开分毫。是捕捉到了什么值得关注的细节，还是单纯有所预感？

我那深受推理荼毒的大脑立刻展开无用的想象。

那具尸体……真是坂口本人吗？

尸体支离破碎，又烧成了焦炭，辨别身份难乎其难。据说焦尸的DNA鉴定识别率不足百分之五。坂口会不会是策划了一出"无面尸"诡计？失踪的黑田，是被他弄晕后藏进车里当替身用了吧？两人体形相似，调包不成问题。

坂口事先博取我的注意……意在让我盯牢他的一举一动……坐进车后，他把提前放在后座的黑田搬过来扶到驾驶座上坐好……让车身右侧冲着房门这边也是有意为之……穿着黑色外套从副驾驶座那边下车，即可融入夜色……拉开足够距离后按下开关，一具"无面尸"便新鲜出炉……

我是不是正中他的计划成了目击者？

可事情能有这么顺利吗？停车场很大，坂口的车离大门足有五米。要安全逃离爆炸，想跑到大门外面是人之常情。但偌大的停车场里何曾见半个人影？而且倘若副驾驶座那边的车门开着，从这边起码能看见门框。"无面尸"仅仅是红鲱鱼①吗？凶手究竟意图何在？

而且，即便坂口靠这个诡计幸存……他又要如何逃出洪水泛滥的村子？思绪一团乱麻，怎么也理不出眉目。我们深陷某人的巨大恶意之中，要想脱身，要想获救——

"葛城……"

我吟诵咒语般念出这个名字。

回到玄关，健治朗和广臣还在交谈。见我回来，两人露出略显严厉的神色。

"靠那么近多危险哪！"

"对不起，我实在放心不下……"

"我刚才一直在观望火情，"广臣说，"多亏这大雨，火势似乎渐渐变弱了，不去管它也迟早会灭。"

"警察都还没到，消防员怕是也没法马上赶来。这回算是因祸得福吗……"健治朗仰头道，"话说……没想到短短一晚上死了两个人……真是见鬼了。"

健治朗凝视燃烧的汽车，脸色看着有些苍白。

食堂的门开了，璃璃江现出身影。

"老公，"璃璃江低唤一声后，许是见我们状态不对，问道，"出什么事了？"

---

①推理小说术语，含义类似"障眼法"，指故意设置的伪线索，作用是使读者的注意力从真凶身上转移。

"坂口先生遇害了。被装在车里的炸弹炸死了。"

满从璃璃江身后走了出来。

"骗人的吧？！那家伙……那家伙死了？"

她一副难以置信的模样，摇着头要往外走。健治朗抓住她的肩，将她拦下。

"别过去……车起火了，靠近会有危险。"

满当场瘫倒在地，无声地摇着头。我这才意识到自己也许误解了她。再怎么冷嘲热讽、针锋相对，毕竟他们曾经交往过，满的心里终究还留有几分情。

健治朗伸手搭在满的肩上，转头对璃璃江说："对了，你们那边也有新情况吧？"

"嗯，对。"璃璃江道，"警察打来电话了……"

"什么？"健治朗粗眉一挑，"我这就过去。"

"走吧。"健治朗对满招呼道。满依依不舍地望着门外，片刻后似是死了心，迈步跟上健治朗。她的背影透着寂寥。

广臣也随健治朗匆匆走向食堂。"快，咱们也过去吧。"三谷话音刚落，从上方传来说话声。

"哎，刚才那是什么声音……出什么事了吗？"

面前是通往二楼的中央楼梯，葛城就站在楼梯平台上。他面色苍白，唯有眼角红肿。

我瞬间心里五味杂陈。对他在我蒙冤受屈时缺席的恼火，对惨剧再度上演的恐惧，还有担忧——他先前还在"带孩子"，这会儿出来不要紧吗？种种滋味一齐涌上心头。

而最为迫切的，是想紧紧依靠他的冲动。

"葛城！"

我拖着疼痛的身体跑上楼梯。葛城见状后退，我一把拽住他的胳膊。

我跑得上气不接下气,抓着葛城的胳膊大口喘息。

"葛城,夏雄君呢?他没跟你在一起吗?"

"我听到一声巨响,就把夏雄交给北里先生和信子奶奶照管,想出来看看,弄清楚状况后再知会北里先生一声……那个,田所君,你能不能先松手——"

我终于吐露心声:"帮帮我。继正先生之后,坂口先生也遇害了。"

"——欸?"

"车里装了炸弹。他想离开,刚发动引擎,车就爆炸了——"

"等等,田所君,你前言不搭后语的。他为什么要离开?外面下着这么大的雨,一个人外出太危险了。"

我把方才食堂里的风波快速地给葛城讲了一遍。我和三谷因霰弹枪的线索险些被当成凶手,幸得梓月相助化险为夷。其后,健治朗又推测袭击事件是无中生有,坂口才是真凶。葛城家的人俨然以健治朗为中心凝聚成铁板一块,在极力维护家族声誉——

讲完的刹那,我感到葛城的眼里放出了光。以前他毫无迷惘地解谜之际,眼里总是闪耀着那样的光芒。

"不可理喻!田所君和三谷君怎么可能杀人!"

"葛城,听你这么说我就放心了。我也不想说你家人的坏话,可他们刚才真的不太对劲。一想到再这么耗下去,不知什么时候又会被当成凶手,我就……"

"没关系的。"葛城迟疑了一下,随即摇摇头,"对于已故之人,我什么都做不了……我没能阻止坂口先生遇害。可一码归一码,我爸对你们做出的失礼之举又另当别论。你们差点背上杀人的嫌疑,生气也正常。"

葛城手抚额头。

"……话说回来，我爸有点反应过度啊。连我妈和广臣姑父都暗中相助，也让人想不通。总觉得有什么隐情……"

喃喃自语的葛城流露出曾经的光辉，我觉得眼前登时云消雾散。啊——我们总算得救了！终于熬出头了，接下来只需静待葛城扭转乾坤。说我甩手掌柜我也认了，重燃侦探之魂的葛城身上，就是有能令人信任至此的力量、光辉与希望。对，就像——

就像？

我好像摸到苦苦寻觅的那句话的边了。

"你们几个，来食堂集合一下。"

健治朗站在楼梯下发话，语气不容分说，脸上却似乎失去了血色。

我预感大事不妙。

刚才健治朗回食堂，是去接警察打来的电话。难不成——

"健治朗先生，警察怎么说？马上就来吗？"三谷轻快地问。

"来不了了。"

"欸？"

健治朗仰头看着我们，正色道："说是来 Y 村的道路因发生砂石滑坡而无法通行。"

6 道路受阻【水位距馆 24.9 米】

健治朗、璃璃江、满、葛城、广臣、由美、梓月,还有我和三谷来到食堂集合。满一坐下就拿出手机,依照健治朗的指示收集灾害情报。幸好还能连上网。

得知坂口的死讯后,众人一片哗然。尽管略去了那副惨状不讲,由美听罢还是捂住嘴,脸色不佳,估计是没能控制住想象。

"健治朗的推理成了一场空。坂口真的被杀了。"

璃璃江的言辞甚为淡漠。满这会儿蔫了不少,垂着头说"……我接着查资料",专注于分配到的任务。广臣闭上眼,缓缓摇了摇头,随即与健治朗交换个眼神,两人一脸沉痛地互相颔首示意。

"台风直击日本列岛——我们这里也在风暴圈内。"

满的一句咕哝,将所有人的注意力又拉回到台风上。

"满,能调出曲川流域的监控画面看看吗?"

"就是刚才那个网站吧,没问题。"

三谷也在同一时刻摆弄起手机。"有了有了,是这个吧。"他把屏幕转过来,我和梓月探头去看。

"这是……"健治朗沉吟。

监控相机拍到的是一分钟前的河流状况。相机设在 Y 村附近的下游河段。

现在是凌晨两点出头,户外自然伸手不见五指,唯有相机附近的路灯将河流照出一点光亮。

黑黢黢的河水煞是阴森。

"这……看不太清楚啊。田所,你怎么看?"

"太暗了,而且我不知道这条河平时什么样……"

"可以参考这个。"

健治朗说着递给我一个相框。是摆在食堂角落那张桌子上的装饰品。

照片里是葛城家的众人。如今已亡故的正也在画面上。正手里拿着条鱼,笑得灿烂,能看出是在河边垂钓时拍的照片。葛城看起来没什么兴致。

"这是在曲川的河滩上拍的。"

"咦?"

从照片中可以看到,众人身后有一段台阶。根据葛城和正的身高推算,高度得有五米。照片左侧的桥墩——就是我和三谷来这座馆路上经过的桥——也印证了这一推测。

然而……

"慢……慢着。平时的河流状况要是这样……那现在岂不是!"

三谷面如死灰。

健治朗坦率地点点头。

"是啊。虽然光线昏暗很难看清,但能看出河滩彻底被淹了,桥墩也只剩一小截还露在水面上。河水眼看就要溢出了。"

危机化作赤裸裸的语言,我猝然痛感事态之严重。

满把头摇得像拨浪鼓。

"我再查查其他地区的状况、看看社交网站之类的。Y村那边也有年轻人，没准有离得更近的人在观察并记录。"

"拜托了。"

下一秒，激昂的铃声响彻食堂。

丁零零零零——丁零零零零——

音量大得能把人吓得跳起来。铃声在整个房间回荡。满的手机掉到地上，哐当——手机撞击地面，发出一声钝响。

"怎么回事？！"

"那是什么声音？！"

"等等，这个声音之前是不是也听到过？！"

"各位，看这个！"

由美举起手机给我们看。

见状，我终于反应过来。是紧急速报的提示音！这一晚早些时候就是它把我们吵醒的。

我拿出手机，看向屏幕。

时间是凌晨两点二十六分。

现发布洪涝风险警报

下述区域警戒等级四，需要避难。请留意自治团体发布的避难信息。

曲川流域（××县Y村、R村……）

"四？！疯了吧！"健治朗嚷道，"一个小时之前警戒等级才只是三级。这也太快了！"

"老公，四级大概有多严重？"

"是建议居民避难的等级。想必是自治团体见曲川泛滥的可能性大增,便发布了警报……"

"怎么会……"

"爸爸,那我们是不是也去避难比较好?"

健治朗环抱双臂思索片刻,摇了摇头。

"……不,离这儿最近的避难场所是W村的小学,从Y村过去得过河。多半是小学那边海拔更高,但现在过去风险太大。"

"这里地势也很高,洪水不泛滥到一定程度的话,应该没事吧。"梓月漫不经心地说。

"前提是……不泛滥到一定程度。这里海拔七十米,Y村一带是四十五米,曲川河底则是四十米。Y村在洪泛区内,一旦曲川决堤就要闹水灾。关键在于水位会涨到多高。"

健治朗表情严肃。

我心下惊惶。紧急速报固然把我吓坏了,而更让人心慌的是,健治朗如此郑重其事地思考,可见形势极为严峻。水位涨速之快,令学习过灾害知识的政客都失声惊呼。

我实在做不到像梓月那样乐观。

食堂的门冷不丁开了,夏雄气喘吁吁地说:"快!爸爸也好妈妈也好,随便来个人!外婆哭起来了,吵得要命!光靠北里先生哄不住了!"

"是被警报声吵醒了吧,我去安抚。"广臣站起身,"辉义,你也过来。"

"——我?"

葛城惊讶地皱起眉头。满盯着手机屏幕,头也不抬地冷冷道:"家人的事情,跟每个家庭成员都有关。你就不担心奶奶吗?"葛城闻言不情愿地站了起来。

"那么,广臣先生、辉义、夏雄,母亲就劳烦你们照顾了。

帮我把北里先生叫下来。"

三人离开食堂。

"大家在这儿汇总一下现有的信息，进行分工吧。回头所有人都到食堂集合。"

"只要合理分工，"梓月冷静开口，"应该可以安排两人一组行动。当前凶案连发，安全为上。"

"有道理。"健治朗仍面色肃然。他似乎不愿公开承认正死于凶杀，但考虑到坂口之死，终究无法对潜藏的危险视而不见。

"总之，目前在场的人都别走——等广臣先生下楼，就召开分工会议。"

这时，健治朗和三谷忽然愣住。

"……那个，你们有没有听到什么动静？"三谷说。

我们齐刷刷竖起耳朵。还真是，风雨声里混着人声。是男性的声音。

"得去看看情况。我去去就回，各位且先在此等候。"健治朗说。

我离食堂门口最近，遵循两人一组行动的原则顺势随行。

来到玄关，能听见风雨声中夹杂着咣咣的敲打金属声。

"是栅栏那边。"健治朗说道。我点点头。

打开门的瞬间，风雨一股脑儿灌入。敲打金属栅栏的响声和"有人吗"的呼喊声随风传来。

我们跑了十五米左右，只见栅栏门外有三个男人的身影，是一个老人和两个年轻人。三人都浑身湿透，冻得瑟瑟发抖。他们穿着雨衣，连脸上都沾了污泥。老人瘫坐在大门前的地面上。

健治朗当即打开大门，跪到瑟缩的老人脚边，泥土弄脏裤子也没显出半分嫌弃。

"您还好吗？出什么事了？"

年轻人仿佛抓住了救命稻草，对健治朗说："行行好，放我们到宅子里避难吧。我们是从 Y 村逃过来的。"

他连声哀求。

"求您了……求您了。留在那栋房子里会淹死的。"

说完骇然摇头。

老人则哆嗦着嘟囔："妈妈，快逃啊，不然大家都要死了，求你了，快走吧。"

声音沙哑，像小孩子一样翻来覆去说着同样的话。

另一个年轻人摇头道："爷爷从刚才起就是这副状态。六十年前的水灾带走了爷爷的父母，这会儿肯定是被唤起当时的记忆了。我们俩在屋檐底下躲躲就行，只收留爷爷一个人也好……"

从殷切的语气中能感受到三人的焦灼。

可要想收容外人进家里，总得问问家人的意见。再说有一就有二，这回收留了他们，之后必然会有避难者接踵而至，那就没完没了了。虽于心不忍，不过让他们在屋檐下躲雨的确不失为稳妥之策。

健治朗说："快请进。我马上开放食堂，先点上暖炉给你们暖暖身子。"

"欸？"

就好像我那些顾虑全是杞人忧天一样，健治朗爽快地伸出援手。

年轻人抬头看向健治朗，睁大双眼问："真……真的可以吗？"

他大概跟我是同一个想法。事情进展太过顺利，反而令他目瞪口呆。

"谁都有遇到困难的时候,帮助他人就是帮助自己嘛。千万别客气。来,快进来,别冻坏了……"

年轻人的眼睛渐渐湿润。"谢谢您!谢谢您!"他一个劲儿地鞠躬道谢。

"田所君,劳驾搭把手,我想把栅栏完全打开。"

意外归意外,我还是依言行事。

回到西馆,我们将三人带到中央楼梯左侧,那里有一张矮沙发。健治朗先从客厅拿来一个暖炉点上,给三人取暖,表示等准备完毕就领他们进食堂。

"我去拿条毛毯来。在此之前,请告诉我一件事,村子现在怎么样了?"健治朗跪坐于地,平视着年轻人问道。

后者颤抖着仍显苍白的嘴唇回答:"雨下个不停,月牙池的水位在上涨。池塘周边的房屋,地板都开始渗水了。有车的人家、动作快的人,貌似早早去W村的小学或者其他地方避难了。"

"另外,"他接着说,"桥——桥被冲塌了!"

沉默降临。

"就是说——已经没办法逃出这座馆了吗?"我心生恐慌,急切地问,"馆背后呢?有没有可供逃生的地方?"

"馆背后是曲川上游河段。"健治朗淡淡道,"除此之外只有苍翠的群山和陡峭的山崖。这座馆是附近一带地势最高的地方,要是连这儿也淹了,大家全都得完蛋。哎,你们三位是一家人吗?"

"啊,不。"另一个年轻人用低沉的声音说,"我是他们的邻居。"

"他说他是开小卖部那家人的儿子,看到我带着爷爷逃难,就好心搭了把手。"

"我让祖母先去小学避难,自己一个人忙着整理贵重物品,不小心耽搁了。感谢您收留我们。"

年轻人彬彬有礼地鞠了一躬。

我和健治朗回到食堂,众人饶有兴味地询问发生了什么。健治朗并未立刻作答,而是对刚从信子的房间来到楼下的北里毅然道:"北里,把一楼的食堂和大厅作为避难场所对外开放。补充物资,做好接待准备。Y 村人口在二百人上下。如今国家在提倡亲缘避难和外出避难,想来有不少人逃到了亲戚家,或是早早抵达河对岸 W 村的小学……没能及时逃难的居民估摸有四五十人吧。"

食堂里顷刻间鸦雀无声。这也难怪,毕竟健治朗提都没提那三人的事就直接拍了板。别说其他人,就连目睹了事情始末的我,都震惊于他居然做到这等地步。

"老爷——您是认真的吗?!"北里大声说。他这般惊诧的模样实属罕见。

璃璃江也赶忙接话道:"就是啊,老公!这么一搞,物资转眼就要耗尽。而且光是食堂和大厅也容纳不下五十个人。"

"如有必要,把东馆也设为避难场所。虽说我不太想动用东馆那栋老房子。"

"可是——"

"那你是要让我葛城健治朗对村民们见死不救吗?!"

"唔呃……"璃璃江一时语塞。

"这个村子、村里的人们,给予我的恩情数也数不清,现在轮到我来报答了。这可是前所未有的灾害,互相帮助是天经地义的事。"

"……真高尚,满口灭私奉公的精神云云,说白了不就是怕别人质问你灾害中是否有所作为吗?近来舆论对政客的抨击相当猛烈呢。"

"你要这么想,我也认了。总之我打算能帮一个是一个。"

不顾璃璃江的挖苦,健治朗果断表态。璃璃江像噎着了似的缩了缩下巴,狠狠盯住健治朗。

收容避难者确实极为困难,只靠我们十几个人怕是忙不开。平时在宅子里做工的用人,又赶巧全都不在。

此外,说是只开放一楼的大厅,可又该怎么限制避难者去往二楼和三楼呢?要收留陌生人进家,须事先打点周全。

璃璃江是很现实的人。初见时给人的冷峻印象,还有反驳坂口凶手论时,无不给人这种感觉。恐怕她心里正在飞速考量上述问题。

"就是啊,爸爸。"满神色黯然,"放陌生人进家里也太离谱了。万一招来小偷怎么办?听说家里本来就老丢餐具之类的小物件。"

满言之有理。换作我,纵使事态再紧急,也不会轻易放别人进家门。

"责任由我承担。家人由我保护。我说话算话。"

健治朗不躲不闪地注视满和璃璃江。

"……你爱怎么着就怎么着吧。"

璃璃江率先败下阵来。她怫然扭过头去。

"哎哟,惹女王大人不高兴啦。"

健治朗半开玩笑地说罢,旋即恢复严肃的表情。

说实话,我有些头皮发麻。起初是豪放不羁的父亲,继而是不择手段之人——无端指控我和三谷时他显出阴狠的一面。若与之为敌，后果不堪设想。

而此时此刻，健治朗又展露出新的一面——倾力救助民众的热情可靠之人。

救助。

坂口猜测健治朗意在维护家族声誉，当真只是如此吗？模糊的怪异感凝聚成清晰的念头。

他在包庇某个家里人。

亢奋化为战栗。

果然就在这个家里。

接连杀害葛城惣太郎、葛城正与坂口三人的真凶。

并且，健治朗已知晓那人是谁。

一家人的注意力迅速转移到应对水灾上。

众人合力收集抗灾信息，为开设避难所而做的准备也在稳步推进。这时满突然尖叫一声，手机掉到了地上。

"怎么了，满？"健治朗问。

满面色煞白地摇了摇头。

"没……没什么，还不太确定……我在社交网站上看到一段视频，里面有值得关注的内容……但也可能是假视频，在弄清楚之前——"

健治朗向满伸出手。

"别一个人闷头纠结。要分辨真假，也是大家一起判断更快。先给我看看再说。"

满用颤抖的手捡起手机，递给健治朗。

健治朗对着屏幕看了一分钟。

他的脸逐渐蒙上阴云。

"……各位，我发个链接，是一段有点揪心的视频，但还请大家都看一看。"

我们之前在某社交软件上互加好友，建了个抗灾群。该软件在地震期间也不曾停止运作，可供紧急时刻联络之需。

群里跳出那段视频的链接。

我们纷纷点开视频。是一个记述日常琐事的账号在凌晨一点三十七分上传的，时长一分钟左右。

拍摄地点在河边。虽因时值深夜而光线昏暗，不过能看出是从桥附近拍摄的曲川。

"好恐怖的水量。""快要漫过河堤了。"有说话声，貌似是两个年轻男人。"喂，喂快看那边！"镜头猛地向右一转。手电筒的光隐隐映亮河流上游。"糟了，这下完了。"光芒之中现出巨大的倒木，树干直径约五十厘米，顺着暴涨的河水靠近桥。"喂，那是辆车吧？！""欸？！"镜头转向上游。一团黑乎乎的东西被河水冲了过来，随着距离由远及近，逐渐显出车的轮廓。是一辆白色轻型车，保险杠压瘪了，涂饰也多有剥落。车门大开，可能是由于金属零件已彻底损坏。"车里说不定有人……得去帮帮他。""说什么傻话！跑到那种地方去，咱俩也得玩完。"两人对话间，倒木和车仍在向桥逼近。"别拍个没完了！赶紧逃吧！""可是——啊！"倒木与白色轻型车撞上了桥，发出"吱吱嘎嘎"的金属摩擦声，分外刺耳。车身更瘪了。倒木如攻城槌般无休无止地撞击着桥梁。"完了，桥塌了……""看，水漫过河堤了！快跑！"画面转为一片黑，也许是耗尽耐心的同行者用手捂住了镜头。

视频结束。

"话说，这辆车……这段视频里的车，是黑田先生的吧？"

满声音颤抖。璃璃江面露沉思之色。

"黑田先生开的的确是白色轻型车，但我听说这种视频也能造假。没准是用其他河流泛滥的画面混淆视听，即便真是曲川，也不排除此人出于游戏心态上传过往视频的可能。"

"诚如璃璃江所说。不过，我认为这段视频真实可信。"健治朗以手抚额。

"根据呢？"璃璃江立即反问。

健治朗操作一番，将屏幕朝向我们。他把视频调到了开头约第三秒的位置，能看见河边竖着一块公告牌。

"公告牌右上角有一张提醒消费者当心诈骗的传单，是上个月刚做好贴上去的。确实是咱们村制作的，我看着眼熟。而过去一个月里没下过这么大的雨。这段视频毫无疑问是最近拍的。"

"原来如此，你说得在理。从镜头角度来看，好像是从Y村正对面的W村拍的。"璃璃江说。

食堂笼罩在沉重的氛围里。

"刚才那辆车，车门开着……"满幽幽地说，"黑田先生是出去视察河流状况了，对吧……他会不会离涨水的河流太近，让大水给冲走了……"

"十有八九。视频上传时间是凌晨一点三十七分，黑田君是前一天晚上六点半离开馆的，恐怕是陷进流沙或者遇上事故而失去意识，连车带人让水给冲走了……他一次也没打我的手机求救，说明是在昏迷状态下被冲走的。"

健治朗嘴上条分缕析，面色却依旧像是吞了苦胆。

"那……他现在……"

"很可能已溺水身亡。"

我痛切地体会到处境之严酷。水灾无情。在大自然的力量面前，人类形同蝼蚁。

三谷捂着嘴，脸色难看。

"为慎重起见，我把这段视频提供给警方吧。也许他们通过对比车牌号，能弄清具体情况……"健治朗沉着脸说。

无人应答。

正死了，坂口死了，现在黑田的死也近乎确定。惣太郎多半也是被杀害的。

然而相较于连环杀人案，以视频形式间接呈现在眼前的自然威胁更令我胆寒。看上去那么结实的桥都冲塌了，足见水势有多么猛烈。那般大水涌到房子里会怎样？光是想想就浑身发抖。

食堂的门开了，葛城和广臣走进来。葛城微微垂着头，神情阴郁，听我讲述坂口之死时眼中重燃的光彩已不复存在。

"信子夫人平静下来了，我就让夏雄陪着她。我跟夏雄解释说家里人手不够，好说歹说他才放我走……咦，大家怎么都紧张兮兮的，出什么事了？"

广臣听由美讲了开设避难所的决定，轻叹"……像舅兄的风格"，接着看过视频后不禁呻吟出声。

"我去趟厕所——"葛城说着就要往外走。"得两人一组行动对吧。"我赶紧起身追上葛城。"我也去厕所！"三谷飞快地说了一句，从后面跟过来。

中央楼梯左侧的沙发上坐着先前那三人，于是我把葛城和三谷带到食堂这边走廊上的死角，悄声说："葛城，我想到一件事。关于健治朗先生——"

"啊？你们嘀咕什么呢，不是结伴来上厕所的吗？"

"咦？"

"你想啊，一个人进厕所，另两人在外面等着，这样才能保证两人一组。"

我恍然大悟,同时很想冲三谷怒吼"现在不是纠结这些的时候"。他为什么在如此境况下还能平心静气的啊?

"田所君。"

葛城的语调机械冰冷。这是为何?对我的称呼里不含一丝体贴,口吻淡漠得如同在干巴巴地朗读。我感到胸口压上了一块大石头。

"这事就这么算了吧。"

"……啊?"

我好似脑袋挨了一记闷棍,不敢相信自己的耳朵。

"大家现在光是应对台风就竭尽全力了。当然,哥哥和坂口先生的遭遇都令人遗憾。但事有轻重缓急,我们必须着眼于当下。"

"骗人的吧,葛城……"

我向葛城走去。

腿脚不听使唤,最后我一头撞上了葛城。

葛城一动不动地俯视着跪在他面前的我。

"我什么时候骗过你?"

"骗人。"我不住地摇头,"我不信。"

才萌生的希望之光,转眼间无迹可寻。绝望比最深沉的夜色还要晦暗,在我脚边张开血盆大口。骗人。我百般抗拒,内心深处却响起一个声音:这是惩罚。

"那次你不也始终执着于追求真相吗?现在——为什么又——"

"田所君,那次是我考虑不周。"

"我不是问这个!因为对方是家人吗?!面对家人就退缩了吗?!你是不是也——已经知道凶手是谁了?"

葛城面无表情，眉毛都不抬一下。

"喂，打住吧田所。"

三谷抓住我的肩。力道很大。啊，没错。是我无理取闹，我心里也明白。葛城刚刚失去家人——而且是最重要的哥哥。我如此紧咬不放，想必也对他造成了很大的负担。我明白自己应该退一步，奈何心犹如熔炉般沸腾翻滚，充斥着不甘与不断涌出的疑问，快要爆炸了。

"田所君，死心吧。案子交给警察就好。可惜他们要等台风离境、道路复原之后才能过来……"

"趁早解决这事，家人也会更安心啊。"

我声音嘶哑。

"田所。"

这下被他打心底讨厌了吧，我隐隐想道。现在的我近乎歇斯底里，按捺不住讥讽与指责的冲动。

广臣把葛城带走的情景倏地闪过脑海。信子哭起来了，夏雄过来喊人——那时，广臣叫上了葛城一起。仔细想想，这个人选很奇怪——

"广臣先生跟你说了什么？"

葛城的表情未变，肩膀却微微颤了一下。他在看穿谎言时，对旁人的反应异常敏锐，这会儿恐怕也注意到了自己的反应。

"看来是说中了。刚才广臣先生给你吹了什么风吧？所以你才没法坦率面对自己的心情。不就是这么回事吗？其实你特别想亲手为哥哥报仇，想得要命。"

"……了。"

"我说错了吗？我太了解你了。哪怕是现在，你也无法停止思考和推理。你在拼命压抑。你到底在苦恼什么？为了真相不惜一切代价，贯彻正义勇往直前——你归根结底就是这种人。"

"吵死了，吵死了，吵死了！"

葛城把头发甩得一团乱。他狠狠瞪着我，双目充血地说："别用你在小说里写的那种句子谈论我，别拿我编故事！"

我感到呼吸凝滞，手脚冰凉，忘记了接下来要说的话。

葛城喘着粗气，肩膀剧烈起伏。少顷，他将目光从我身上移开，快步从我们身边经过，回到食堂。"喂，葛城，等等！"三谷试图挽留，但没能得到回应。

"出什么事了吗？"

避难者中的年轻人之一从墙边悄悄探出头来。"对不起，没什么。都是台风害的，有点容易激动。"三谷苦笑着答道。年轻人眯起一只眼。

我侧耳倾听缥缈的雨声，慢慢调整呼吸。老人和刚才那个年轻人时不时投来看热闹的视线。另一个年轻人兴许去厕所了。

"……平静点了吗？"

我这才转头看向三谷，只见他板着脸道："葛城有一点没说错，我们必须着眼于当下。齐心协力应对台风，熬过这一夜。很难想象水会淹到这里，可万一真淹过来，没提前想好对策的话就完蛋了。先活下来要紧，只要能活着回去——"

说到这里，三谷微微一笑，啪地拍了一下我的后背。

"总归能和好的。"

很积极的心态。背上的刺痛总算唤回些理智。可是，葛城那不自然的态度仍令我难以释怀。

他在隐瞒什么？思及此，我把自己的虚伪抛到一边，只觉遭到了严重的背叛。我真是个卑鄙之人。自我厌恶如海啸般袭来，剧烈的头痛模糊了视野。

7 对策与对话【水位距馆24.2米】

风雨呼啸不绝。

除夏雄和信子以外,全员在食堂集结,开始商讨对策。

璃璃江在健治朗的陪同下(这种状况下单独行动太危险)去了趟二楼的卫生间,又下楼回到食堂。

"妈妈,快做好准备。"满慌慌张张地说。戴着眼镜的璃璃江踉跄一下,撞上了墙。

可能是因为精神疲劳。这也难怪,毕竟儿子死了。

"怎么搞的啊。"满扶稳母亲。"抱歉。"璃璃江按住眉心,继而摘掉眼镜。她从衣兜里掏出一个红色眼镜盒,慢条斯理地把眼镜收了进去。满扶着母亲的身体,定睛凝视眼镜盒。为什么呢?

"……我说,妈妈,你稍微歇会儿吧?"

"大家都在尽力而为,我一个人歇着像什么话。"

璃璃江坐到食堂最里面的座位上,环顾一遍所有人的脸,先解释了句:"我眼睛有点累,所以摘掉眼镜和大家讲话。"她面色依旧苍白,却不失威严庄重,真是个刚强的人。

"水电燃气目前都还能正常使用。储备品有压缩饼干、罐头、即食米[①]之类的食物,以及两升装矿泉水九箱共计一百零八瓶。

[①] 由煮好的米饭经干燥制作而成,无须炊煮,注入热水即可食用。

按现在的人数计算，食物够吃七天。"

"足够了。"

健治朗点头。

"储备相当充足啊。倒是值得庆幸……"

梓月手托下巴，歪头纳闷。

"请别一脸不可思议的表情。我丈夫防灾意识很强，另外也是考虑到了用人留宿的情况。

"趁水还能用，应该把能做的事尽快做好。着手防止污水倒流，回避渗水风险，以保证洪水来袭时有备无患。须完成的任务有二。

"第一项是堆沙袋防止渗水。把仓库里的沙袋码放在房屋周围，以防万一。光是沙袋不够围一整圈，可以酌情做一些水袋来代替。"

"那个，水袋是什么呀？"我问。

北里拿起一捆白色垃圾袋回答："套两层垃圾袋，灌满水后系上口，就是水袋。做法很简单，之后跟我一起做做看吧。"

"拜托了。"

"那我接着说第二项。这项任务也需要用到水袋。河水泛滥后，可能会出现污水从排水口倒流出来的情形，因此要在排水口放置水袋，防止倒流。要处理的有一楼厨房和各层的盥洗室。"

"还有卫生间。"北里拿着黑色塑料袋说道。

"卫生间除了放置水袋以外，还要制作简易便器。"

往马桶上铺一层白色塑料袋，再在上面盖一层黑色塑料袋。实际当作便器使用的就是这个黑色塑料袋。两个都用白色的自然也行，之所以选黑色，是为了最后丢弃时看不到里边。上完厕所后，只将上面那层黑色塑料袋系上口处理掉，再盖一层新的黑色塑料袋,即可继续使用。丢弃前加入市售的处理剂,还能减轻异味。这个家的准备之充分令我叹为观止。我家置办得有这么齐全吗?我惊觉自己从未详细过问或与家人商量这类事。

"然后是外部作业。从东馆取沙袋,码放沙袋和水袋,清扫滴水檐和沟渠,等等。"北里说。

健治朗闻言点头。

"等室内作业一结束,就投入外部作业。由男士来吧,毕竟是体力活。"

"那方针就这么定了——老公,我想回趟房间吃止痛药,你再陪我一下。我头疼得不行。都怪气压。"

我对气压导致的头疼感同身受。我本来就有偏头痛的老毛病,自M山落日馆一案以来,还多了失眠的症状,甚至去心理诊所开过安眠药。对外则声称是考前综合征。

健治朗站起身。众人静候两人返回。健治朗与璃璃江夫妇简直成了我们的精神支柱。

由于凶案连发,我们谨遵两人一组行动的原则。分组如下:

①搬出桌子等物,去东馆取布置避难所要用到的塑料垫。务必两人一组行动。

食堂 除夏雄·信子以外的全员

分组为健治朗·三谷、广臣·田所、梓月·辉义、璃璃江·满、由美·北里

三楼 夏雄·信子(待在房间里)

↓(①完成后,开始分工作业)

②放置水袋以防污水倒流,为开设避难所接待做准备。

客厅 司令 指挥 健治朗·三谷

一楼 梓月·辉义

二楼 由美·北里

三楼 广臣·田所、夏雄·信子（待在房间里）

厨房（准备用于招待避难者的葛粉汤等）璃璃江·满

↓（②完成后，开始外部作业）

③在馆周围码放水袋和沙袋、清扫沟渠等。

客厅 司令·指挥 璃璃江·满·由美

三楼 夏雄·信子（待在房间里）

室外 健治朗·三谷、广臣·田所、北里·梓月·辉义

分组分得甚是仓促，好在确保了两人一组，得以保障最低限度的人身安全。

打从遵循健治朗的提议开始运营避难所，葛城家就鸡飞狗跳。食堂里的桌子全都搬到了东馆，椅子则摆到墙边供人坐下休息。地板上铺了野餐用的塑料垫来划分区域，以便依序分配给前来避难的居民，这样还能再多坐些人。客厅姑且留作葛城家的人与客人谈话的空间，不过健治朗指示说，如有必要，客厅和一楼大厅也一并作为避难所使用。毛毯、瓶装水、压缩饼干等基本物资也都筹措妥当。等雨一停，还可以派直升机或无人机空运物资。健治朗已经打电话谈好了空运的安排。

健治朗是个可靠的大人。

我和广臣忙完手头的活，去查看避难者的情况。

原本因寒冷和恐惧而瑟瑟发抖的老人，在喝下璃璃江和满熬的葛粉汤后慢慢平静下来，脸上恢复了些血色。

"……说到六十年前的水灾，那可真是太恐怖了。"

老人一改先前幼童般的口吻，感慨万千地缓缓道来。

"大雨下了三天三夜。曲川决堤，Y村沉到了水底。住房和商店全被大水冲跑了。"他摇摇头，"我逃到了W村，那边地势更高。我以为父母也都逃出来了……没想到，他们回家了，在抢救财产的当口，就那么让淹到房子里的水给卷了进去。母亲的尸体是在我家的废墟之下发现的，都泡涨了，要不是凭着身上的衣服，压根认不出是她。不过能找到尸体都算走运了，父亲的尸体至今下落不明。

"谁能料到挨过了那场战争，竟还会遇上这样的灾难啊。"他静静地摇着头道。

"水淹到哪里了？也淹到W村了吗？"广臣郑重其事地问。这是能帮我们估算此次水灾严重程度的重要信息。我也探身聆听。

"W村也有一半沉到水里了。"

"……这里呢？Y村这处高地当时是什么情况？"

老人打了个寒战。

"沉了。"

我顿觉喉咙发干。

"从前这座宅子住着别的人家，大约五十年前，葛城家的惣太郎先生来到了这里，对吧？"

"有所耳闻，听人转述过。"

老人一脸神秘地点点头。

"你们建别屋的这个位置，五十年前原本是没有建筑的。知道为什么吗？"

我心里咯噔一下。

"……被冲走了？"

"不可能！"广臣道，"也许只是出于某种原因拆除了啊，好比建筑老化之类的……"

"我们现在待的这座馆重建过,所以很新,刚才瞥见的另一栋建筑可有年头了啊。那里还保留着五十年前的样子吗?"

"是的。"广臣回答,"惣太郎很中意那栋建筑,说它富有格调——"

啊……广臣呢喃。他大张着嘴,声音几近虚脱。

"见鬼。东馆那个污痕是……啊啊……骗人的吧。"

"广……广臣先生,你怎么了?"

"田所君,你在天还亮的时候观察过东馆吗?那栋建筑是木制的,但下端整体发黑,往上才能看出木头的纹理。"

"是啊,那又——"

脑中浮现骇人景象,建筑浸在水中的光景。持续三天三夜的雨也终有停歇之时,长时间浸在水里的建筑却会永远留下乌黑的腐蚀痕迹,像吃水线一样清晰——

"广臣先生,"我摇了摇头,"那个……那个黑色痕迹,大概多高?"

"……没精确测量过。"广臣脸色铁青,"估计得有一层楼那么高。"

我眼前一黑。当然,这次水灾不足以与"持续三天三夜"的大雨相提并论,至少天气预报说再过几个小时台风就会离境。单论降雨时间是这次更短,然而降雨量有可能在一夜之间超越六十年前。

谁都无从预料事态会如何发展。

能活着离开这里吗?不安如潮水般奔涌。眼前浮现父母的面容。自今年夏天以来,我还是第一次如此迫切地想回家。

老人对我们骤变的态度不以为意,喝了口葛粉汤,长舒一口气。

"这座宅子历史悠久。六十年前那场水灾之前，前任家主就住在这儿了。战时我在给前任家主做帮佣，曾经从这座宅子的防空壕逃到坡下的房子里。"

眼看他一絮叨起往事就收不住话匣子，我们匆匆谢过这位乐于分享信息的老人，一起离开食堂。

走到食堂外面，广臣大声咂舌。

"开设避难所一事操之过急了。得把刚才听来的事告诉舅兄。"他刚要迈步又停下，"啊，该死，他不可能不知道这事。舅兄真不愧是当政客的，明知有危险也要出手助人吗……"

"你好像不大情愿啊。律师不也是帮助人的职业吗？"

广臣睁大眼睛。

"还真是年轻人才会有的想法。"他说，"律师这份工作嘛，确实是有助人的性质。工作总得好好完成。可这儿又不是职场，是自己家啊。在工作中帮助人和收留陌生人进家里，完全是两码事，对不对？"

我答不上话。见状，广臣眉毛微垂，歪了歪嘴角。

"嗐，跟你抱怨也无济于事……食堂布置完毕，该去三楼做水袋了，快走吧。"

* 三楼

制作小水袋，防止卫生间污水倒流。掀起马桶圈，铺开白色垃圾袋盖住整个马桶。再扣上马桶圈，往上盖一层黑色垃圾袋。在卫生间附近放上袋装处理剂，并预备好替换用的黑色垃圾袋。如此便大功告成。

"手脚挺利索嘛。"

广臣在旁边看着我忙活，佩服地点点头。我们不敢脱离对方的视线哪怕一秒，于是轮流劳作。浴缸和洗脸台的排水口也都依次放上了水袋。

整个过程只花了不到十分钟。更复杂的作业现在我也乐意为之，让我把整座宅子里的卫生间全部照此流程打理一遍都行。我急需做点什么以停止胡思乱想。

"这样就算弄完了吧。出乎意料地简单。下楼去吗？"

"啊，等等，差不多该去关掉浴缸的水了。"

卫生间、浴室和夏雄的房间位于西馆三楼左侧走廊上。

"关水？"

"用水袋堵上排水口防止倒流之后，我往浴缸里蓄上了水。我是在走出浴室前一刻才拧开的水龙头，可能忘跟你说了。"

"噢，是防范断水啊。"

"断水"这个词一出口，我愈加意识到事态之严重。什么时候才能回家呢……

"田所君？"

我吓了一跳，抬起头来。广臣将手轻轻搭到我肩上，端详我的脸。看来我在等广臣关浴缸水回来的时候走神了。

"你还好吗？要不去夏雄和信子夫人那里休息一会儿？在那儿待着也踏实点。你看呢？"

"不……不用了。我没事。去看看其他楼层的人进展如何吧，没准有哪里缺人手。"

"……是吗？"

广臣歪了歪头。

打理完无障碍卫生间后，信子的房门冷不丁开了，夏雄探出头来。"怎么啦，小夏？"屋里传来信子的询问声。

"助手哥哥应该懂吧？"

"夏雄——到底怎么了？"

夏雄没搭理广臣，继续说："外婆不是凶手，也不是爸爸干的。这不是明摆着嘛。可疑的是'先生'。绝对没错。放在这类电视剧里绝对是这样。如果有外人登场，绝对是有意义的。"

"夏雄！"

夏雄瞥了广臣一眼，哼了一声，赌气般重重摔上房门。总觉得夏雄每提及案件一次，他们父子俩的隔阂就加深一分。

但夏雄的话还是让人无法置之不理。凶手不是"爸爸"即广臣，这话他反复说过好几遍，可他为何会紧接着提到"外婆"——信子？是信子杀害了惣太郎吗？我想都没想过。坂口的照片拍到的是个男人，也没听谁讲过信子和惣太郎的夫妻关系有问题——外遇妄想？我想起信子看着黑田问"又去找女人了"，气得满脸通红的情形。迄今为止的见闻拼凑出另一幅图景，我暗感振奋。

夏雄那句"外婆不是凶手"似是欲盖弥彰，话一出口却莫名显得合理起来。在脑中厘清后，这种感觉更甚。明知坂口的照片一事已经证实夏雄在撒谎，所谓"先生"也十有八九是谎言——可我就是无法停下思考。"先生"是指？首先想到的是医生。哥哥梓月。没错，那家伙干得出来……但我又想到还有一个人符合条件。黑田。对夏雄来说，家庭教师是如假包换的教书先生。黑田……此前我从未怀疑过他，一个普通家庭教师能有什么动机？

广臣似是对夏雄方才的言行忍无可忍，下楼时绷着脸、叉着腰一言不发，一副老大不高兴的样子。

* 二楼

"哎呀,你们来啦。"

下到二楼,我们遇见了由美和北里。二楼由他们俩负责。北里看见我们,轻轻颔首示意,后退一步。

"辛苦了。"广臣收起不悦之色,打了声招呼。

"二楼已经打理完了吗?"

"呵呵,多谢挂心。将来肯定是个好小伙。"由美快活地打趣道。

"呃……"

我不知该做何反应,挠了挠头。刚才那些念头仍在脑海里萦绕不去。

由美用讶异的眼神看着我,随即露出温柔的微笑,仰头注视我的眼睛。

"——心里不踏实吧?"

"咦?"

"这么可怕的事,一辈子也碰不上几回。不过没事的,放宽心。哥哥很靠谱,一定会保护好大家。"

由美的语气不带一丝阴霾。她像个单纯的孩子,坚信大家都能获救。

"由美真是乐观得惊人哪。"广臣摇摇头,"是吧,北里?"

北里露出模棱两可的微笑,没有发表意见。

"由美夫人……"

我斟酌着措辞。由美耐心等待着。

"你为什么能对自己的未来这么有信心呢?"

说出口的话反映了我此刻的心境。

由美咻咻笑了。

"那就稍微讲点往事给你听吧。当然,大家都还有要忙的,所以我只讲一点点哟。"

她半开玩笑地说,俨然少女之态。

"我相信凡事都有意义。"

之前也听过这句话。

"我跟你讲过我和广臣相识的契机吧?"

"喂喂,又要讲那事吗?"广臣挠挠鼻子。

"记得是由美夫人没考上第一志愿,在第二志愿的大学遇到了广臣先生……"

"其实这事背后还有段小插曲。我去考第一志愿的大学那天,忘带文具盒了。"

"欸?"

我也在抓紧备考,因而感同身受。这是我格外担心的考试突发状况。

"大吃一惊吧?听多少遍都还是会震惊。"

"我自己都服了自己,赶紧联系妈妈,让她看看文具盒在不在家里。而且啊,我是刻苦复读了一年,铆足了劲儿去考试的,'沮丧'这种轻飘飘的词根本不足以形容我当时的心情。"

明明在讲伤心事,她的语气却满不在乎。

"在考场上,我万念俱灰,满脑子都是'我这辈子毁了''就这么死了算了'。我在附近的商店买了套应急的文具凑合着答题,可每样都用不顺手——"

"这可真是……"

我的表情大概相当阴沉。只听由美咻咻笑道:"你郁闷个什么劲啊?都二十多年前的事啦。"

"可是——"

"你很善良呢。这是珍贵的品质。哎，回到家后我大闹一场，还冲妈妈发了点小脾气。我开始觉得考大学好烦，一场考试的结果就决定了全部人生。"

她的话说到了我心坎儿里。

"不过事情远没有那么糟糕。虽然第一志愿因为突发状况考砸了，但我顺利考上了第二志愿。我犹豫过是入学还是再复读一年，最终选择了前者，这才遇到广臣。"

"看吧，"她笑着说，"凡事都必定有其意义。哥哥也常说'祸福相依'。压根没必要讲那么难懂的词嘛。"

她像个天真烂漫的少女一样嘟起嘴。

"下雨是为了穿新靴子。电视坏掉是为了换更新、更好的。电车停运是为了发现那条街上超棒的咖啡馆——"

在去考第一志愿的大学那天忘带文具盒，是为了与未来的丈夫相遇。

所以她的眼神才那般坚定不移。打心底相信全世界都给自己做出了最好的安排的人，眼中的世界该是多么光芒万丈啊。

"听呆了吧？你还别说，她这种想法，在颓废的时候听一听，还挺能散闷消愁的，对不对？"

广臣嘴角噙着笑，目光沉醉地看向由美。这对夫妻也太喜欢秀恩爱了，我在苦笑之余，亦觉由美的想法耐人寻味。

与此同时，我那颗疲惫不堪的心深感抵触，只觉她是养尊处优才有资本如此豁达。我每天除了学习还要打工、写小说，时间都是挤出来的，钱也得精打细算着用。所以我讨厌下雨，电视坏掉多一笔花销会心疼，遇上电车停运更是会咬牙切齿。我实在没法像由美那么达观。

然而眼下我又想试着相信。若按她的想法，我和葛城闹翻，也必然有其意义。万事万物到头来都能妥善收场，世界早已做好安排。要相信这种想法很难，但它的确能令人心生希望。

"所以，这场风波也必定是有意义的。"

"……其实，我在写小说。"

竟会聊起这种私事，我自己都倍感震惊。这个人有着能让人自然而然敞开心扉的亲和力。

由美莞尔一笑。

"那么，你卷进这场风波，是为了使笔下的小说更加精彩。"

听她这么一说，便觉得是那么回事。

这时，突然从楼下传来说话声。声音来自中央楼梯下面，一楼卫生间的方向。

"请不要这样，梓月先生。我已经……"

是葛城的声音，透着强烈的抗拒。一楼是梓月和葛城负责，梓月在逼迫葛城做什么事吗？

"那个，我——"

"嗯，也对，你去辉义君那边比较好。辉义君应该也希望有你这个同龄人陪着。我们俩可以和北里三人一起行动，你和辉义君、丹叶医生也刚好能凑成三人组。"

我点点头，向一楼走去。

* 一楼

梓月和葛城在一楼卫生间门前。梓月面带笑意，葛城在摇头。我走到近处，终于听清梓月在说什么。

"……这有什么的，借口说干活多耗了些时间不就得了。你打算就那么放着亲哥哥不管吗?"

"还没经过警方勘查呢。而且总不能未经家人允许就开锁。"

梓月的食指上挂着一串钥匙。

我知道梓月想干什么了,他想去调查案发现场。这未免太强人所难。我快步向两人走去。

"你们在聊什么呢,哥哥?"

梓月回过头来,咧嘴一笑,故作滑稽地摊开双手。

"哎呀,我的好弟弟!你来得正好。"

梓月搂住我的肩膀。我试图挣脱,怎料哥哥个头虽比我矮,力气却大得惊人。

"怎么搞的啊,哥哥,跟葛城说话就本相毕露了?平时那张恶心的假面哪儿去了,不用戴上吗?"

"是啊,一起干活的时候,辉义君好像对我很警惕。看样子我早就露馅了。真不愧是洞察谎言的侦探。所以我就推心置腹地跟他谈了谈,仅此而已。"

我嗤笑一声。

"钥匙是哪儿来的?不是说好锁上别屋,让正先生的尸体保持原状吗?"

"噢。"梓月打开一楼客厅旁边的房门,若无其事地答道,"是从这儿拿的。用人休息室,北里先生待的房间。这大雨天里他四处忙活,要溜进屋轻而易举。钥匙盒的位置不好找,头一回来的人怕是很难找到,但像我这样的常客,自然见过北里先生取钥匙。"

梓月走进休息室,抬手抚上里边的墙。墙壁的一部分旋即洞开,成了一扇外开门,里面的挂钩上挂着一排钥匙。乍看分明与普通墙壁无异。

"也就是说,你是自作主张拿的。"

"及时放回去就不会露馅。北里先生还得忙活好久呢,大可以趁他回来前速战速决。"

梓月轻手轻脚地关上休息室的门,邪邪一笑。

"信哉,你可能不知什么时候又会被当成凶手。我倒是平安无事,可先是你和三谷君,之后又是坂口先生,他们的猜测没有尽头。起码得准备好用来自保的武器。"

"哥哥不会有危险,这不挺好嘛。"

"经过那么一遭,还不长教训吗?弄不好他们会怀疑是你杀了坂口先生。"

"为什么啊?我又不会操作炸弹。"

"那种事怎么都解释得通。而且,这个推测是有根据的。"

哥哥的态度让我起了戒心。"什么根据?"

"坂口先生邀请你们搭他的车逃走时你拒绝了。听说三谷君感觉这家人很瘆人,稍微有那么点想搭车离开。"

"……所以呢?"

"还没懂吗?在一无所知的人眼里,就像是你知道有炸弹才拒绝上车。"

"唔……"

"还有其他根据。在爆炸前一秒,你提醒广臣先生和三谷君'闪开',还回身把他们俩撞倒在地。我都听广臣先生说了。这简直是你事先知道会发生爆炸的铁证嘛。"

"不……不是这样的。我当时只是因为葛城才会硬撑——"

"啊?跟我有什么关系?"

葛城缓缓抬眼,皱起眉头,表情很不耐烦。

"谁管你心里怎么想的,反正在旁人看来,最可疑的就是你,信哉。好了，听明白了就着手准备自证清白吧。"

梓月煞有介事的态度令我畏缩。想必他也有所图谋。是想调查案件吗？别屋原本是惣太郎用的屋子，他的目的或许与此有关。

葛城别过脸不看梓月。梓月眉毛一挑，嘴角挂着笑意。我意识到他将目标从我转移到了葛城。梓月伸手搭上葛城的肩，用亲切的口吻说道："这样好吗？重要的哥哥遭人杀害，你就眼睁睁看着不管？"

"……为什么一个个的都来纠缠我啊。"

葛城紧咬嘴唇，目光飘摇。我心急如焚，一把抓住梓月的胳膊。

"哥哥你放手。我绝不允许你使用这种卑鄙的手段。"

"哎哟，好可怕好可怕。"梓月松开葛城，连连摆手，"来，快做决定吧。要想查看现场而不让璃璃江夫人起疑，只能趁现在。"

我与葛城对视一眼。葛城虽脸色不佳，但最终还是缓缓摇头，无可奈何地长长叹息。他点头慢声道："我去。"

"这才像样嘛。信哉，你打算怎么办？"

我瞪了梓月一眼。

"我跟你们一起。我得在旁边盯着，免得哥哥乱来。"

"这么信不过我啊。哥哥好伤心。"

梓月放声大笑。

8 调查【水位距馆 23.7 米】

时间已过凌晨四点。

我、葛城和梓月避开旁人耳目,走向一楼走廊尽头的后门。我们本应去屋外作业,从拉低整体效率这一点来说算是背叛了大家。我很内疚。

别屋里的灯亮堂堂的,写字台上的淡蓝色玻璃杯闪闪发光。我恍惚想起自己曾把灯泡重新拧紧了。

"凌晨一点半过来的时候还有尚未凝固的血液,现在已经彻底干了。打那之后都过去两个半小时了……"

梓月掀开盖着尸体的防水布,漫不经心地说。

"我跟哥哥、健治朗先生和广臣先生过来查看时,哥哥大致检验了一下尸体,记得是以尸僵状况为依据,推测出死亡时间在昨天夜里十一点半到今天凌晨零点半。"

"总结得不错,言简意赅。"

"还有,我注意到一个细节。沙发旁边有个清晰的泥鞋印。我猜正先生曾经脱掉鞋放在那里,躺到沙发上,所以……"

"哈哈,我懂了。你是想确认尸体有没有被移动过的痕迹吧。"

被梓月抢了话头,我有点恼火。

梓月默默蹲到尸体脚边，动手脱掉其鞋袜。右脚为扣动扳机本就没穿鞋，所以只脱掉了袜子，左脚则是鞋袜一起脱掉。

"看，脚上有尸斑。"

梓月抬起尸体的左脚示意。左脚脚掌上有瘀青一样的青白斑块和无数划伤。梓月用手指按压青白斑块，斑块瞬间褪色，变回白色的皮肤。

"尸斑尚未固定时，用手指一按就会这样。尸斑会在死亡五六个小时后开始固定，现在刚凌晨四点，还不到时候。说实话，无法排除尸体被移动过的可能。"

"唔……"

接着，梓月又掀起衬衫查看其后背、稍稍褪下裤子查看其臀部，观察一番后判断死者在遇害时处于坐着的姿势，表示其腰部和臀部的痕迹未见异常。

"没发现什么值得留意的痕迹。不过还是脱光衣服放到解剖台上看更准确。"

"眼下大致看看就行了。快把衣服穿回去吧。"

我们三人合力给尸体穿好衣服。

回过神来，只见葛城手握右脚的鞋茫然伫立。

"喂，葛城，右脚的鞋不用穿回去，右脚本来就没穿鞋。"

也不知听没听见我的话，葛城缓缓蹲在尸体脚边，拾起左脚的鞋，双手捧着两只鞋目不转睛地看着。他睁大双眼，呼吸急促。

"……葛城？"

葛城猛吸一口气看向我，眼神跟没睡醒似的。"嗯？"他愣愣地应了一声，随即吐出一口气，视线又回到鞋上。

"……嗯。抱歉，我走神了……"

葛城说罢，仍拿着鞋不放手。

我有些着急，从葛城手里夺过鞋。"啊。"葛城发出轻哼。

——这双鞋有什么稀奇的？

我打量起右脚的鞋，即尸体没穿的那一只。是系带运动鞋，沾着点点血迹，大概是开枪时血也溅到了脚边。右脚的鞋滑落在地上，因而连鞋垫都染上了血，凄惨至极。我探手摸鞋垫，没沾血的部分也湿漉漉的。

我又摸了摸尸体脚上的袜子，脚底部分潮湿，脚踝周围却干燥无比。

再看左脚上的鞋——尸体穿着的那一只。这只鞋也溅上了血，但因为穿在尸体脚上，血没溅到里面。鞋垫摸着有股湿气，还有许多似是利刃割出的细小划痕。右脚的鞋上没有这样的痕迹。

诚然有令人疑惑之处，但我想不通葛城为何会如此耿耿于怀。

我把左脚的鞋翻到正面，再次端详。出血量触目惊心，连鞋带孔内侧都沾着血。我顿感不适，把鞋放到地上。

我蓦地想起左脚的鞋垫上那些细小的划痕。尸体左脚脚掌上也有类似的伤痕。我蹲下身确认，果然看到许多细小的伤痕，与鞋垫上的划痕吻合。

是凶手出于某种理由划伤了死者的鞋和脚掌吗？不，这太过不合逻辑——

"……我见过这种伤痕。"梓月道，"踩到玻璃就会留下这样的划伤。"

"玻璃？"

我头疼起来。摔碎的灯泡掠过脑海。第一次来这间屋子调查时，我失手摔碎了替换用灯泡。但那时尸体穿着鞋，玻璃碴进不了鞋里……这间屋子里还摔碎过其他玻璃制品吗……

"啊。"

我不禁惊呼,另两个人立即转头看向我。"你有头绪?"梓月敏锐地问。我仿佛能听见自己怦怦的心跳声,快步走到放药的立柜前。

"……没少。也不是这个啊。"

与昨天白天应坂口之邀前来时相比,立柜中安瓿的数量并无变化。也不可能是安瓿摔碎了。

正遇害的地点当真是这间屋子——惣太郎的房间吗?除了凶手把正当成坂口误杀以外,还有没有别的可能?我决定试探一下梓月。

"哥哥,惣太郎先生病危那天……就是去世前一天,你从美国出差回来后,拜访过这座宅子,对吧?"

"嗯,我中午就到了。见过惣太郎先生后,由美出言挽留,说至少一起吃个晚饭。我吃完晚饭刚要回去,就见一个女佣大惊失色地赶了过来。惣太郎先生那时已经生命垂危,第二天就去世了。"

从惣太郎病情恶化的时间点来看,没人有不在场证明,谁都可能是凶手。

"也不知那个姓坂口的人到底掌握了什么线索……感觉他不像是仅仅为了挑拨离间而信口开河。只能认为他有十足的把握……"

梓月念念有词,冲葛城问了句:"你也这么想吧?"葛城只是暧昧地点点头。听坂口讲过那张照片详情的只有我和三谷。

"其实……"

我讲了照片的事。葛城面无表情地听着,梓月则状似愉悦地面露笑意，不住点头。

"原来如此，原来如此。是这么回事啊。坂口先生也真是老奸巨猾。既然有工夫拍那种照片，明明可以顺手救下惣太郎先生的命。"

"不过，"梓月咕哝，"要是这样的话，果然不可能是毒杀。"

闻听此言，我质疑道："凭什么这么说？"

"唔，你想啊。坂口先生声称拍到了决定性瞬间，照片内容却不甚明确。就像健治朗先生说的，也能解释为那人在拍照发给医生。坂口先生那张照片的意义反倒在于另一方面——完全排除了夏雄君当时在这里的可能。"

我是困惑梓月为何那般笃定才随口反诘，没考虑到这些。还以为哥哥会有什么犀利见解，看来是我想多了。

"另外……对于正先生遇害的事，所有人都断定'正先生没理由被杀'。可事实果真如此吗？"

葛城霍地转头看向我。

"田所君，连你也……连你也这么说吗？哥哥不是那样的人！"

他猛烈地摇着头，声音近乎哀号。这反应不正常。

"只是讨论可能性。"我找补道，抓住葛城的肩，"你这会儿不太对劲，是因为那双鞋吗？打从看过那双鞋起，你就越来越奇怪。"

葛城眼神微颤。他背过脸，平复了一下呼吸。

"……那双鞋是我送哥哥的礼物……在去年他过生日那天。"

我咽了口唾沫。

"那是我亲手挑选的礼物，我一眼就能认出来……哥哥有好几双工作穿的皮鞋，每一双都干净锃亮，平时穿的运动鞋却都破"

破烂烂的……他说他成天走动，费鞋，穿旧鞋足矣。所以我才会送鞋给他……"

葛城说着又垂眼去看那双鞋。难怪他看到鞋后那么受打击。想到那双鞋是兄弟情谊的纽带，我终于体会到葛城的心情。在迟钝的我无知无觉的时候，他心里涌过多少悲思愁绪啊。

"但正先生有没有理由被杀，这点还是该仔细查查。"

"哥哥，别再提这个了……"

"不是你先提的吗？"哥哥不怀好意地撇撇嘴，"现在这间屋子里，有非常适合查找理由的东西。装满了个人信息，通常根本想不到会被人翻个底朝天的物件。"

梓月故弄玄虚，但我从他的视线方向明白了其意下所指。

"你是说——手机？"

沙发旁的边桌上放着一部手机，先前用正的指纹解锁过。当时只是为了确认死者身份，没想过去看手机里的内容。

"可是，同一手还能再用一回吗？尸体的手指都干燥了吧。"

"同一'手'……噢，因为用的是手指。不错的双关。"

"别打哈哈。"

"你说得对。皮肤干燥会导致指纹变化。随着皮肤收缩，指纹也会相应变形，所以我做好了万全的准备。"

梓月拿起手机，点亮屏幕。没出现锁屏界面，屏幕亮起的同时主页就呈现在眼前。

"……该不会，刚才——"

"就是你想的那样。用尸体的手指解锁后，我在手机设置里变更了锁屏方式，为了方便后续调查。"

梓月哧哧笑起来。在刚验完尸的现场查证阶段，他竟已想得这般长远并付诸实施，果然得谨慎提防。

正的手机内容井然有序。除了出厂自带的应用，就是健康管理类和读书类应用，一个游戏或社交软件都没有。主页界面也朴实无华。

更应该查看的是邮件和短信。翻阅他与同事、恋人的聊天记录让我不大自在，但越看越觉得正是个备受信赖的人。面对他人略显不讲理的要求、恋人耍的小性子，他也都一一认真回应。

"找不出一丁点会招致杀身之祸的理由啊。"

见梓月一脸扫兴，我心情畅快了些。

短信记录里唯一引起我们注意的，是与黑田的交流。

黑田和正似乎在东京相处融洽，两人经常一起喝酒、互通近况，平日里往来频繁，交情甚笃。其中有一条消息值得留心。

通往葛城家的坡道上有栋老房子对吧，原来的住户搬走了，又新搬来一家人。村子里有传言说原来那家人的独生子因事业受挫而闭门不出，家人在当地待不下去了，遂决意搬家。每逢外出购物都遭人嘀嘀咕咕说闲话，自然不胜其烦。话说那独生子不愿意出门却愿意搬家，也是够好笑的。

新搬来的那家人也形迹可疑，多加小心吧。

消息发送时间是一个月前，看来悠人一家是在那阵子搬来的。正没回复，一周后发短信约黑田去喝酒。

"原来黑田先生是这种人啊。"

"太过分了。"梓月的口吻听着一点也不像是觉得"过分"，"这分明是幸灾乐祸嘛。再多翻翻聊天记录，没准还能找出他说葛城家坏话的消息。"

"正先生看到这样的消息也很厌烦吧，所以当天没回复。"

"像正先生这样的人,"梓月摇着头说,"断然不会觉得这种粗俗的玩笑'好笑'。这是事实。"

我和梓月脸挨脸凝视屏幕之际,葛城忽然凑到旁边。我递过手机,给他看那条消息。葛城盯着看了一会儿,随后不停地滑动屏幕。

"没有……"

他咕哝一句,又摇摇头,紧紧闭上双眼,露出痛苦的神情。从一条条消息里能感受到正生前的喜怒哀乐与生活点滴,思及此,便觉葛城那副神情是压抑汹涌情绪的表现。

"是啊,没有能表明正先生是遭人杀害的证据和理由。"我对葛城说道,"弄清楚的只有黑田先生的为人。"

"我跟黑田先生没什么来往,不过感觉从这条消息能看出他的本性。"梓月说,"无所顾忌地跟正先生这样的人讲闲言碎语,说明他是个自以为是的人,极度以自我为中心,压根没考虑过收到消息的人会是什么感受。"

梓月刚贬斥完,葛城凑近手机。

"……这手机是不是有股怪味?"

"是吗?"

梓月从葛城手里接过手机,边扇边抽动鼻翼细闻。

"是柑橘的气味。可这味是哪儿来的?"

"是那个吧。"

我指指写字台上的消毒喷雾。标签上用大字写着"葡萄柚香型"。

"看来正先生经常用它擦拭手机。不是都说手机屏幕上全是细菌,跟马桶一样脏嘛。"

"哥哥,你最好改改眉飞色舞地讲恶心事的毛病。"

听他把手机跟马桶相提并论,我都不想把手机贴着脸打电话了。许是职业使然,他讲这类话题时总是绘声绘色,言辞露骨。

我又仔细瞧了瞧手机,"啊"地惊呼出声。

手机壳内侧有少量暗红色附着物。

是血。

梓月在身旁倒吸一口气。

"这血不是我们几个的手蹭上去的吧?"我问。

"这里的血迹已经完全干了。碰手机之前我也仔细检查过手。你检没检查过我就不清楚了。"

"也就是说,凶手在行凶后不久碰过这部手机。"

我卸下手机壳,里外都没发现其他血迹。从手机壳里面也飘来葡萄柚的馨香。

"凶手用沾着血的手碰了手机,然后用消毒喷雾润湿纸巾或手帕,擦掉了血迹和指纹,所以手机上才有这么浓的柑橘气味。"

"毕竟戴着手套没法操作手机。光着手触碰,事后再擦除指纹,也算符合常理。"

——可凶手在找什么?

总之,凶手碰过手机这一点毫无疑问。

我们翻阅过的内容,凶手可能也看过……这个念头让我脊背发凉。

我不经意间望向沙发下面。地上好像有垃圾。

我伸手去捡,被冰凉的触感吓了一跳。我提心吊胆地把它托在手上。

"……蜥蜴尾巴?"梓月歪头沉吟,"掉在奇怪的地方呢。嗐,在这深山里,屋子里进蜥蜴倒也不奇怪。"

"坂口先生好像害怕爬行动物。"

我想起他在我的房间看见卡波特的《给变色龙的音乐》的封面时的反应。

"是吗?"梓月面露疑惑,"从没听说过。害怕爬行动物又怎样?"

"唔……我一直很纳闷坂口先生和正先生交换房间的理由。凶手错把正先生当成坂口先生杀害……我赞同这个假设,可换房间的时机对坂口先生而言未免太巧。"

梓月摸摸下巴。

"接着说。"

"记得坂口先生的说法是,他随口抱怨了句风声太吵,正先生便主动提出愿意交换房间。假如他所说属实,正先生的行动就显得很不自然……但实际情况并非如此。提出想换房间的是坂口先生。"

我出示手掌上的证据。

"蜥蜴尾巴揭示了他想换房间的理由。坂口先生非常害怕蜥蜴。来到别屋,跟我和三谷谈完话后,他在屋里发现了蜥蜴,陷入恐慌,又不好意思实话实说。"

梓月笑了。

"原来如此。老大不小的,让一只蜥蜴给吓破了胆。况且他大放厥词威胁葛城家,惹了众怒,更不敢暴露弱点了。"

这么说来,坂口也有普通人的一面。

"所以他才会向正先生提议交换房间吧。不知道他说没说蜥蜴的事,恐怕没说。正先生脾气好,就答应了。"

"结果酿成了悲剧……是吧?"

我点头附和梓月。

"坂口想把交换房间的理由搪塞过去,便谎称是正先生主动提出交换房间。"

"看来是这样。"

坂口与正交换房间之谜这下也解开了——交换房间不过是发现蜥蜴这一偶然因素所致,正确实死于误杀。手机里也找不出杀人动机。岂止如此,紧接着坂口自己也遇害了。所有线索都指向误杀,这一结论已坚如磐石。

"哎……现在才回来看现场,也没能得到什么有价值的线索。要想弄清楚这座宅子里发生了什么,还是问当事人最省事。

"那么,差不多该进入'审问'环节了。"

梓月的声音变了。变成对我直言"那又怎样?"时的冷酷语调。

"辉义君,我带你来这儿,其实还有另一个目的。"

"……什……什么?"

葛城身体僵直,朝门口方向悄悄挪了一步。

梓月抢先挡在门前,抱起胳膊说道:"葛城家全员都在包庇某个人,我想问问你那人是谁。"

9 追究【水位距馆 23.1 米】

"你——你说什么?"

葛城嘴上想糊弄过去,视线却左右游移,声音也变尖了。

"别想抵赖。我心里已经有数了。"梓月微微一笑,"我从一开始就觉得奇怪。健治朗先生和广臣先生在维护'家族声誉'这种说法,我是万万不信的。他们的确是名门出身,但思想还没落伍到这个份儿上。"

言之有理。若真的只在乎家人,不会想到开设避难所。

"古怪之处在于健治朗先生他们过于团结了。无论是指认信哉和三谷君为凶手的推理,还是指认坂口先生为凶手的推理,都以惊人的速度构筑出来——而且,广臣先生、璃璃江夫人、满小姐和由美夫人全都是假意反驳,实则巩固了健治朗先生的推理。这个配合打得很漂亮,实在难以相信是未经任何商讨就能做到的。据说辉义君擅长推理,可其他人都是门外汉。"

梓月的演说又臭又长,听得我很是不爽。话虽如此,我当时也感觉到葛城家全员凝聚成了"铁板一块",心里凉飕飕的。

"我和信哉、健治朗、广臣先生在别屋调查尸体期间,葛城家的其余成员肯定互相通过气,否则不可能那么默契。"

"这么说来——"

我一开口，梓月就笑着看向我。

"在别屋调查尸体时，广臣先生把健治朗先生叫出去，两人在屋外谈了会儿话。那时候——"

"没错。健治朗先生始终和我们待在一起，可见他就是在那时候得知了商讨内容。"

令我不甘的是，随着与梓月不断对话，我的思维和记忆都越发清晰。

"所谓商讨内容……是指？"

"关键点有二。一个是'广臣先生在那段时间里传达了什么'，另一个应该你更清楚，信哉。"

鉴于梓月在逼问葛城，其言下之意很明显。

"葛城的态度转变……"

葛城眼神微颤。

梓月以微笑示意我答对了。

"回答正确。那么大声嚷嚷，想听不见都难。"他毫无歉意地说。

"葛城……坂口先生炸死之后，我逮住你讲述了原委，当时你是这么说的：'不可理喻！田所君和三谷君怎么可能杀人！'而且，你也对健治朗先生他们的态度产生了疑问。那时你开始追逐谜题了，谁知——"

再次抓住葛城问话的时候，他与之前判若两人。

"你放弃追查杀害正先生的凶手——甚至试图阻止我追查。"

并且对我冷淡到近乎排斥的地步。

葛城的态度转变怎么想怎么奇怪。如同在印证我的怀疑，葛城讪讪地移开视线，无所适从地搓着手。

"说得好，信哉。你心里也有数了吧。能想到这点，距离答案只剩一步之遥。家人之间交流'某事'的时机就那两次。多亏辉义君闭门不出，才促成了意义重大的第二次交流，助我得出'某事'的真相……"

……某事？我思索着梓月言辞的含意。

"葛城当时……"

对了，当时大家在做什么？水灾迫在眉睫，众人聚到一起……然后呢？先是夏雄过来，说信子在哭，然后广臣上楼……

"……啊啊啊！"

我不由得大叫。

"我知道了。当时我很纳闷广臣先生为什么要带葛城去信子夫人那里。现在想来，那是信号。广臣先生向健治朗先生发出的信号……暗示会把该交代的信息也告知葛城。"

"就是这样。想到这一层后，不妨再回头看第一次时机。发现尸体之前，我们本来是为了确认大家的安全而行动。我们以为坂口先生在那里，才去了别屋。而广臣先生当时去了哪里呢？"

"三楼，信子夫人的房间……"

"那么，两次时机的共通之处是？"

我咽了咽口水。

"信子夫人……"

话音刚落，葛城便垂下眼帘。他这人原先就这么好懂吗？

"所以，我是这么想的。"梓月紧盯着葛城说，"葛城家全员都在包庇信子。正因如此，他们才能做到那么团结。"

"呃……"葛城缩缩下巴。他面色惨白，答不上话。

目睹葛城的脆弱之态令我心痛，奈何梓月的观点无可辩驳。比起维护所谓"家族声誉"，认为他们是在保护"家人"更加合情合理。

以此观点为基础，梳理健治朗等人的行动如下。

发现正的尸体之前，广臣回三楼确认信子的情况。此时，广臣在信子身边发现了些证据。

接着，广臣下到一楼，将信子的状况告知璃璃江、由美和北里。而健治朗外出确认黑田的安危并查看雨势，满和葛城去了正的房间（实际上屋里的人是坂口），广臣没能知会他们一声。

继而发现了正的尸体。此时，广臣出于某种理由认定信子是凶手，主动加入先遣队去调查别屋。他一度将健治朗带到外边，讲了信子的事。满则是在我们身处别屋的那段时间里，从璃璃江或由美那里听说了情况。这样一来，健治朗、广臣、璃璃江、由美、满和北里便完成了信息共享。北里虽是用人，但在此工作四十年之久，已然形同家人，想必与这家人感同身受，乐意相助。

尚未与家人共享信息的，只有早早窝到房间里的葛城和夏雄。

调查完别屋，到食堂集合时，健治朗已经想好了指认我和三谷抑或坂口为凶手的推理。这大约是对我们的牵制，意在阻止我们调查正遇害一案，或是翻过往案件的旧账。综合考虑健治朗的为人与即刻报警之举，他八成没想真拿我们顶罪，解释为"牵制"更合逻辑。

坂口死后，葛城下到一楼。他和夏雄一直窝在房间里，对家人的商讨内容与信子的事都浑然不觉，因而才对我们蒙受怀疑的遭遇颇为愤慨，殊不知这都在广臣的预料之中。顺带一提，夏雄此时和北里一起待在信子的房间，无疑也得知了情况。

广臣带走葛城，向他展示信子的状态，并告知商讨内容。于是葛城也不得不为了保护信子而说谎……因此，葛城才会对我表现出冷漠的态度。

"如何，辉义君？没必要再隐瞒了吧。"

葛城颤抖着嘴唇呻吟："我……"

"你在三楼——究竟看见了什么？"

葛城垂眼默然不语。雨声格外喧嚣。我心里空落落的，仿佛全世界只剩下我们三人。

"我……"

葛城仍低着头，终于开始断断续续地讲述。

* **葛城辉义**

广臣紧紧抓着我的右臂，大步流星地走到通往三楼的电梯，烦躁地一遍遍按着按钮。

"广臣姑父……好疼！"

我挣脱手臂。广臣看都没看我一眼，头也不回地挤出一句"抱歉……"

我摩挲着右臂，慑于姑父破天荒的异样气息。

一到三楼，他就像在躲避追赶似的，三步并作两步冲向信子的房间。

他敲敲门，北里和夏雄应声从房间里出来。北里牵起夏雄的手，鞠躬道："那么，广臣老爷，我们先去夏雄的房间待一会儿……"夏雄满脸不高兴地瞪了我一眼。

"信子夫人一直待在房间里。状况没有变化。"

"辛苦了……做好准备后，我会去夏雄的房间喊你。"

北里欠身致意，随即与夏雄一起消失在走廊尽头。

广臣打开门。

"辉义君，进来。奶奶没事。"他按着后脖颈低声说。

我顿时生出极其不祥的预感。所谓"没事"是谎言。广臣说谎时，会下意识地抬手摸后脖颈。当初正教给我看穿谎言的方法，最先讲的就是这个例子。为什么要说这种谎呢？脑细胞不受控制地动起来。

一旦走进这个房间，便再无回头路。宛如有一双漆黑的命运之手抓住了我的肩膀……淹没了广臣的旋涡，不容分说地要将我也一并吞噬……

广臣又抓起我的右臂，把我拽进屋。还没来得及反应，身后的门就砰的一声关上了。

我进过几次信子的房间，屋里就一张床和一个衣柜。早先她和惣太郎同住的时候，这间卧室里有两张床，惣太郎死后处理掉了一张。信子腿脚不利索，为防她摔倒，家具的数量控制在最少，墙边和床边都设有扶手。信子从前出于爱好收藏的包，尽数收纳于衣柜里和墙壁的挂钩上。里边的床上，信子安静地睡着。

此时此刻，在这片空间的正中央，有前所未见的异常之物。

蓝色防水布上堆着几件揉成团的衣服。是女款睡衣的上衣和裤子，还有……床单？信子的睡衣是系扣式的，尺码偏大，易于穿脱。

看见那身睡衣，我如遭晴天霹雳。

"……欸？！"

上衣前身附着有红色的黏糊糊的东西。那是我在案发现场见过无数次的东西——血。睡裤上沾着大量褐色污渍——泥渍。床单上也有红色与褐色的污痕。更糟糕的是，一摸便知，这些附着物都还湿漉漉的。

"她估计是没注意到睡衣脏了，直接上床睡下了。"

广臣环抱双臂俯视着我。光看那副表情，我便明白了。广臣早已克服我此刻感受到的震惊，那是接受了现实并下定决心的大人的眼神。我被他坚定的眼神镇住，紧张地屏住呼吸。

"收到三级警报后，我过来查看她的情形，发现了异状。屋里暖气开得很足，我一进来就闻见一股恶臭……还以为她拉在尿布里了，掀开床单一看，就是这幅光景……血腥味……是刺鼻的血腥味……"

广臣按住额头。

"刚看见这些时我一头雾水，后来听说发现了正君的尸体，我立马意识到是怎么回事。我声称去确认状况，跟田所君、丹叶医生、健治朗先生一起去了别屋，璃璃江夫人、满和由美在我的示意下，趁机帮信子夫人更衣并换好了床单。"

明明在讲见不得光的事，广臣的目光却没有丝毫躲闪。

"这些衣物由你我做最终处理。咱们一起拿到东馆烧掉。"

"荒——"

荒唐。这个词卡在了喉咙里。

"辉义君，这是一起不幸的事故。只能这么认为。"

广臣蹲下身，双手搭上我的肩膀。

"……啊？"

"别屋是惣太郎先生的个人房间。惣太郎先生死后，信子夫人也经常出入那里，这你也知道。她腿脚不好，容易摔跟头，我和由美得时常留心，别让她做出什么危险之举。今天她犯了毛病，酿成大祸。"

"难……难不成姑父你……你们……认为是信子奶奶杀了正哥哥？"

"状况可疑到了极点。看这血迹，还有这泥渍，多半是去别屋的路上在游廊摔倒沾上的。霰弹枪这一凶器看似不可思议，但如果是正君把它从东馆拿出来的，就姑且解释得通。偷盘子的小偷，还记得吧？正君出于某种理由确信小偷当晚会来，就带上了武器。不料来的是信子夫人。屋里有遭人翻过的痕迹，对吧？信子夫人患上认知障碍后，有时会在那间屋子里找东西。就在她满屋子寻找的时候，正君醒了，两人因误会扭打起来，信子失手扣动了扳机。"

"太荒谬了……哪有这么巧的事？信子奶奶没本事把正哥哥的尸体抱到椅子上，那就只能认为正哥哥是由于中弹时的冲击力偶然坐到椅子上的。这也太巧了。"

我摇了摇头。

"那你能否认眼前的现实吗？"

我猛地抬起头来。广臣神情阴郁。他凶巴巴地瞪着我，好像在说我讲的这些他已想过千百遍。

"……这是误导。染血的衣物不能成为决定性证据。血迹只能说明信子奶奶至少在血液变干前进过那间屋子！再说，眼下做不了科学鉴定，甚至无法证明衣服上的血是正哥哥的！完全可以洒动物血！"

"那凶手为什么偏偏选了信子夫人做这种伪装？！"

广臣唾沫横飞，其语速之快、气势之猛，令我刹那间萌生身体遭到压迫的错觉。见我一时语塞，广臣倏地眯起眼，握着颤抖的拳头道："嫁祸信子夫人能有什么好处？我到现在都不敢相信……就连警察，怕是一时半会儿也不会信……"

"那放着不管不就好了？广臣姑父，你的话自相矛盾。"我迟疑了一瞬，接着说，"……这不像平时的你。"

广臣自嘲地笑笑。

"的确如你所说。但怀疑的念头一冒出来，就怎么都挥之不去……也没办法确认，信子夫人自己大概也不记得案发经过了。璃璃江夫人也和你一样据理力争，说应当交由警方判断。可是……可是，我和由美做不到把信子夫人交给警察……听了这话，璃璃江夫人最后也妥协了。满起初一直面色苍白地在旁边抱着胳膊，待到决定好要做的事，她立马手脚麻利地帮忙给信子夫人更衣。"

"其实，"广臣垂眼道，"我也很希望能像你一样相信自己的头脑……但我们已经踏出这一步了。健治朗先生也是。"

"……我爸也？"

"是啊。田所君和坂口先生试图追查真相……为了牵制他们这些外人，我让健治朗先生做出了虚假推理，指控他们为凶手。"

"原来是这么回事啊……"

我想起在坂口死后听田所君讲的话。父亲那异乎寻常的行为，原来有这样的用意——

"辉义君……你打算怎么办？"

我抬起头，只见广臣面无表情地注视着我。

"还问我怎么办……"

根本就没给我选择的余地嘛。话到嘴边又咽了回去。

我握紧手掌下的蓝色防水布。久远的那一天，被满养死的那条金鱼在脑海里复苏。我看穿真相后，所做的仅仅是去质问满。

就像做完不带解答的习题集，急着去确认答案一样。彼时推理于我而言仅仅是谜题，没有背景的冰冷习题，罗列在纸上的文字。之所以能解开正带来的谜团，说白了不过是因为我与那些人素昧平生。名字只是符号，是方程式中的数字。我抱着这种心态去质问满，这才导致了争执。

——别自说自话干涉我的私事！

当时她说的这句话至今仍在耳畔回响。我自认尝试着努力过，在干涉他人前下定决心。然而那座熊熊燃烧的馆向我宣告，努力仍是徒劳。

我看着眼前的衣服。

现在的我做得了什么？我一意孤行找出真相又能怎样？最可疑的坂口已经死了。即便信子是无辜的，凶手在家人之中的可能性也极高。健治朗等人联手的经过也透着谎言的气息。是谁最先提出，又是谁引导了话题？若从旁仔细观察，想必能看出更多，可我却逃避了。逃避哥哥的死这一绝望现实。再说追究这些又有什么用？没准还会察觉并不想知道的事。到时我承受得住吗？真相往往沉重不堪……

我闭上眼，缓缓做了个深呼吸。

"我干……我干就是了！"

我发觉自己的声音怨气冲天，却克制不了。

"干就行了吧！混账……"

要把那些衣物从房间里拿出来，需要一个大一点的包。衣柜里的背包看起来刚好合适，碰了碰却发现鼓鼓囊囊的，感觉没法用。背包款式简单，跟大学生用的没什么区别，在尽是名牌包的空间里显得格格不入。

"噢，那个背包里装着信子夫人收集的杂物，搞不好有生食烂在里边，最好别打开。"

闻听此言，我赶忙松开了背包。背包并未散发出腐臭味，似乎装有什么硬物。虽有些好奇，但现在还是先找能用的包要紧。

最后我们拿了两个旧包，一个用来装睡衣和叠好的防水布，另一个用来装床单。

说是床单已经换过了，可防水布上只见床单，不见枕套。

万一是忘换了就麻烦了，为谨慎起见，我探手摸了摸信子的脑袋边，枕头没湿。我判断无须处理，就放着没动。

我们去夏雄的房间打过招呼后，北里和夏雄便回到信子的房间，继续监视。鉴于两人一组行动的原则，这样倒也稳妥。

我们冒雨前往东馆。

东馆的一间浴室里备好了点火装置，以及两副劳保手套和两把裁缝剪刀。房间中央放着两个盛满了水的水桶。广臣在操作面板上鼓捣几下，换气扇便嗡嗡地运转起来。

"尽量把衣服剪碎些，一点一点烧，灰烬丢到水桶里。不用担心造成火灾，在这儿随时能用淋浴喷头把火浇灭。"

道理我都懂，可这个方法着实麻烦。其实在院子里烧更省事，无奈在这等暴风雨之中，室外点火难乎其难，且很危险。

焦煳味钻进肺里。每烧掉一块布，眼里都渗出泪花，是因为眼睛进了灰尘。仅此而已。可泪水像断了线的珠子流个不停，令我仓皇失措。

我预感自己一生都摆脱不掉这股焦煳味。

*

葛城结束了漫长的自白。

我无言以对。葛城背负的心事、怀抱的苦恼，我都一无所知，只想着向他求救。我该如何——如何是好？我做出了无法挽回的事——

"哦，是嘛。"

不承想，梓月态度冷淡。他没对葛城表现出半分同情，单刀直入地接着说："问你真是问对了。这下我敢肯定，只要不继续探究真相，我们就不会遭遇人身危险。"

"……啊？"

我听不懂梓月在说什么，冷冷应道。

"这下可以确认，健治朗先生等人的行为仅仅意在'牵制'。假如他真想嫁祸给我们，我们自当奋起反击，好在事实并非如此。我们同样难以相信信子夫人是凶手，没道理落井下石。"

梓月啪地拍了下手。

"击掌言和。案件应该交给警方解决。全员合力应对水灾才是优先事项。"

"这……"

梓月方才逼问葛城的流程几乎与侦探无异，但其兴趣不在解谜，他只是看到面前有于己不利的事象就不爽。若为扫清那些障碍，他不惜费尽心机，然而一得知自己不会有危险，他就全都无所谓了，恰似杀死虫子后随手把尸骸扔到窗外一般漠然。

"目的算是达成了。来，快回去跟大家会合吧。再磨蹭下去，大家就要疑心一楼作业组怎么回来得这么晚了。"

梓月握住门把手，忽地发出哧哧的笑声，笑得肩膀直颤。

"话说回来——刚才那段话相当耐人寻味啊。我说，侦探不是应该追求真相吗？那你烧掉信子夫人的衣服，岂不是——"

梓月没转身，只回过头来，脸上浮现讥笑。

"侦探失——"

"哥哥！"

我用尽全身气力怒吼，逼近梓月，一把揪住他的衣领。

"你要敢说出那个词，我饶不了你……唯独那个词，绝不能原谅……"

梓月装傻充愣地耸耸肩。

"喂喂，别这么激动。嘻……看他那样儿，都用不着我说，他自己心里比谁都清楚。"

"——欸？"

回头一看，只见葛城弓着身子，好似在压抑什么。那副躯体突然显得无比瘦小，犹如孩童般脆弱无助。

伴随关门声，梓月扬长而去。

"……葛城，走吧。大家会担心的。"

葛城无言地点点头。

侦探失格。

对于被打上如此烙印的他，现在的我能做些什么？

10 黎明【水位距馆 22.2 米】

离开别屋后,葛城也一言不发。

我们为没能及时参加外部作业赔着不是,加入码放水袋和沙袋的队伍中。由于我们来迟了,分组变为健治朗和三谷一组,广臣和北里一组。我们依旧三人一组行动,负责在西馆门口放置水袋以阻挡水流。至于东馆周边及大门处,先到的两组人已处理好。

好不容易完成作业,回到客厅,众人就此聚齐。听璃璃江说,后来陆续有人造访宅邸,避难者现增至七名。

"快忙翻天了。"璃璃江叹道,"带老母亲过来的那人就没个消停,一会儿要这个一会儿要那个。"

"抱歉让你受累了。不过,从决定开设避难所的那一刻起,我就想到了会有这种程度的忙乱。人在紧急时期难免压力过大。我会把二楼和三楼留作仅限家人进出,想确保人身安全的话,之后最好在楼上待着别下来。"

"这样啊。"广臣微笑道,"那我就恭敬不如从命了。外部作业累得我筋疲力尽。走吧,由美。"

"嗯,葛粉汤和简餐也都准备好了,我稍微歇会儿,老公,健治朗哥。"

健治朗点点头。

两人离开后,健治朗继续道:"说回正题。现在是凌晨五点半,再过不到十五分钟就能迎来日出。北里,备车。要最大的那辆,好搭载避难者。"

"老爷,您该不会是要——"

"去村里巡视。"

北里猛地缩了缩下巴。

"……既然您决意已定。"

"我去就行。另外,巡视村子需要年轻人搭把手。"健治朗看向我们,"辉义,还有田所君,能拜托你们来帮忙吗?说真的,我也不想让你们冒险,可人手实在不够。"

"……知道了。"

葛城幽幽道,语气透着无可奈何。

"葛城和田所都去,我怎么能不去。"

三谷站起身。

健治朗深深凝视三谷,凌厉的视线倏尔和缓下来,嘴角泛起温柔的笑意。

"好,就这么定了。我们四个一起去。"

"老爷,"北里语气尖锐地提醒,"水若浸到车身的一半,会导致车门因水压而无法开启。请尽量别太靠近水边。"

"我会注意的。"

前途未卜。无论是开设避难所,还是乘车外出,都不知能否顺利。

与此同时,我又怀有确信。

健治朗的目光坚定无比。那目光饱含赤诚。

诚然，其中或许有保全家族与自身声誉的算计。然而此人一旦决意守护，必定无所不能。

比起这些——

我看向身旁的葛城。

自从发现正的尸体，他先是因哥哥的死备受打击，继而被迫协助做伪装工作以保护家人，乃至遭梓月斥为侦探失格。调查现场的时候，他的表现也很反常。比起未卜的前途，我更担心他的心理状态。

黎明前最为黑暗——正的话突兀地涌现在脑海。

我们在门口等待北里安排车辆，准备动身去Y村。昏暗的雨幕中，远方的地平线隐隐现出透着浅绯色的熹微晨光。天色并未骤然大亮，而是有如渐次溶解黑暗般微微泛白。即使在暴雨之中，太阳依旧会升起，这寻常的事实，竟足以使世界显得那般明亮。

没有永不结束的夜晚，正铿锵有力的言辞再度复苏，那句话又一次带给我点滴希望。如今我和葛城自觉陷入绝望的深渊，也许只是因为身处"黎明前"。或许此处并非绝望的谷底，今后还会愈陷愈深。纵使如此，亦终有夜尽天明时。

我决定试着相信。

时间不等人。

凌晨五点四十六分，四人先遣队前往沉陷的村落。

夜尽天明。

第三部 去沉陷的村落

世界现已消逝在一片广阔的水膜之下。

——多萝西·L. 塞耶斯《丧钟九鸣》

1 出发【水位距馆22.0米】

"健治朗先生,你真的要去吗?"广臣来玄关送行时,语带腻烦地说。

"我不能对这个村子的人见死不救。"

"那也犯不着以身涉险吧……噢,我忘了,你就是因为敢于主动奔赴前线,才赢得了周围人的信服。"

说到这里,他夸张地叹息一声。

"多开一辆车效率会更高吧?我也有车。"

"不,广臣先生,我想请你在我离开期间接待避难者。"

"净把烂摊子甩给我!"

广臣发起牢骚,转念又大幅摇了两下头,盯住健治朗的眼睛。

"算了,没关系,家里交给我。条件是你一定要活着回来,否则我可过意不去。"

健治朗耸耸肩,向广臣稍鞠一躬后便坐到车里。

"哎,你们准备好了没?"

我、葛城和三谷已经坐在了面包车上。我们仨都身穿雨衣,手握健治朗给的无线对讲机。

"水大概涌进村子了。我们不涉足危险的地方,确认过水淹到哪儿了就立刻返回。此行只为视察并保护发现的避难者。"

三谷打了个寒战。"万……万一像黑田先生那样遭遇意外事故……"

我想起河水泛滥的视频。大水冲来的倒木和汽车,以及坍塌的桥。我对视频中骇人的光景依然心有余悸,倘若还能反悔,我恨不得立马下车。

"考虑到黑田先生的前车之鉴,我拜托了璃璃江和满用手机GPS实时追踪,遇到突发情况时好设法援救。我只在正规车道和柏油路上行驶,绝不深追,不会置你们于危难之中,不会让你们陷入险境。我保证。"

健治朗的话掷地有声,以至于我心中的恐惧与忐忑都有所缓和。他的演说总能鼓舞人心。我有点理解其支持者的心态了。

"……明白了。"

三谷轻轻点头。

"谢谢。辉义,还有你们俩,要是判断有危险,请尽管指出。"

我们三人互相对视一眼,点了点头,坚定了冒险的决心。

"麻烦你们在路上用喇叭反复说'这里很危险,请来高地的葛城家避难'就行。"

"我来吧。"

"三谷的声音中气十足,刚好合适。"

三谷接过喇叭,稍稍打开后座的车窗。雨溜了进来,但现在顾不上这个了。

"坐稳,要出发了。"

汽车启动。

雨激烈地拍打着前挡风玻璃。

……我们真能得救吗?

莫名觉得高地不会有事而心存侥幸，想到之前发大水时那座宅子也未能幸免又恐惧万分。矛盾的念头在脑子里打架，我越发心乱如麻。

车开到了通往Y村的坡道中段。健治朗告诉我们，此处海拔五十五米。

"这里很危险，请来高地的葛城家避难。"

三谷拿着喇叭大喊，声音震得耳朵嗡嗡作响。

"喂，你也太心急了吧。离村子还远呢。"

"也对。没人会待在这种地——"

三谷蓦地停下动作。

"天哪，田所，你看，是那孩子。"

"那孩子？"

我循着三谷的视线向身后望去，只见窗外闪过一个人影。

是昨天来访路上遇见的名叫悠人的男孩。

"健治朗先生，停车！"

汽车一个急刹车停下了。我即刻打开后座的车门，闯入雨中。三谷紧跟在后。

"田所君，我把车倒到门前！"

"拜托了！"

我们在瓢泼大雨中扯着嗓子交流。

男孩撑着伞站在门口。

"啊，是大哥哥们。我记得你们！"

"嗯，昨天刚见过。你好。"

我挤出笑容哄他安心。

"你好——你是悠人君对吧？"

听了三谷的话，悠人用力点点头，随手把伞转了个圈。水滴飞溅。

"悠人君,你爸爸妈妈呢?"

"爸爸妈妈……"悠人微微垂下头,"昨天晚上就没回来,说是去镇上买东西。我也想去商场买玩具嘛。"

我呼吸一滞。昨天起就不在?大雨天把小孩子一个人丢在家里?外面下着这么大的雨,这孩子一直一个人待在家里,想必很慌张。

"三谷君,田所君,出什么事了?"

葛城和健治朗赶了过来。

葛城诧异地看向庭院一角。院子里有个大坑,在雨中积满了泥水。是昨天看见的挖到一半的池塘。坑边有座硕大的假山,假山对面有一栋小小的建筑,可能是仓库。房屋背后停着一辆小型车。

是什么让他那么诧异?

"你先跟我们过来。这里很危险。"

健治朗与悠人对上视线。

"啊!叔叔是那座漂亮房子里的人!我知道的!"

"是嘛。"

健治朗露出慈祥的笑容。

悠人的眼神突然黯淡下来。

"那爸爸妈妈呢?"

"爸爸妈妈也都没事。不用担心。"

"可是……"

"这里太危险了。你看,下着好大的雨,对吧?你一个人待着,弄不好会遇到可怕的事。没关系的,爸爸妈妈也会来高地的房子。听叔叔的,好不好?"

悠人注视着健治朗,仍未放下戒心。两人对视片刻后,悠人总算微微点点头。

"好嘞,那我们走吧。"

"等等。"悠人摇头不依,"我要换鞋。"

"换鞋?"

"下雨天要穿长靴。"

他脚踏一双脏兮兮的运动鞋,踩着鞋跟,大概是听到三谷的呼唤后,来不及穿好鞋就急急忙忙跑出来了。

"好,知道啦。那你去换鞋吧。"

悠人用力点点头,跑回家里。

"幸亏出来了一趟。"健治朗说,"把那么小的孩子一个人丢在家里,也不知父母怎么想的。"

"就是嘛。"

我们见过他母亲一次。她称夏雄为"坡上的孩子",对悠人劈头盖脸一通训,是个暴脾气。尽管如此,也很难想象她会丢下儿子独自去避难。会不会是她在河对岸购物期间,大水冲塌了桥,导致她回不来了?

"我们昨天跟这个孩子说过话。还真是奇怪的缘分。"

葛城依旧沉默不语,手掩嘴角,似在沉思。

"葛城?"

叫他也没反应。他默默追着悠人进了房子,我慌忙跟上。"啊,喂,田所——"三谷和健治朗也从身后追了过来。

"找到鞋了吗?"葛城对悠人说。

悠人坐在玄关的台阶上,正在穿长靴。

"鞋错了。"

"欸?"

"妈妈的鞋错了。"

悠人答非所问。

然而葛城的身体在颤抖,他定定地凝视着悠人天真的脸庞。

他的样子不对劲。

"怎么个错法?"

"辉义,"健治朗说,"避难才是当务之急,别管什么鞋——"

"妈妈的鞋怎么错了?"

"这双漂亮的鞋,她怎么没穿走呢?"

悠人拿起一双粉色浅口女鞋。那双鞋有年头了,但保养得很好。

"辉义。"健治朗抓住葛城的肩,"你给我适可而止。一双鞋有什么的?玩侦探游戏也得分场合,现在——"

"人命关天!"

葛城猛然冲父亲怒喝。

悠人一个激灵,战战兢兢地仰头看着冷不丁大吼的葛城,像是要哭出来了。

我想制止葛城,看向他的眼睛。

旋即屏息。

他眼里的光彩——已然重现。

"……是啊,人命关天。说得没错。我们的行动关乎我们几个的命、全家人的命,乃至全村人的命。辉义,你在妨碍救援。"

"不。我是说关乎这孩子父母的性命。"

健治朗讶异地蹙起眉。

"他们要真是去镇上了,待在市区反倒更安全吧。"

"他们没去。车还停在房子后面。从这儿去镇上,不可能不开车。"

"不见得吧，没准他们是坐公交去的。现在还不能确定——"

"现在还不能确定，所以你就随口哄劝这孩子，是吗？"

"辉义，你——"

"我敢断言，这孩子的父母还在村里，只是处于无法取得联系的状况。"

葛城重新转向健治朗。

"而我能找出他们在哪儿。"

他注视着父亲，双眼闪着光。我不禁屏住呼吸。被梓月逼问时那如遭霜打的表情已不见踪影，他笔直地目视前方。

那双眼睛里没有一丝迷茫。

"爸爸，没工夫犹豫了。现在还来得及，尽快行动起来，就能救下他们的命。"

我想起葛城说过好几次的话——我无法为死者做任何事，对已经发生的案件无能为力。

而现在不同。

现在葛城能够有所作为——至少他自己这样相信。

"我要开始搜索。接下来我单独行动。"

"太危险了，我不可能答应。"

"爸爸，只这一次就好，仅仅这一次就好。请相信我。咱们这样拉扯的时候，孩子父母的生命也在遭受威胁，等出了事就太晚了！"

葛城又一次大吼。健治朗的喉头动了一下，身子微微后仰，打了个趔趄。

"……在哪里搜索，Y村全村吗？"

"就在这栋房子周边。我有把握，不会耗时太久。"

健治朗一动不动地凝视葛城片刻，稍一点头，闭上眼长呼一口气。

"……给你三十分钟。我们开车巡视 Y 村呼唤避难者再回到这里大概需要三十分钟，三十分钟内你找不到，就只能把悠人保护起来，暂时放弃他父母。这也是为了你的人身安全着想。"

"谢谢。"

健治朗莞尔一笑，背过身去。

"田所君留下来负责监督，三谷君我就带走啦，得有个人拿喇叭喊话。"

"欸，啊，好的！"

三谷许是听父子对话听得入了神，如梦初醒地答道。他伸手环上我的肩，悄声问："喂，葛城难道一直都是这个风格？"

"偶尔吧……"

"嚯……"三谷佩服地说，"你也够辛苦的……那个，我明白他不是一般人了，可三十分钟内找到，是认真的吗？"

"……不知道。"

"喂喂……浪费感情。"

"唯有一件事我能肯定。综观这两天——现在的葛城最显'本色'。"

三谷睁大眼睛，随即咧嘴一笑。"是嘛。"他啪地拍了一下我的肩膀，又松开手道，"既然你都这么说了，看来没问题。"

关上车门的前一刻，健治朗稍显踟蹰，定睛直视我的脸。

"田所君……辉义就拜托你了。"

健治朗说话的工夫，葛城的身影已消失在房中。

"好……不过一下子少两个人手，真的没关系吗？"

"没事，不要紧，还能省出点空间搭载避难者呢。"

健治朗打趣地说，面露微笑，目光飘向了远方。他感慨万千道:"我还是第一回被儿子吼。"

"啊——"三谷在后座咕哝,"也是,辉义君不像这种性格的人。"

"印象里辉义甚至没经历过叛逆期,我当初担心得够呛。"

"人的情绪还真是神奇,"健治朗继续道,"打击归打击,我现在竟然有种说不出的振奋感。我在那双眼睛里看见了——看见了和我一样的激情。"

我回想起葛城笔直往前看的眼神,那眼神俨然在宣告,他将贯彻自己的信念,绝不动摇。

"辉义追求真相,但真相并不会让人幸福。"健治朗出其不意地说,"所以我一直拿不准怎样对待他,因不知该如何教导他而一筹莫展。是劝他收手为好,还是放他自己闯出一条路……"

"于是你们就合伙掩盖信子夫人的嫌疑?"

我自觉过问颇深,健治朗却一笑而过。

"已经败露了啊。打从在食堂指认你是凶手到现在才过去四五个小时,果然撑不了太久。"

健治朗的姿态过于堂堂正正,我反倒有点过意不去了。

"掩盖?信子夫人?你们在说什么?"

三谷纳闷地问。对了,他还不知道这事。"时间紧迫,过后再跟你解释。"我允诺道。

"那个,我们不会对真相穷追不舍的。因为之前……就是这么搞砸的……"

"果不其然。"健治朗轻轻叹息,"是说M山落日馆那次吧。辉义不肯跟我细讲当时的经过。他好像告诉正了,无奈正守口如瓶,只说'等辉义自己愿意讲的时候再去问吧'……"

健治朗按住额头。

"在我看来，那是最好的做法。宁可咬牙隐瞒到底，也要包庇母亲。我想保护家人——保护母亲。但我诬陷你和三谷君属实过分，真是对不起。"

健治朗深深低下头。我连忙阻止。

"……田所君，我信得过你，想问问你怎么看。"健治朗抬起头，"你觉得辉义真能找出那孩子的父母吗？"

我不假思索地回答："辉义君向来说到做到。而我只得奉陪。"

健治朗笑了，笑得肩膀都在抖。

"辉义有幸得遇良友啊！就是委屈你了。"

我不由得苦笑。

两人留下一句"三十分钟后会合"，开着车子驶向Y村。

葛城健治朗。他这个父亲是否也有很多烦恼呢？袒护信子也是出于对家人的关心，手段粗暴亦情有可原。

有些事，父亲做不到，朋友却可以。

这个想法在我心里深深扎根。

我转身走回悠人家里。

2 搜索【水位距馆 21.8 米】

一回到玄关，悠人就朝我跑过来。

"田所！"

他紧紧抱住我的右腿不撒手，从我的双腿间满怀警惕地瞪视葛城。

葛城呼扇着手，交替看向我和悠人，方寸大乱。

"葛城……我不在的时候，你对这孩子做了什么？"

"别……别误会。"他拼命摆动双手，"我刚才大吼大叫，好像吓着他了，问什么都不回答。田所君……帮帮我！"

我瞠目结舌，哑然失笑。

直至昨天为止的烦恼简直像个笑话。

水灾也好，杀人案也好，那座馆里的糟心回忆也好，"何为名侦探"这种傲慢的问题也好，此刻全都无关紧要。

这里只有我、葛城和悠人，以及一个谜题。

合三人之力破解谜题即可。

谜题尽头有人在等我们去救。

有什么可烦恼的？

我摸摸悠人的头，和蔼地一笑。

"来，我们一起去找爸爸妈妈。"

"先讲讲鞋的事吧。"

提问由我负责,葛城在后面听。悠人终于放下戒心,嘟嘟囔囔地开始讲述。

"你看,这双漂亮的鞋,妈妈每次去镇上都会穿。她说这叫'时尚'。"

"妈妈说要去镇上,可这双鞋还在家里。妈妈穿错鞋了,所以你才觉得奇怪。"

悠人使劲儿点头。

"那你知道妈妈穿走了哪双鞋吗?有没有哪双鞋平常总能看到,现在却不在这里?"

悠人哼了一声,打量一遍鞋柜里和玄关三合土地面上剩下的鞋,歪了歪头。

"唔,黑色的。"

"是黑色的鞋呀。还记得是什么样的鞋吗?"

"跟我的鞋一样,是系带的。"

他指指自己刚才穿的那双系带运动鞋。基本可以确定悠人的母亲穿的就是普通款式的运动鞋。

"她穿着运动鞋出门了……"

葛城咕哝一句,悠人立刻警惕地看向葛城。

"还有其他要问的吗?"

"问一下职业。"

跟传话游戏似的。

"悠人君,你爸爸妈妈是做什么工作的呀?你听他们提过吗?"

"工作?"

"唔,怎么说呢……比如乘务员、蛋糕店店主、幼儿园老师之类的。"

悠人眨眨眼："不知道。不是蛋糕店店主。"

"这样啊。那你白天都做些什么，在家待着吗？"

"嗯，在家待着。"

"爸爸妈妈也是吗？"

"嗯，在家睡懒觉。比我还能睡。所以早饭我总是一个人吃。面包卷很好吃哟。"

难怪悠人比同龄孩子要瘦一些。父母早上起不来，就提前买好面包，嘱咐他早上自己吃。所谓面包卷，恐怕也是一袋五六个的廉价货。我担忧起他的成长环境了。

"爸爸妈妈偶尔会买来超好吃的饭，饺子、汉堡肉什么的。我可期待了。"

莫非收入不稳定？我耐心地询问悠人，得知他吃到丰盛的饭菜是在两天前、一周前和两周前。他们家是一个月前搬来的，那么大餐就是从两周前开始，以每周一次的频率出现。他父母是每周有一笔大额收入吗？

"还有，他们有时候会两个人一起出去，一直不回来。"

"好讨厌呢。"

"嗯，讨厌。"

"你晚上一般几点睡觉？"

"唔——八九点。"

"是嘛。这么早睡，真了不起。"

"欸嘿嘿。"

悠人挺起胸膛。

"他们白天会在院子里待着吗？"葛城径自探过头问道。

悠人嗒嗒嗒地跑过来，又抱住我的右腿。

"葛城……"

"……抱歉，悠人君。"

葛城蔫声说，一副垂头丧气的模样。

我能领会葛城此问的用意，他是关心院子里那个池塘吧。我想了一下，问悠人："悠人君，院子里有个很大的池塘对吧，是从什么时候开始有的？"

"池塘？"悠人眨眨眼睛，"啊，是说池子呀。嗯，很大呢。我们刚来这里的时候还没有。爸爸妈妈说那是他们挖出来的，昨天也很努力地在挖。"

"你见过爸爸妈妈挖池子吗？"

"没有。他们说都是在我睡着之后挖的。"

连夜挖坑的两个人……越发可疑了。

"果真是这么回事！"

葛城又大喊起来。悠人吓得一哆嗦。我在目瞪口呆的同时，决定恭迎我们的侦探登场。

"……怎么了？葛城，你有什么发现吗？"

"嗯。对悠人的父母来说，挖池塘的活儿算是干完了，但他们不可能像对悠人说的那样昨天也在挖。从进玄关那一刻起就能看出来，这是明摆着的事。"

"为什么？"

悠人似乎被勾起了兴趣，从我的双腿间探出头来。也许是注意到他在听，葛城换上了哄小孩的口吻。

"来，仔细看看玄关入口的这两处污渍。"

葛城蹲下身，伸出双手去指。左手指的是泥污，从入口处星星点点地延伸至悠人的运动鞋。右手指的则是细沙污渍。

"这边是泥，还湿着。是谁带进来的呢？"

"我。是运动鞋上沾的。"

"那这边的沙子呢?"

悠人把头摇得像拨浪鼓。

"不是我。"

"嗯。泥干了就会变成沙子。这边的污渍,"葛城捻起一些沙子,令其从指间滑落,"完全干了,对吧?"

悠人歪头不解。

"你见过妈妈晾衣服吗?"

"嗯。放在太阳底下……啊!我明白了!所以说,那边的沙子是很久以前的!"

葛城面露微笑。

"就是这么回事。但雨从昨天起就下个不停,而你爸爸妈妈是昨天不见的。空气潮湿,昨天带进来的泥不会这么快就变成沙子。"

"……唔,听不太懂。"

悠人的反应令人忍俊不禁。我笑道:"葛城是想说池塘底下的土吧。挖出来的土是湿的,爸爸妈妈在挖池塘的时候鞋上沾了土,带进了玄关。"

"没错。这把铁锹能印证这一推测。"

立于玄关的大铁锹上沾着干了的沙子。

"啊!这边的也干了。"

悠人冲向铁锹。

"是的。最近没人用过这把铁锹,因此,他们昨天不可能在挖池塘。"

匪夷所思的结论。换言之,那个池塘挖成那种半半拉拉的样子就算是"完工"了?

"接下来我们出去看看池塘吧。"

悠人说:"从屋里过去,这么走不会淋湿。"我们跟着他的脚步,踏上精致的檐廊。这栋房子本身倒是不错的和式住宅,我们仨站在檐廊张望池塘。

"首先要关注的是,那个坑的挖法杂乱无章。边缘参差不齐,真想建池塘的话不会弄成那样,也不会挖得这么凹凸不平。"

"会不会是让大雨给冲变形了?"

"也有可能,可建池塘的话,起码得把边缘用石头固定吧。我觉得是本来就挖得不成章法。花了足足一个月去挖,而最近碰都没碰,完工后就这种状态,着实让人不敢恭维。"

"也就是说……挖坑不是为了建池塘?"

葛城点点头。他穿着雨衣跑到外边,将手臂伸入泥水。

"瞧,深度也就到手腕上面一点,连三十厘米都没有。而土堆的堆土量——"

"实在太多了……"

土堆到了我的腰那么高,与池塘的大小并不相符。

"但他们连夜挖坑又是事实。悠人君的证词和玄关的沙渍都是佐证。"

"问题是光挖池塘挖不出这么多土。"

"没错,悠人君的父母在挖完全不同的东西,把挖出来的土丢到了这里。只堆土会招致怀疑,于是他们在土堆附近简单挖了个池塘,当作障眼法。"

难怪葛城刚到这儿就盯着院子看个不停,他当时已经识破了池塘的伪装。也不知是该说他思维敏捷依旧,还是关注点稀奇。

"然后呢?他们在挖什么'完全不同的东西'啊?"

"挖掘地点应该离土堆很近,毕竟搬土过来可不轻松。而土堆附近刚好有栋建筑。"

葛城指向那栋小小的木制建筑，看着像仓库。

他打开仓库的门。

我不禁倒吸一口气。

仓库里没铺地板，地面直接裸露在外，仅墙壁和天花板由木材建成。

眼前的地面上——

赫然有一个幽深地洞的入口。

"来吧，田所君，要开始冒险了。"

葛城的脸上失了些血色。

"这是一条长长的隧道，是悠人君的父母挖出来的。我猜它恐怕通往葛城家正下方。"

我脱掉雨衣，确认了下无线电对讲机的信号，以便遇到突发变故时能够求援。

悠人先回家去拿自己的老式手机了。通讯录里想必有他父母的电话号码。他说他没有智能手机，父母只给了他一部老式手机用于日常通话和紧急联络。

"趁悠人君不在，我来说说吧。目前还只是推测，悠人君的父母是小偷，挖隧道潜入葛城家实施盗窃，目标是餐具等小物件。为防东窗事发，他们一次只偷一点，卖了换钱。"

"啊，盘子小偷……我听由美夫人说过。说是老丢盘子，昨天准备开斋宴时也发现少了一个……"

"而悠人君上次吃到'超好吃的饭'就是在两天前。盘子以一周一次的频率丢失，悠人君的父母也是一周有一笔收入，时间恰好吻合。"

"那他们从昨天起不知去向是怎么回事？他们也没出现在葛城家啊。"

"在隧道里遭遇塌方，或是因缺氧而昏迷，总之处于无法和外界联络的状态。"

我咽了咽口水。

"可干吗偏偏挑大雨天行动？"

"因为要刮台风了。以前他们都是一点一点偷，以免露出马脚，估计是得手几次后尝到了甜头，这次他们决定干一票大的，在台风天趁乱跑路……选这个时机是必然。"

"原来如此……"

我点点头。

"话说回来，如果你没推理错，那我们现在就是……要去救小偷。哎，葛城……说实话，我觉得此行很危险。有必要这么奋不顾身地去救他们吗？"

"这些都不重要。他们身处危险之中，只有我们能出手相助。现在还来得及，有什么理由不去救？"

葛城的语气又变得激动，我不禁叹息。早知道他这人一旦打定主意，九头牛都拉不回来。

"大哥哥，给。"

悠人拿来老式手机。我找出他父母的电话号码，用智能手机拨号。

地洞深处传来微弱的手机铃响。是默认铃声。

"猜对了。"

葛城站起身，戴上安全帽，手提点燃的煤油灯。都是从仓库里搜罗来的。

"这些道具也能证实他们是闯空门的惯犯。"葛城说，"要是灯灭了,说明氧气稀薄,届时即刻折返。那种情况下,两个人横竖都——"

葛城把后面的话咽了回去。

我迎上悠人的视线,摸摸他的头。

"别担心,我们只是稍微去看一下。你在这里乖乖等着,好不好?"

"……大哥哥们也要不见了吗?"

悠人喃喃道,大颗大颗的泪水夺眶而出,似乎话一出口,不安便席卷而来。他用湿透的衬衫下摆擦擦眼角。在这暴风雨天,他从昨天到现在一直独自待在家里,该有多心慌啊。我们这一走,他可怎么办?

就在这时,如同要斩断我的懊恼——

"我们一定会回来。"葛城斩钉截铁地说。

悠人抬起头,带着哭腔问:"真的吗?"葛城笑了:"真的。我从不说谎。"许是感受到葛城话语的分量,悠人缓缓地、郑重地点点头。

隧道极为逼仄,走路时得弯着腰,感觉很憋闷。空气冷冽刺骨,每一次呼吸都是煎熬。我看向走在前面的葛城的手,煤油灯尚灼灼发光。没事,氧气还充足。

"已经走了三分钟了。这隧道也太长了吧?真是悠人君的父母挖的吗?"

"这么长的隧道,很难想象是他们凭一己之力挖出来的。再说坑外土堆的堆土量远远不够。会不会是用原本就有的隧道或竖坑……比如防空壕之类的改造而成的呢?"

"你这么一说我想起来了,来避难的老爷爷提起过,他曾经从葛城家前任家主的馆经由防空壕逃到坡下的房子里。坡下的房子原来就是指悠人君的家啊。"

"十有八九。"

"真够大动干戈的……那这条隧道通向哪里？主宅下方，还是院子某处？"

"隧道通向哪里，我也已经心里有数了。"

不可思议的发言。我问道："什么意思？"话音刚落，葛城"啊"地喊出声。

"田所君，快看！"

灯光映照出一堵土墙。按距离推算，绝对还没到葛城家。

是塌方的痕迹。

通路尽头倒着两个人。

女人头部一侧血流不止，看样子是被掉在身边的石头砸中了脑袋。她不省人事，一动不动。

男人的伤情更糟糕，坠落的石头压断了他的右腿。血液与泥土的气味让我不禁皱紧眉头。他的额头也在汩汩流血，脸上鲜红一片。

"唔呃……"

男人睁开眼睛。

"怎么回事……是谁？救援人员吗？有人来救我们了？"

"是的。您还好吗，喘得上气吗？"

"求你们了，救救我们，救救我们吧，我们再也不干坏事了。鬼迷心窍，真的只是一时鬼迷心窍。顺走一件餐具就能换不少钱，就感觉老实工作像个傻瓜……我们会洗心革面的，拜托了，救救我们吧。"

驴唇不对马嘴。他连我们没问的事都一股脑儿说了出来，纯属不打自招。葛城无奈地摇摇头，拧开矿泉水瓶的瓶盖。

"喝得下吗？"

葛城把矿泉水瓶塞到男人的右手里。对方猛地回到现实，道了声谢后咕咚咕咚一通猛灌。流出的水冲掉了脸上的血，他得以彻底张开眼睛。

我蹲到女人身边，把耳朵贴近她的嘴。呼——呼——耳畔传来均匀的呼吸声。太好了，她还活着。

"喂，真子……真子她没事吧？"

男人拼命挤出声音说。"真子"无疑是指他旁边的女人。

"呼吸顺畅，貌似只是昏过去了。"

我摇晃女人的身体。"唔……"女人呻吟着，微微睁开眼，"……咦？"她环顾四周，像是还没认清现状。她慢慢坐起身，旋即按住头部一侧的伤，皱起脸。"好疼！"

"您还好吗？尽量别碰伤口。先喝点水吧。"

女人定定地看着我，咕哝了句"……你是"，继而大惊失色。

"我老公在哪儿——"她说，"喂，你们是什么人？你们把他怎么样了！怎么回事，这都什么跟什么啊！"

收不住的暴脾气一如初见之时。她大呼小叫的，明显陷入了恐慌。

"真子！我在这儿呢。"

男人的声音吓了她一跳。她看向他，长舒一口气，眼角涌出泪水。

"请放心，我们是来救援的。您站得起来吗？我要跟他一起把压在您先生腿上的石头挪开，万一砸到您就麻烦了，还请稍微离远一点。"

她立马站起身，却仍有些迷惑。

"那个……两位究竟是什么人？为什么来救我们？"

"我们是……"

我哑口无言。还真让她给问住了。我们算什么人？两名高中生，家住邻近宅邸的少年及其朋友。我甚至连"近邻"都称不上，与他们素不相识。这点微薄的联系不足以解释此次行动。因为是名侦探？这句话浮现在脑海。田所君，你想让这个侦探变成什么样子？然而仅有这句话还不够充分。索性找出属于自己的答案，用一句话概括出来不就好啦。我们缘何身在此处？

我依然在苦苦寻觅提纲挈领的那"一句话"。

"我们奉葛城家的健治朗先生之命，在引导村子里的人避难。听说两位下落不明，便前来寻找。"

"这样啊。谢谢你们……其实我们没资格接受救援……因为——"

"不用在意，我们都清楚。"

葛城微微一笑，笑容成熟沉稳，尽显度量之大。

女人按住额头，嗫嚅道："不胜感激。"

她站远些后，我和葛城拿起掉在洞窟里的铁锹，利用杠杆原理撬起石头。男人从撬开的狭小缝隙里抽出腿。

"谢谢，帮大忙了……"

"不用急着道谢。这里很危险，尽早离开吧。"

我背起男人，葛城则去搀扶女人。

回程比去程耗时更久。走了约莫十分钟，我们总算到了外面，一头倒在仓库的地上。

做到了。

我们做到了。

"赶上了……"葛城喃喃道。

"妈妈……爸爸！"

悠人跑到父母跟前。父亲爬着靠近他，母亲紧紧拥抱父子俩。悠人号啕大哭，泪水像开了闸似的倾泻而下。那是安心的哭声，与方才在我们面前落泪时全然不同。我的胸口渐渐涌上一股暖流。

我和葛城倚着仓库的墙，终于松了一口气。舒适的疲劳感包裹全身。我们俩相视一笑。我居然会担心和他回不到从前的关系，简直像个傻瓜。目睹他遭样月步步紧逼而垮掉的模样时，我生怕他再也无法振作，如今看来也不过是虚惊一场。忘我地开动脑筋、挥洒汗水之际，我们的友情不知不觉间恢复如初。

"大哥哥们好厉害！"

感人至深的重逢过后，悠人又跑向葛城，双眼闪闪发光。

"大哥哥，你稍微看了一下就知道爸爸妈妈在哪儿了，是不是？"

葛城点点头。

"太厉害了！你救了我爸爸妈妈！"

"谈不上救，没那么夸张啦。"

"不对，你就是救了他们嘛！大哥哥们就好像——"

下一秒——

"……一样！"

他给了我答案。

短短一句话，我却遍寻不得。它太过质朴而单纯，直冒傻气，反而"灯下黑"。

我和葛城惊讶地对视一眼，不约而同地笑出了声。

"大哥哥们在笑什么呀?"

"不,没什么。没事。"

悠人怏怏地鼓起脸扭过头去。似乎惹他不高兴了。

"辉义……田所君……"

健治朗和三谷站在仓库门口。

雨变小了,先前的瓢泼之势如同做梦一般。

"喂……喂喂,真的假的!哈哈,绝了!有两下子啊你们!真把人给找出来了!"

三谷兴奋地嚷个不停,啪啪狂拍我和葛城的后背。"疼疼疼!"我俩奋力抵抗。

"用时三十五分钟。辉义,你稍微迟到了一小会儿啊,我差点就死心离开了。"

"说什么呢,健治朗先生!你明明担心得要死要活的!"

健治朗并未作答,对葛城说:"辉义,车里载有大约五名避难者,不是伤员就是老人……都没法自己爬坡。我先送他们去馆里,送完立马回来,往返最多十分钟。你们在这儿等等,可以吧?"

"嗯。感人的亲子再会也还需要些时间。"葛城耸耸肩道。

他额头挂满汗珠,神情却畅快无比,似是解开了心结。

"我也留下。健治朗先生,请快去快回。"三谷说。

健治朗闻言点点头,驾车离去。

仓库里,一家三口犹在享受团聚之欢。

我和葛城、三谷坐在檐廊歇脚,眺望挖到一半的池塘。没想到那个池塘竟牵出这么一连串离奇经历。我沉浸在感慨中。

葛城冷不丁道:"还好好地在我心里。"

"咦?"

葛城表情柔和，宛如摆脱了附体的邪祟。

"哥哥给予我的力量，还好好地留在我心里……冷静观察证据、坚持眼见为实，这些全都是正哥哥教给我的……"

我屏住呼吸。葛城不单单救了悠人父母的命，也身体力行地确认了离世的哥哥依旧活在他的心中。

如今的葛城，将缺失感以及与哥哥死别的痛苦，悉数化为自己的血肉。

所以他的表情才会如此柔和——仿佛超脱了一切般释然。我在旁边看着，亦感到神清气爽。

"……田所君，是我想错了。我逃避了。"

说这些时，他的语气也不带一丝阴郁。

"我害怕凶手在家人之中，一再逃避。包庇信子奶奶的时候也是，我迫于广臣姑父的威压，再加上被全家人串通一气的事实击垮，便极力说服自己那样做是对的。后悔也于事无补。烧掉证据的那一刻，我一度沦为与过去的自己有本质区别的另一个人。"

"这……"

"田所君，也许你会说不是这样的。你很善良，但事情没那么轻巧，我无法原谅自己的行为。明知道真相，却别过了眼。"

"欸？"

他已经看穿真相了？

"'明知道'……"三谷大喊，"你说真的吗？"

"刚才田所君问过我，悠人君的父母为何偏偏挑大雨天去偷东西。正因为要刮台风，才顺势提前行动……没错，葛城家发生的杀人案也如出一辙。葛城惣太郎手握的金钱与权力招来形形色色的歹念，杀人计划很久以前就已经制订好。由于大雨这一偶然因素，种种计划都加快了进程，仅此而已。所以案件才呈现出超乎寻常的复杂面貌。这次案件中的偶然因素只有一个，就是大雨。"

葛城倏尔一笑。

"不，这个说法也不严谨。其实还发生了另一项出乎凶手意料的偶然事态，而凶手随机应变将其纳入了计划中。就连大雨都不例外。凶手甚至把大雨导致的各种状况都算了进去，活像精密的定时装置。这也算是凶手的艺术性。"

葛城说得云山雾罩。总之他似乎已对案情了如指掌，只是之前有口难言。

"喂喂，等一下。偶然因素只有大雨和一项出乎意料的事态？未免太离谱了。难不成我们的来访也在凶手的计算之中？"三谷问。

葛城闻言仅仅点了下头。或许是看出他不打算回答，三谷大声咂舌道："……敢情你是在装聋作哑啊。太过分了。我和田所可是险些背了黑锅。"

"实在抱歉……我清楚家人们都有所隐瞒，指出这一点就能获取更多信息，但我拿不准该不该戳破。举棋不定间，我不知如何是好了。"

"那现在呢？"

"啊啊——"

葛城仰望仍在不断落雨的灰色天空。

"他的话为我指明了方向。根本不是该不该戳穿、该不该破解的问题。迄今为止，从未有过哪个谜题是不该去破解的，只是必须考虑解开谜题之后的事而已。"

"要做的事情很简单：解谜，救人。因为——"

葛城微微张开嘴，像是要说出那句话。他稍显踌躇地闭上嘴，随后露出灿烂的笑容，吐字清晰地说："名侦探是英雄。"

多么幼稚、傻里傻气的话啊。

然而，悠人对葛城的这句赞词，一语道破了名侦探的存在意义。明知或许无法成为真正的英雄，葛城仍然选择了这句话。

短短一句话。我意图抓住的那短短一句话，终于出现在眼前。现在的我能够完成那部小说了。道路前方果真应有尽有。葛城破解谜题，我创作小说，绝无可能相交的两条线迎来奇迹般的一瞬交会。

不料三谷耳朵根都红了。

"葛……葛城，你好没羞没臊啊。"

"怎么了啊？"

"这还用问？都高中生了，还一本正经地嚷嚷什么'英雄'，而且指的是你自己吧？哎呀，怎么说呢，想不到你是这种角色。啊，不过别有心理负担，即使知道了你的本性，我也还是会一直跟你做朋友的……"

听过三谷的话，这回是葛城的脸噌地红了。

他刚才大概是忘乎所以了，这会儿总算回过神来，意识到自己好巧不巧在同学面前说出了"英雄"这种词。

"也……也没什么不好吧。那是悠人君用来形容我的啊。"

"悠人君用没关系呀，他还小嘛。葛城，你也不想想自己都多大了。"

我情不自禁地笑出了声。"啊哈哈哈哈！"我倒在檐廊的地板上放声狂笑，笑声之大不输风声。接着，三谷也仰面躺在了檐廊上。

"连田所君也……有那么好笑吗——"

葛城都快哭了。

他似乎是受到感染也想躺下了,便继我和三谷之后躺倒在檐廊。何其平稳的时光。

我忽然对眼前的景象产生了强烈的疏离感。

啊,对了。

我差点忘了。

友情恢复如初。我刚才是这样想的。

但事实不会如愿。不可能如愿。

我慢慢坐起身。

看着三谷的脸,不安便渐渐缓和。无须忧心。葛城定能披荆斩棘。如今葛城已找到自身的存在意义与立足之地。就连带给他深深绝望的兄长之死他也努力看开了。三谷或许尚不足以胜任华生的职责,但假以时日,必将成长为优秀的搭档。

是的。名侦探葛城辉义复活了。

然而我必须从他的身旁消失。

他所描绘的未来之中绝不能有我的身影。

论及原因。

葛城家发生的正遇害案——

是我造成的。
・・・・・

第四部 一夜之间

人不可貌相……

——大卫·皮斯 TOKYO YEAR ZERO

时间回到昨晚。

回到刚刚到来的黎明之前。

回到侵蚀意识的深沉黑暗当中。

昨晚八点三十分。

葛城家的氛围彻底吞噬了我。在光辉夺目的世界里，大人们掩藏心声，相持不下。惣太郎遇害疑云、坂口遇袭事件、葛城萎靡不振……种种包袱逐渐压得我喘不过气来。

葛城在逃避侦探身份。落日馆一案动摇了侦探解谜行为的绝对正当性。葛城迷失了方向，茫然不知何去何从。若执着于侦探身份才属异常，倒不如说他是放下了执念。

就此而言，我仍在执迷不悟。

怎样才能让葛城回心转意呢？

为此我绞尽脑汁。

我怀着验证的心态反刍自己的思路……

而后是不眠之夜。暴风雨敲击着窗，晃得整座馆咣当咣当响。风摇撼着意识的窗框。雨水滴落声嘈杂不绝。雨拍打着意识的窗框。低气压引发偏头痛，脑袋如在灼烧，疼痛欲裂。疼痛打开了意识的窗框。那一天的记忆喷涌而出。

侦探哪怕魅力超群，也得遇上案件才有用武之地。

这话是谁说的来着？

我想不起这话是谁说的。谁说的都无所谓。没有永不结束的夜晚。这话我也想不起是谁说的。夜晚总会过去，但夜幕的黑暗会将人压垮。人能做的，唯有闭上眼熬到天明。而我此时却傲慢地试图拨快时钟。

与此同时，我在心底呐喊。就是这样。这样就能唤回葛城了。发生案件就好了。只要发生迷雾重重的案件，葛城就会全神贯注去解决。爷爷可能是被杀害的，仅靠这种流言还不够。坂口声称遭遇袭击，没准也只是在说谎。这些都还不够。

案件必须在他眼皮底下发生。

不过未必非得是重大案件。

杀人案自然想都不能想。此时，我渐趋清醒的意识做出了理智的判断。轻微犯罪足矣，只要发生在葛城的眼皮底下就行。比如说，盗窃。没错，推某个人一把，促使其偷点什么。真是个绝妙的点子。我很快就锁定了目标。

坂口。

他的相机。

让满偷走坂口的相机。

乍看很难成功，但满动机充分。

因为在东京袭击坂口的人，就是满。

这种程度的结论，无须葛城出马也能轻松推导出来。想想相机的线索，真相显而易见。

歹徒在新宿高架下袭击坂口，用铁管殴打他，致其眼睛上方负伤。歹徒勒令坂口交出相机，其后，坂口和歹徒的行动如下。

①坂口拿出幌子数码相机。歹徒说："不是这台相机。"

可见歹徒知道坂口平时用的是单反相机。然而，对坂口的工作方式与办公用品稍有了解，便能得知单反相机的存在。无法据此推出歹徒的身份。

②歹徒夺过坂口的包，抢走移动硬盘。

凶手知道坂口习惯用硬盘存照片，也知道他不用云存储。而坂口只跟关系极为亲密的人提过自己在用这种落伍的存储方式。

故而歹徒的范围可以缩小到坂口的同行，以及与他关系亲密的人——恋人和家人。

③坂口交出当天携带的工作用单反。歹徒把相机翻转过来，拔掉SD卡后离去。

歹徒接过了这台相机，可见其对相机的细微特征并不了解。坂口的工作用相机和私人相机很好区分，看底部有没有标签就行。标签上印有"Shukan Higure"字样。

要拔SD卡，得先把相机翻转过来，必然会看见底部。标签就在SD卡槽旁边。但歹徒并未指出"相机有误"，直接抢走了SD卡。标签上印的字是坂口所属公司代表刊物的刊名，若是同行，绝对能一眼认出。因此，歹徒不可能是坂口的同行。

那就只剩坂口的恋人和家人，其中嫌疑最大的就是满。

坂口宣称在惣太郎去世前一天拍到了"某个场景"，但满恐怕与惣太郎遇害案没什么干系。她想夺取的是与坂口交往期间落在他手里的把柄……八九不离十。

不料坂口丢车保帅，交出工作用单反，致使满的计划落空。

只需推满一把，她就会再度起意去偷坂口的相机。

我武断地打定了主意，让满偷走坂口的相机。只是轻微犯罪，作案者还是亲属，不会闹出太大问题。我思考着怎么才能诱导满行动。坂口住到别屋去，实属天赐良机。游廊有顶棚，不用担心被人看见，也算是多上了一道保险。

创造易于偷盗的环境即可。

小偷害怕的事物有三：人、时、光。

小偷忌避目标及周围居民暗中监视，忌避潜入耗费太长时间，忌避在灯火通明处实施偷盗。

那么，去除这三项阻碍就行了。

人。让坂口陷入沉睡。

时。让别屋锁不上门。

光。让别屋打不开灯。

使人沉睡易如反掌。晚饭后七时许，我佯装慰问，泡了杯黑咖啡送到别屋。安眠药是在心理诊所开的，自落日馆一案以来，我就多了失眠的症状。我表示想再聊聊那张照片，坂口未显出一丝怀疑，爽快地迎我进门。那间屋子不通水，他对我送的咖啡不但未加警惕，反而感激涕零。

破坏门锁也是小菜一碟。要让门锁不上，在锁舌上做手脚即可。我往锁舌上贴了胶带，使其无法弹出。门框是白色的，白色防护胶带不会引人注意。用螺丝刀把锁舌整个卸下来也不是不行，但过于显眼，还很费时，我便打消了这个念头。防护胶带是我给窗户贴瓦楞纸时偷偷顺走的。

最后，要让灯打不开……

制造停电太过大动干戈。停电。我的记忆一阵刺痛。归根结底，我只想精确破坏别屋的照明。我想起落日馆的那一夜。若是手头有坏灯泡就能调包，可这玩意儿让我上哪儿找？头痛。脑中响起一个声音。

灯泡。稍微拧一下灯泡就可以了。那间屋子里既没有灯绳，也没有能用手机操作照明的最新型便利设备，不按下门边的开关就无论如何都打不开灯。只要打不开灯，即便坂口从沉睡中醒来，也能趁黑逃跑，小偷可以放心大胆地潜入。从下方看，灯泡貌似固定于灯座中，实则没连上接头——拧松到这个程度，哪怕按下开关，灯也不会亮。这是最稳妥的方法。幸好我个子高，能轻松够到别屋的天花板。

唯有这项工作，我没能赶在晚上七点完成。总不能在坂口面前明目张胆地踩着凳子去拧灯泡。

于是……我至今仍在窥伺时机。

我来到二楼左侧走廊，看向北边的窗户。从这里能隐约瞥见别屋的光景。窗户上贴有瓦楞纸，不过我把左下角稍微揭开了一些，不仔细看很难发现。当然，我带上了防护胶带，确保一旦达成目的就能重新贴好。

别屋与西馆之间设有顶棚，从这边斜着看过去无法确认别屋是否有人出入，只能影影绰绰地望见别屋北侧的两扇窗户透出光。

九点二十分，灯还亮着。药物生效固然需要时间，可怎么过了这么久还没见效？也许坂口出门忘关灯了，但没有十足的把握不便贸然行动。这一晚上，我已出出进进无数回。每隔十分钟出来一趟，确认亮灯情形，只待灯灭就出手。别屋的灯泡没有橙色长明灯模式，按说坂口入睡后，灯就该灭了……

九点三十分。

灯已经灭了。

心脏开始狂跳，我按捺住急欲迈出的脚步。弄不好他还没睡沉，等十分钟……不，二十分钟之后再确认一遍亮灯情形，若灯灭着，就果断出手。

九点五十分。

灯仍灭着。

我蹑手蹑脚地走下中央楼梯，途经游廊前往别屋，只见坂口把被子蒙过头顶睡在沙发上。

在别屋劳作期间，大脑因过度亢奋与恐惧几欲炸裂。截至那一刻听过的诸多话语，犹如风暴在脑海中翻飞。

我怔怔地站在门前。田所君，你想让这个侦探变成什么样子？我搭上门把手。我看不太出来。吱呀的响声让我捏了把汗。是谁提议去M山的？凳面的蓝色布料破损了一块，暴露出木头的纹理。侦探哪怕魅力超群。我拿过蓝色凳子。也得遇上案件才有用武之地。写字台上有个盛着水的蓝色玻璃杯。田所君总是陪在阿辉身边呢。手指浸入水中，分外舒适。阿辉一定踏实不少。我握住灯泡的玻璃壳。那么，田所君，你过来是想要什么？玻璃壳灼烧着手指。你来这儿，是想看我变成什么样子？旋腕一拧，灯就灭了。风摇撼着意识的窗框。我立于黑暗之中。雨拍打着意识的窗框。立于丢置一旁的凳子上方的黑暗。疼痛打开了意识的窗框。立于侵蚀意识的深沉黑暗当中。

为了冷却烫伤的部位，我再次把手指伸进玻璃杯里，不慎将其打翻，杯子掉到地上摔碎了。水和玻璃碴溅了一地，得清理干净才行。这些玻璃就像我的心。我蹲下身收拾好玻璃碴，随后去开水间寻找玻璃杯用于替换。我把找到的淡蓝色玻璃杯放到写字台上，重新倒上水。坂口知道这儿有个玻璃杯。不能留下潜入的痕迹。玻璃杯的颜色不同是个问题，好在二者都饰有波纹图案，蓝色和淡蓝色区别也不大，不特意分辨应该看不出来。

我误入歧途了。田所君，你想让这个侦探变成什么样子？内心尚存的理智如此抗议。我看不太出来。奈何覆水难收。是谁提议去M山的？我偷得片刻浅眠。侦探哪怕魅力超群。警报声大作，将我吵醒。也得遇上案件才有用武之地。馆内众人纷纷醒来。田所君总是陪在阿辉身边呢。见满神情忐忑，我确信案件已然发生。阿辉一定踏实不少。有人死在别屋了，我明明没想引发杀人案的。那么，田所君，你过来是想要什么？坂口从西馆过来了，我惊得心脏几乎停跳。你来这儿，是想看我变成什么样子？

正迟迟没醒。风摇撼着意识的窗框。不祥的预感涌上心头。雨拍打着意识的窗框。不祥的预感越发膨胀。疼痛打开了意识的窗框。不祥的预感应验了。

正死在了那间屋子里。

葛城的哥哥死在了那间屋子里。

人——知晓交换房间一事的坂口陷入熟睡。

时——那间屋子的门开着，易于凶手入侵。

光——灯不亮，能趁对方无所察觉时偷袭。

给小偷行方便的三原则，也为杀人提供了便利。

诱发惨案的是我。

招致事态的是我。

我误入歧途了。

我误入歧途了。

我误入歧途了。

是我害的。

是我杀的。

而后我一错再错。

我在葛城面前说谎了。

我假装对正的死一无所知，假装自己与此毫无干系。

所以，当健治朗做出推理指控我时，我着实胆战心惊。贴胶带的时间实际上是在入夜后，但傍晚去别屋动了手脚这一见解说服力很强。三谷当时拼命抗辩，我则半是心虚，因惶恐而动弹不得。

我屡次游走在败露边缘。

灯泡的玻璃壳烫伤了我的食指和中指,我给伤指缠上了创可贴。发现尸体不久前,三谷眼尖地指出这点,令我心慌意乱。

发现尸体时,进入别屋后,三谷被脚边的凳子绊倒,我失口说出:"怎么会放在这儿……"那是因为我不记得自己把凳子挪到了那个位置。

去调查别屋前,健治朗他们拜托我换灯泡,那时我也慌了。他们凭身高条件发觉了只有我够得到灯泡。让他们发现灯泡松了就糟了。必须借着换灯泡的由头站到凳子上,把灯泡卸下来。如此便能掩盖自己的罪行。

谁知我在极度紧张之下忘了拆灯泡是该往左拧还是往右拧。

二选一都蒙错了。

我把松了的灯泡拧了回去,灯亮了。

我的失误还不止于此。随着葛城和梓月第二次进入现场,我得知正的脚上有踩到玻璃留下的划伤。我对此有头绪。毋庸赘言,是我冷却烫伤的手指时失手打翻的蓝色玻璃杯。它从写字台上掉下来摔碎了。梓月敏锐地问我是否有头绪,我急中生智,成功用安瓿岔开了话题。然而那种程度的谎言,葛城或许已经看穿。

啊,没错,葛城是能轻松看穿谎言的天才。我的谎话早就露馅了,所以葛城才讳莫如深。思及此,我陷入绝望。葛城因正的死而痛苦,因被迫协助伪装以包庇信子而痛苦,因察觉我的秘密而痛苦。他的痛苦有一大半是我造成的。是我在折磨葛城。我没有活着的价值,至少已经没有待在他身边的价值了。

我对杀害正的凶手心知肚明。是满。

满按照我的计划潜入了坂口的房间——可屋里的人是正。正没服下安眠药。他因满闯入的动静醒来,与她发生争斗。黑暗之中,两人都没能认出对方。经过一番混战,正死在了满手里。

这一推测的优点是能够说明杀害大好人正的动机。凶手纯粹是在黑暗中认错了人,正遇害的理由不在其自身。整桩案子只是不幸的事故。

当然,这个推测也有漏洞。

满为何要带上霰弹枪去偷东西?拿它当武器可谓杀鸡用牛刀。也很难想象是正事先拿进去的。

况且,虽然屋里一片漆黑,但照理说能靠嗓音认出彼此。何以未及消除误会便动手杀人?

尽管认识到这些漏洞,我仍摆脱不掉自责的念头。

还有一件事带给我的打击无以复加。

通过解救悠人的父母,葛城振作起来了。

纵使我的所作所为是不可饶恕的过错,害死正是无可挽回的大罪,若葛城的侦探之魂由此复苏——我甘愿接受任何惩罚。正之死令葛城复活。这代价固然沉重,但起码算有些意义。

然而我的苦心经营全是徒劳。

到头来,拯救他的既非故布的谜团,亦非家人之死。

真正的谜题与拯救他人的体验。

赴汤蹈火,救人于危难之中。

打消"侦探无能为力"这种缺失感的亲身经历。

他需要的只有这些。

诚然,看一眼庭院和玄关就洞悉真相堪称不同凡响,但事件及其结论本身并没有那么复杂。

不过,这样就好。孩童的感谢与赞美将他从深渊里救了出来。

而我一事无成。

我傲慢地以为只有自己救得了葛城,却是一厢情愿而已。

干笑涌上喉咙。

我误入歧途了。

大错特错。

而此时,我与葛城、三谷并排躺在檐廊凉丝丝的地板上。这地方真好,让人心旷神怡。于我这个罪人而言过于奢侈。我不配待在这里。

倘若能就此消失,该有多好。

可我不能逃离这里。

逃离等于罪上加罪。

因从何始,果至何终?

这才是我所探求的。是我追逐葛城的动因。侦探做出的推理会阐明行动之过程与事物之因果,使人见证万事万物、诸般因果的全部始末。

因从何始,果至何终?

这句话落到了我自己头上。

我必须亲眼见证自己招致的事态将如何收场。

这是最后一道防线。唯有见证终局,我才能真正与名侦探葛城诀别。对他说过的伤人之语、贸然来访的自我感动、致正死亡的滔天罪行——通通能够得到清算。

我确信无疑。

葛城的故事还将继续,但这就是"我们"的最后一案了。

也不知有没有注意到我的心思,身旁的葛城忽然开口。

"嘿,等回到馆里可有的忙了。揭晓一切之时已至。全部,我会揭露全部真相,拯救所有人!"

葛城对着天空慷慨激昂地说,其容意气风发,其声穿云裂石。仅是见他这副模样,我便仿佛在地底望见了遥远的光,如获大赦。哪怕永世困于地底,我也了无遗憾。

"是啊。"我不确定自己挤没挤出笑容,"还有太多不清楚的事。"

"嗯,先从询问开始吧。趁热打铁——"葛城胸有成竹地微笑道,"首先,要证明我姐姐满的清白!"

"——咦?"

我抬起头来。葛城依旧笑得自信满满。

我感到周围的景色霎时间明亮起来。世界清晰可见。持续纠缠我好几周的头痛在那一瞬骤然缓解。

长夜既尽,曙光到来。

异于我所想的真相映在葛城眼中。

第五部 对话

"黎明前最为黑暗。要不了多久,朵朵云翳都会镶上银边。新事实不计其数。应有尽有。从中挑选所需就行。鲍,选择,排列,而后整合。万事俱备,我能感受得真真切切。你呢?"

——埃勒里·奎因《龙牙》

1 紧急事态【水位距馆 16.0 米】

就在这时。

叮咚当咚，叮咚当咚。

尖锐的铃声响彻四野。我胃里一沉，一个鲤鱼打挺坐了起来。进一步煽动焦躁感，让人心脏跳到嗓子眼的这个声音是——

"怎么又来！"

三谷惊叫着拿出手机。

现发布特别警报：
下列区域警戒等级五，急需避难。请立刻展开求生行动。
曲川流域（××县Y村、R村）……

我头晕眼花。

请立刻展开求生行动。

手机上显示的文字在脑中高速盘旋。先前每逢收到警报，我们都会向健治朗确认警戒级别的含义，唯独这次无须询问便知。警戒等级共分五级，五级的含义不言而喻。

事态紧急，刻不容缓。

"大哥哥们！"

悠人飞奔出仓库,面色煞白。

"刚才……刚才那是什么声音?爸爸妈妈让我快点叫大家过来……"

"辉义!!"

门口处传来吼声,随后是两三下汽车鸣笛声。跑过去一看,只见健治朗把面包车的车窗完全打开,探出半个身子。

"辉义!田所君,三谷君!快带大家过来上车!越快越好!"

"出什么事了?!"

"过后再解释!快!"

在健治朗的厉声催促中,我们跑向悠人的父母所在的仓库。我和三谷搀起腿部受伤的父亲,而母亲或许是略作休息后恢复了些,自己走过去坐进车里。

扶父亲上车后,我望向坡道下方,不禁倒吸一口凉气。

"天哪……"

大水涌进Y村深处,淹到了坡道上这栋海拔五十五米的房屋跟前。水位距房子已不到一米。

我感到毛骨悚然。

差点死在这儿。

要是没有那条警报,我们都得死在这儿。

世界如同覆上了一层薄膜。房屋、商店、公交车站,悉数沉到褐色的浑水之下。大水隆隆咆哮着席卷Y村。昨日走过的村落,短短一天工夫便没了踪影。褐色的浑水滚滚翻腾,拉扯着漂浮的汽车满村摇荡。水上漂着的木材曾是房屋部件吗?我看见电线杆在水中只冒出一个顶,不觉眼前一黑。水位高度到多少米了?

水下有人类的住所。水下有人类的生活。而大自然正在无情地淹没、摧毁这一切。

我捂住嘴，拼命克制呕吐的冲动。

鸣笛声将我拽回现实。

"赶快！你不要命了？！"

我坐进车子、关上车门的瞬间，健治朗踩下油门。身体因惯性而后仰，深深陷进座位。面包车风驰电掣地行驶着。

"Y村整个都被淹了。从河流决堤开始，水势就只增不减！"

"速度也太快了……爸爸，这说不通啊，雨明明一点点变小了……"

"从降雨到河流水量增加是有时间差的。降水量高达八百毫米，上游积蓄的水现在涌到下游了。"

"祸不单行，"健治朗继续道，"简直糟透了，上游河段有座水坝决堤了。"

"啊？"

我们全都张口结舌，看向健治朗。

轰隆隆隆隆隆隆隆隆，地鸣般的声音响起，声音从背后逼近。

我回过头。

背后的水位貌似突然涨了不少。

"呜嗷嗷嗷嗷嗷！"

"要加足马力逃命了！所有人都抓稳了！"

健治朗猛踩油门。

身体陡然后仰。我紧贴着座椅，向背后的坡下眺望。

吞噬村庄的褐色水流好似突然萌生了意志。大水膨胀、暴涨，一步步爬上坡道，犹如伸出触手一般。饱饮洪水而急剧生长的触手，眼看要追上加速中的车辆，够到轮胎。

我起了一身鸡皮疙瘩。水浸到车身的一半，会导致车门因水压而无法开启——我想起出发前北里说的话。完了。体温流失，我打起哆嗦来。

所幸车速胜过水速，面包车渐渐远离了大水。

紧张得到缓解，身体放松下来，只是降下的体温一时未能恢复。我因恐惧而浑身冰冷。这种恐惧与在 M 山卷进山火时截然不同——并非一口气烧起来，而是被狂暴的力量步步紧逼。

"真够悬的……"大概是因为太紧张，葛城气喘吁吁地说，"在落日馆那次还有一线希望，只要找出密道……就必定能够逃脱。好比进攻……那时我们这边也有底牌。"

"与之相反……"他接着说，"这次是彻头彻尾的防卫战！说难听点就是落荒而逃。除了逃难和防守以外别无选择……只能撑到对方偃旗息鼓为止。"

"是啊……辉义分析得对。"健治朗长呼一口气，"我听广臣先生说了，最先来避难的那位老人……他是六十年前水灾的幸存者。这下可得重视起他的话了。"

"……六十年前，大水侵袭了葛城家所在的高地。"我咕哝道。

闻言，健治朗望着前方说："水坝决堤实属意料之外。照这个速度，水淹到馆附近也只是时间问题……"

"怎么会……"

三谷面色铁青。

"幸好已经把没来得及逃难的 Y 村村民全部安置完毕了。加上悠人君一家就齐了。"

听健治朗这样说，我心里的一块石头落了地。

"刚才我运送的老年人和腿脚不便者有五名，听到避难引导自己去往葛城家的人有二十余名。算上之前的避难者，共计四十人左右。"

"这么多？"葛城瞪大眼睛，"食堂和大厅的地方够吗？"

"不瞒你说，走廊和东馆也都开放了。居民中也有人质疑避难的必要性，好在最后还是被说服，跟着过来了。"

正的尸体保管在别屋。至于坂口的车，听说凌晨五点确认火已完全扑灭，就盖上防水布，用金属配件固定好，以此暂且避人眼球。虽不太愿意想象，不过七零八碎的肉块恐怕大部分都让雨给冲走了。

葛城慨叹一声。

"幸亏 Y 村的居民逃出来了。Y 村人口约二百人，也就是说目前有百分之二十的人前来避难。"

"对。看来剩余百分之八十的人是自行避难去了。估计是报道多次强调这次台风危险性的功劳。警戒等级刚到三级那会儿，还来得及去 W 村的小学避难。"

"拜其所赐，"三谷叹息道，"剩下的净是些老顽固，报道、警报一概左耳进右耳出，迟迟没去避难，我这个拿喇叭喊话的可吃了不少苦头。"

抱怨归抱怨，三谷的成就感溢于言表。

"大家都……好能干啊。"

悠人的母亲双目圆睁道。悠人多半是因为找到了父母，又见有人来援救而安下心来，在母亲怀里静静地睡着了。

"哪里哪里，我也没做什么大不了的事。"葛城自谦道，"家父才是足智多谋。"

"你不也救出了他们一家三口嘛。这是只有你才能做到的事。"

健治朗的语气透着温柔，我听了鼻子一酸。

葛城终于得到了父亲的认可。

"劳您来接我们，实在感激涕零。"悠人的父亲垂眼道，"那个,其实……我们从您家,把餐具——"

"谁都有遇到困难的时候,帮助他人就是帮助自己。不必再多言。"

男人睁大的眼睛渐渐湿润。"谨遵教诲。"他声音嘶哑,"救命之恩,没齿难忘。"

"待会儿先处理一下您的腿吧。不用担心,我家恰好有医生在。"

可惜外科不是哥哥的专长,我心道。但还是不泼冷水了。

悠人的父母可能是因为得救而彻底放松下来,此时发出了轻微的鼾声。用不了五分钟就到葛城家了,希望这短短五分钟的休憩能缓解他们的身心疲倦。

乘车抵达葛城家后,我们把悠人的父亲抬到梓月身边,拜托他做紧急处理。"外科不是我的专长,但我会尽己所能。"梓月大方应允。他内心怕是不大情愿,不过姑且先交给他吧。

食堂里,二十来人静静地坐在塑料垫上。半数避难者都在这儿了。有人用毛巾当眼罩,躺着呼呼大睡;有人默默读着书,可能是不找点事做就踏实不下来。悠人和母亲裹着毛毯坐在食堂一角歇息,脸颊恢复了红润。

葛城定定地注视着他们,好像要将其身影烙进心里。

2 归来——两项调查【水位距馆 13.9 米】

葛城对健治朗表示有些事要谈,并要求我和三谷在场。

一行四人来到二楼葛城的房间。椅子不够,就从我和三谷的房间各拿了一把。

葛城正襟危坐,面向健治朗说:"……爸爸,我构思了一个计划。"

"什么计划?"

"现在全家上下苦不堪言,我都看在眼里。我明白大家各自怀有难言之隐,挣扎在水深火热之中。痛苦在我眼里呈现出谎言的形态。对奶奶的袒护还只是第一阶段。一家人各自怀揣着秘密,是因为方便隐瞒,才协力配合演绎'信子奶奶是凶手'这个弥天大谎。从这个角度来说,全员利害一致——不对,爸爸,是你统一了大家的利害关系。"

"……啊?"

葛城语出惊人,我不禁叫出了声。

原来健治朗察觉到了家人的秘密,却刻意姑息?即便如此,在追问我、三谷以及坂口时,他仍将全家人凝聚成了一块坚硬的铁板。

老奸巨猾——这个词浮现在脑海。他精准地抓住了全家人的要害，掌控着全局。

"当时我觉得那是最好的办法，可以兼顾所有人的利益，我以为你也能理解。"

"是啊，我也一度接受了……但现在不同。因为——就连嫁祸信子奶奶以使家人团结，都在真凶的剧本之中。"

"什么？"

健治朗眨眨眼睛。少顷，他连连点头道："……确实，这是绝好的隐身衣。隐匿于团结成铁板一块的家人里……狮子身中虫……特洛伊木马……妙哉。连我都被真凶玩弄于股掌之上啊。"

健治朗哧哧笑了。他的长篇大论令我生疑。若说真凶意在巩固防线以求自保——那么主导讨论的健治朗本人最符合条件。

"那么，要是此案如你所想——你打算怎么做？"

"正面出击，挨个找大家谈话。"葛城在椅子上挺起身，"严格来说，我接下来要做的并非解谜，而是利用手头的材料，引导大家说出实情。换句话说就是收集信息，为最后的解答打下基础。"

"说得直白点，就是'审问'啰。"

冰冷的词语入耳，我不由得心生紧张。

"不。"葛城不假思索地回答，"是'对话'。"

葛城视线低垂。

"我不会再犯因为金鱼的事伤害满姐姐那样的错误了。我已下定决心。单方面提出自己整理出的推理并不能真正解决问题，'对话'至关重要。在我看来，家人全都怀揣着秘密，就像套着无形的枷锁，正中真凶下怀。因此，我要逐一切断束缚家人的锁链，好让大家重获自由身。就由我来拯救所有人。"

因为我可是英雄啊。

我仿佛听见他口出豪言。

智力并非葛城独有的武器。简单的推理与反驳我也想得出。而健治朗也拥有聪慧的头脑，尽管他事先与家人稍微通过气，但能在有限的时间内构筑起像模像样的虚假推理，足见其智慧过人。梓月同样不简单，他驳倒了健治朗的虚假推理，还敏锐地注意到葛城的态度转变。然而，仅靠洞察万物的头脑，无法胜任名侦探一职。

只有头脑还不够。

英雄亦如此。光有力量不行，光有急人之困的心情也不行。

名侦探也好，英雄也好，皆为生存方式。

健治朗哼笑一声。

"知道了。管理避难所和抗灾的事都交给我，你专心去把一切查个水落石出。田所君和三谷君也去帮忙。"

"……不要紧吗？"

"少三个高中生而已，问题不大。"

"还有，"他继续道，"说实话，我本来有点不放心，怕你又像跟满起冲突时那样莽撞，劈头盖脸只顾质疑，因此不敢把这起案子托付给你。对此我深表歉意。"

健治朗用手指敲了两下椅子扶手。

"……其实还有件事不知要不要说。"

"什么事？"

"大约一个月前，我从W村驻在所的巡查长那里听来的。他也曾犹豫过要不要说，但反正有白纸黑字的记录摆在那儿，况且不知道也罢，既然知道了，就没法当作从未发生。"

接着，健治朗转述了今年四月，间田巡查经历的那个暴风雨之夜。滂沱大雨中，惣太郎脚踩凉鞋、一身泥污地拼死逃了出去，像是在恐惧着什么。他右手上有许多划伤，疑似遭受过虐待。他还声称"有人要杀我"……三楼书房里的药瓶全摔碎了，惣太郎蒙受不白之冤……以及——

"蜘蛛……"三谷咕哝，"那么，打碎药瓶、弄伤惣太郎先生的右手，都是那个'蜘蛛'干的好事？"

"实不相瞒，家父生前患有认知障碍症。这种病的典型症状就是幻觉和妄想，其中'天花板小偷'的妄想最广为人知。自己在家里忘东忘西、丢三落四，偏要赖藏身于天花板里的恶贼，以此推卸责任。不知不觉间，患者会对妄想信以为真，用棍棒敲打天花板来威吓小偷。"

"话虽如此……可万一天花板里真有小偷呢？那岂不是说破天也没人当回事……没人会相信吗？"

"所言甚是。"健治朗苦闷地点点头，"活脱脱一出现实版'狼来了'。所有人都认定自己在说谎，当真百口莫辩，所以听说这事的时候我心里也很含糊。的确有可能是家里某个人打碎了药瓶……可那人图什么？更换药瓶的保管地点对那人有什么好处？是广臣先生决定把药瓶放在别屋保管的。广臣先生在引导事情向有利于自己的方向发展？还是说，就连广臣先生的行动也在幕后黑手的计划之中？我想不清楚，毕竟没能抓住确凿的证据。"

健治朗脸上的荫翳越发深重，其苦恼可见一斑。

"药瓶挪到别屋后更容易避人耳目……但同样是因为药瓶挪到了别屋，坂口才拍到了站在立柜前的男人。三楼的书房没有窗户，完全是密闭空间。假如药瓶还放在那里，也许不会那么巧让坂口先生撞见。"

"这就怪了。照这么说，还是原样保管在书房更不容易被人发现，不是吗？太矛盾了。"

三谷的反驳言之有理。

"话又说回来，如果药瓶一事是幕后黑手有意构陷惣太郎先生，这和杀害正的凶手嫁祸信子夫人的做法相通，是同一个套路。"

"还真是。信子夫人衣服上的血迹八成是动物血之类的，泥渍也随手就能弄上去。而且信子夫人患有认知障碍症，又是把我的钱包当成自己的抢过去，又是把黑田先生错认成惣太郎先生大发雷霆。设计陷害不受信任的人，真是阴险又狡猾的手段。"

我忽然纳闷起葛城一声不吭是在想些什么。他以手掩口，一脸严肃地低着头。

"喂，葛城，你怎么看？"

"咦？"

葛城抬起头，睁大眼睛。

"唔……让我想想。'蜘蛛'这个词恰如其分。本案的凶手在整座馆里布下了天罗地网。暗藏恶意的透明蛛丝在神不知鬼不觉间缠住人们的身体，使人动弹不得……不愧是爷爷，一语道破本质。"

"那药瓶的事也……"

"嗯，无疑是凶手——'蜘蛛'干的。我有百分之九十的把握。"

"剩下的百分之十呢？"

"……还有些事无法确定，搞不好连我的假设都是妄想。"

看来饶是葛城，也并无百分之百的自信。他能破获这起扑朔迷离、难以捉摸的案件吗？而犯下不可饶恕之罪的我又将如何？

同时，我恍然意识到，剩下的百分之十难不成是我的缘故？

我自作聪明想出拧松灯泡等伎俩，去别屋动了手脚。"蜘蛛"

纵使能设计陷害信子和惣太郎、任意摆布葛城家全家上下，也无从操控我这个初来乍到的外人。我那些与"蜘蛛"毫不相干的举动，致使不确定因素混入案件中，干扰了葛城的判断。

我意欲坦承罪行，事到临头却又鼓不起勇气。何等怯懦。

"对了，爸爸。"葛城转向健治朗，"怎么这会儿想到说起爷爷的事了？"

"因为我觉得把这起案子交给你也无妨。"

"为什么突然愿意交给我？"

健治朗闻言莞尔一笑。

"只是想试着多相信你一些。"

*

我跟葛城和三谷一起来到屋外。望向停车场，只见坂口的车上盖着一大块防水布。

葛城看着它说："从现在起，我要轮流找家人谈话，挖掘他们的秘密。不过在那之前，我想先收集两项信息。"

"……信息？"

"对。一是坂口先生遇害时的情况。我还没问过详情……"

他就地蹲下，注视脚边的黑色物体。我下意识地皱起眉头。那十有八九是炸碎烧焦的尸体的一部分……从大小来看，像是手指或脚趾。

"碳化得太严重，没法识别身份了……要是能做DNA鉴定还算有点希望，但成功率也微乎其微。残留的身体部位越多越好……"

"下过那么大的雨，怕是希望渺茫。证据几乎全让大水给冲走了。"

"说不定凶手的意图就在于此呢。要是大水淹过来就更完美了，托水灾的福，大半证据都会化为乌有。"

听了三谷的话，我和葛城不约而同地看向他。三谷用食指挠着脸颊道："……哎呀，这话欠考虑。不好意思。"

"证据……"

对了。我从兜里掏出包在手帕里的一小块玻璃。

"葛城……我刚想起来，爆炸后不久，我在坂口先生的车附近捡到了这个……"

"这是——镜头吗？尺寸看着跟坂口先生的那台相机差别很大啊……"

葛城隔着手帕拿过玻璃，眉头紧锁地瞪着它。

"田所君……把你经历过的事，连同当时的想法，从头到尾按顺序讲一遍……"

我依序道来。我在玄关叫住坂口；坂口邀我和三谷搭他的车逃离，我拒绝了；坂口宣称"杀害惣太郎的是孙辈"；我无端在意起坂口的车，视线死死盯住车子；继而传来手机铃声——紧接着就发生了爆炸。

"刚才的顺序……"

"欸？"

葛城冷不丁插话，我一时没反应过来。

"顺序，没弄错吧？"

"你指什么？"

"先是在意地盯着车看，然后传来铃声，这两件事的顺序。不是先听见铃声再看车，没错吧？"

"啊……"

这么一说还真是。怎么想都是先听见铃声更为自然，否则看车这一行为缺少契机。

我担忧起自己的记忆是否出现了偏差，但搜肠刮肚也推不翻这个顺序，便坦率直言。

"唔……"葛城意味深长地沉吟一声，"算啦，先不管这个。根据你刚才讲述的内容，我大致弄懂了引发爆炸的手法，还有这个镜头的真面目。"

三谷瞪大眼睛。葛城微微一笑，举起手中的镜头。

"这个镜头尺寸很小对吧，直径也就一厘米。我本来还猜测会不会是针孔照相机的镜头，刚才听你讲完我明白了。它就是我们平时司空见惯的……手机镜头。"

"真的欸……"

三谷信服地点点头。

"看似目标精准的引爆，说穿了其实特别简单。恐怕凶手……'蜘蛛'早就在坂口先生的车里设置好了炸弹，而连接起爆装置的是一台废弃的手机。凶手用自己的手机拨电话引爆……就是这个原理。只要有传感器或相机，或是其他信号，便能轻松得知坂口先生上车的时间。直接从馆里往外看也行。"

"当时的手机铃声原来是这么回事……可是，摆弄手机不会很显眼吗？"

"不，倒也未必，田所。"三谷摇摇头，"经过这么一遭，你也看到了。地震和火灾姑且不论，水灾并不会影响移动通信和互联网，大部分情报收集工作凭借网络就能完成。满小姐不就一直在查资料嘛。假装在收集灾害情报就能糊弄过去，装作联系同事朋友也行……像咱俩这样的访客可以装作联系家人。"

"对啊。目前的状况下，无论谁操作手机，都不会显得不自然……"

葛城的见解合情合理。也就是说……有人在那座馆里面不改色地按下了炸弹的引爆开关？后背蹿过一阵寒意。或许有人看见了那一幕，但谁都无从知晓那举动意味着什么……

"闹了半天，结果并不能凭借手法锁定真凶啊。"三谷扫兴地说。

"喂，葛城，你的看法站不住脚吧？"

听我这么说，葛城像在感慨"深得我意"似的重重点点头，面露微笑。我受到鼓舞，继续讲了下去。

"刚才葛城说炸弹是'早就'设置好的，这就怪了，因为——"

"啊！"三谷啪地拍了下手，"先是正先生代替坂口先生遇害，凶手发现杀错人，又杀害了原定目标，是这么个顺序。得知坂口先生还活着，是在凌晨一点十五分左右发现正先生的尸体时。在那之后，葛城家一众成员忙于包庇信子，健治朗先生他们结束调查后也回到食堂集合。随后众人展开讨论，坂口先生退出，紧接着发生了爆炸……"

"没错。夏雄君和葛城、信子夫人和北里先生分别待在房间里，其他人则都是两人一组行动。我和三谷也没有独处的时间。唯一有独处机会的也就黑田先生了，可他又疑似开车遭遇了事故……总之，全员都不曾独处，每个人都有不在场证明。"

爆炸之后也一样。大家惧怕凶手的追击，谨遵两到三人一组的原则，行动颇为不自由。

"可想而知，"葛城突然开口，"前提就错了。"

葛城露出略显冷峻的笑容，语带挑战之意。

"……啊？"

"换言之，炸弹是在更早以前就设置好的。"

"更早以前……你是指发现正先生的尸体之前吗？"我摇摇头，"不可能！那顺序岂不是反了嘛！凶手发现误杀了正先生，才把坂口先生……"

"所以——那不是误杀。"

"什么？"

葛城的话太令人费解，我愣住了。

"你的意思是……凶手从一开始就打算把正先生和坂口先生都杀了……所以事先在坂口先生的车里设置了炸弹？"

"是的。"

"太扯了！"我不由得抬高嗓门，"那凶手就是存心要杀害正先生啰！这不合逻辑！凶手是怎么料到正先生和坂口先生会交换房间的？那是屋里进蜥蜴造成的突发事件，凶手又没法未卜先知！"

"说到点子上了。"葛城道，"这就是我想获取的另一项信息。"

葛城丢下这句话便走进屋里。

我和三谷如堕五里雾中，相顾茫然，愣怔半晌。

*

客厅里是健治朗、璃璃江和满等指挥组成员。葛城没理会他们，直奔里面的开水间。健治朗等人连招呼都来不及打，目瞪口呆。我和三谷步履如飞地穿过客厅，走进开水间，关上了门。

"葛城，你这是要干吗……"

"三人份的饮料。"

"咦？"

"看没看到我爸妈和我姐姐喝的是什么？都是一点点喝瓶装矿泉水。自从半夜惊醒，大家都心力交瘁，顾不上冲热饮或是用杯子倒饮料喝。虽然熬了葛粉汤招待避难者，但用的是一次性塑料容器装，拿着不顺手。"

"别卖关子了。"我急不可耐，"你说得都对，可你到底想表达什么？"

葛城隔着手帕从水槽里依次取出三个茶杯和三个茶托。三个茶杯内壁都有一圈茶渍线，底部残留有米色沉渣。除了这三套茶具，水槽里还有一把发黑的银质茶匙。他打开橱柜抽屉，里面的勺子、叉子和茶匙都还数量充足。

他满意地点点头，又掀开脚边的垃圾桶。垃圾桶里有三个已开封的奶精球和三个貌似用过的茶包。

总感觉在埃勒里·奎因的长篇小说里读到过类似的场景。

葛城终于心满意足地点了点头，打开电热水壶的盖子。里面没有任何痕迹。他往壶里倒了点水，插上电源。

"水开前，我先去找北里问问话。田所君，等水开了，就把垃圾桶里的三个茶包分别放到三个新茶杯里，再倒上热水。"

还没来得及询问此举意图，葛城已走出开水间。我和三谷对视一眼，只得遵从指示。

准备掺安眠药的咖啡时，我用过这个房间里的器皿，过后全部冲洗得干干净净，擦除水珠后放回了原位。那时我泡的是黑咖啡，用的是瓶装速溶咖啡，没留下奶精球、咖啡粉包之类的垃圾。原本我怀疑葛城来这个房间是为了确认我的行动，不过葛城的关注点明显在这三套茶具上，这些跟我没关系。

不到两分钟，水开了。我们依言将用过的茶包放到新茶杯里，这时葛城回来了。

"北里说，他是昨晚六点半打扫的客厅和开水间，之后没再碰过这里。可见这几个茶包是昨晚六点半以后……也就是晚饭后才弄出来的垃圾。"

我准备掺安眠药的咖啡是在晚上七点。跟坂口聊完，洗净器皿并放回原位应该是在七点半左右。这些茶具是在晚上七点半以后使用的——这是只有我才知道的信息。

葛城看向放有用过的茶包的茶杯。三个茶杯中的水都几乎没有颜色，仍是白水。葛城拿了把新茶匙，使劲按压那三个茶包。

"按也按不出颜色，毫无疑问是用过的。"

烧水就为了做这么个试验吗……我终于耗尽耐心，质问葛城："我说葛城，你葫芦里到底卖的什么药？"

"你也听坂口先生说过吧，正先生和坂口先生是在客厅商量交换房间的事的。晚上他们在客厅喝茶聊天来着。"

"是啊，怎么了？"

"你不觉得奇怪吗？为什么会有三套茶具？"

"啊……"

说穿了并不复杂。

"垃圾桶里用过的茶包和奶精球也各有三个。显然有三个人晚上喝过奶茶。"

"等……等等。这里确实有三套茶具，但不见得是三个人同时喝茶吧？顺序不清楚，姑且这么假设：先是正先生和坂口先生来喝茶，之后毫不相干的另一个人过来用了茶具。没准就是这么回事呢？"

"很遗憾，这种可能性可以排除。"葛城斩钉截铁地说，"根据是这把茶匙。只有一把茶匙用过，说明三杯奶茶是用同一把茶匙搅拌的。"

"原来如此……"三谷点点头,"橱柜抽屉里茶匙还有很多,如果是之后过来的其他人给自己泡了杯红茶,应该不会用别人用过的茶匙,心里也会觉得不舒服吧。肯定会用新的……"

"是的。但假定三杯奶茶是同时泡好的,有人一口气泡了三杯,再用一把茶匙搅拌均匀,矛盾便迎刃而解。通常的做法是每套茶具配一个奶精球和一把茶匙,让喝茶的人自己搅拌。而泡茶的人若一手包揽,提前应承下来,就会同时泡三杯,一次性搅拌均匀。"

"容我再搅和一句……"我有些不服气地说,"不加奶精就用不着茶匙了吧,有三个用过的奶精球也说明不了什么,也可能都是一个人用了啊。"

"茶杯底。"

葛城只吐出这么个词,示意我们观察用过的茶具。茶杯底部残留有米色沉渣……

"还真是……看来三杯都是奶茶。"

"看样子田所君也认同了。简而言之,我的结论是——当时客厅里还有第三个人。那人事先就知道正哥哥和坂口先生会交换房间。不用说,坂口先生也清楚那人知道这事,只是'误杀'这一假设先入为主,以致他并未怀疑那人,也就没说出口……"

"第三个人……"三谷喃喃道。

我还是有点接受不了。

"葛城……关于茶具,你分析得丝丝入扣。可我……可我总有种别扭感。"

"说来听听,是哪里别扭?"

"似乎……跟刚才在你房间里归纳出来的凶手形象不太相符。

这起案件的真凶打碎药瓶陷害惣太郎先生，还嫁祸信子夫人、操控家人……是个阴险狡诈又绝顶聪明的人，对吧？'蜘蛛'这一印象就是从其狡猾而来。

"像这样的人，会留下这种露骨……几乎一目了然的证据吗？就是这点让我想不通……总感觉我们会追查这项证据，也是真凶算计好的。"

我自认算不上多精明的罪犯，可连我都能想到把装过掺安眠药的咖啡的杯子仔细洗干净再放回去。实在难以想象"蜘蛛"会懒到都不收拾一下，抑或想不到茶具会暴露自己。

不承想，葛城微微一笑。

"田所君，你的见解很精辟。这就对了。客厅里曾有第三个人。而且，'蜘蛛'的形象跟我所设想的越是接近——这些茶具就越是应该留在这里。"

"……欸？"

我越发听不懂葛城的话了，彻底放弃思考。完全跟不上他的思路。

总之，坂口的死与客厅里的第三人……葛城顺利获得了这两项信息。万事俱备。

终于盼到葛城出马——

*

回到客厅，只见健治朗掀起衬衫露出腹部，在往腹部注射。

"咦，健治朗先生，你这是在……"

健治朗并未作答，不慌不忙地完成注射后，把用过的针头丢进空塑料瓶。针管侧面的红色刻度线在室内灯的映照下反射着微光。

"注射胰岛素。刚好到时间了……自从四年前患上糖尿病,我就离不开它了。半天不见你们从开水间出来,我还以为趁现在注射没人会看见……真不走运。"

璃璃江和满不在屋里。

"妈妈和姐姐呢?"

"食堂那边好像起冲突了,我说我过去处理就行,可璃璃江死活不依,说什么'之前全是你在忙活,这回让我来'……"

冲突……在紧急事态中来到陌生环境避难,担忧前景也属正常。素不相识的人聚在一起,也会加剧精神负担。听健治朗的口气,他们似乎一直在应对这类冲突。如此状况下,只顾追查真相的我们何其乏力。

不行,不能这么想。没工夫纠结于此裹足不前。葛城就没停下脚步……

"我去看看她们。"

听葛城这么说,健治朗抬起头。

"……最初的'对话'对象是她们?"

葛城保持着握住门把手的姿势停住。他没转身,只回过头来,向健治朗颔首。

"是吗……你可悠着点啊。"

健治朗没再多问,默默无言。

我突然在想,健治朗心里会不会也藏着什么秘密?若葛城所言属实,葛城家全员都有所隐瞒……那么健治朗必然也在遮掩什么……

具体是什么呢?

来不及思考,葛城已踏上走廊。

璃璃江和满站在食堂门边与一个男人对峙。璃璃江身后，一个小女孩泪眼汪汪地紧抱貌似其母亲的中年女人，幼小的身体瑟瑟发抖。周围的避难者皆屏息观望，整个屋子里的人都胆战心惊。

"怎么了？究竟出什么事了？"

璃璃江转头问小女孩的母亲。男人似是因遭到无视而怒火中烧，尖声喊道："这小鬼用泥鞋踩了我的衣服！地方这么窄还跑跑闹闹的。"

"那个，实在对不起。我会好好管教她的……"

我和葛城、三谷对视一眼，互相点头示意后，从背后包抄男人，以便见势不妙能立即制住他。

男人暴戾地大吼："你道歉有什么用！应该是这小鬼道歉才对吧！"

"别闹了。"

满挺身挡在男人和母女之间。

"啊？"

"我叫你别闹了。不只是你，大家都在发愁，都身处窘境。任谁都想大吼大叫，但大家都在拼命忍着。再说了，冲这么小的孩子骂骂咧咧的，你就不觉得丢人吗？"

满义正词严，听得人内心大呼过瘾。但恰恰因为占理，也让人捏一把汗。

"——怎么说话呢！臭婆娘！"

男人挥拳打向满。我"啊"地叫出了声。母亲抱住小女孩，将其护在身下。

只听得哐当的拳头声。

"——咦？"

眼前的景象令我惊呆了。

接下男人拳头的是璃璃江。璃璃江的眼镜飞了出去，唇角渗着血。她一动不动地狠狠瞪着男人，身影倍显高大。

男人冒出急汗，率先别开了眼。

璃璃江回过头，转瞬收起冲男人摆出的那张冷面孔，笑吟吟地对身后的小女孩道："小朋友，要不要换个地方待呀？那边比这儿舒服多啦。"

"嗯。"小女孩点点头。女人起身行了一礼。璃璃江对她耳语几句，她听后睁大了眼睛。

"满，给她们带下路。屋里的行李先搬到你的房间。"

"欸，啊，嗯。"呆若木鸡的满总算回过了神，仓促应声。璃璃江也对满耳语了几句。

女人连连鞠躬，跟着满走了。

璃璃江重新转向男人。

"你还是出去透透气比较好。东馆现在稍微安定一些了，刚好可以去那边冷静冷静。"

"意思是让我挪地方？"

周围的避难者静静观望着事态发展。男人应该是禁不住众人的视线，咂舌说"知道了"，卷铺盖离开了食堂。

男人刚走，避难所便响起一片欢呼。"大姐太帅啦！""抱歉，没能帮上什么忙。""真是大快人心！"大家七嘴八舌地感慨着。

"我让刚才那对母女去二楼我和丈夫的房间了，小女孩在那儿也能尽情跑动。关键是母亲脸色不太好，需要休息。"璃璃江鞠躬致歉，"就是还得辛苦各位再忍忍……"

"没事没事。只要她们能稍微好受些，我们辛苦点也不算什么。"

一个好脾气的男人说罢,立马有人附和:"说得好!"暖心的话语此起彼伏。

真干练。我心下赞叹不已。璃璃江不仅平息了冲突,还凝聚了人心,对母女二人也温柔相待。

无疑是行家里手。不愧是健治朗的夫人。

"妈妈,我按你的吩咐把她们带去房间了。"

满回来了,站到璃璃江身后。

"啊,满,谢——"

璃璃江作势迈步,不慎被塑料垫的边缘绊了一下。满从旁扶住她的身体。

"小心!逞什么能啊。"

满扶璃璃江站稳,把手里的眼镜递给她。遭男人殴打时,眼镜飞到了地上。

"没了眼镜,你几乎什么都看不清吧。"

"抱歉。"

璃璃江戴上眼镜。

"别急着道歉。先说说为什么要帮我?"

"伤到脸的话……你会很头疼吧。"

满睁大了眼睛。"为什么……"她喃喃道。我依稀能猜到她何以会有这种似惊愕又似迷茫的反应。正跟璃璃江争辩时一不留神说漏嘴了。"满在璃璃江面前感到自卑"。从这话能听出她们母女间有些隔阂。

那或许是误会。璃璃江的冷淡态度的确有可能招致误解,无论是正还是当事人满,或许都错怪她了。

"满姐姐,还有妈妈。"

葛城不像我这般多愁善感，干脆地向两人搭话。满和璃璃江同时回过头。璃璃江推了推眼镜。满眉峰紧拢，微微沉下脸来。

"我有些话想和你们说，可以跟我过来吗？我想，对现在的你们而言，这些话值得一听。"

3 葛城满与葛城璃璃江【水位距馆12.0米】

璃璃江和满说还有些事要做,与我们暂时分别,约定十五分钟后到葛城的房间集合。

利用从我和三谷的房间拿来的两把椅子,以及葛城的房间原有的一张桌子和一把椅子,我们改变了房间的布局。把桌子摆到房间中央,上座放两把椅子,下座放一把椅子。葛城坐在了下座。这个房间俨然成为临时审讯室。

床被挪到了墙边,我和三谷坐到床沿上。

"对了,葛城,你刚才说要和家人'对话',接下来具体是要做什么呢?"

"就是啊,葛城,我和田所被你折腾得团团转,都还没听你好好解释过呢。"三谷不满地吸着鼻子说。

"这个嘛……一是挖掘家人的秘密。出示我手头的材料,观察对方的反应,套出实情。收集信息是主要目标。"

"原来如此。抛出到目前为止的推测,同时收集用于推理的材料,是吧?"

"嗯。此外,还有另一个意图……'验证'。"

"欸?"

三谷冷不丁发出怪叫。

"接下来会发生的一切……我能预料个九成九。下面我要给你们看的,既不是解谜,也不是审问——硬要说得文绉绉一点,是'五组家庭剧'。"

"什么?"

"家人间的误会与隔阂……我要清除这些流动在身体里的毒素,让大家的关系恢复如初……哪怕是家人,也并非总能坦诚相对。距离太近,有些话反而难以启齿……彼此把话挑明了,误会烟消云散之时,家人间的纽带才能越发坚不可摧——我要展示的就是这个套路的'家庭剧'。"

怎么回事?我冒出一脑子问号。消除家人间误会的行为听来格外热血,然而葛城的口吻冷静至极。若非足够冷静,不会用"家庭剧"这种疏离的词语形容自己的家人。

"田所君……三谷君……我有件事要拜托你们。"

"什么事啊,葛城?"

"即将上演的'家庭剧'是'蜘蛛'有意给我们看的……认为给我们看了也无妨。因此绝不能相信。希望你们即便有所感触,也冷眼静观是否存在谎言。"葛城按了按双眼,"我怕我做不到。毕竟是面对自己的家人,会感情用事、头脑发昏也在所难免。所以……至少你们两个要冷静地看清状况,觉得哪里奇怪就跟我说。"

葛城按住双眼。

"喔……"

三谷明显没跟上话题。我也吃不透葛城如此指示的用意,听得云里雾里。解谜,收集材料,还有——不靠谱的家庭剧?

总之,对于接下来的所见所闻,必须保持批判的眼光。唯独这一点我听懂了。

即将见证的五组"对话"。

有谎言隐于其中。

五组?假设之后每次叫两个人来,家人的数量不够。没搞错吧?我刚要问葛城时,响起了敲门声。

璃璃江和满来了。

"家庭剧"其一仓促开演。

*

"你来找我说话还真是少见。到底吹的什么风?"满坐到上座,跷起二郎腿,仰着身子,"你说有些话值得一听是吧。事先声明,我毫无头绪,希望你要说的话别太无聊。"

璃璃江坐在满的旁边。她摘掉了眼镜,用眼镜布仔细地擦拭着。

"总算要开始了。"

三谷冲我耳语,语气兴高采烈。

"知道你们很忙,我就不绕弯子了——姐姐,你在隐瞒一件事,这会阻挡通往真相的道路。"

满端正的五官扭曲了。她深深地叹了口气。

"又在摆侦探的谱?"

"姐姐,我已经和小时候不同了。"

"何以见得?大摇大摆地闯进别人的内心,完全不顾后果。常言道'三岁看大,七岁看老',你以为我会相信你能说变就变?"

"真的变了。"

满猛地一挑眉。

"还敢顶嘴？那就别净扯没用的，倒是拿出证据来啊。"

葛城霍地往中间的桌子上扔了个东西。

只听咔嗒一声响。

是个细长的红色盒子。

再看满和璃璃江，只见她俩的目光都死死地黏在盒子上。

"你是从哪儿——"

璃璃江话至中途，愕然睁大了眼。

"妈妈，这不是你'看见'的那个东西。这是我的钢笔盒。"

"阿辉，你……对我们说谎了？"

满颤抖着吐出这句话。

"只是姐姐和妈妈误会了而已……嗯，说得对。这也是不折不扣的谎言……"

葛城痛快地承认了。满微微张着嘴，说不出话来。

"我记得你……不是说不了谎吗？"

"不是说不了谎，是从不说谎。说谎违背我的信念……"

"但是，"葛城接着说，"感觉你们俩嘴很严。瞧，不这样突袭一下，要让你们说出实情怕是难如登天……对吧？有道是以牙还牙，我则是以谎制谎。我决定改变自己的信念……不能拯救任何人的生命与心灵的信念一文不值。"

满和璃璃江用慑人的双眸看着葛城。

"那种死板的信念，连我自己都救不了。"

"唱高调就免了吧。"满干脆地说，"有话直说，别藏着掖着的。说说看，我究竟隐瞒了什么——"

"满姐姐，你就放心吧。"

满僵住了。

"满姐姐昨天实际目击了信子奶奶去往别屋。所以，全家人里只有满姐姐对信子奶奶是凶手一说深信不疑。"

满面色铁青,半张的嘴唇战栗着。

"而妈妈在怀疑姐姐。但这同样大错特错。"

璃璃江骇然起身。"你怎么会——"她抬高了嗓门。第一次见冷静的璃璃江如此反应过度。

葛城的话显然道破了实情。

葛城倾了倾身子,郑重道:"来,开诚布公地谈谈吧。谈谈真相。"

"别胡说八道了——"

满面红耳赤地站了起来。我胃里一紧,赶忙绷直身体,准备因势而动。璃璃江坐回椅子上,神志恍惚。

"妈妈在怀疑我?你说话也不过过脑子,张口就找碴儿。如你所说,你的确变了,从洞察真相的名侦探大人变成了只会挑事的草包——"

满环抱双臂,怏怏不乐地扭过头。

"我知道是姐姐袭击了坂口先生。"

"……欸?"满回头看向葛城,僵在原地。

"同时,我也清楚姐姐没有杀害正哥哥。"

葛城纹丝不动地注视着满。

"是真的吗,满?"璃璃江如同抓住救命稻草般追问。

"……说了你又不信。你从来都不信我。"满不以为然地摇头,"我没说错吧,妈妈?你永远都在否定我的生活方式,现在也是一样,居然怀疑我?我压根没注意到你是这么看我的。真是失望透顶。你怎么连自己的女儿都信不过?"

"怎么会……"璃璃江摇头嗫嚅,"我不是这个意思……"

那个毅然展开推论的璃璃江此时已无影无踪。

"妈妈，姐姐，别那么激动。听我从头说起，你们听完应该就会明白，自己一直误解了对方。"

说完，葛城站起身清了清嗓子。璃璃江尴尬地左顾右盼。满再次不悦地扭过头。

葛城首先讲解起坂口遇袭之谜。

歹徒立即注意到数码相机不是坂口平时用的相机；歹徒抢走了硬盘；歹徒误抢了工作用单反的SD卡。从这三项事实可以得出结论：歹徒与坂口关系很近，但并非同行，坂口的前女友满最为可疑。葛城做出的推理与我所构想的并无区别，然而他那逐一罗列事实、抽丝剥茧的讲解听起来清晰有力。这样的谈吐我学不来。

满起初仍背对着葛城，听着听着先是转回头看向葛城，继而皱起眉、抱住脑袋……反应瞬息万变。

"行了行了，我承认行了吧！没错，是我揍了坂口。伤到他眼睛附近是我做得过火了，可我也是拼了老命，顾不上分寸。我是想拿回交往期间被他拍到的把柄。"

"什么把柄？"

满缩了缩下巴，几度欲言又止，最终长叹一口气道："……毒品。"

"不会吧。"三谷咕哝。

"满，你这孩子——"

"千万别误会，妈妈。"满不住地摇头，"就一次，只有那一次。自从进入模特这行，经常要承受竞争对手或是合作伙伴的恶意……有一天，同为模特的朋友邀我去玩……我想着药物能让心情畅快点的话也好，就答应了……但我试了一回就怕了，后来再也没碰过……"

"但坂口没有放过那唯一的一次。"

葛城说罢,满缓缓点了点头。如今蜚声国际的顶级模特的吸毒史。拿出这一张照片,足以令过往的劣迹波及当下,无异于定时炸弹。坂口将照片暗自私藏,以窥伺最有效的使用时机。

葛城眯起眼,像在犹豫要不要接着讲似的深吸一口气,又徐徐吐了出来。

"……言归正传,说回袭击的事。

"顺着与我相同的思路,妈妈也发现了满就是袭击坂口的歹徒,因而想到满极有可能会潜入坂口先生所在的别屋——屋里的人实际上是正哥哥——偷走相机。而那间屋子的抽屉里放着某样物品,那就是——"

"你刚才拿出的红色盒子——跟它很像的东西。"我说。

"是的。"葛城笑道,"收容避难者后,妈妈和姐姐的举动很耐人寻味呢。大家在食堂讨论分组的时候,妈妈拿出红色的眼镜盒,慢慢摘掉眼镜,那动作就像是特意做给谁看的一样。妈妈明明视力差到不戴眼镜就眼前一片模糊,可摘掉眼镜后依然能准确分辨梓月先生等人的表情;反之,戴着眼镜却撞到了墙上。"

确实,璃璃江刚才差点被塑料垫绊倒。仅从此事便能看出,离了眼镜她几乎什么都看不见。

可是——

"这太奇怪了,葛城。岂不是完全颠倒了吗?戴着眼镜就看不见,摘掉眼镜反而能看清……"

话出口的瞬间,脑中灵光一闪。

"隐形眼镜!"

"答对了!妈妈当时戴着隐形眼镜,同时又戴了一副普通眼镜。所以戴眼镜时隔着两层镜片看东西会眼花撞墙,摘掉眼镜后则能靠隐形眼镜照常看清事物。"

当时璃璃江说要上厕所,在健治朗的陪同下中途离开座位,之后又说要吃止痛药再度离席。第一次是去戴隐形眼镜,第二次则是去摘。

"可为什么要这么做?"

"为了向某人展示自己拿出眼镜盒时的动作,并观察那人的反应。那人知道妈妈视力不好,会以为她看不清而疏忽大意。"

"噢,我懂了,从眼镜盒里拿出眼镜是行不通的。那人可能会觉得她也在盯着自己,产生戒心,从而试图掩饰自己的反应。"

"……真是什么都瞒不过你。"璃璃江摇头长叹,"没错,诚如辉义所说。我在案发现场看见过跟它很像的盒子。发现尸体后,盒子不翼而飞。我寻思是凶手拿走了,就以为是相机事件里最可疑的满干的,这才——"

"好过分。妈妈竟然是这么想的……"

璃璃江张口欲言,最终咬住嘴唇什么也没说,想来是无法断然否认。看那战栗的身体,便能感受到她有多么焦急。

"不过,满姐姐并非凶手,反倒称得上案件的目击证人。但她知道红色盒子意味着什么,做出了反应,因此遭到了妈妈的怀疑。

"满姐姐,你目击到信子奶奶……是在什么时候、什么地方?"

"……夜里十一点十五分,在通往别屋的后门。"

我去别屋拧松灯泡是在夜里九点五十分,花的时间再久,离开别屋也就晚上十点出头。看来没被她撞见。

"我觉得口渴,矿泉水又没了,于是就去食堂拿……刚到食堂就听见后门那边传来响动。因为是别屋的方向,我还以为是那家伙,结果过去一看,发现奶奶在那儿……"

满慢吞吞地回答,给人感觉颇不情愿。

"信子奶奶当时是什么状态?"

"……裤子上沾满泥污,上气不接下气的。她把盒子小心翼翼地拿在右手里,嘟囔了好几遍'得送过去才行'。她浑身都湿透了,头发也淋得乱糟糟的……一脸如临大敌的表情。"满喉头动了一下,"一开始……我根本不知道她去别屋干吗了。看到裤子上的泥污,我估摸她摔倒了……想着得赶紧带她回房间。我想让她抓着扶手,试图叫她放开右手里的盒子,谁知她死死握着它,力气大得吓人,我怎么也掰不开她的手……"

"那你没有看到盒子里装着什么喽?"

满默默点头。

"盒子有什么特征?"

"是红色的塑料盒,中间镶有银边……除此之外没什么特殊的,就是个普通盒子。"

"回房间之后呢?"

"把奶奶带回房间后,我想着得先给她擦擦身子,就去了三楼的浴室……夏雄的房间就在旁边,所以我放轻了手脚,免得吵醒他。我拿上浴巾回到房间,看见奶奶站起身在衣柜里东翻西找,盒子已不在她手里,估计是收起来了。

"然后我用浴巾帮她擦干身体……又细细擦拭了一遍头发,睡衣也轻轻掸了掸,沾了泥的地方就试着用水冲干净。不料她吵着'想睡觉了'耍起性子来,我突然觉得自己忙忙叨叨的像个傻瓜……总之身体大致擦过了,我心说开足暖气她应该就不会着凉,没多想就离开了……"

广臣称发现信子有异状时屋里暖气开得很足,刺鼻的血腥味笼罩了房间。原来那是满干的。

"如果满小姐的证词属实，"我说，"那么当时信子夫人身上只有泥污。而广臣先生发现的时候……"

"是啊。"满接过话头，"睡衣上沾着黏糊糊的血……状况大相径庭。看来奶奶在那之后又出门去了一趟别屋，要不就是……"

"有人把血弄到了信子夫人的衣服上。"

满点了点头。

"当然，用的既可能是正先生的血，也可能是动物血之类的东西……"

听我说完，葛城点头道："做一下科学鉴定就能查清……可惜我毁了证物。"

葛城紧扣双手，力道大到手背泛白。我恍然大悟：葛城是想通过解决这起案件来赎罪。而我……而我……能做些什么呢？

璃璃江轻轻握住满的手。

"满……这种事为什么不早说？"

"我害怕。"

满像小孩子一样怯声怯气地回答。高挑的身躯在此时显得异常矮小纤弱。

"连爸爸都要求大家合力包庇奶奶……我就以为……大家都认定了奶奶是凶手。要是我在那种场合下提起'在别屋附近看见了奶奶'，奶奶岂不是跳进曲川都洗不清了……"满摇了摇头，"那也太可怜了……"

"满……"

葛城叹了口气，缓缓地、一字一顿地说："姐姐，妈妈，谢谢你们跟我说了实话。多亏你们配合，我离真相更近了一步。"

"阿辉……我想再问一句，你是怎么发觉我看见了信子奶奶的？"

这点我也好奇。

葛城耸耸肩道："也没什么大不了的……我是摸过奶奶的枕套后发现的。枕头没湿……至少摸不出明显的湿气。暖气开得那么足，都没能去除衣服和床单的湿气，枕头却是干的，可见信子奶奶肯定擦过头发。另外，要处理的衣物里没有浴巾。既然擦过头发，按说该有浴巾才对。奶奶独自出门回来，只擦了擦头发，还记得把浴巾处理掉或放进浴室的洗衣筐，但湿漉漉的衣服还穿在身上就睡了……这实在太不协调。于是我想到，应该是有人帮她擦了头发，又收好了浴巾。没管衣服多半是因为一个人给她换衣服太费事，所以不会是照护经验丰富、经常帮她穿脱衣服的北里先生和由美姑姑……"

"哦……这么听来，感觉轻轻松松就能识破啊。"

"嗯，就这么简单。其实我刚才有试探的成分。我注意到妈妈戴着隐形眼镜、姐姐看到眼镜盒后举止可疑，就假设帮奶奶擦头发的人是姐姐，发现所有细节都刚好吻合……"

"眼镜盒……原来如此。啊啊——竟然因为这点小事暴露了……"满耸耸肩，"我试图从奶奶手里夺过盒子的时候，她的手劲儿大得吓人。我想这东西应该对她特别重要，印象很深。看到妈妈拿出一个很像的眼镜盒，我吓了一跳。"

"是这么回事啊……"

满和璃璃江久久相顾无言。许是由于误会解开，方才还在冲母亲发火的满这会儿平静了不少。

"……但还是好受打击。这样啊。你只凭这个就以为我是凶手……明明我最在乎的就是你的信任啊，妈妈。"

"满……"

"不是这样的,姐姐。妈妈在拼了命地保护你。"

"可她不是还怀疑我来着?"

"都是一回事。之所以怀疑,恰恰是因为想要相信。"

满眨了眨眼。

"可是,为什么?"她凝视着璃璃江问,"为什么要为了我这么拼?我是顶着你的反对当上模特的。你不是说过绝不认同那种轻浮的工作吗?我还以为你早就对我不抱希望,彻底放弃我了——"

"怎么可能!"

璃璃江低沉的声音响彻房间。满吓得一哆嗦。

"我怎么可能……会那么想呢……你可是我的亲女儿啊。我想保护你有什么好奇怪的吗?担心你投身陌生的领域会遇到磕磕碰碰,有什么好奇怪的吗?但放弃你是绝对不可能的。唯独这种事绝对不可能……"

——伤到脸的话……你会很头疼吧。

我想起璃璃江先前的话语。璃璃江嘴角的伤痕,是成功保护女儿的母亲的勋章。满以爱怜的手势描摹璃璃江唇边的伤痕。"谢谢你,妈妈。"听了满这句话,璃璃江肩膀颤抖着,一个劲儿地点头。

阴错阳差。

两人都无恶意,也没有妄图掩盖真相的歹心。她们只是缺少推心置腹交谈的机会,彼此误解了而已。

而葛城创造了这个机会。

满抬起头来。

"阿辉,你的确变了。"

"我想问问，具体是哪里变了？"

"你小时候把我弄哭了。"满粲然一笑，"这回是把妈妈弄哭了。"

*

"葛城，你还真挺厉害啊。"

三谷钦佩不已地连连点头。

满和璃璃江已离开葛城的房间，屋里只剩下我们三人。

"我看出妈妈和姐姐在说谎，之后只要刺探出她们说了什么谎、为何言不由衷就行了。"

"你脑子真灵光。哎，既然能看穿谎言，你直接挨个问大家'正是不是你杀的'，不就结了？"

三谷的措辞十分露骨。也正因为直白，才搔到了痒处。

刚要开口时，葛城抬手制止了我。

"是啊，我的能力要真有那么好用，靠这一个问题就能轻松解开谜团。"

"没那么好用吗？"

"嗯。人在说谎的时候，会有沉重的心理负担。有人冒虚汗，有人视线游移，不同的人会表现出不同的反应。也就是小动作。我就是通过这些看穿谎言的。我只是在客观地观察，不是有什么特殊能力。我能看出的只有'在说谎＝有心理负担'这一事实，谎言的具体内容还是要靠推理才知道。听好，要讲到关键了……对于'人是不是你杀的'这种问题，任谁都会有心理负担，哪怕不是凶手，也可能会表现出强烈的反应。"

"什么意思？"

"就拿我妈来说吧。我妈'怀疑满是凶手',并且'想要保护她'。基于这个前提,假如问她'正是不是你杀的',会怎样?"

三谷打了个响指。

"对呀,我怎么没想到呢。她会紧张。就算如实回答'不关我的事',也会因为心里认定女儿是凶手而表现得像在说谎一样,还会加剧心理负担。但璃璃江夫人不是凶手。"

"同时,即使问出我妈怀疑的对象是满姐姐,也只能证明'我妈是这么想的',无法确定满姐姐是不是真凶。"

"搞什么嘛,你那所谓看穿谎言的能力,敢情只能起到一点点作用啊。"

三谷的声音呆愣愣的。我和葛城对视一眼,笑出了声。这样你一言我一语的,感觉就像在高中教室里天南海北地闲聊。

"差不多就是这么回事。对葛城来说,'人是不是你杀的'这种问题没什么价值,没准反而会让对方提高警惕,导致问不出有用的信息。当然,对方听到这个问题时的反应也可能成为判断依据,但除非万不得已,他不会轻易打这张牌。"

三谷点点头,似是被说服了。

"懂了。我的疑问解决了,要去叫下一组人吗?这回得叫上你奶奶吧。"

"嗯。还有一个人。"

葛城贴在三谷耳边低声说出某个人的名字。三谷露出略显意外的表情,说了句"好的"便离开房间。

"……葛城,我明白你的话是什么意思了。这的确是'家庭剧'。"

葛城点点头。

"就是这个意思。我要把这个家里的病灶逐一摘除。只有这样才能抵达真相。接下来，像我妈和我姐姐那样的互动场面会多次上演。老实说，我不确定自己能否保持冷静，刚刚我就差点动摇了……"

"葛城……"

葛城自嘲地笑笑。

"之所以怀疑，恰恰是因为想要相信……刚才对满姐姐说的这句话，其实是我的心声。我何尝不想相信呢……在这里的家人也好……朋友也好……医生、老师也好……都是很重要的人……"

"正因如此，"他继续说，"至少你要冷静看待，不要受惑于他们的花言巧语，要仔细观察事实和证据，以及他们的一言一行。因为——杀人凶手必定在这些人之中。"

我咽了口唾沫。

"可满小姐的清白不是已经得到证实了吗？璃璃江夫人也一样。怀疑其他人是凶手，说明她清楚自己是无辜的。她们都排除了嫌疑。"

"这可不好说吧？"葛城露出坏笑，"满姐姐的目击证词可能是精心编造的谎言，我妈弄不好从头到尾都是在演戏。田所君，我想请你用这种偏执的方式去思考。"

"这也太……你居然对亲人都这么疑神疑鬼的吗？"

葛城摇了摇头。

"怎么会。那些话说出来我自己都不信，所以才拜托你。"

真是个难缠的家伙。跟他一起行动，免不了要背负重担，着实腻烦。尽管如此，眼见葛城恢复往日的风采，我还是打心底高兴。

他迟早会查到我头上。

我并没忘记这一事实——然而此时此刻，我想陪在他的身边。

"还有，怀疑其他人，说明清楚自己是无辜的——真能这样断言吗？"葛城仍在多疑地絮叨着，"把自己杀过人的事忘得一干二净，也是有可能的。"

闻听此言，我茅塞顿开，不禁喃喃道："……葛城，你听我说，我留意到一件事，是关于信子夫人的。"

葛城瞪大眼睛。"惊到我了。"他的嘴角浮现笑意。我信心大增，继续说了下去。

"信子夫人乍看相当可疑，葛城家的人也确实在齐心协力保护她……那如果……她真是凶手呢？"

"奶奶是如何完成整个行凶过程的？有些步骤超出了她的能力范围。"

下一句话出口前，我不免有些紧张。

"信子夫人的认知障碍症是装出来的吧？其实她对自己做过什么一清二楚，平时只是在装傻充愣。"

"嚯——"

"我是在食堂吃午饭时感觉到了不自然。当时夏雄君提出惣太郎先生是被杀害的，广臣先生和由美夫人都很生气，气氛紧张，一触即发。那时信子夫人说了句'由美，你的表情好吓人'，缓和了气氛。她装作因丧失短期记忆而弄不清周围的状况，实则对周围状况了如指掌。她独自扮演丑角，将周围人都操控在手心。"

"你啊……想法还真是稀奇古怪。"

葛城眯起一只眼看着我，也不知是佩服还是无语。我没灰心，继续阐述自己的推测。

"如果信子夫人的病是装的，那她企图藏匿证据也就说得通了。信子夫人就是杀害惣太郎先生的凶手。见夏雄君和坂口先生把谋杀一事揭露出来，她怕警方会重新调查此案，便踏入现场，拿走了罪证盒子。不巧让满小姐撞见，于是她又装起糊涂，逃过一劫。"

葛城竖起一根手指。

"有个问题。假如信子奶奶是在装病，她为什么昨晚才想到要处理盒子？她一直待在这个家里，腿脚再不好，也总有机会更早地处理掉证物。"

"唔……"

葛城的反驳很中肯，我理屈词穷。见状，葛城抖着肩膀笑起来，连呼"抱歉"。

"逗逗你而已。因为知道你推理偏了。信子奶奶患有阿尔茨海默病，这是经过医师确诊的。她做过检查，核磁共振成像结果显示出明显的脑萎缩。要是信不过我，你可以再去问问家里其他人。"

"不用，你的解释足够了。提出这么失礼的指控真是对不起。"

我俯身表示歉意。我对认知障碍症一无所知，属实不该大放厥词。何况即便真如我所想，要在平日里时时刻刻假扮认知障碍症患者，练习演技未免太费时间，还得倾注大量心力。此等推理的确很不现实。

"换个角度想，田所君，你的反应体现了此案的本质。"葛城郑重地颔首，"就连清白无辜的人都显得极为可疑……真凶的意图就在于此。挑拨家人互相猜忌，真凶便能隐身。"

葛城徐徐深吸一口气，说："我要逐一解开这些疑虑——拯救所有人。"

葛城的声音铿锵有力，饱含决心。"话说回来……那盒子里究竟装着什么？信子夫人在这种时候去拿，看来里面果然有重要物品？"

"嗯，我估计应该是能颠覆案件面貌的物品。说一千道一万，还是得先把盒子弄到手才行……"

敲门声响起。

葛城冲我微微一笑。

"准备好，田所君。下一组演员来啦。"

4 葛城信子与堂坂由美【水位距馆 11.4 米】

"你们是新来的护工吗?"

信子坐在轮椅上含混不清地嘀咕着,用惊奇的目光看着我们三个高中生。

除信子以外,屋里还有一个人——堂坂由美。

让信子改坐椅子太过危险,"审讯室"已然改变布局。桌子挪到了一旁,轮椅上的信子和椅子上的由美并排坐在靠门这边,葛城则坐在里面的椅子上。把轮椅停在门边是为了方便出入。

"由美,我不是说过嘛,我想要女护工。"

"妈妈,你搞错啦。他们是辉义君的朋友。"

"辉义?"

信子歪了歪头。她连自己的孙子都不认得了。葛城倒没显出特别受伤的样子,想来是早就习以为常。

"哎,辉义君,怎么突然叫我和妈妈过来?"由美以温柔的口吻问道。她不时打量信子,像是在担心后者冷不防乱动。

"嗯,我就开门见山了。接下来,我必须让奶奶交出某样'物品',那是关乎杀人案真相的重要证物。为此需要由美姑姑的陪伴。"

"辉义君,"由美换上明快却不容分说的语气,一板一眼道,

"你还在讲这些?不可以哟,快别闹了。现在应该团结一致,共同渡过难关。正的遭遇确实非常令人遗憾——"

那口气俨然教师在谆谆开导不良少年。

"恕我冒犯,由美姑姑。我觉得你的性格挺有意思的。"

"欸?"

"凡事都往对自己有利的方向想。关系要好的邻居搬家了,你想的是能让更好的人搬来;圆珠笔坏了,是为了有理由买新的;下雨就有机会用新伞了,值得开心。不光对人,对非生物乃至天气,你都能这么想。正因为符合你至高理想的世界并不存在,你才会极力把世界往好了想。这就是你的处世之道。这种思维方式固然积极,但笃定一切事物都围绕着自己运转,也可以说——是傲慢的体现。"

由美不怒不笑,只是歪着头,困惑地看着葛城。

"辉义君……那个,不好意思,你扯了这么多,到底想说什么?"

"我想说一件往事,就是那件事让你形成了如今的性格和世界观。根据我的推理,是你十八……不对,十九岁那年冬天的事。"

由美倏地皱起眉头。

"你怎么会知道——"

由美捂住嘴,停下话头,奈何为时已晚。葛城魔法般的计谋让我心潮澎湃。

"原本掺杂了些想象,看样子是说中了。

"信子奶奶私藏了一样案件证物。解开她此举之谜的关键,就在你的过往经历之中。"

葛城用力点了点头。

"来,开诚布公地谈谈吧。谈谈真相。"

"先告诉你,信子奶奶拿走的证物是一个细长的红色盒子。想象一下眼镜盒或钢笔盒,尺寸差不多。"

"我没见过……真是别屋里的东西吗?"

葛城深深点头。

"是的,我核实过。我妈确定案发前盒子还在屋里,满姐姐还亲眼看见信子奶奶手里拿着盒子。问题在于那里面装着什么,以及信子奶奶为什么要拿走它。"

"你该不会在怀疑我妈是凶手吧?"由美的脸颊骤然涨红了,"简直是天方夜谭。她腿脚差到离了轮椅就要摔跟头,没那本事操作霰弹枪。"

"想归这么想,你还是参与了包庇奶奶的行动……"葛城出其不意地说道。

闻言,由美"啊"地轻呼一声,看向我和三谷。我们俩摇摇头,表示已经得知此事。"这样啊。"由美垂眼低语,虚弱地摇着头说,"……对不起。"

我依然没法把由美看作坏人。

"其实这件事已经了结了,姑姑。还有,我也是一样的心情,奶奶不是凶手,所以只能认为她是出于与案件毫不相干的原因拿走了盒子。典型原因就是错当成了别的东西。眼镜盒和钢笔盒……与之尺寸类似的东西能列举出很多,比如小工具盒、收纳盒,抑或……塑料文具盒。"

"啊!"

由美浑身一震,可见葛城的话又一次正中靶心。

"你怎么连这个都知道?"

"我不了解详情，只大概听说过由美姑姑高三那年应试失败，复读一年后考上了第二志愿的大学，在那里遇到了广臣先生。那是你们相识的契机。"

"……由美夫人跟我讲过这事。"我怯生生地从旁插嘴，"说是去考第一志愿的大学那天忘带文具盒了。"

从某种角度来说可谓恐怖故事。身处展示此前全部学习成果的重要舞台，却连件顺手的文具都没有，考试就开始了。用惯的文具不在手边，该有多不踏实啊。进入高二的十月，我也不可避免地面临备考的压力。虽与由美年纪相差二十岁有余，我却对她的苦恼心有戚戚焉。

"我前一天就赶到了东京，但直到考试当天早上才发现异常，虽然在附近的商店买了套应急的文具对付了过去，可慌乱之下完全没能发挥实力，考得一塌糊涂。"

"就是从那时起，你定下了自己的人生观。"

葛城和由美的声音重叠了——

"那天忘带文具盒没考上第一志愿，是为了进入现在的大学。"

由美露出微笑。那微笑透着寂寥，令我揪心。

"你还真是料事如神，聪明得让人害怕。没错，那个文具盒也是红色的。酒红色，我觉得很时髦，就用零花钱买下了。"

葛城也露出寂寥的微笑。"之后发生的事，我能大致想象出来。你肯定对信子奶奶，也就是你的母亲——"

由美点了点头。

"我发了通脾气，怨她没在我离家前确认一下文具盒装没装进包里。文具盒就在我自己房间的桌上放着，后来我才发现其实应该怪我自己，为了装毛毯，我把包里所有的东西都拿了出来。

可当时的我没这么冷静，自己承受不住打击，就全怪到了妈妈头上……"

果不其然……当初听由美讲这件事的时候，总感觉她在回避细节，尤其是对母亲的态度这部分。对于回到家那天的描述，"大闹一场"和"发了点小脾气"这两句形容很不协调，透着文饰的气息。此时我才后知后觉地意识到，那是她在本能地掩盖自己不光彩的行为。

"打击确实太大了，想冲人发火也可以理解……"三谷挠着头说。

"谢谢。听你这么说，我心里也稍微好受一点。"

由美爽朗地笑笑。

"但是，这件事不止影响了你一个人。"葛城说，"其实身为母亲的信子奶奶也受到了很大的影响。现在来做个试验吧，就是得让信子奶奶稍微走动一下……"

"这么危险的事……有必要吗？"

"田所君和三谷君会一人一边稳稳扶住她，绝对不会让她受伤的。"

葛城以坚定的目光注视由美。不一会儿，由美败下阵来，点头道："知道了。"

葛城把自己的钢笔盒放到挪至一旁的椅子上，高度刚好与信子的腰持平。

"啊啊——"

信子突然站了起来。我和三谷慌忙从旁扶住她。"你们是新来的护工吗？由美，我想要女护工……"信子又重复了一遍。"见谅啊，奶奶，我们就做这一天。"三谷微笑着说。"……是吗？那说好啰，就这一天哟。"信子点点头。

信子步履蹒跚地靠近椅子，把钢笔盒拿到手里，随即嘟囔着"得送过去才行"，走出了房间。

我们仨走在前，葛城和由美跟在后。

葛城像在配合信子的步调一样款款走着，大段大段地讲述起来。

"认知障碍症患者并不会把所有事都忘光，丧失的只有短期记忆，比如最近发生的事、前一刻的对话，等等。据说认知障碍症会在配偶死后急剧加重，这是因为不再有人陪患者反复交流近况了。自己经历完的事就算完了，记忆无法留存，会在不知不觉间消失。相对应地，过往的经历却会记得非常清楚。听说传统工艺匠人在患上认知障碍症后仍能照常工作，那是因为过往反复训练习得的知识和技术还好好地留存在脑中。"

"妈妈生病之后，我也稍微学习过一点关于认知障碍症的知识……所以呢？"

"重点在于，过往的行为模式会保留下来。有一则趣味故事讲的就是这个。忘了是在网上还是书上读到的，说是有个老奶奶总一遍遍拍打脏衣服发出噪声，而她本人都不知道自己这样做的理由。结果是她女儿小时候曾被钻进脏衣堆里的马蜂蜇伤而大哭，打那以后，她就养成了收纳脏衣服前先用手啪啪拍打的习惯。"

由美倒吸了一口气。

"唯独这个习惯保留了下来，她才不断制造噪声……说起来有部老电影《恍惚的人》里好像也有类似场景。"

"信子奶奶也是一样。她对你那次考试失败感到自责，以至于一看见文具盒就会想起那件事。"葛城看着信子的背影，仿佛诉说其心情般呢喃，"得把这个文具盒装进包里……不然女儿就要出门了，就赶不上了……她没带重要的文具盒就去考试了……"

葛城稍作停顿，说："……得送过去才行！"

"天哪……"

由美紧紧闭上眼，摇了摇头。

那是我差点被抢走钱包时听见的低语。我的钱包也是酒红色的，它的颜色和形状刺激到了信子的记忆。

信子拖着颤巍巍的身体拼命爬上楼梯。此时她脑中浮现的，是高中时期的由美吗？

"她或许是想要负起导致你人生走样的责任。假如那天她把文具盒装进去了，你也许会过上更加幸福的人生。怀着这样心思的人会怎么做呢？"

信子抵达自己的房间，径直走向衣柜，拿出背包。

她打开背包拉链。

只见里面装着许许多多红色的盒子——点心盒、化妆盒、空包装盒，不胜枚举。而最上面放着的——是一个中间镶有银边的红色盒子。

"那是！"

找到所寻之物，我不由得大叫出声。

"在她眼里，那是你的背包。十九岁的你的。'收集癖'是常见于老年认知障碍症患者的症状，追究此种行为的缘由，往往会发现与过往经历相关。"

"怎么会……妈妈，为什么……"

由美把头发甩得一团乱。

"现在先别管其他的了，调查背包里的东西要紧！看看那个红色盒子里装着什么……"

说着，我伸手就要把背包拿起来。说时迟那时快，信子扑过去护住背包。"不行！"她用沙哑的声音嘶吼，"这是我女儿的东西，你谁啊？"她的声音粗重，感情激烈。

"可是，奶奶，我们必须查查这个背包里的东西……"

"不行！我要把它……"

信子抢走了背包。她仰头栽倒在床上，仍抱着背包不松手。"妈妈！"由美喊道。幸好是倒在床上，不过听说老年人稍有磕碰就会骨折。我一阵担心，见信子没显出痛苦之色才松了口气。

究竟如何是好？错得再离谱，那也是信子的心意。直接交涉行不通，到底该怎么办——

这时，葛城上前一步。

他蹲下来，与信子视线持平，笑吟吟地说："你好！"

信子闻言，看着葛城的眼睛，微笑道："噢，你好。"又一脸惊奇地问，"你是哪位？"

"我是送快递的。奶奶，这件行李看起来很重呢。怎么了呀？"

我惊讶得屏住了呼吸。

葛城竟然在演戏。何止如此，这般不着边际的话语已算得上谎言。

"你问这个？"信子看向紧紧抱在怀里的背包，就像刚注意到它似的睁大了眼睛，"是呀，这是我女儿的行李，我得赶紧给她送过去。那孩子现在在东京呢，她忘带了，忘带重要的东西就走了。"

"她忘带什么啦？"

信子眨了眨眼。"得送过去才行。"

无法沟通。可见信子的行动仅受殷切的心情与固有行为模式驱使，她甚至没认出眼前的人是自己的孙子。过于绝望的"对话"。宛若分别在相隔好几光年的星球，用信号不好的对讲机通话。怎样才能填补这道绝望的鸿沟？我心下茫然。

"是嘛，忘带了呀。可是，它看起来很重呢。"

葛城仍未气馁，微笑着向她伸出手。

"我是快递员，我帮您给令嫒送过去，好吗？"

我终于明白过来。

葛城意欲跨越二十年的时光。

他试图以谎言越过信子与由美之间的沟壑。

"真的吗？"

信子露出诧异的眼神。

"嗯，绝对送到。您就放心交给我吧。"

信子踌躇片刻，怯生生地把背包递给葛城。"拜托了。"葛城莞尔一笑，朗声道："包在我身上！保准送到令嫒手里！"下一秒，我似乎看见信子笑了。她脸上的皱纹很深，也可能是我产生了错觉。然而我真真切切地看见，她如释重负地笑了。

葛城双手抱着背包，站到由美跟前。

"您有一个包裹待领取。要不要先接一下？"

葛城还在继续表演。由美摇了摇头。

"要查背包里的东西是吧？不用给我啦，你们三个快去查吧。留我和妈妈单独待一会儿。"

我们离开房间前，只听由美在身后开口了。她伸手紧紧环抱信子瘦弱的肩，轻轻闭上眼睛。

"礼物[①] 我已经收到了太多太多。"

[①]原文为"届け物"，既有包裹之意，也有礼物之意。

*

"感觉今天——是我有生以来第一次和家人说上话。"

葛城的成就感溢于言表。

我们再度回到了葛城的房间。

"你以前都没跟家人说过话啊?"

三谷的反应过于憨直,葛城听了哑然失笑。

"不是不是,不是这个意思。我是说,以前从没像这样和家人毫无保留地畅谈,彼此袒露心声……唔,我想想……形容为'和家人坦诚相对'可能更准确。"

"喊,这样啊。"

许是因被笑了而不爽,三谷噘起嘴巴。

"喂,葛城,快打开背包看看吧。"

听我这么说,葛城从背包里拿出那些红色盒子。足有二十来个,眼镜盒、笔盒,诸如此类,目标盒子就在其中。

"对了,那屋子的灯都打不开,信子夫人竟能在一片黑暗中找到这个盒子。"

"是'蜘蛛'有意诱导她找到的。"葛城若无其事地说。

"什么意思?"

"发现尸体时,三谷君进屋后被门附近的凳子绊倒了对吧?"

"那又怎么……噢,是这么回事啊。"

三谷豁然开朗,我也在同一时刻想到了答案。

凶手把红色盒子放到了门边的凳子上。凳子是蓝色的,红色(准确来说是酒红色)物品放在上面分外醒目。信子腰背佝偻,视角比我们更低,一开门就能看见凳子上的盒子。如此一来,她发现盒子后就会回房间直奔衣柜。信子无须踏入别屋一步,便能达成目标。

"莫非那时正先生已经遇害了?毕竟信子夫人没进别屋……天,想想就发毛。"

葛城没回答,把盒子拿到手里,打开了它。

里面是个小了一圈的黑色塑料盒。

"盒子里面还是……盒子?"

"在预料之中。出于设计考量,文具盒、长款钱包都有酒红色款,但我要找的盒子应该是侧重实用性的。况且,红色也是'危险'的信号,在那个行业里最讨人嫌。"

葛城的这番话好似在打哑谜。

"可凶手想刺激信子奶奶,只好把盒子弄成双层,在重要的黑色盒子外面又套了个红色盒子。"

葛城举起黑色塑料盒,冲我一笑。

"田所君,你猜这盒子里是什么?"

"……欸?"我沉吟道,"嗯……我想想。是正先生遇害案的证物吗?凶手是用霰弹枪杀害他的——"

"啊,难不成是弹匣?!里面装着子弹……"

"不是子弹,称之为'炸弹'倒有几分贴切。这件证物能够彻底颠覆我们对案件的认知。"

"……啊?"

葛城直直地看向我。

"田所君,轮到你了。你也要面对自己的家人。"

"……你说什么?"

这话太过突兀,令我猝不及防。同时,我想起方才闪过脑海的疑问。光是葛城的家人,凑不够"五组"——

"你没听错。这回要请你坐到审问者的位置,我干不来,我无法引出足够的反应……"

"别——"我激烈地摇头，"别说傻话了！突然把我推到你的位置上……我只会抓瞎啊！"

"但这次非你不可。"

我这才惊觉，所谓厌恶红色的行业是指什么。

救死扶伤第一线——医疗机构。

葛城猛地打开盒子。

里面赫然放着注射器。

5 田所信哉与丹叶梓月【水位距馆10.2米】

怎么会变成这样……

双手浸满汗水，我久久无法摆脱紧张。我怎么可能胜任葛城的角色……

何况——对手是这个人。

"感觉你们玩得不亦乐乎啊！"

梓月一进屋，也不落座，站着就说起话来。他举止夸张，毫无沉稳之态。

"梓月先生，不要得意忘形。我和田所君就罢了，别忘了三谷君还没见识过你的本性。"

三谷因梓月的剧变而惊得合不拢嘴。

"哦，没关系，跟三谷君也就这一面之缘。再说屋里一共三个人，其中两个人知道我的老底，硬撑反而更累。

"哎呀，'对话'啊，听着挺有意思。辉义君在指挥你们轮流叫人来这个房间，对吧？我就知道肯定是在调查，在这种紧急事态下依然不厌其烦。唉，好不甘心哪，这么好玩的事居然不叫上我。"

"就像一起去别屋时那样是吗？"葛城说。

"对对，就是嘛。我积极协助你们——"

忍耐达到了极限。

我把盒子往桌上一扔。

梓月的眉毛抽动一下，笑容从脸上消失。他直直地盯着我，嘴角挂上扭曲的笑意。每次跟我争吵前他都是这副表情，他会定睛看着我，却又全然没把我放在眼里，像是从未想过自己会输。

我气血上涌。今天不同。

今天我会是赢家。

梓月先声夺人。他冲桌上的盒子抬抬下巴，问："你从哪儿弄到的？"

"想听就坐下啊，哥哥。可别搞错了，现在掌控局面的不是你，而是我们。"

只听三谷边戳葛城边耳语，估计说的不是"田所给人感觉跟平时不太一样啊"，就是"他那样逞威风，看着跟黑道似的"。概率三七开，我赌后者。

我探身向前，对梓月哥哥笑道："来，咱们兄弟俩开诚布公地谈谈吧。谈谈真相。"

梓月总算坐了下来，我们相持不下。

梓月跷着长腿，深深陷在椅子里，依旧游刃有余。

"哥哥，你刚才自诩协助了我们是吧，真是天大的笑话。你分明另有企图。"

"嘿，具体说说？"

"你知道别屋原本是惣太郎使用的库房。你装作协助我们，只是为了借机进入别屋。"

"进屋做什么？"

"找盒子。就是现在摆在你面前的这个盒子。"

"喔。我找它干吗?"

"为了这个。"

我打开盒子,亮出注射器。

只要在注射器顶端装上针头,即可进行注射。根据侧面的红色刻度线,可知现在里面所盛的药液有三毫升。

"这是什么药?"

"开给惣太郎先生的药。"

"喂喂,别开玩笑了,信哉。惣太郎先生用的药是用安瓿装的,得拿注射器把安瓿里的药液吸上来使。不是这种——"梓月拿起盒子,目不转睛地盯着针管,"事先封装好药液的简单物件,种类完全不同。"

"是啊。由此可以推出,这是惣太郎先生即将改用的新药。给他用的药原定要从安瓿式的改成这种针管式的。没错吧,哥哥?"

梓月没做出任何反应。

"你应该是为惣太郎先生准备了若干盒这种药……并给他开了处方。谁知没过多久,惣太郎先生就去世了,这下连你也坐不住了,你无论如何都想取回这些药。是什么不可告人的药吗?也许是还在研发阶段的新药吧。

"因此,事发后你立即行动起来,亲手处理掉了盒子。可有一个怎么都找不到……数量对不上。你一直在等待寻找那盒药的时机。平时去别屋会招人怀疑,于是你牢牢把握住了这次机会。惣太郎先生去世后,别屋的家具遵从信子夫人的意愿仍照原样保留,算你走运……"

"哎哟。"梓月举起双手,"不愧读过那么多推理小说,还自己动笔写,想象力真丰富。信哉,你口中的我简直就是个缺德医生啊。"

还这么游刃有余？我试着加强语气。

"难道不是吗？你从来都只把患者当小白鼠，这回八成是想用惣太郎先生试验新药的效果吧。凭你的三寸不烂之舌，骗人不费吹灰之力。不料惣太郎先生刚用上新药就死了，是由于副作用。也就是说，惣太郎先生既非病故，亦非遇害，而是死于你的医疗过失。"

我一口气说完这些，发现梓月的肩膀在颤。

"有什么好笑的！"

"哎呀。"

梓月摇了摇头。他抬脸露出满面笑容，几乎是眉飞色舞。每次跟他争吵，都会见到这副笑容。想到能驳倒我的论据时，他就会露出这种笑。

"谁让你说话那么逗，想象力丰富到这种程度堪称奇葩。哈哈，医疗过失？那可糟了，要吊销医师资格证的。"

"你给我正经点。"我抬高嗓门，"我大可以现在就把这事传遍葛城家。"

"有谁会信？"梓月装都不装了，用小指掏起耳朵，"这家人对我相当信赖。劝你别自找难堪。"

"还嘴硬！有本事来反驳啊！拿出能说服我的论据！"我指指梓月拿着的盒子，"这是你带来的新药吧？！"

"不关我事，我从没见过这样的针管。"

"你凭什么断言！"

"这不明摆着嘛，刻度线是红色——"

梓月骤然止住话头。

他的眼中映出我得意的笑脸。我模仿了哥哥的笑法，想必能称他心意。

将军。

"没错,哥哥。眼睛挺尖嘛。"

我从兜里掏出真正的黑色盒子。

"这个盒子里装的才是真货。你手上拿的红色刻度注射器,是健治朗先生用来注射胰岛素的,我临时借了过来。不过,看样子你对真货熟悉到能看出这是冒充的。"

打开真正的盒子,里面是刻着黑色刻度线的针管。

针管上印有"BioMedical U.S.A."的字样,是制药公司的名称。

"那么,哥哥,接下来给我讲讲法律吧。走私药品会判什么罪?"

"法律名是《药品与医疗器械管理法》。"

许是对我率先攻下一城颇为不甘,梓月不停地抖着腿,毫不掩饰焦躁。

"以出售、转让为目的私自进口药品或医疗器械属于违法行为。要想出售,必须向都道府县申请生产销售许可。但是仅为个人使用而进口是允许的。"

"为什么?"

"在国外用的药回到日本就用不上了,岂不伤脑筋?最多只能带两个月用量的药回国,横竖得在回日本后补购,能找国内医生开到药都算万幸了。简而言之,有很多病不能断药,要是回国后还没来得及看医生药品就耗尽了,可不是闹着玩的。"

"原来如此。"三谷了然点头,"一味禁止的话,这些病人就犯难了。"

"是的。所以法律对'个人使用'网开一面。"

"可你带这药回国不是自用吧,哥哥?我都能猜到来龙去脉。是惣太郎先生拜托你去美国买这种药。听说惣太郎先生去世前一天,你刚从美国出差回来就赶到了葛城家,不是吗?起初你肯定是断然拒绝,最后架不住惣太郎先生哭着央求,只好答应。"

"帮个人代购在合法范围内。"梓月唾沫横飞,"应他人请求从海外供应商处买药不算违法,不收取药费和代购费以外的费用就行。现在还有专门代购海外药品的网站呢。"

"但那种网站很可疑吧?要真的只是购入下单顾客的份倒是无可指摘,可如果还捎带了其他顾客的份呢?网站经营者这样做,难道不算'出售'药品吗?"

梓月咂了下舌。

"……算。"

我对梓月的回答感到满意,点了点头。不用说,哥哥肯定准备得滴水不漏,手续费多半也设置为合理的价格。谁承想患者因自己交付的药物而死,而且那药还是没有处方私自带进国门的。倘若此事败露,哥哥的职业声誉将会一落千丈。他的自尊心不容许这种情况发生。

梓月愤愤地说:"……起初我一口回绝,让他找家人或者公司的人帮忙去。可他说家人和公司管理层会偷换药物害他,死活不依。药瓶从三楼书房挪到别屋那会儿他也吓坏了,对周围人相当警觉,可不知怎的唯独很信任我。"

"爷爷是那种迷信权威的性格。"葛城从旁补充,"想来是认准了梓月先生的医术。"

"嗬,多谢夸奖。"

梓月皱起眉头。

"容我再问一句,"我说,"你为什么把那药给他?"

"因为我判断它对惣太郎先生的病最有效果。"梓月倾身道,"日本的审批进度太慢了。美国已有试验研究结果显示,这种药能将病情的进展减缓百分之八十。我笃定它能使惣太郎先生的病情稳定下来,就给他用了。仅此而已。"

梓月目光炯炯,未显一丝动摇,可见说的是真心话。我讨厌哥哥这个人,也讨厌他的态度,但不得不承认,他似乎对医生这份职业甚是自豪。

方才葛城说感觉"有生以来第一次和家人说上话",我也有同感——此前我把身为医生的哥哥和身为家人的哥哥混为一谈,从不曾好好认识他。

我依旧讨厌哥哥,但对他略有改观。这就够了。

"刚才……"

"啊?"

梓月阴险地一挑眉。

"刚才我说你有医疗过失,还说你把患者当小白鼠……我收回这些话。对不起。"

梓月意外地眨眨眼,耸肩笑称"我没放在心上"。

"话说回来,你们是怎么查到这个针管的?我都没跟家里人提过。"

葛城接话解释道:"诚然,发现隐藏的盒子是一大原因,不过我从一开始就觉得不对劲。梓月先生,听说田所君质疑你杀害了惣太郎爷爷时你是这么说的:'我要是凶手,何必特意跑到这座宅子来下毒?'

"此话固然在理,但惣太郎爷爷用的药是用安瓿装的,使用安瓿时需要折断玻璃尖头吸取药液,想下毒基本不可能。要么临注射时当场下毒,要么折断玻璃尖头掺入毒药后再按原样焊接……得从生产阶段就开始做准备。换言之，无论是在'这座宅子'，还是在'自己的诊所'，都没法下毒。这是你亲口说的。"

"而我却说得好像自己能下毒似的，所以你怀疑存在安瓿以外的东西。唉，你心可真细。"

梓月叹息一声。

"还有，三人一起调查别屋时我也很纳闷。你听田所君讲完坂口先生拍到的场景，脱口而出：'要是这样的话，果然不可能是毒杀。'

"为什么'不可能'？当时田所君也产生了相同的疑惑并追问你，但你巧妙地岔开了话题，可我脑子里始终在琢磨这事。也就是说，在听说坂口先生那张照片的内容之前，你也考虑过毒杀的可能性，而在得知照片内容后，这一疑虑便烟消云散了。那你的依据就不会是'站在立柜前的场景不甚明确'这种歪理，而是更加触及本质的……"

"安瓿……照片里的人手里拿的是安瓿。"

听三谷这么说，葛城用力点了点头。

"没错，梓月先生由此确信不是毒杀。这说明梓月先生知道此事与安瓿无关，即知道惣太郎爷爷去世前不久使用的不是安瓿式药物。思考到这里——再找出装针管的盒子，材料就凑齐了。"

梓月心服口服地深深点头。

"对了，一直都是辉义君在推理吧。为什么这次让信哉来？"

"直接问你，你也不会承认私自进口的事实。于是我请你弟弟田所君侧面刺探，这样比我来问更能刺激你的自尊心。我把掌握的事实全都预先告诉田所君了。不过，刺探方法和具体台词都任凭他自由发挥。用胰岛素佯攻的主意也是田所君想的。"

接下任务时我心里一个劲儿地打鼓，还好最终不辱使命。尽管透着笨拙，但我也勉强算是踏足了葛城的境界。

"败给你们了。"梓月说着耸耸肩，"竟然被弟弟驳得体无完肤……一败涂地啊。"

"有没有稍微对我刮目相看？"我挑衅地问。

梓月一脸窝火的表情，没好气地说："烦不烦，还不是靠他手把手教你。"

"下面来梳理一下信息吧。梓月先生，你把这药交给惣太郎爷爷，是什么时候的事？"

"他去世前一天……我刚从美国回来那天。"

我发觉葛城倒吸了一口气。

"给了几管？"

"八管。一周打一次，刚好是两个月的药量。惣太郎先生熟知注射器的使用方法，我寻思他可以自己打针，就只给他讲了讲怎么安装针头，嘱咐他趁晚上注射。谁知晚饭后传来他病危的消息，我急得不行，想着起码得在事情闹大前把盒子处理掉。盒子放在惣太郎先生的书桌抽屉里，他说药柜满了，先暂时放那儿……"

"那天你取回几个盒子？"

"六个。哪怕他当晚用了一管，也还缺一个……"

"缺的就是……"我垂眼看向盒子，"这个……"

"没找到注射过的针管吗？即便有人处理掉了，注射器这种东西也没法当普通垃圾随手扔了吧？"

葛城说罢，梓月点了点头。

"是啊。属于医疗废物，不能像普通的可燃垃圾、不可燃垃圾那样按常规方式处理，必须交给医院等机构代为丢弃。"

葛城喘着粗气，探身向前。

"那惣太郎爷爷猝死后，身边应该还留有新药的注射器才对。可家里谁也没提起过新药的事，否则梓月先生至今都没遭人盘问就说不通了。"

"杀害惣太郎先生的凶手处理掉了新药的注射器？"三谷脸色铁青地问道。

"毋庸置疑。梓月先生，可以请你讲解一下这个注射器怎么用吗？"

梓月闷闷不乐地从盒子里拿出注射器。

"注射器由盛放药液的管身和推出药液的活塞组成。药液流出的这端贴有封条，把它……"

梓月刺啦一声撕下封条。

"之后把针头装到原本贴着封条的部分。我没带在手边，没法演示，总之将针头紧贴这里，顺时针旋转即可固定。装好针头，就可以自己往大腿上扎针注射了。"

葛城接过注射器，聚精会神地观察了一番，主要是在看撕下封条后露出的孔。

"这个孔是用来释放药液的，对吧？"

"是啊，怎么了？"

"梓月先生，你是专业医生，我想请教你一个问题。"葛城倾了倾身，"有没有可能反过来把注射针扎进这个孔里，注入毒药？"

梓月瞪大了眼睛。他低吟一声，难以置信地摇头道："……完全有可能。"

*

"随着新药浮出水面,葛城惣太郎先生——葛城的爷爷遭人杀害的说法更靠谱了。"

待梓月离开房间,我们仨又开起作战会议。

"三谷说得没错。就像我哥哥承认的,新药有办法下毒。可以撕下封条,经由药液出口反向注入毒药。"

"还得把封条贴回去,但这点不成问题。爷爷也是第一次用这种药,封条的黏性弱些,他也会以为本就如此而不当回事。"

即使惣太郎不自己注射,而去拜托别人,也是同理。对方也没见过这种药。

"可这盒子为什么会在这两天突然冒出来?"

三谷困惑地看着盒子。

"说来简单。杀害惣太郎爷爷的凶手——'蜘蛛',悄悄藏起了它,又因为这次的案件而拿了出来。"

"拿出来干吗?"

"你也看到了,效果超群……满姐姐、信子奶奶、我妈,乃至梓月先生都卷进了案子里,大家都深陷嫌疑的旋涡……这盒子既是惣太郎遇害案的重要证物,形状又很像文具盒,凶手大约是想到能用它来操控信子奶奶。"

"看样子……凶手很熟悉葛城家的内情?起码对信子夫人行为模式的意义和缘由有充分了解。"

内部行凶的气息越发浓厚,凶手就在葛城家中……

"我也不敢相信……真凶早在拿走一个盒子时,就开始构想两个月后的这起案件了。不然本该尽快处理掉盒子……这就是其可怕之处。若非神机妙算、步步为营,制订不出这样的犯罪计划。"

"可是葛城……你不觉得奇怪吗?"三谷忐忑地开口,"对杀害惣太郎先生的凶手来说，这盒子无论如何都得藏好才行吧。留下它会暴露毒杀手法啊。"

"啊……"

还真是。搞不懂凶手留下证据有何意图、想彰显什么，感觉处处都是矛盾。茶杯之事亦然，而这次的盒子几乎可以称为阿喀琉斯之踵，令原本虚妄的惣太郎遇害论顿显真实。

"三谷所言甚是。通常都会这么想。"

"是吧？可见这项证据本身就很可疑……"

"就是这样……所以说，我们仍然身处'蜘蛛'铺好的轨道之上。"

反驳到一半闻听此言，三谷"啊"地怪叫一声。

"假如满姐姐和我妈没能和解……信子奶奶和由美姑姑依旧把秘密埋在心底……那惣太郎爷爷的死被看作病故还是谋杀，对'蜘蛛'来说都一样安全。即使我查出这个注射器和梓月先生的隐情……'蜘蛛'也不以为意！"

葛城的话令人费解。

"等等，这未免太离奇了。形势朝哪个方向发展都无所谓……那怎么着，咱们这样挨个儿找人谈话，也在'蜘蛛'的算计之中？"

葛城并未作答。不过，他口中的"身处'蜘蛛'铺好的轨道之上"，听着像是我想的那个意思。此话怎讲？凶手的计划无懈可击，能以不变应万变？可我听来只觉得凶手的意图自相矛盾。

"听好，田所君、三谷君，先专注于眼前的事。唯有奋勇向前。"葛城决然道，"再怎么可疑，也是铁证如山。信息总有其价值，不尽量多收集一些，只会原地踏步……所以，现在这样就够了。无论是对我们而言，还是对'蜘蛛'而言，这样都足够了。"

"哦,那就听你的吧……"

三谷似是没心思争辩了,有气无力地说。葛城耸耸肩膀,探身向前。

"哎,总而言之,接下来要问话的人选看来是确定了。"

"连我都能猜到。"三谷揉揉鼻子下面,"夏雄君……那个坚称看见有人下毒的孩子。"

"没错。另外,还得再带一个人过来。"

"又来这一出。这次是谁?"

"只要把夏雄带走,我想那人会自己跟来。"

葛城说话总喜欢吊人胃口,急死个人。

"可是,老实说,总感觉夏雄君的话……难以令人信服,而且就算他所言不虚,既然已经查到注射器,那他说什么都无关紧要了吧?安瓿跟案件没关系啊。"

"呵呵……"葛城笑了,"'就算他所言不虚'——这种模棱两可的状态最应避免。也好,我们来梳理一下吧。"

他从抽屉里取出便笺和圆珠笔递给我。

"田所君,夏雄君说过的所有话,凡是你记得的都写下来,然后试着判断是真是假……"

这么做有什么意义?我内心暗忖,姑且依言行事。

写在便笺上的话如下:

辉义被关在牢房里。

他在魔王和王后那里吃了苦头。

小偷总是三人一伙。

爷爷将变成幽灵回来。对这个世界有留恋,就会变成幽灵。

警察战斗也很厉害。会跟坏蛋战斗,自己也是坏蛋。

侦探身边都有助手。侦探总会揭露出人意料的真相。凶手是最不可疑的人。

外公是被杀害的，因为有个男人站在立柜前。

爸爸（广臣先生）不是凶手。

外婆不是凶手。也不是爸爸（广臣先生）干的。可疑的是"先生"。如果有外人登场，绝对是有意义的。

"这样罗列下来，无非是废话一箩筐。"三谷哼道，"谈到葛城闭门不出，他把健治朗先生和璃璃江夫人比作魔王和王后，实在简单粗暴。还有些话源于他的臆想，比如警察那段、凶手是最不可疑的人云云。"

"夏雄君不知道真相吧？"

听我这么问，葛城点点头。

"嗯，他不清楚'蜘蛛'的身份。不过，仅就其所知范围而言，他并没有说谎……"

"啊？"

"回过头来好好看看这个列表。至少有一句话，如今再看意思完全不同。"

"……咦？"

哪有这种话？我回头翻找，如今再看意思不同……回顾一遍迄今为止查明的事实……

"……该不会是！"

我惊呼出声。葛城咧嘴一笑。

"小偷总是三人一伙！"

"答对了。这个'三人'是精髓。悠人君加上父母，恰好三人。这句话是什么时候说的？"

"夏雄君和悠人君一起玩的时候……在悠人君面前说的。"

"那么，夏雄那时候就是在试探悠人君。夏雄确信那户人家——至少父母涉嫌偷窃盘子，想要确认悠人君知不知道这事、有没有参与。"

"那夏雄君和悠人君交朋友……"

"嗯，多半是夏雄主动接近。夏雄确定了小偷的身份，调查其周边，先从年龄相仿的悠人君开始刺探……事情经过大致如此，只是顺序可能有些差别。"

"竟然有这种事……"

"此外，还有一句话的意思显出了变化。不过我也拿不太准，你们姑且一听。是'外婆不是凶手'这句。听说了家里的风波，夏雄想必也有自己的看法。我本来不清楚他的理由，听了满姐姐的话才明白。姐姐为了给信子奶奶擦头发，从浴室拿来了浴巾。而夏雄的房间就在浴室旁边……"

"啊……也就是说，当时夏雄君看见了满小姐？"

"这样假设能自圆其说罢了。虽然姐姐说她放轻了手脚，但要吵醒因罕见的超大号台风而精神亢奋的夏雄，一点点动静足矣。自己的房间不在三楼，却拿着浴巾在三楼走动，还进了信子奶奶的房间，这些因素加在一起，满姐姐就显得非常可疑了。"

我蓦然感受到手中便笺的分量。此前视同儿戏的夏雄的言辞，竟蕴含着如此丰富的意义。这么说来，我听而不闻、草草读过的部分……也含有尚未察觉的意义吗？

"夏雄的话其实还有其他重大意义，这就是我接下来要打听的。"

"等等，夏雄君为什么会发现悠人君的家人是小偷？你还没解释呢。"我问。

"你真敏锐啊。"葛城笑道,"问到点子上了。所以要听听他自己是怎么说的。"

6 堂坂夏雄与堂坂广臣【水位距馆9.2米】

被带到葛城房间的广臣丝毫未掩饰不快的表情。他身旁的夏雄无聊地背过脸。

"现在不是干这个的时候,对不对?食堂里乌泱乌泱的全是人。楼下正在讨论要不要开放二楼的一部分呢。眼看着大水往坡上涌,我没工夫跑这儿来听你们说闲话。"

广臣一个劲儿地挠头。看样子他为抗灾忙得团团转,情绪相当紧绷。他一上来就咄咄逼人,着实棘手。

"广臣姑父,即便如此,有件事我还是必须问问你。"葛城语调沉稳,"惣太郎爷爷遇害疑云……关于此事的真相。"

"哼。"广臣不屑地说,"你该不会把夏雄的话当真了吧?我说呢!"

"可是啊,广臣姑父,夏雄看见的场景真实发生过。你自己心里也清楚吧……"葛城以求证的口吻轻声说。

"一派胡言——"

"夏雄,听话,别再隐瞒了。"葛城唤道。

夏雄这才对他表现出兴趣,懒洋洋地看过来。

"辉义哥哥,你到底想干吗?把我带到这儿,还让我爸爸跟着……"

"咦，你没什么精神嘛。这可是你翘首以待的好戏哟，侦探和助手齐心协力，揭露出人意料的真相……"

夏雄哼了一声。

"你哄小孩呢？少瞧不起人了。"

"没瞧不起你。反倒佩服你能忠于自己的所见所知，真诚直率地行动。只有你，在这座充满谎言的馆里，只有你一直讲真话。"

听到葛城这样说，夏雄睁大了眼睛。

"夏雄的确看见有人站在立柜前面。这是事实，但并非对广臣姑父的告发。"

"你说什么？"广臣挑起眉毛。

"来，开诚布公地谈谈吧。谈谈真相。"

"你说的'告发'是什么意思？"

一瞬的动摇之后，广臣旋即恢复了成年人的气定神闲。他的姿态过于堂堂正正，以至于我几乎以为刚才是看走眼了。

"不，在那之前……你说夏雄看见了那个场景，这讲不通吧？坂口先生是从窗外用相机拍摄的，根本没有可供夏雄藏身的死角。"

"呵呵……也对。先解决这个问题，夏雄和广臣姑父也更容易理解后面的事。"

葛城冷不丁站起身，打开房门。

"换个地方说话吧……去别屋。"

"别屋？"广臣歪了歪头，"可那儿有尸体……"

"尸体上盖着防水布，看不见凄惨的景象……总之，等确认完要确认的事，就立马回这边来。"

葛城撂下话便不容分说地走出房间，剩我们四人面面相觑，丈二和尚摸不着头脑。

葛城从用人休息室拿出钥匙串，打开别屋的门锁。

尸体覆于防水布之下，虽免于目睹凄惨的死状，血腥味却无从遮掩。屋里弥漫着异味，我强忍呕吐的冲动环顾房间。

"解决疑问后就赶快离开吧。再怎么说，待在这儿也让我很难受……"

"我说辉义君，你带我和夏雄来这种地方……到底是在打什么主意？别怪我说话不好听，你今天有点不正常，跟吃错药了似的。"

"是啊，不正常……我自己也是这么想的。脑中逐渐成型的案件真相偏离日常轨道太远，如同妄想一般……"

广臣很不客气，葛城却仍未收敛略显自嘲的笑容。

"田所君，那张照片……坂口先生的照片，是从什么角度拍的？试着准确地回忆出来。"

"唔……是站在正对着门的那扇窗户从外面往里拍的，稍微斜对立柜的角度。男人是右半身朝向立柜站着的，所以只拍到一部分侧脸……"

"那就请三谷君站到那扇窗户外面。最好别开窗，这样吧，和我用电话交流。田所君，你把门打开一条缝，站到门口。"

此时我已彻底丧失反抗葛城的意志。从三谷唯唯诺诺照办的样子来看，他或许也怀着同样的心情。

三谷站到窗户外面，我也遵从指示就位后，只听葛城用夸张的语气说："坂口先生从三谷君现在站的位置往别屋里偷窥，目击了事件。而夏雄也目击了同一场景，于是事情显得怪异起来。"

"是啊。"葛城的手机扬声器里传出三谷的声音,"站这儿一看就知道。从这个位置既能看见门外的田所,往旁边看——"

三谷向左转身。

"也能看见另一扇窗户外面。夏雄根本无处可藏。"

"那是因为……"夏雄使劲儿挠着后脑勺,"……喊。"

"那么,三谷君——"

葛城踱至沙发旁的另一扇窗户前,面向三谷。

"这里又如何?"

"……啊?"

我和电话对面的三谷异口同声。

"呃,确实很难看见……"

"那这样呢?"

葛城原地蹲下,在沙发旁将身体蜷缩成一团,从我这里能看得一清二楚。

"喔,看不见,看不见啦,葛城。有沙发扶手和边桌挡着,那儿完全是死角。把脸贴在窗户上都看不见。"

"喂……葛城,这算什么啊!"我不由得喊道,"他怎么可能待在那个位置!蹲在那儿未免太显眼了,坂口先生看不见也没用啊。分明一览无余!站在立柜前的男人……能看得一清二楚!"

"那是自然。前提是他是像这样蹲着的。"

"那——"

"好厉害……"

夏雄忽然喃喃道。循声看去,只见他两眼放光,张大了嘴。

"辉义哥哥……是真有本事。真的无所不知啊。"

我因夏雄的反应而目瞪口呆。广臣更是跟不上节奏,怔怔地张着嘴,好像单是用目光追逐我们就用尽了全力。

葛城保持下蹲的姿势,掀起铺在音响前的地毯,在地板上摸索起来。

"田所君……你总是停在关键之处。'夏雄为什么会知道悠人一家的秘密',这个疑问直指核心。可惜啊,再多问一个问题就好了。"

在脚边摸索一阵后,葛城嘴巴张成"O"形,心满意足地点点头,抬头看向我。

"还记得悠人君家里的密道吧。你应该再问一句:那条密道,究竟通往什么地方?"

地板的角落有一扇似是用于收纳的小门。葛城打开了门,从门内飘来寒气。

"就是这里。这就是密道的入口。"

"怎么了怎么了,出什么事了?"三谷听见骚动,吵吵嚷嚷地绕回屋里。他是从外面绕过来的,淋了一身湿。一看到地板上的门,他便发出欢呼:"哇,厉害啊!"

"悠人家的地洞是用防空壕改造而成的,这边也一样。估计是二十世纪四十年代,在葛城家之前住这里的家族准备了这个地洞,以便随时能逃出高地。田所君听避难老人提起的防空壕就是它。这栋别屋在六十年前的水灾中一度损毁,后又重建,可见是特意留下了这个地洞。也许是惣太郎爷爷觉得好玩吧……"

葛城探身入洞,用手电筒照向里边。

"广臣姑父和由美姑姑怎么都找不到的惣太郎爷爷的秘密财产,十有八九就藏在这儿。"

"居然在这种地方……"广臣发出呻吟,"这谁找得到啊。"

"莫非秘密财产已经……"

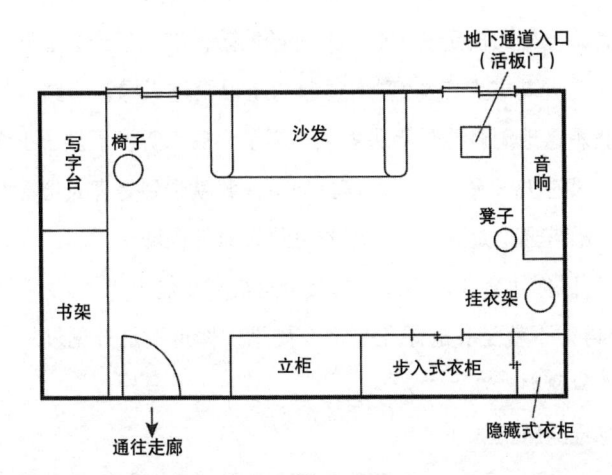

别屋示意图③

"嗯。"葛城从洞里缩回脑袋,摇了摇头,"果然没了。多半是真凶拿走了。真凶杀害惣太郎爷爷,目的恐怕就是夺取秘密财产。看来真凶也知道有这么条密道。"

"原来如此……而夏雄君发现了这条密道。"

"没错。自从惣太郎爷爷病倒,一年多以来,这栋别屋一直闲置着。夏雄大概是从那时候起开始探险,发现了这个地洞。"

"对。"夏雄点点头,"不过起初压根没这么深,半路就堵住了。我想这地洞可能是年头太久,塌了。后来听说了盘子小偷的事……再进去一看,发现通道打通了。我就想到是有人把地洞挖穿了,沿着通道走到对面,就看见悠人家那栋房子。"

"所以你才会怀疑悠人君的父母是盘子小偷……"

"再往下就是我的想象了……夏雄,你是不是看见过惣太郎爷爷的秘密财产?"

夏雄的肩膀猛地一抖。

"……嗯,是啊。袋子里装着好多钻石……太不安全了,但反正是在地毯下面,而且嵌在密道的墙里,乍一下看不出来。我猜外公是觉得放那儿没那么容易发现。悠人的爸爸妈妈好像也没想到去查看墙里。笨死了。"

听夏雄这么说,葛城露出苦笑。

"之后呢,惣太郎爷爷去世前一天,坂口先生和神秘男人现身的那天,你进了别屋。你是打算偷一点宝石吧,所以趁爷爷睡觉时潜入了屋子。刚一进屋,你就感觉到身后有人靠近,慌忙想躲,情急之下钻进了地洞。其实你听见的是坂口先生的脚步声,他直接绕到屋子背面的窗户那里了。接着,照片中的男人适时现身,你就一直屏息藏在洞里。"

"然后,从洞里探出头来的时候——"

"没错。"夏雄垂下眼帘,"我看到他站在那里……"

夏雄浑身战栗。

"是'先生'……"

"啊?"

广臣突然抬起头来。他双手相扣,姿势像在祈祷。

"就是这么回事,广臣姑父。夏雄从一开始就一直在提'先生'。"

"夏雄君,"三谷问,"你说的'先生'是指……"

"黑田先生啊……我的教书先生还有别人吗?"

我们关上别屋密道的入口,回到葛城的房间。

"看样子不仅广臣姑父和夏雄,连田所君和三谷君也完全没弄懂事情经过,那我按顺序梳理一遍吧。

"爷爷病危那天,先是广臣姑父进了别屋。当时广臣姑父应该是在谋划毒杀爷爷,靠近立柜触碰了安瓿……"

"一时鬼迷心窍……"

可能是已无力抵抗,广臣干脆地承认了。

"惣太郎先生死了,由美就能获得遗产……没准还能把秘密财产弄到手……当时律师事务所那边资金周转困难。跟你们说这些总感觉怪怪的……"

广臣后背佝偻着,看起来一下子苍老了不少。在尾七这种日子拿出猎枪试射,想来也是因为积攒了太多压力吧。

"不过,你最终没对安瓿动任何手脚,中途放下了。毕竟没法事先往安瓿里掺毒药,要说有什么办法,只能是折断安瓿,在吸取药液时下毒。"

"是啊。我怀着一线希望把安瓿拿到手里,期盼能找到什么办法，可行不通，于是又把安瓿放回了柜子——就在那时，我听见门边有动静。我赶紧看向游廊，没看到人影……我从后门回到西馆，就看见正君站在客厅门前。我问他：'刚才有人来过这儿吗？'他说：'没人来过。'我一度怀疑是正君。我也清楚他不可能干那种事，但他站的位置实在太可疑了……"

"而在那之后，夏雄跟你说看见有人站在别屋的立柜前面。"

"嗯……我就以为他指的是我。"

从广臣的角度来看，这样想十分自然。儿子目睹了他一时鬼迷心窍的瞬间，还在家人、客人面前大肆宣扬，想必带给他很大压力。虽说其实是误会一场，但如此事态委实难以预料。

"因为误会了，所以每当夏雄开口提起这件事，你都会从旁阻挠。'小孩子瞎说的'，'这孩子分不清电视剧和现实的区别'，你念叨着这些，做出一副责备孩子恶作剧行为的家长姿态。我猜你首先笼络了由美姑姑。当然，你没告诉她自己做了什么。'要是夏雄胡说八道，我们一起来阻止他吧'——你八成是这么跟她说的。"

广臣微微领首。

"再接着说别屋的事。广臣姑父离开后，又过了一会儿，夏雄进了别屋。坂口先生紧跟着过来，夏雄听见脚步声，躲到了地板下的密道里。坂口先生走到窗外，照片上的男人随即现身。"

"是黑田先生。"

"他把立柜里的安瓿拿到手里，坂口先生目击这一场景，按下了快门。而地板下的夏雄也目击了同一场景。待他离开，坂口先生走进房间调查立柜，夏雄就又躲了起来。等坂口先生走了，夏雄从地板下出来，从别屋脱身。"

"对。辉义哥哥推测得一点都没错。"夏雄感动地说，"偷外公的宝石……我放弃了。屋里只剩我一个人,倒是有机会,可想到黑田先生也许是要杀爷爷,看见那一幕的坂口先生什么都没说……我就好害怕……我还一闪念想到,坂口先生没准发现我藏在那儿了……"

葛城默默点点头。夏雄连我们没问的事也主动说了出来,令我吃了一惊。本以为要撬开他的嘴难乎其难。可见葛城一举赢得了夏雄的信赖。

夏雄一定是在想:跟这个人说了,他肯定能解决。

"可是葛城……黑田先生为什么要碰立柜里的安瓿?那东西不是跟毒杀没关系吗?"

"等一下,田所君……你这话是什么意思?"

我们出示刚才发现的新药针管,解释了一番。广臣和夏雄都一脸呆滞。

"怎么会这样……"广臣说,"到头来,全都是我的独角戏?"

"结果黑田先生与案件无关……那当时他碰安瓿是想干什么?"

葛城歪了歪头。

"总之,先前你们俩一直有隔阂,这下误会算是解开了。"

广臣和夏雄对视片刻,前者先别开了脸。

"广臣姑父……恕我多说一句,夏雄从来都很诚实。他确实受到了游戏和电视的影响,但我也经历过类似的时期。那时候我成天念叨刚刚读过的推理小说里的台词。"

"是啊……"广臣无力地笑着,"假如能早点认真听听夏雄的话,我也不至于这么苦恼了……"

"也怪我火气太大……"夏雄扭过头,绷着脸说。

"……说来惭愧，最近工作很不顺……搞得我焦头烂额，疏忽了家人。和夏雄之间的隔阂或许也是因此产生的……"

"这样啊……"

葛城微微垂眼，脸上闪过一丝哀伤。

广臣笑了，冲夏雄伸出手。

"听从辉义君的忠告，以后我会多注意倾听。夏雄，真是对不起，我们和好吧。"

夏雄不可思议地看了看广臣伸过来的手，继而咧嘴一笑："那你要给我买游戏赔罪哟。"说着，他握住了广臣的手。我和三谷对视一眼，不禁苦笑。看样子他是不打算白白吃亏。

狡猾的孩子。不愧是葛城的表弟。

*

"怎么回事啊，葛城？为什么这时候会冒出黑田先生的名字？"

待葛城的房间里只剩我们三人，我马上刨根问底。葛城微微一笑。

"是啊。此时查到黑田先生头上，意味着'第二阶段'总算进入了终局。信息很快就能集齐了。"

终局。"对话"开始前，葛城说要给我们看"五组家庭剧"。

还差一组。

"你早就知道照片里的人是黑田先生？迄今为止，这个名字从没进入过嫌疑范围。太出乎意料了。"

"嗯。夏雄一直在提'先生'，我是据此推断的。此外，我之所以怀疑黑田先生，还有其他的理由……"

"其他的？还有什么理由啊？"

"这要留到在下一位客人面前讲。"

葛城似是无意再多言。三谷夸张地叹息一声。

"真是吓到我了，敢情田所以前都在陪你干这种事？跟坐过山车一样，都不带歇歇的。"

"可不是嘛。能有三谷一个人理解我的辛苦，我也算是知足了。"

我们一唱一和地挖苦，葛城却不为所动。

"话说回来，"三谷说，"我还是完全搞不懂凶手的目的。这回也一样。安瓿跟毒杀没关系对吧？下毒的途径是注射器。那黑田先生为什么要碰安瓿呢，不怕引人注意吗？"

"为了让人误解下毒的途径，干扰调查……之类的？"

"不行不行，这样岂不是本末倒置？对凶手来说，最理想的情况是大家都相信惣太郎先生是病死的，那又何必冒险强调谋杀的可能性？"

"的确很有道理。"我摸摸下巴，"感觉不合逻辑。我们对'蜘蛛'的意图仍旧一无所知……"

葛城"唉"地叹了口气。

"我说过好几次了，到此为止都在'蜘蛛'的剧本之中。你们也看到了，广臣姑父和夏雄针锋相对，一直存在隔阂，不是吗？到这一步，'蜘蛛'的企图就算是得逞了。这样就够了。"

是指他刚才说的那段话吗？谜题解开、解不开，形势朝哪个方向发展都无所谓……就是那段云山雾罩的话。

"这就是我刚才说的'第二阶段'的意思。'第一阶段'是信子奶奶染上嫌疑，全家人凝聚成铁板一块，陷入胶着状态、疑虑重重的时期。'第二阶段'从化解误会开始，是解放与收集信息的时期。这一时期暗藏破绽……只要有人试图调查，早晚能化解纠葛……但那纠葛深入家族内部，没那么容易化解，众人都无法挣脱……换言之，在'第一阶段'和'第二阶段'，凶手觉得能扰乱众人视线便足矣。若家人跨不过这道坎儿更是万事大吉，那样就谁都追查不到凶手的踪迹了。"

"等等，你的意思是……截至目前所有事情都是'蜘蛛'算计好的……那我们的努力全是白费力气吗？"

"怎么会是白费力气呢。我们不是弄清了许多人行动的意义、许多证据的意义吗？像这样顺藤摸瓜……自然会找到揭示其他真相的线索，届时便能冲进'第三阶段'。"

"第三阶段……"我喃喃道。

"我们只是暂时还没扼住'蜘蛛'的咽喉而已。迟早能抓到的。这条路的前方，这根纤细蛛丝的前方，必然有'蜘蛛'的身影……"

葛城眉峰拢起，脸上掠过凶神恶煞的表情。我不寒而栗。他以前露出过这种神色吗？会不会是与前所未见的狡猾凶手交锋，令他热血沸腾了……

我做了个深呼吸，啪地拍了一下自己的大腿内侧。既然他斗志昂扬，我也得做好相应的心理准备。

"好，葛城，那就让我们给'第二阶段'……好好做个了结吧。"

听我说完，葛城站起了身。

"那我去叫人了。还有些别的事要办，你们俩再稍微等一会儿。"

别的事？是什么呢……

"可是黑田先生已经死了，这次是要找谁问话？"

"当然是非常了解黑田先生的人。"葛城回头道,"我去叫我爸过来。"

7 葛城健治朗与被遗忘的男人【水位距馆 7.2 米】

"终于轮到我了啊。"

健治朗的做派与家里的其他人大相径庭。

其他人被叫来后都表达了不快与猜疑,还有人流露出明显的敌意。与之相反,健治朗静静地坐到了椅子上,闭上眼睛,气定神闲。他合眼的时间实际上不足十秒,却散发着虔诚的气息,甚至给人以永恒之感。

"健治朗先生,楼下的情况……"我诚惶诚恐地问。

健治朗轻轻睁开眼,以冷峻的声音宣告:"是啊……唯有祈祷。眼看大水就要涌到跟前了。我派人去坡道那边看看,还没走下去十米就到水面了……事态发展到这个地步,也只能祈祷别再有水坝决堤,河流涨水的影响就此到头……我四处联系人想办法,都说风太大,没法出动直升机。只能在这儿熬,等着能熬过去了。"

"怎么会这样……"

手控制不住地发抖。我想起从车里看到的凶猛水势……一想到洪水马上就要漫延过来,便绝望万分。

我们拼尽了全力,能做的都做了,还去帮助其他居民。只能熬了。葛城将这次抗灾称为"防卫战",可谓一语中的。既已尽人事……此后唯有听天命。

"嗐……这种事,也不是人力能左右的……"

健治朗转向葛城。

"叫我过来,说明你已经查出来了吧……即使在这种状况下……不,正因为处于这种前途未卜的状况,才更应该弄个明明白白。"健治朗长长地叹了口气,"一切都太迟了。事到如今,后悔也于事无补……"

我忽然察觉到健治朗心平气和的缘由。这个热情洋溢、说难听点是血气方刚之人,为何能沉着至此。

因为他已做好了心理准备。

在这个房间,听葛城说明他的"计划"之时。

"如今想来,我也许一直在等待这一刻,等待有人来纠正错误的瞬间。"

"爸爸,现在叙旧还早了点。不先讲讲事实,他们俩压根跟不上节奏。"

葛城转头看看我们,耸了耸肩。

"嘿,对父母不留情面这点也这么像。"健治朗伸出一只手,"光我一个人说也没意思,辉义,谈谈你目前掌握的事实吧。"

葛城探身向前。

"黑田先生是惣太郎爷爷的孙子。是私生子的孩子。坂口先生拿到的用于威胁的把柄,就是黑田先生的事吧?"

"啊?!"

孙子?!竟然是孙子?!黑田先生跟葛城家的人有血缘关系?

置我和三谷的震惊于不顾,健治朗举起双手道:"心悦诚服。"

健治朗笑笑,以透着满足的语气继续说:"来,开诚布公地谈谈吧。谈谈真相。"

"……那我先解释一下怀疑惣太郎爷爷有私生子的理由。"葛城鼓起脸颊，用略显无聊的口吻说。

我不禁苦笑。他是因招牌台词被抢了而有些不满吧。明明健治朗没听过刚才那几组对话，这对父子还真是像得吓人。

"田所君，你还记得惣太郎爷爷创办的公司的 Logo 什么样吗？"

话头抛到了我这里。葛城似乎是意识到跟父亲说明白也没多大意思，在父亲面前，他仍是个孩子。

"好像是以剑、弓和盾为主题。盾在中间，剑和弓交叉着，贴在盾牌外侧。"

"进攻是最好的防守！是这个意思吧。"

"是啊。剑、弓、盾，重要的是这三个词。并且不能忘记，Logo 的设计草案是惣太郎爷爷拟的。"

"什么意思？"

我不假思索地反问，身旁的三谷则"啊！"地叫出了声。

"是名字。健治朗先生、由美夫人。"

这下我也终于懂了。

"健治朗先生对应剑，由美夫人对应弓。[①]原来如此，是按照 Logo 图案分别取的名字啊。"

"是这么回事。那么，盾在哪儿？"

"就因为这个……"

我瞠目结舌。对于任何事物，不看出点意义不罢休——难道

---

①日语中，"健"与"剑"同音，"由美"与"弓"同音。

他背负着如此宿命不成?

"信子奶奶刚得认知障碍症那阵,惣太郎爷爷曾说过对她的妄想很头疼。爷爷稍微出去一会儿,她就质问他'是不是去找女人了'。患上认知障碍症后,过往的记忆会更加鲜明。她会产生这种外遇妄想,说明爷爷从前确实花心。年轻时,奶奶生怕遭爷爷抛弃,那段记忆深深扎根在她心里,在老年化作妄想。"

健治朗点了点头。

"惣太郎在外面有个孩子,名叫淳二郎。"

乍听之下我没能把这名字跟"盾"联系起来,反应了一会儿才意识到,"盾"的音读①与"淳"同音。

"爸爸,你是怎么知道的?"

"当上政客前,我亲自对老爹做了背景调查。总不能指望他主动交代吧。淳二郎由生母带到东北老家抚养,老爹支付了高额抚养费。生母本人和她老家的人都过得很拮据,愿意抚养孩子只是奔着钱去的。生母没有好好照顾孩子,对淳二郎放任自流。淳二郎十五岁时离家出走,后来好不容易组建家庭,但可能是年轻时太过放纵留下了病根,四十多岁就病死了。"

健治朗闭上眼,摇了摇头。

"我都没来得及做些补偿。"

"不是爸爸的责任。"葛城关切地安慰道。

"淳二郎有个儿子的事,也是我那时候查到的。"

"喂,葛城,就算知道惣太郎先生有私生子,私生子又有了孩子,可你又是怎么知道那人就是黑田先生的?"

"多亏了信子奶奶。"

---

① 以近似于在汉语中的发音读汉字,与"训读"(以日本固有发音读汉字)相对。

"怎么讲？"三谷问。

"奶奶冲着黑田先生喊了'孩子爸'呀。"

"……啊！"

我不由得叫出了声。

"原来她说那话不是无缘无故的！她并不是忘记了家人的脸，错把陌生人当成了家人。黑田先生的长相和惣太郎先生年轻时很像！"

"只能认为是隔代遗传了。拿张黑田先生的大头照来，修掉胡子，想必跟惣太郎爷爷年轻时一模一样。而且是酷似外遇生下淳二郎先生那段时期的青年惣太郎。"

"唔……"我情不自禁地沉吟。

健治朗苦闷地摇头道："黑田君知道自己是葛城家的私生子的孩子，也许是他父亲临死前告诉他的。他恐怕非常仓皇苦恼吧，这个家本应有他的一席之地……"

健治朗极为感伤。

"也许他是想见祖父一面，抑或他接近抛弃自己一家的祖父，从一开始就是怀着复仇之心。又或许，他是为了钱。无论出于何种理由，总之黑田先生以家庭教师的身份混进了葛城家。"

"我发现黑田君是私生子的孩子的契机和辉义一样。半年前，母亲冲他喊了句'孩子爸'。我看向黑田君，觉得他的脸瞬间和儿时见惯的父亲的面孔重叠在一起。我试图说服自己那只是偶然，却怎么都做不到一笑了之。我立马找人调查黑田君，结果他的年龄、身世全都跟淳二郎的儿子吻合。可时至今日，我哪儿还有脸去找黑田君说开？"

葛城沉默不语地聆听父亲追忆往事。

"表面上，他态度平和。广臣先生也很倚重他，期望他能跟夏雄搞好关系。作为家庭教师,他的确才能过人,毕竟光是让夏雄那孩子老老实实坐住就不简单。"

这是在开玩笑吗?只见葛城面色严肃,一点要笑的意思都没有。

可我们看过黑田发的那条短信,满是揶揄和无所顾忌的戏谑之语。黑田的为人是否真如外表一般?我心存疑惑。

"若是见他形迹可疑,本该趁早把他赶走。要是他可能会加害家人,就更不能姑息了。"

"我狠不下心。我给他开出高额薪酬,招待他吃晚饭,把与家人共度的时光当作对他的补偿。"

"我就知道。"

"没想到,"葛城继续说道,"这样的生活裂了道口子。是坂口先生撕开的。他掌握了私生子的存在,来接触你。政客不为人知的血亲,多劲爆的素材啊,更何况——"

葛城停顿些许,以强调的口吻道:"他用相机拍到了那个私生子的孩子企图毒杀爷爷的瞬间。"

"我一直很纳闷坂口先生持有的'材料'是什么。"

葛城淡淡地继续讲解,三谷在一旁茫然观望。

"是跟满姐姐交往期间攥住的什么把柄吗?是和家人有关的事,还是和毒杀案有关的事?坂口先生说起'材料',是在夏雄提出惣太郎爷爷死于毒杀之后。那么,他所谓的'材料'极有可能是与毒杀相关的照片。"

"但是,"他接着说,"有个小插曲很不可思议。据说之前在网球场,他在正哥哥和外来的客人——田所君、三谷君和黑田先生——面前提起了'材料'的事,就好像在特意说给他们听似的。"

"原来那时候……他是在刺探黑田先生！"

"没错。"葛城道，"坂口先生的目标从一开始就是黑田先生。回忆一下坂口先生死前在玄关对你说的话……"

"啊！"我忍不住惊呼，"是孙辈杀害了惣太郎先生……当时坂口先生明确提到了孙辈。"

"对。我察觉到黑田先生的真实身份，很大原因是坂口先生的这番言辞。另外，也是因为夏雄反复用'先生'一词指控黑田先生。而坂口先生怀疑黑田先生到这种程度，八成是对动机心里有谱。"

听过葛城的解释，我豁然开朗地点了点头。

"是的。"健治朗无力地摇头道，"坂口先生试图利用照片勒索黑田君。不过他先找上的是我。他大概是觉得，比起直接把照片强卖给黑田君，从珍视黑田君的我身上能榨出更多钱……我没发现他也去找黑田君本人交涉了。"

健治朗突然捶了自己大腿一拳。他的拳头在颤抖。他摆出一副随时都能一跃而起的架势，但纹丝未动。

"……都怪我。要是我能早点——早点行动起来——"

"黑田先生就不会被坂口先生杀害，也不会杀害坂口先生了，是吧？"

葛城的话令我备受冲击。

"你在说什么啊？"

"听到这里，你还没跟上我爸的思路吗？坂口先生是勒索犯，黑田先生有杀坂口先生的动机。黑田先生杀坂口先生不成，反遭杀害……"

"没错。"健治朗点点头，"坂口先生和黑田君互相杀害了对方。"

又来了！我差点叫出声。健治朗这人又要做出推理了！事态发展令人头晕目眩。

"据我推测，"健治朗沉闷地说，"黑田君在出门视察曲川之前，把坂口先生叫到了别屋后面，估计是谎称要把答应好的钱给他吧。别屋背后的山崖下面是曲川上游河段，黑田君想把坂口先生从山崖推下去，不料遭到反击，自己掉进河里，淹没在那股浊流之中。想都不用想，他铁定是溺死了。"

健治朗苦涩地摇摇头。

"坂口先生失手杀人后，意识到黑田君的车留在停车场会坏事。黑田君说要去看看曲川，晚饭后六点半离开了馆，要是车还留着，大家会奇怪他去哪儿了。"

"……所以他就把车抛下了山崖！"

我想起拍摄于曲川流域的那段河水泛滥的视频。

"从视频中可以看出黑田君的车冲到了哪里，但未必是开到Y村那座桥附近才冲过去的。车刚掉到山崖下的上游河段时还在陆地上，到凌晨一点半左右，河流涨水，车子浸到水里被冲走了……这样想也完全解释得通。而在凌晨一点三十七分左右，有人在桥附近拍了视频。"

拼图一点点拼凑起来。健治朗的推理脉络清晰。

"然而黑田先生的凶行并未就此终止。"

葛城说罢，健治朗点点头。

"是啊。他提前在坂口先生的车里设置好了炸弹，以期把相机连同里面的数据彻底烧毁……陷阱在黑田君死后发动了。他们就这样互相杀死了对方。"

葛城摸摸下巴。

"有两个疑问。要用那样的手法杀人，黑田先生起码得具备制作炸弹的知识。这点你核实过吗？"

"很遗憾，他还真有这方面知识。黑田君学生时代曾在海外参与恐怖组织的活动，学习过炸弹的制作方法，我是在调查他的履历时得知的。他在日侨开始被盯上之前回国了。他在大学学的理科，只消知道制作方法，走私药品和火药也好，另打主意也罢，制作炸弹可谓手到擒来。"

简直是我闻所未闻的世界。同时，我也对黑田参加过那种活动倍感震惊。他上学那阵距今得有十年以上了，但再早也是在"九一一恐怖袭击事件"之后。

葛城未显惊讶，竖起两根手指。

"第二个疑问。都设置好炸弹了，干吗还特意把人叫出去杀？只要炸弹陷阱顺利发动，黑田先生甚至都不用接触坂口先生，就能杀人于无形，他又何必多此一举？"

"炸弹可能主要是用来销毁相机之类的物品的。又或许，赶上预料之外的大雨天，他担心炸弹会失效？"

"炸弹失效……的确有可能。"

葛城深深点了点头，却让人看不出他对这个说法信服几分。

健治朗摇了摇头。

"假如我早点采取对策，向黑田君伸出援手，没准悲剧就不会发生。一想到这儿我就无地自容，一把年纪了还这么不中用。"

"难得听你跟我诉苦啊，爸爸。"

"不过呢，"葛城继续道，"这话说得一点都没错。你本来可以阻止悲剧发生的，你责任重大。"

"葛城！没必要说到这个份儿上吧……"

我情不自禁地站起身。他对自己的父亲竟也如此刻薄。

"而我也一样。"葛城看都不看我，向健治朗坦承道，"我注意到黑田先生在说谎，却没有追究。我还注意到坂口先生在敲打黑田先生，却没去探听个中缘由。"

"没办法，你刚经历过打击。"

"像这样给自己找借口很简单，但我不想这样做。"葛城摇了摇头，"我不会这样做。"

健治朗终于露出一丝微笑。

"真不愧是血脉相承。"

"可不是嘛。生在麻烦的家庭，摊上个麻烦的父亲。"

"还学会强词夺理了，越来越像我了啊。"

我不胜感慨。葛城欲将父亲也化为自己的血肉，吸取政客父亲的坚韧，清浊并吞。所以他才会灵活运用谎言、虚张声势，放弃仅仅做个"好孩子"。

葛城变了。

"……我一直误会了爸爸。"

健治朗蓦地停止谈笑。葛城语调缓慢地吐露着心声。

"你净说些动听的谎话，徒然示人以蔷薇色未来，满嘴都是不负责任的言辞。我以前一直是这么想的。可你也背负着，背负着那些没能拯救的事物。"

健治朗闭上眼，静静倾听。

"你也有没能拯救的事物吗？"

葛城也闭上了眼。

"一个少女，还有一个比我年长许多的女人，而且她原来当过侦探。把自己摆在拯救他人的位置上固然狂妄，但是……我没能拯救她是事实。"

我回想起落日馆发生的案件。回想起那个闷热的夏天。

"我无论如何都无法原谅飞鸟井小姐。"

"无法原谅自己没能拯救的人？还真是复杂的感情。"

"是啊。"葛城自嘲地笑笑，"……我想否认她是名侦探。我觉得她放弃当名侦探是在逃避。可真正让我无法原谅她的，是别的原因。她连自己都没能拯救，而我也没能拯救她。我无法原谅这般无能的自己。"

"葛城……"我喃喃道。葛城闻声朝我这边瞥了一眼，浅浅一笑。

我万万没想到葛城是在思索这些。同时，我感到他的话驱走了我心中的迷雾。为何无法认可在那起案件中遇到的"她"，又为何一想到"她"就心如刀绞——他用语言形容了出来。

"你口中的'名侦探'就能做到？"

"是的，爸爸，能做到。甚至能拯救这座馆里的所有人。"

"你说什么？"

"所有人？！你的意思是……可以阻止水灾？"

我和三谷起劲儿地问。莫非葛城围绕侦探问题思考得太深入，以致走火入魔，出现妄想了？我自己都觉得这个念头太过分。

"这种事能做到吗？"

健治朗微微睁大了眼睛，似乎很震惊，却显得比我和三谷对葛城多了些信任。

"能做到。因为，名侦探是——"葛城的语气毫无迟疑，"英雄啊。"

健治朗非但没有惊讶，反而扑哧笑出了声。"啊哈哈！"他肩膀颤抖，快活地笑着。并不是在笑话葛城，那是爽朗的笑。

"真搞不懂你这孩子到底随谁。"

葛城耸耸肩，扬起半边嘴角，露出略显嘲弄的笑。
"像你啊，爸爸。多么可悲。"

*

接着，葛城称有话想跟父亲说，两人在二楼的房间单独待了片刻。想来是父子间积攒了不少话要谈，我们没多打扰，站在二楼走廊等了一会儿。

"哎呀，真是令人欣慰。"三谷一脸陶醉地说，"父亲和儿子相互理解，同心同德！感觉真好哇。肉麻兮兮的。"

"别这么说人家。"

我吐槽着三谷的调侃，几乎忘记了尚在持续的水灾。

对了，葛城先前叮嘱我们冷眼静观"五组家庭剧"，切莫感怀，我却彻底沉浸其中了。这可不行。我要试着以冷静的眼光重新审视健治朗。

倘若健治朗的态度是装出来的……倘若健治朗就是"蜘蛛"呢？思及此，我感到一阵战栗。站在他那个位置，能完美操控事态走向的把握高达百分之八十。

首先是"第一阶段"，诬陷信子夫人是凶手，将全家人凝聚成铁板一块。在这一阶段，健治朗团结起家人，主导了讨论的走向。让广臣成为第一发现者，佯装自己是后来才听说，这一手很绝，既能掌控局面，又不着痕迹地撇除了嫌疑。

然后，在"第二阶段"，葛城开始叫人来"对话"前，健治朗推了葛城一把。他对葛城讲述了发生在驻在所的事，引起了葛城的注意。因此，按常理来想，健治朗不会是真凶。

可如果结合葛城的话来考虑，事情的面貌便迥然不同。直至

"第二阶段","蜘蛛"都不在意葛城是否能解开谜题,那么推了葛城一把的健治朗也完全有可能是"蜘蛛"。不如说他就是通过此举打消了周围人对他的怀疑……

怎会如此?方才所见的父子和解"家庭剧"天翻地覆。葛城拜托我做的就是这个吗?仅是掺入一丝疑心,温情便土崩瓦解……那其他四组对话岂不亦然?

满和璃璃江。有所隐瞒的女儿与体贴孩子的母亲的隔阂。

信子和由美。反复赎罪的母亲与乐观生活的女儿的故事。

我和梓月。不受哥哥重视的弟弟与坏心眼的哥哥的对决。

夏雄和广臣。只说真话的孩子与满口谎言的父亲的误会。

葛城和健治朗。成长的儿子与默默守望的父亲的家庭剧。

这五组对话里存在谎言?扮演着角色、成功骗过所有人的"蜘蛛"……就在其中?

透过走廊的窗户能看见细雨飘落,台风的势头也已彻底过去。

从窗户向下眺望,可以俯瞰到水势。水正一点一点往坡上涌,水面与馆相差五米左右。大水对我们步步紧逼,如同软刀子杀人。

而后,水灾似要彰显其恐怖一般,展开了最后的猛攻。

8 灾变【水位距馆 0 米】

就在这时。

整座馆轰然摇晃起来,剧烈的碰撞声响彻四周。

站都站不稳,我本能地趴在地板上。三谷也趴着问:"地震了吗?!"

不久后传来尖叫声。

到底发生了什么?手机好像还有信号。不是地震?也没收到紧急地震速报。

摇晃平息,总算能照常活动了。

我走进葛城的房间,问葛城和健治朗:"你们没事吧?"两人都把头埋在桌子底下,蜷缩起身体自保。

"到底……发生了什么?"健治朗问。

无人回答。摇晃平息后过了约莫一分钟,我们提心吊胆地开始活动。

能听见楼下有人在尖叫。

几乎在同一时刻,身后传来女人的喊声:"老公!"

是璃璃江。她大口大口喘着气,衣服下摆湿漉漉的,肩上背着个小孩子。不是夏雄。是避难者之一吗?

"怎么了,璃璃江!楼下情况如何?"

"水流进来了!"璃璃江面色铁青,"房子这么一摇晃,水就一股脑儿涌了进来!"

"什么?!"三谷惊呼。

"我去引导避难者!你带这孩子到安全的地方去!"

璃璃江点点头。健治朗走下中央楼梯。

此举拉开了序幕,接二连三有人跑上中央楼梯。

"快点上楼!水要淹过来了!"

"可我的包还在一楼……啊!该死!"

以这两人为首,避难者如雪崩般拥了过来。"赶紧上楼!""别推了别推了!""喂,走慢点!摔倒要死人的!""奶奶,奶奶你在哪儿?"避难者们的尖叫与怒吼响彻四周。蜂拥至楼梯的人们互相推搡着,为避险而登上二楼。

遥望窗外,只见东馆那边的避难者也争先恐后地奔向这边。在食堂引发骚乱的男人也在人群里。

我顺着中央楼梯向下看去,观察一楼的情况。

水漫至建筑的一楼,据说深度已达十厘米以上。我不禁愕然。刚才从窗户俯瞰时一楼还完全没渗水,这才过了短短十分钟。是那阵晃动的缘故?

"葛城,我们也快逃吧……去三楼!"

我牵起茫然伫立的葛城的手。

可无论使多大劲拉扯,葛城都纹丝不动。我焦躁地冲葛城喊了声:"喂!"

"我在等。"

"这种生死关头,你到底还在等什么?"

葛城顿了顿,低声回答:"蜘蛛……"

"欸?"

葛城定定地注视着楼梯的方向。他在等"蜘蛛"上楼吗？健治朗和北里边引导避难者边爬上楼梯。可能是太过害怕，夏雄哭丧着脸，牵着悠人的手上楼。满招呼着摔倒的女人，向她伸出援手。由美扶着老人的后背爬上楼梯。其间还不断有避难者上楼。

在这些人之中——在这个家族之中，有"蜘蛛"？

可纵是蜘蛛，面对当前事态也会感到焦急吧。其生命同样受到了威胁。而我们也不能再在这种地方傻站着了！

"喂，葛城！"

"是隧道……"

葛城恍恍惚惚地咕哝了一句。闻言，我顿时明白过来为何水会淹进来。

"是悠人君的父母挖的隧道！难怪呢。那条隧道通往馆的地下，如果水流进去冲垮隧道，导致地基坍塌——"

"位于隧道上方的地面就会塌陷。"

"喂，正先生的尸体还在别屋！"

三谷说着想要下楼，奈何人潮拥挤，无法逆行。

"所有人都上来了！"梓月和广臣最后登上楼梯，大声喊道。

"哥哥！正先生的尸体在哪儿？！"

"还在别屋。"

"我去去就回！"

说完我跑下楼梯。三谷跟在我身后。"等等！"一个声音追了过来。

"……天哪……怎么成了这副样子……"

抵达一楼前，在中央楼梯上我便感到双腿发软。

水涌进了大厅，浸至楼梯的第二级台阶。看这势头，水深近二十厘米。塑料垫和地毯漂在水上，家电在冒火花。雨变小了，水量却大增，水犹如拥有生命般蠢动着。

愣怔间，水位还在顺着楼梯攀爬。

水淹到我所站的台阶了，浸湿了袜子。我"哟"地呻吟出声，就好像被什么生物抓住了腿。鲜活的凉意令身体发麻。要把腿浸到水里，把身体浸到水里，去搬运正的尸体吗？这种事我做得到吗？水已经到了腰的高度。等我把尸体搬过来，水位又会上涨几厘米？据说五厘米深的水都有可能溺死人。再说，就算水深只有二十厘米，但在大股水流的冲击下也很容易失足摔倒，那样一来，可想而知会迎来溺死的结局。

额头冒出冷汗。

我一步都迈不动，任大水在耳畔轰鸣，什么都做不了。

有人抓住了我的肩膀。回头一看，是梓月。

梓月缓缓摇了摇头。

"放弃吧。反正正先生已经死了。"

"我也这么想……咱们回去吧。"

三谷从旁按住我的胳膊。此时的我看起来那么令人担忧吗？

唉，我自己也清楚。

回到二楼，只听葛城对三谷和梓月说道："我爸正在指挥避难者移动到二楼和三楼的走廊，说要开放行李较少的客房供老幼妇孺避难。三谷君，梓月先生，还得麻烦你们一下……"

"哦，我马上去收拾。我没带多少行李过来。"

"我也马上就好，会配合的。"

"感激不尽。"

三谷皱起眉头。

"我说你啊，这副腔调真跟你爸似的。"

葛城笑了。

"还有,梓月先生,三谷君——抱歉在这种紧急事态下还提出不情之请,可否借田所君一用?"

我浑身一震。

该来的还是来了!

"三谷君,拜托你把田所君的行李也拿出来,腾出他那间屋子。我的房间东西太多,我自己来就行。"

"好嘞。田所,待会儿见。"

目送两人离去后,走廊上只剩下我和葛城。大水汹涌,咆哮的水声煽动着恐惧。

只剩我和葛城两人独处了。

即将接受定罪的紧张令我胃里一阵绞痛。

……我清楚这一刻早晚会来。葛城发现我的所作所为而质问我的阶段迟早会到来。所以他才说要借我一用。我下意识地合眼向神明祈祷,也不知该祈祷些什么。

"喂,田所君……别那么紧张。"葛城微笑道。

"可是……"

我叹了口气。也对,这样下去也不是办法,不像我的作风。

"葛城……起初你说'对话'的意义在于验证,那么结果如何?符合你的预期吗?"

葛城睁大眼睛,继而露出透着无可奈何的淡淡笑意,摇了摇头。

"嗯——完美相符。一分一毫都不差。"

"这不挺好的嘛。"

"一点也不好。糟到不能再糟了。"

葛城语气强烈,令我吃了一惊。他是识破了我的罪行才这么说的吗?不得不在最后揭发我,所以很痛苦?呼吸变得困难。我不想再打哑谜了,宁愿他索性横下心来,为我定罪。

"不能再糟?为什么啊,谜题不是解开了吗?"

"你也站在我的角度想想啊……那可是我的家人。我不愿意相信家人里有怪物……"

葛城凝视着自己的掌心。

"当然,我对自己的推理有自信。抓住那条线索时,我就得出了答案。可是——出现了混乱。无论怎么挣扎,都有两三个百分点无法吻合……真希望是我全弄错了……希望能有哪怕一项反证瓦解我的全部推理……我期盼着这样的毁灭!即使自身才能因此而遭到否定,我也甘之如饴……"

"葛城……"

葛城目光动摇。他吸了口气,又徐徐吐出来,重新面向我。

"田所君,那两三个百分点……就在你手上。"

"我?"

啊,这一刻终于来了,葛城的手即将扼住我的喉咙——

"是车。"

"啊?"

"坂口先生那辆车。先是盯着坂口先生的车看,然后响起手机铃声,你之前说过确定是这个顺序。可见症结在那之前——你在看车之前就对车感到在意,必然是有理由的……行为背后必然有动机。"

"咦?"

这话太过出乎意料,以致我大脑一片空白。

"呃……可当时我自己也搞不清楚……"

"是啊,多半是你压根没意识到的细枝末节,但你的思维下意识地做出了分析。有哪里奇怪。有哪里不对劲。否则你不会在听见铃声之前就注视那辆车……就是这个。这是唯一拼不进我的假设的拼图,也是或许能摧毁我的推理的最后一块拼图。"

"噢……"

受葛城笃定的语气感染,我再度在脑中回溯当时的记忆。

"唔,怎么说呢……那时候,我之所以盯着车看……"

我闭上眼睛,感觉脑海中无形的雾气逐渐聚成了实体。

"对……是车。我懂了。我在意的不是车上的什么东西……"

我睁开眼睛,抬起头。

"而是坂口先生是开车过来的这个事实。"

葛城挑起一边眉毛。

"这有什么好在意的?来葛城家的交通方式有限,要么开车,要么坐公交到Y村再徒步过来……就这两个选择。坂口先生是开车来的,这没什么可大惊小怪的吧?"

"……我以为坂口先生是徒步过来的。"

葛城连连点头,催促道:"原来如此。你为什么会这么想?"

徒步……那就跟我和三谷一样。是半路上发生了什么事吗……

"啊!"我喊出了声,"我知道了,是悠人君!"

"那孩子怎么了?"

"我和三谷在路上遇见了悠人君和夏雄君,他们俩向我们搭话来着。"

"哦,见到悠人君的时候你提过这事。"

"悠人君问我们:'今天是有什么特别的事吗?'说是宅子这边来了好多人。他说有辆好大的车开了过去。黑色的、亮闪闪的车。那是健治朗先生的车吧。"

"我的家人也在那辆车上。然后呢?"

随着葛城的逐步发问，我逐渐弄清了自己是怎样下意识地思考并陷入误解的。这个过程令我兴奋不已。

"悠人君说在那条路上还遇到一个'很凶的哥哥'，我应该是认定他口中的'哥哥'是指坂口先生了。你想啊，坂口先生戴着副墨镜，看起来可不是'很凶'嘛。悠人君说那个'很凶的哥哥'是走过去的。也就是说，那人不是开车来的。可坂口先生是开车来的——"

我语速飞快地说到这里，见葛城一声不吭，便停下话头。

他脸上的表情消失了。

"葛城？"

"接着说。坂口先生是开车来的，那么？"

"……'很凶的哥哥'就不是坂口先生，而是另有其人。"

"悠人君为什么说那个人'很凶'，你问没问过？"

记忆的门扉因他的提问而打开。

"……记得他说'不知道他在想什么''特别吓人'。还说那人'像大灰狼一样'。"

"大灰狼？"

"因为大灰狼会吃掉小红帽。"

葛城依旧面无表情。少顷，他微微点了几下头，露出笑意。那是透着寂寞、略带自嘲的笑容。

"谢谢你，田所君。最后一块拼图终于拼上了。"

"……你的假设瓦解了吗？"

"不，反倒更牢固了。虽然是些琐碎的线索，但跟我的假设指向同一个方向。"

我咽了口唾沫。

"……该不会，悠人君见到的'大灰狼'就是——"

"你没想错,那人就是惣太郎爷爷说的'蜘蛛'。《小红帽》里的大灰狼假扮成老奶奶,潜入家里,装出一副温驯的样子,趁人不备时突袭。蜘蛛也很像……用透明的丝线张起网,耐心等待猎物掉进陷阱。透明的恶意……掩藏恶意发起伏击。只是联想到的事物不同罢了。无论是惣太郎爷爷说的'蜘蛛',还是悠人君说的'大灰狼',都抓住了凶手的本质……"

葛城摇了摇头。

我心里忽然涌出疑问。葛城似乎一直拘泥于"凶手是这样的人"这种心理侧写。他将茶具和注射器盒子的疑点解释为"故意留下的",也是基于同样的分析。可如此态度岂不是与他重视证据的理念不太相称?

葛城的推理也好,"蜘蛛"的手段也罢,都有些难以捉摸。

我问出心中的困惑,他闻言苦笑着点点头。

"是啊……要不先告诉你吧。帮助我做出推理的,仅仅是一项物证,那就是我的出发点。"

"物证?到底……是什么?"

"是鞋。"

"鞋?正先生死去时穿着的那双鞋吗?"

说起来,他曾在案发现场目不转睛地凝视那双鞋,那时候他就已经得出结论了吗!

"田所君,请你见证到最后。"

见葛城展露温柔的微笑,我的恐惧与紧张蓦地缓和下来。

他肯定对一切洞若观火。我的所作所为,我犯下的罪,等等,他看穿了这些,仍欲为案件拉下帷幕。没错,此案便是我要自始至终见证的最后一案。

在葛城身边见证终局的最后一案。

"当然。"

所以我用开朗的语气回答。

但是——我怎么也弄不明白。

楼下传来激烈的水流声,那声音越来越响,好似在用软刀子一点点割着我们的肉。这座馆撑不了多久了。

拯救所有人?

要怎么救?

他要做的终归只是解决杀人案而已。惣太郎、正、黑田、坂口——多达四人之死的案子。诚然,或许如健治朗所说,黑田和坂口是互相杀害,该抓的凶手已然不在人世。即便如此,葛城要做的事也不会有区别:指出杀人凶手,解开谜题。仅此而已。

靠解谜拯救这座馆里的所有人?

还有,为何直到现在,他都没有揭发我做出的与"蜘蛛"毫不相干的恶行?

葛城笔直地注视着前方。他眼中没有迷惘。

那双眼睛注视着怎样的光芒,我不得而知。

第六部 真相

"问得好,益子君。假如我说的都是疯子的幻想,那我就不会在那儿等你了。这就是推理的作用。"

——岛田庄司《异邦骑士》

1【水位没过馆0.8米】

"准备个能让家人单独待在一起的房间吧。"

葛城说要召集大家揭晓谜题时,健治朗如此提议。的确,避难者对杀人案一无所知。突兀地在避难者面前讲起案件之谜,会引发不必要的混乱。

相关人员都被召集到三楼信子的房间。这个房间很宽敞。

众人陆续走进信子的房间之际,突然有人拉住我的衣角。

一看,是悠人仰视着我。

"怎么啦,悠人君?"

现在三楼也挤满了避难者。悠人一家也上到三楼,这层共有二十人左右。

"那个人在这儿——"

"谁在这儿?"

"大灰狼。"

我吓了一跳。

葛城刚问过我这事!天哪!这起错综复杂的案件,最终竟都聚焦在了这一句话!

"能告诉我那人是谁吗?"

悠人的身体开始颤抖。"……不知道。我害怕。"他咕哝道。

让他当场说出那人的身份太强人所难了。

"知道啦。谢谢你告诉我。大哥哥现在要去跟大灰狼对决啦。"

"真的吗?"

"嗯,真的。"

我笑了笑让他放心,赶紧朝信子的房间走去。

所有人都经过了悠人面前。他那时候看到了"大灰狼"的脸,虽称其为"哥哥",但也有可能是把女性错看成了男性。璃璃江面容偏中性,穿上特定的服装,很可能会看着像男人。

——就在这些人之中。

我走进信子的房间。

信子应该还没理解状况,坐在轮椅上环顾周围,高兴地笑着说:"今天好热闹啊。"广臣和由美守在她两旁。由美柔声对信子说:"是啊。"夏雄东张西望窥视着大人们的脸色,广臣拍拍他的肩膀,他便放心地在广臣身边坐下了。

健治朗环抱双臂站在门旁,说是为了能在外边有变故时马上出去。璃璃江挺直脊背坐着,坐在旁边的满姿势与母亲神似。

丹叶梓月靠在墙边,嘴角噙着笑,扫视着一家人。

再就是葛城辉义。

他站在门前,能将所有人一览无遗,凛凛英姿似其母,坚毅双眸似其父。

"三谷呢?"我忽然想起来,问道。

健治朗从旁回答:"噢,我拜托他在外面警戒,出什么事立刻叫我。当然,外面还有北里守着,但光是应对避难者就够北里忙的了,我寻思得再派一个人盯着。"

三谷好可怜。他比谁都想听葛城推理,却在关键时刻不能到场。

"闲话莫提——"

听到葛城开腔,我咽了口唾沫。

"这次叫大家来,不为其他,是为了围绕以惣太郎爷爷遇害疑云为起始的三起杀人案,在大家面前说说我的推理。"

"恕我直言,"广臣道,"我们面临着生死攸关的危机。水已经涌进房子一楼,淹到二楼只是时间问题。顶多能再撑几个小时……"

健治朗淡然应道:"这里有我们十人,算上三谷君和北里是十二人,再加上将近四十名避难者,估算一下有五十人以上。三楼到处都是避难者。一旦水淹到二楼,就很难容纳这么多人了。"

"必须安置避难者。"璃璃江的声音冷得瘆人,"……像这种空话,现在再说也没什么意义。"

璃璃江的语调倏尔缓和下来,然而我切身感受到她并非纯粹在谈笑。就连与她相伴多年的健治朗,也手捂胸口,颇为瑟缩。

"嗐,其实广臣姑父就是想说,为什么非要现在讲杀人案的事,对吧?"

满心直口快地揶揄。

"我有胜算。"葛城毫不犹豫地说,"在这起案件前方,有能救出所有人的道路——我如此坚信。所以我要勇往直前。"

"阿辉,你这人哪……还真是大言不惭。"

满仿佛浑身刺痒。

"倒也无妨。"梓月耸耸肩,"反正水灾当前,能做的只有死守。事到如今,再着急忙慌也无济于事。"

"真豁达啊。"

健治朗快活地笑了。

笑容旋即从他脸上消失，他的眼中映出别样的光芒。

"如你所闻，辉义。与其干坐着等死，我们更应该匀出时间了解全部经过。就给你些时间……说说看，你得出的结论是什么。"

葛城缓缓点了点头。

"一连串事件中，必须加以探讨的案件有四起。

"第一起是大约两个月前的一幕。看似病故的惣太郎爷爷实际上可能是遭人杀害的。如果是他杀，意味着药液里混入了毒药。

"第二起是昨晚发生的悲剧。正哥哥在别屋遇害，他的头被霰弹枪射穿，面部整个被轰飞，死状凄惨。

"第三起是黑田先生的失踪。拍摄并上传于凌晨一点三十七分的视频里，能认出黑田先生的车。

"第四起是坂口先生遇害案。坂口先生坐上停在停车场的车，其后车辆爆炸。"

"第三起和第四起可以认定为互相杀害。"

健治朗说完，又向大家讲述了一遍给我们讲过的推理。"嚯……"众人纷纷慨叹。

葛城简要陈述了至今为止查明的事实，权当汇报。注射器针管和私生子孩子的事犹如石子入水，激起千层浪。

"要理清复杂的案情，关键还是在于正哥哥遇害一案。此案证物最多，虽多，却又难以捉摸。不过有一条线索。"

"是什么呀？"夏雄探身问道。

"留在现场的手机。"

"手机？"广臣面露茫然，"对了，我、健治朗先生、田所君和丹叶医生去调查的时候，曾经尝试用尸体的手指解锁手机。结果尸体的手指成功解锁了正君的手机，我们因此确定了死者的身份……那是丹叶医生的主意。"

"嗯，不过，其实我们后来又进了一次别屋。"

"什么？"众人一片哗然。我、葛城和梓月赔了不是。在葛城家的人面前，梓月始终保持着和善面孔。

"总之，第二次进入现场后，我注意到一件怪事：手机壳框架边缘沾着血。"

"……血？"

"不太可能是用霰弹枪射击时沾上去的。手机放在边桌上，离尸体有段距离，而且框架内侧也有血迹。若不是用沾血的手碰过手机壳，血不可能沾上去。"

"凶手在现场查看了正的手机？"璃璃江冷静地说。

"是的。凶手杀害正哥哥后，用尸体的手指解锁了手机，大概是想找与他的秘密有关的某样东西，并且恐怕没找到。

"戴着手套没法操作手机，凶手不得不暂时摘掉手套。凶手光着手操作手机，查看过里面的信息后又戴上手套，擦除了指纹和血迹，用的就是正哥哥常用的葡萄柚香型消毒液。"

"那部手机散发出了相当浓郁的气味。"

"这里有一个关键点。在那个时间点，凶手应该还无从预料警察会因为道路受阻而不能赶来。换句话说，凶手必须为防范警察介入而做一些伪装。对指纹的处理就是一例。正因如此，凶手才用浸过消毒液的纸巾之类的东西仔细擦拭了手机，导致手机包裹在葡萄柚的香气里。"

"此处有一个疑点。"他接着说，"手机壳框架内侧附着有血迹——也就是说，凶手摘下过手机壳。"

"那又怎么——"满说到一半,止住话头,"好奇怪……要查手机里的数据,根本用不着摘手机壳。查看的时候手自然会碰到屏幕,而摘掉手机壳的话,连机身上都会留下指纹,要擦的地方就更多了,完全是多此一举……最后擦除指纹的时候也一样,没碰过的地方又没必要擦……"

"没错。所以只能这样认为:凶手是为了擦除手机壳上残留的自己的指纹,才把手机壳摘掉的。"

"不可能。"健治朗道,"没碰的部分残留的指纹?那凶手是什么时候碰过——"

健治朗停下话头。

他似乎得出了和葛城一样的结论。

"对。凶手认为留在案发现场的手机上哪怕有自己的一个指纹都会招致怀疑,所以把手机壳摘掉,擦除了上面的指纹。凶手并不是在那天触碰手机壳的,而是好久以前就在手机壳背面留下了指纹。只有符合这个条件的人,才有理由擦拭手机壳背面。而正哥哥的手机壳是某个人送的旧物——换言之,会担心手机壳上留有指纹的,只能是它的原主人。"

正说过他的手机壳是别人送的。

原主人是——

"是吧,由美姑姑。"

是你杀了正哥哥。

葛城以冷酷的声音宣告。

"你说我是凶手?呵呵,辉义君,你说话可真有意思。"由美仍不失开朗。

"就是,这不可能。"广臣起身道,宛若为拯救至爱而现身的骑士,"由美把正君搬到椅子上坐好,摆成那个姿势,再用霰弹枪射击……嘴上说着简单,但靠由美那副身板很难办到。"

"确实。"健治朗咕哝。

然而葛城并未显出介怀之态。

"如果正哥哥是自己摆好姿势的呢?"

"喔,自己摆成那种姿势?要怎么让他配合?说要进行杂技练习,让他摆架势?笑死人了。只有要自杀的人才会摆出那种姿势吧。"

"所以说,就是自杀——直到中途为止。"

广臣僵住了。"什么?"他挑起眉毛。

"连遗书都有嘛。"

"那很可能是伪装……"

未等广臣说完,葛城便继续道:"正哥哥自己含住霰弹枪的枪口,扣动了扳机。可发生了意想不到的事:霰弹枪哑火了,正哥哥没死成。但是,由于死亡迫近眼前造成的巨大冲击,正哥哥就那么含着枪口昏过去了。"

"怎么可能!"

我忍不住喊出了声。世上怎么可能有如此荒诞之事?

"我有证据。田所君,你应该也看到过。就是尸体旁边的地毯——因透明液体而起毛的部分。"

是有这么回事。明明没溅到血,长毛地毯上却有一处干硬粗糙,像是沾上过黏性很强的透明液体,之后又干掉了。

黏性……

"啊!"我不由得惊呼,"……是唾液!含着枪口身体前倾,张开的嘴里分泌出的唾液就会滴落到地上……原来如此,那是唾液沾湿的痕迹!"

想通这点后，我感觉碰过那地方的手很脏，恨不得马上去洗个手。

"用手枪自杀是风险很高的自杀方式。固定好枪身，对准喉咙射中脑干便能确保死亡，但要是打到硬口盖上，子弹轨迹偏移或是从脸颊穿出，甚至有可能打掉半边脸还一息尚存。另外，统计数据显示，自杀者中男性比女性要多，其中有自杀未遂经历的，男性占比百分之十五，女性占比百分之三十……可见男性更容易想不开，或者说他们一旦决意寻死就不会轻易断念，九头牛都拉不回来。他们不会倾听内心发出的求救信号。

"也就是说，试图自杀的正哥哥当时处于绝不容许失败的紧张感中。他把自己逼到极限，用脚趾扣下了扳机。精神紧绷到了极点，会昏过去也不奇怪——"

广臣摇了摇头。

"可是——可是，正君为什么要自杀啊？"

"理由之后再讲。现在先把'手段'解释清楚吧。

"这起犯罪着实离奇。本人的确想自杀，却中途失败，而对其怀有杀意的人代为完成。伪装成他杀的自杀变成了伪装成自杀的他杀。可就算眼前有个含着霰弹枪枪口的男人，遇上这样的场景，大多数人也不会扣下扳机，反倒可能会以为自己在做噩梦，回去接着睡。

"但由美姑姑不同。她乐观地相信凡事都有意义，对她来说，眼前的光景是为自己而呈现的。她认为自己得到这个机会，就是为了杀死早就想杀的正哥哥。上天为了让自己扣动扳机，才给自己看了这幅光景。在什么事都按有利于自己的方式解读的……"

葛城喉头动了一下，缓缓道："由美姑姑眼里，正哥哥那垂首的样子，就像是臣服于自己的忠实仆人吧。如同命运赐予自己的天启……"

我的呼吸急促起来。

实在难以置信。

然而见识过由美那开朗至极的态度,又觉得这种傲慢的思维方式于她而言并非不可能。

同时,我还想起一些别的事。

——开诚布公地谈谈吧。谈谈真相。

葛城每次叫人来"对话",都以这句话作为开场白,可对于信子和由美这一组,这句话并没有多大意义。由美的秘密只存在于过往,信子则连事情都记不住,也谈不上什么开诚布公。葛城当时是在劝诫由美:再瞒也没用了,索性全说出来吧。

葛城在那个阶段已经看穿了真相。他盯上了由美。我意识到,"五组家庭剧"中暗含的秘密就是这个。装作天真无邪,一副得到救赎的神态,藏起染血之手的姑姑——

只有她,没吐露自己的秘密。

"真是唯独瞒不过你啊,辉义君……"

由美笑了。那笑容令人胆寒。

"没错。我在快到午夜的时候,夜里十一点五十五分,去了别屋。"

"知道正哥哥在别屋,也就是知道交换房间一事的,有正哥哥、坂口先生和由美姑姑三人。你们一起在客厅喝过茶,对吧?"

葛城根据三组茶具推导出的"第三人",就是由美。

由美点了点头。

"对。喝茶是在晚上八点到九点。九点解散后,我密切关注着别屋的情况,无奈灯迟迟不熄。好不容易灯灭了,结果又是看到田所君从游廊的门进来不得不躲,又是看到满在三楼走动……就这么不断错过机会。"

那天频繁有人进出别屋。我将目前已明确的行动轨迹在脑中梳理如下。

晚上？点	黑田在坂口的车里设置好炸弹？
晚上六点出头	晚饭。黑田出门去丫村视察。
晚上六点半	黑田和坂口在馆背后互相推搡。
	黑田坠落到悬崖下,坂口把黑田的车抛到曲川上游。
晚上七点至七点半	田所给坂口送去掺有安眠药的咖啡。
	去往别屋,贴好胶带。
晚上八点至九点	正、坂口和由美在客厅喝奶茶。
	提到交换房间的话题。
晚上九点~	坂口去二楼的房间睡下。
晚上九点半	田所目击别屋的电灯灭掉。
晚上九点五十分	田所进入别屋拧松灯泡。花了约莫十分钟。
晚上十一点十五分	信子进入别屋。
	信子从门边凳子上拿走盒子。
	紧接着,满目击信子,陪伴三十分钟左右。
晚上十一点五十五分	由美开始行动。进入别屋,用枪射击。
	(与梓月推测的死亡时间一致。)
凌晨一点六分	收到三级警报。全员惊醒。
凌晨一点十五分	在别屋发现正的尸体。

"荒唐透顶!由美!没必要听辉义君胡说八道!"

广臣发出近乎悲鸣的喊声。由美几乎已承认罪行,她丈夫的抵抗因而更显辛酸。

"由美为什么要杀正君?!正君为什么要自杀?!不弄清楚这两点,你那些说法就都是缺乏说服力的空谈,对不对?"

"这两点的答案是一样的。"

"欸?"

"很遗憾,正哥哥是杀人犯。"

葛城露出悲伤的眼神。

"是正哥哥杀害了惣太郎爷爷。"

我感到头晕目眩。一个又一个点连接起来,使案件呈现出不同的面貌。

由美低声道:"起初我不相信惣太郎……父亲是被杀害的。即使听了夏雄的话,也无论如何都无法相信。自从那天以来,夏雄就开始躲着家庭教师黑田先生,一再重复'看到了杀人凶手'。我丈夫搞不懂夏雄躲避黑田先生是怎么回事,为此愁眉不展,但我清楚。夏雄说的那天看到的人,正是黑田先生……所以夏雄才对他避之不及。"

"于是你渐渐相信了惣太郎爷爷是被杀害的。可在那之后,你怀疑起了正哥哥,契机是什么呢?"

"正回到东京后,我整理他住的房间时……在垃圾桶里发现了这个。"

她从手提包里拿出一样东西。

是假胡子。

许是与自己想象的一样,葛城深深点了点头。

"黑田先生的特征是眼镜和标志性的胡子。反过来说,这意味着假扮他很容易。"

"由于隔代遗传,正的容貌本来就跟惣太郎很像。"健治朗面如死灰,"而黑田君——啊啊,我的天哪。黑田君也是隔代遗传,他的长相跟父亲惣太郎年轻时一模一样,连母亲都会认错——"

"也就是说,黑田先生只要刮掉胡子,"璃璃江道,"脸就会很像正。"

反之亦然。

"可是,"广臣说,"他们俩身高相差很多吧。黑田先生比正君高十厘米还多……搞不好得高十五厘米。正君个头很矮。"

"伪装身高一点也不费事,穿增高鞋就行了。"

"是啊,我还在可燃垃圾的垃圾袋里发现了增高鞋。鞋底可厚了。发现乔装道具齐全,我终于进一步确信了。"

由美调出增高鞋的照片,把手机递给葛城。葛城瞥了一眼,又递给旁边的我,让大家依次查看。是一双黑色的鞋,鞋底部分的确厚得出奇,不穿条长点的裤子很难掩饰。

"正哥哥乔装打扮后,出现在立柜跟前。之所以乔装,是为了把毒杀案嫁祸给黑田先生。他注意到自己的长相跟黑田先生很像,想到可以利用这一点。"

别屋那不自然的一幕,怎么想都是故意做给别人看的……原来背后有这样的意图。

"——无法原谅。"由美唾弃道。

"由美姑姑,你碰正哥哥的手机,是为了寻找正哥哥杀人更确凿的证据吧。光有假胡子说服力不够,你想找找有没有购买毒药的记录或暗示杀意的交流……你急欲揭露正哥哥的本性。好比现在,谈到正哥哥的罪行时,你看起来很高兴。"葛城瞪着由美说。

"他把父亲给……"由美摇了摇头,"我怎么都不敢相信他会杀害我父亲,不敢相信自己的家人竟然做出这么残酷的事。父亲年轻的时候确实花心,在外面留下过像黑田先生这样的后代。但到了晚年,他跟家人相处得多和睦啊。母亲也是从父亲去世后,认知能力就大不如前了……说明父亲对她很重要,对她来说是很重要的人。"

无法原谅,她反复说着。

"所以,我想着必须给父亲报仇……正践踏了宝贵的事物。也许他是为了钱,也许他是有什么不为人知的怨恨,但我不打算同情他。可是……"

由美捂住了脸。

"……我做不到!"

我不禁屏住呼吸。

"怎么可能下得了杀手……我是看着他长大的,尽管一年只能见上几回,但也是会像这样聚在一起……共度一段时光的家人啊!即使无法原谅,他也是我的家人!再怎么恨他,要杀他还是……我不忍心。"

她甩乱了头发。

"后来我听到交换房间的事……别屋离西馆有段距离,也很安静,我心想能跟正好好谈谈。要是我怀疑错了自然最好,但至少要先沟通一下……"

"太危险了。"健治朗说,"对方可是有可能杀过一个人的犯罪分子。应该叫个人,或者采取些别的自卫措施。"

"是啊。可等待我的是意料之外的情景……"

灯泡松动以致打不开灯,房间里伸手不见五指,喊话也没人回应。她只好从西馆取来手电筒。

出现在灯光中的,是垂着头、含着霰弹枪枪口的男人。桌上有一封遗书。那是种异样的平衡,只需扣下扳机便会崩溃——

她再度返回西馆,穿上雨衣过来。然后,她跪到男人脚边。雨衣挡住了溅回的血。她用雨衣包上重物,扔到了馆背后的曲川里。

"刚才辉义君说什么'命运''天启'之类的……其实我当时并没有那种豪迈的心情……仅仅是鬼使神差……明明觉得杀掉正是件困难至极的事,现在却只要扣下扳机就能做到……连遗书都有……可以伪装成自杀……能实现复仇……轻而易举……不费吹灰之力……我自己也恍恍惚惚的,无法停下行动。"

随后——

"……够了!"广臣吼道。他捂住耳朵,大口大口喘着粗气。

在座众人纷纷露出悲痛的神情。有人面色惨白,有人移开视线,有人握拳颤抖。所有人都难以接受由美的自白,用尽浑身力气抗拒着。

然而由美直视前方,认命般摇了摇头。

我止不住地战栗。

正杀了惣太郎。

由美杀了正。

黑田遭坂口反杀。

坂口死于黑田设置的陷阱。

两个漂亮的圆环。案件即将落下帷幕。虽然犯罪形式与动机异乎寻常,但案件之谜就此全部解开——

不,并非如此。

"好了,到此为止。'第二阶段'现在总算落下了帷幕。这就是'蜘蛛'所写剧本的全部情节!"

葛城突然开口，也不知是在对谁说话。在座众人面面相觑。
"但是，我坚决反对这个结局！"
葛城凶神恶煞地大喊。
"本案还有幕后黑手——绘制出这张恐怖犯罪蓝图的怪物，'蜘蛛'！"

2 "蜘蛛"【水位没过馆1.4米】

葛城以夸张的口吻继续说道:"看吧,田所君,到我刚才说的那些为止,就是'第二阶段'!解开缠绕的丝线之人,如傀儡般抵达虚假的真相!从现在开始才是重头戏……在最后的'第三阶段'……根据凶手犯下的真正错误,抵达真实!"

葛城的话云山雾罩。

但他还没谈到的,也就只有我的过错……我那不可饶恕的所作所为了吧?

为何我还好好地站在这儿,没受到任何追究?

按说我与"蜘蛛"的操控并不相干,我是自己犯下了罪行。

"'蜘蛛'为了诱导由美姑姑杀人,做了些手脚。不用说,就是门锁上贴的防护胶带,以及灯泡。"

"什么?!"

我下意识地喊出了声。其他人似乎以为我只是震惊于葛城的推理,看都没看我一眼。

可葛城刚才的发言怎么想怎么奇怪。贴上胶带、拧松灯泡的是我,但我不可能是"蜘蛛"。葛城该不会是误判了我的行为,在心里描绘出了"蜘蛛"的形象吧?若真如此,就大错特错了。

"灯泡?"满问道。

"发现尸体时,那间屋子里的灯泡是不亮的。明明没停电,而且灯泡显然没坏,拧紧后就又亮了。凶手拧松了那间屋子的灯泡,导致灯打不开——"

"为什么要这么做?"

"为什么?这个之后再解释。

"先来确认'谁能做到'吧。"

我顿觉喉咙干渴。

"屋里只有椅子和凳子,凳子有被挪动过的迹象。由此可知,凶手是踩在凳子上,拧松了灯泡。"

我的呼吸越发急促。

"但别屋的天花板有三米多高,个子矮的人得爬到梯凳上,踮着脚,才勉强能够到。凳子顶多六十厘米高,椅子还不到五十厘米高,可凶手站在凳子上伸出手,就够到了灯泡。凶手的个子非常高,这一点不言自明。"

"估算一下,"葛城接着说,"从天花板的高度来看,凶手的身高在一米八五左右。符合条件的人,这里只有一个。"

"别说了!"我大叫起来,"快别说了!葛城!"

万万没想到被葛城指认的瞬间会这般煎熬。胃里翻江倒海,胃酸烧灼着食道。呼吸变得粗重,汗出如油,身体遏制不住地颤抖。

"没错,就是田所君。"

我环顾在座众人。满梧住嘴盯着我,圆圆的大眼睛睁得更大了。夏雄眼含胆怯地看着突然大吼大叫的我。健治朗用沉着的眼神俯视着我。承受所有人的视线太恐怖了,我从未体验过如此强烈的恐惧。

若能得到宽恕,我什么都愿意做。

现在我只想从此处逃离。

"没错，就是田所君。"

葛城残酷地宣告。

"'蜘蛛'操控田所君，完成了罪行的最后一块拼图。"

……咦？

我抬头看向葛城。

他向我投来戏谑的目光。那张脸有一瞬正好沐浴在天花板上投下的灯光里，看起来好似散发着光晕。

"别……别傻了，这怎么可能啊葛城。我昨天才刚来到这儿，我做的事和'蜘蛛'无关，'蜘蛛'不可能操控我……我……我做了不可饶恕的事。我是凭自身意志做的那些事……"

葛城扑哧一声笑了出来。

"居然这么无知无觉，真服了你了。是啊，你的确犯了错误，必须面对自己的罪过，但真正应该背负责任的是'蜘蛛'。从某种角度来说，你只不过是被操控的受害者。"

我仍无法相信葛城的话，凝视着他的脸庞。

"喂喂——难道你以为我是为了把你逼到穷途末路才说的那些？你到底有没有把我当朋友啊！"

"可是，"我摇摇头，"那——"

"我说了要救出这里的所有人！你也是其中之一！为了把你从绝境中救出来，我可是想尽了办法！"

不可思议。

无论是眼前之人说的话，还是就要相信这怎么听都是在吹牛的话的自己。

他看到了怎样的光芒？我方才这样想。

我也看见了光。

希望之光如此简单地闪耀。

是葛城为我点燃。

"辉义，什么意思？利用田所君，是指……"

"真凶——为图方便，后面就称之为'蜘蛛'——无论如何都必须弄灭别屋的灯泡。换言之，有什么东西是'蜘蛛'不希望别人在灯光下看到的。当然，'蜘蛛'也可以从东馆拿来梯凳之类的，自己站上去拧松灯泡。或者说，在今天之前，'蜘蛛'本来就是这么打算的。即使拧松灯泡，乍一看也分不清灯泡是坏了还是松了，不会留下太大痕迹。

"然而'蜘蛛'更改了计划——不，是没禁住将眼前出现的偶然因素安排进定时计划里，使之成为必然的诱惑。"

"所谓偶然因素是……"广臣问。

"毋庸赘言，就是田所君和三谷君到访这座馆。"

那么，葛城所说的此案中除大雨以外的另一项偶然事态，就是我们的来访。

"'蜘蛛'见田所君来访，立即制订出了操控田所君的计划。这个凶手不仅狡猾且老谋深算，更是对自己的手段有着绝对的自信。既然想到了，不付诸实施便不痛快。"

"太……太离谱了。你是说'蜘蛛'昨天刚一见到我，就看透我的心思，操控了我？！难以置信——"

"这就是凶手的过人之处。精神坚韧，笃信自己的计划与想法，放手一搏。此案有很多处细节都体现出了这种自信。悠人君父母的事亦然。'蜘蛛'得知有密道，又听说坡下新搬来一家人，没能抵御将其安排进计划的诱惑。现成事件激发的灵感，想必令

'蜘蛛'情绪高昂。说不定向悠人君的父母透露有防空壕和隧道的,其实就是'蜘蛛'……"

没想到连这都在"蜘蛛"的操控之中。而效果确实显著。夏雄起了疑心,采取行动发现密道,而这最终导致广臣与夏雄父子失和。见自己心血来潮放置的一块多米诺骨牌引起连锁反应,"蜘蛛"是否陶醉不已?

"田所君也不例外,贴胶带、拧灯泡,十有八九是为了诱导满姐姐去偷东西,但'蜘蛛'棋高一着。"

"咦,你在打这种主意?"

满诧异地看向我。我缩了缩肩膀,蜷起身子。

"不料'蜘蛛'自信过了头,千算万算,还是没能彻底操控仓促安排进来的田所君这块拼图。关于'蜘蛛'真实身份的线索就此诞生!'蜘蛛'因其自信而勒住了自己的脖颈。聪明反被聪明误,说的就是这个道理。

"'蜘蛛'想弄松灯泡,也就是想要黑暗。是不想让人看到什么?屋里的情形,还是抽屉、衣柜之类的?目前还缺乏判定的依据。"

"因此,"葛城宣言,拿起身旁的纸袋,"为了逼出'蜘蛛',来研究一下证物吧。这就是田所君创造出来的价值千金的线索。"

他从纸袋里拿出一双鞋。

是正死去时穿的那双鞋。

"一双鞋而已,能看出什么?"

"全部。"

葛城的眼睛放出异彩。

"来,开始吧,为逼出'蜘蛛'而进行的推理——一双鞋的故事。"

"这是正哥哥的鞋,是他穿惯的运动鞋,案发当天他穿的也是这个。尸体脚上也穿着这双鞋,不过右脚的鞋滑落了,左脚还穿着。"

"喂,阿辉,你这不都是废话嘛,还故弄玄虚地说什么'故事'……"

"得先确认前提啊。"葛城的语气流露出些许不满,"这双鞋有两点怪异之处。第一点是两只鞋的鞋垫都湿漉漉的,左脚的鞋垫上有像是利刃割出的划痕;第二点是左脚的鞋,连鞋带孔里都沾上了黏糊糊的血。"

"这有什么奇怪的?"

"我会按顺序解释。"

葛城清了清嗓子。

"首先是鞋垫被水浸湿了,由此可以得出什么结论?"

"这还用问?下了那么大的雨,说明正君淋成了落汤鸡,以至于鞋里面都湿了,对不对?"

"如果是这样,应该是袜筒先湿。可袜子只有脚底部分湿了,脚踝周围是干的。这很不协调。先是鞋垫湿了,然后才染湿了袜子——这么想才比较自然吧。"

"那为什么鞋垫会湿?"

"只有鞋垫湿了,可见鞋是在没人穿着的状态下进了水。哎,田所君,容我确认一件事。"

葛城微微一笑。

"你是不是在现场打翻了盛着水的玻璃杯?"

"啊——"

仿佛目睹了一切一般神通。我的反应太过明显,包括葛城在内的全员似乎都觉得没必要确认了,大家立刻将视线移回到葛城身上。

"你在光着手触碰灯泡前,用玻璃杯里的水浸湿了手指,以防被烫伤。但你还是烫到了食指和中指,创可贴就是证据。恐怕你就是在这时候打翻了玻璃杯。是猛地把手指伸进去了吧。玻璃杯从写字台上摔到了地上,碎了,水洒了出来,流进鞋里。"

无可辩驳。

"莫非鞋里那些像是利刃割出来的划痕——"

"对。就是这时候掉进左脚那只鞋里的玻璃碴划破的。"

"等等,"健治朗抬手插话道,"不能这样断言吧。没准是用小刀割的。比如鞋里藏了什么东西,需要拿出来……这么想也说得通。"

"为了排除这种可能性,我观察过尸体的脚掌。袜子和脚掌上都有很多细小的划痕。脚和鞋垫上都留下了这样的划伤,只可能是踩到了鞋里的玻璃碴。"

"原来如此。"健治朗放弃了。

"至此可以得出第一个结论。"

"……结论?什么结论?"由美问。

"有除你以外的人碰过那具尸体。"

"欸?!"

"田所君进屋的时候,正哥哥把毛毯蒙到头上在睡觉。按我们目前的推理,正哥哥睡醒后坐到椅子上,含住霰弹枪的枪口,自杀未遂。此时由美姑姑过来,实施了谋杀。

"听好,这里有一个被忽视了的重要步骤:正哥哥从沙发上起身,到坐到椅子上之前,穿上鞋走了几步!"

"那又怎么——"

健治朗说到一半,"啊……"地叹息一声。他看起来浑身脱力。

"好好想想吧，鞋里是湿的，还有玻璃碴。照理说，把脚放进鞋的瞬间就会发觉不对劲，脚也会受伤。注意到的话，把玻璃碴取出来就行了。穿上鞋站起来，踩着鞋里的玻璃碴走动，未免太离谱了。"

"你的意思是……"

在我的催促下，葛城铿锵有力地说："在穿上鞋的时候，被害人就已经丧失了意识。正哥哥主动尝试自杀的假设就此瓦解。

"综上所述，我证明了这场死亡有由美姑姑和田所君以外的第三人——'蜘蛛'参与。"

"这就是第一个结论。"葛城做出阶段性总结。

令人瞠目结舌的发现。有人操控了我的行动。刚听葛城说出来时毫无实感，此刻却骤然显出分量。同时，我感到腹中发凉。

撰写出诱使由美杀人剧本的"蜘蛛"。

比谁都狡猾，编排着剧本的"蜘蛛"。

如此恐怖的人物——就在这些人之中？

"那么，来讨论第二点吧。连鞋带孔里都沾上了黏糊糊的血，这能证明怎样的事实？"

葛城把鞋放到地上。

"杀人时，由美姑姑扣下霰弹枪的扳机，血液飞溅。可想而知，血是从上方落到鞋上的。那时血都会溅到鞋的哪里？

"首先是鞋的上面和侧面，这些部位容易沾血。鞋底四周应该也沾上血了。鞋带当然也可能溅到血，但鞋带孔又如何？"

夏雄聚精会神地盯着鞋，说："不会脏。"

"为什么呢？"

"因为鞋带穿在里面,堵住了孔。"

啊……我喃喃出声。

还真是。鞋带穿过孔,从外面穿到里面,再翻回去穿进另一侧的孔。在这个过程中,鞋带堵上了鞋带孔内侧,即使有血从上方溅落,鞋带孔也绝不会脏。

"那么,在什么样的情况下,会连鞋带孔内侧都沾上血呢?十分简单。血液飞溅后,有人重新系好了鞋带。"

"啊?!"我不由得喊出了声,"喂,你在开玩笑吧——究竟为什么要给尸体穿鞋?"

"当然是因为之前把尸体的鞋脱掉了,所以才要重新穿好。"

我渐渐烦躁起来,葛城的说话方式太拐弯抹角了。

"'蜘蛛'看见你食指和中指上的创可贴,想起了某件事。在田所君之后进入房间时,'蜘蛛'发现玻璃杯的颜色变了。蓝色和淡蓝色,仔细观察就完全能分清。'蜘蛛'因此想到是出了意外。本应受其摆布的你,偏偏摔碎了玻璃杯。也许'蜘蛛'还记得让被害人睡到床上后强行给他穿鞋时的阻塞感,也就是说,'蜘蛛'推断出左脚的鞋里有玻璃碴。"

"'蜘蛛'凭推理能力发现鞋里有玻璃碴,并且这个破绽会摧毁写好的剧本。"

"会暴露可能有由美夫人以外的人碰过尸体……"

"就是这么回事。于是'蜘蛛'决定清理掉玻璃碴。潜入现场,脱掉尸体脚上的鞋,把玻璃碴取出。'蜘蛛'先松开鞋带,给尸体穿回鞋后再重新系好。血就是这时候沾上去的。啊,当然,自己系鞋带和别人帮忙系鞋带时,结扣的方向不同,想来'蜘蛛'在这方面颇为谨慎。躺在地毯上,从椅子腿后面伸出手去系如何?"

"可是——这事是在什么时候做的？你想啊……凶手得先看见我手上的创可贴才会去做那些事。那就是在凌晨一点零六分，紧急速报把大家都吵醒之后。可是自那时起，我们始终严格遵守最少两人一组行动的原则。"

就连去厕所都有三谷跟过来。我去找葛城和梓月的时候，也确认了能凑成"广臣·由美·北里"和"我·梓月·葛城"的三人组。连环杀人与灾害的双重打击令我们陷入了恐慌。

"漂亮！田所君！这就是直通真相的问题！"

葛城的声音很欢快。

"凌晨一点十五分左右发现了尸体，这时尸体穿着的鞋还没有被动过的痕迹，周围也没有脚印。其后，尸体处于两人以上的监视之下。一点半左右，第一次去查看尸体时，是田所君、梓月先生、我爸和广臣姑父四人一组出动。我爸和广臣姑父暂时离开的那会儿，田所君和梓月先生互相监视着。接着，我爸锁上了别屋。

"凌晨四点稍过，再次去现场时，鞋带孔已经成了我刚才所说的状态。而且，血彻底凝固了。血液凝固需要一到三个小时……由美姑姑扣下扳机大约是在零点，那么'蜘蛛'最晚也要在凌晨三点之前碰鞋。"

"等一下，那就试着把各自的行动轨迹写下来吧。"

广臣说完，在白纸上列出时间表。不愧是法律工作者，相当麻利。

可我把时间表看了又看，还是没明白凶手是谁。

凌晨一点零六分	收到三级警报。全员惊醒。
凌晨一点十五分	在别屋发现尸体。鞋没有被碰过的痕迹。

凌晨一点三十分　　　健治朗·广臣·梓月·田所调查别屋。

尸体始终在两人以上的监视之下。

锁上别屋。钥匙放到用人休息室。

凌晨一点四十分至凌晨两点

在食堂就杀人嫌疑进行讨论。

(健治朗·璃璃江·广臣·由美·满·梓月·田所·三谷·坂口)

待在房间里（辉义·夏雄·信子·北里）

凌晨两点零五分　　　田所·三谷·坂口暂时离开→坂口死亡

广臣·健治朗旋即与田所·三谷会合，辉义将夏雄托付给信子和北里后也立刻下楼加入。托付夏雄是在两点零六分（夏雄·北里做证），到楼下会合是在两点零七分（田所·三谷等人做证）

凌晨两点二十六分　　　收到四级警报。

凌晨两点半起　　　辉义·广臣暂时离开，处理掉信子的衣物。

三名避难者来访。健治朗·田所出迎。

凌晨两点三十五分至凌晨四点左右

开始分工作业。行动轨迹如下。

①搬出桌子等物，去东馆取布置避难所要用到的塑料垫。务必两人一组行动。

食堂　除夏雄·信子以外的全员

分组为健治朗·三谷、广臣·田所、梓月·辉义、璃璃江·满·由美·北里

三楼　夏雄·信子（待在房间里）

↓（①完成后，开始分工作业）

②放置水袋以防污水倒流，为开设避难所做接待准备。

客厅　司令·指挥　健治朗·三谷
一楼　梓月·辉义
二楼　由美·北里
三楼　广臣·田所、夏雄·信子（待在房间里）
厨房（准备用于招待避难者的葛粉汤等）璃璃江·满

这之后，"田所·梓月·辉义"三人组于凌晨四点左右去往别屋调查。与"广臣·由美·北里"三人组分开。

↓（②完成后，开始外部作业）

③在馆周围码放水袋和沙袋、清扫沟渠等。
客厅　司令·指挥　璃璃江·满·由美
三楼　夏雄·信子（待在房间里）
室外　健治朗·三谷、广臣·北里、田所·梓月·辉义

完成这项机械式的工作后，广臣低吟一声。

"不行啊，辉义君，大家都完全没有能独处的时间。当然，时不时有人去上厕所，但都是两人一组行动的，要瞒过所有人去别屋很难。潜入用人休息室拿钥匙，去别屋，把尸体的鞋脱掉再好好穿上……起码得花十分钟。没有人独处过这么久。"

"这不是有嘛。"

葛城语出惊人，全员大跌眼镜。

他指向写好的时间表里"凌晨两点半"那项。

"三名避难者来访……"

我如遭当头一棒。

"避难者人数大幅增加，是在凌晨三点以后。后来的那些人做不到，但这三个人有可能。凌晨两点半抵达，可以瞅准时机去别屋。我们忙于分工作业，无暇注意他们。"

"太扯了！葛城，你刚才说的话自相矛盾！用人休息室里的钥匙盒放在只有家人才知道的地方啊？！而且，'蜘蛛'一直操控全家人至今……'蜘蛛'绝对在葛城家里！不可能是这三个避难者中的一人！"

"准确地说，是家人中生死不明的一人乔装成避难者回来了。毕竟是在大水中逃难，往脸上抹些泥、穿上雨衣，就能掩饰。倘若洪水泛滥导致无法过河，'蜘蛛'也逃不出这个村子。因此，'蜘蛛'事先制订好了装成避难者回来的计划。'蜘蛛'算准了我爸的气度和性格，料定我爸会开设避难所。而要巩固我爸的决心，自己成为最先来的避难者之一是万全之策。"

考虑得这么周到？我不禁咋舌。

话说回来——生死不明的家人？

"还不明白吗？那我再从别的角度提一个证据吧。就是我爸在最初的推理中提出的'凶手为什么要用霰弹枪'这个疑问。"

"这个问题由美刚才相当于解释过了，因为现场有霰弹枪……"广臣说到这里，摇了摇头，"不是吗？按你的假设，'蜘蛛'操控了由美，对不对？也就是说，'蜘蛛'选择了霰弹枪作为'让由美使用'的凶器。其中有人为因素。"

"用霰弹枪就能损毁面部。但从屋里那堆收藏品里挑其他武器用，也能达到同样的效果。那么，霰弹枪有什么特别的吗？凶手为什么选择霰弹枪？"

葛城捂住嘴，脸色有一瞬看起来很差。

"……我想象了一下凶手诱导由美姑姑杀人时的情形。"

"咦？"

"被害人含着霰弹枪的枪口，屈身向前。因受到冲击而昏厥，自然是俯身的姿势。嘴里还含着东西，面相也不自然。"

"……难道说！"

"'蜘蛛'是为了防止由美姑姑看到被害人的脸，才选择了霰弹枪。制造黑暗也是出于同一个目的。由美姑姑没有仔细确认被害人的脸，误以为眼前的人是正哥哥，就扣动了扳机。"

"天哪……那岂不是！"

葛城闭上眼。

"嗯……在别屋遇害的是黑田先生。而绘制出恐怖犯罪蓝图的'蜘蛛'，其名为——"

他一口气说了下去。

"葛城正。我的……哥哥。"

"怎么会……"

健治朗茫然低语。全家人似乎都是同样的心情。有人骇然摇头，有人深深叹息，有人连道"骗人"。

"刚才也确认过，黑田先生和哥哥容貌相似，都受惣太郎爷爷隔代遗传的影响。哥哥贴上假胡子，看起来就和黑田先生如出一辙。反之，黑田先生刮掉胡子，就会酷似哥哥。以两人的相似程度，足以在黑暗中骗过由美姑姑的眼睛。况且，我之后会讲，黑田先生和哥哥结成了共犯关系。我原以为他们俩身高有差别，但黑田先生和哥哥本就体形相近，哥哥大概是强迫黑田先生在葛城家生活时都穿着增高鞋吧。在这个家，进屋也不用脱鞋。哥哥找了个借口，嘱咐黑田先生配合。黑田先生以为只是做些装扮，压根没想到那是意在掩盖两人交换身份可能性的伎俩。"

由美的喉头动了一下。

"正哥哥和黑田先生的目的是杀害惣太郎爷爷，夺取其秘密财产，并杀掉恐吓者坂口先生。对正哥哥而言，这是为了获得乔装道具、炸弹，以及最关键的替身而实施的重要步骤。然后，正哥哥背叛了黑田先生，把他作为自己的替身杀掉了。"

"太荒诞了……"

葛城咧嘴一笑。

"这起犯罪太有艺术性了。在凶手的精心布局下，我们不断逆转思路，查明的情况越多，越会打消对凶手的怀疑。

"起初，看到那具无面尸的时候，我们都隐隐想过这会不会不是正哥哥的尸体。想到交换身份的可能性也是自然而然。

"而'误杀'的设想消除了这一疑虑。交换房间的事实、现场的黑暗、坂口先生这个'合适被害人'的幸存，令所有人都深信正哥哥是被误杀的，是纯粹的受害者。在这个瞬间，无面尸的疑点、交换身份的可能都被忘得一干二净。巧妙之处在于，我们会将现场的黑暗解释为导致误杀的条件，而非为了交换身份而有意设置的环境，从而打消了疑问。

"而后，坂口先生死于爆炸。至此，'啊，正哥哥果然是被误杀的，现在凶手杀掉了正确的目标'这一印象得以完成。如此一来，正哥哥就成了遭到牵连的受害者，由于炸死这种手段，这回反倒开始怀疑坂口先生有没有跟谁交换身份。

"对正哥哥来说，我们追究到这里也无妨。但我们如果捋清家人之间发生的事，将误会一个个解开——就又会怀疑起黑田先生，继而建立起黑田先生和坂口先生互相杀害的假设，坐实黑田先生之死，相应地，坂口先生死于误杀的可能性消失了。因为炸弹是在发现'正哥哥'的尸体之前就设置好的。

"然而想到这一步，便能轻松推出由美姑姑是直接行凶者。'正哥哥'毒杀惣太郎爷爷的罪行将曝光，名誉扫地，但以此为代价，谁都不会再怀疑'正哥哥'是否真的死了——你们说对吧？由凶手来保证是自己杀的人，没有比这更完美的不在场证明了。

"就这样，起初是'误杀'，然后是'互相杀害'和'杀人凶手做出的不在场证明'，最可疑的'交换身份诡计'由此彻底隐去了气息。这就是正哥哥计划的全貌。"

我感到头晕眼花。虽说是为了消除会暴露自己的线索，但凶手绘制出的蓝图也太复杂了。葛城说它像定时装置一样，还真没说错。

同时，我也理解了葛城的话的含义。对"蜘蛛"而言，直到"第二阶段"为止，谜题解开也好，解不开也罢，都无所谓。"误杀"这一伪装已能起到十足的误导效果，而若谜题解开，通过由美的自白，伪装会变得更加完美而牢固。

"我从没见过这种制造无面尸的理由。损毁尸体的面部，是为了让直接行凶者都分不清杀的是谁。"

"实际的犯罪步骤恐怕是这样，稍微掺杂了些我的推测。"

葛城出示了一张手写的表格，继续讲解。

• 时间表

时间	相关人员的行动	正（凶手）的行动	周边状况等
晚上六点出头	全员共进晚餐。 黑田提出要去视察 Y 村。	在此之前去别屋在沙发下放置蜥蜴尾巴。	
晚上七点至七点半	田所拿着掺有安眠药的咖啡去别屋。坂口喝下咖啡。 田所回去时，给门锁锁舌贴上防护胶带。	正的共犯黑田装作去了 Y 村，把车藏到馆背后的树丛里，等待正的联络。	

时间	相关人员的行动	正（凶手）的行动	周边状况等
晚上八点至九点		正、坂口和由美三人在客厅用三组茶具喝奶茶。 正和坂口聊到交换房间的话题，并实际交换了房间。 正为了暗示由美此时在场，故意留下茶具。 同一时刻，黑田趁坂口不在，往坂口的车里设置炸弹。用于引爆的手机也是在这时设置的。	
晚上九点十分	坂口到二楼正的房间就寝。		
至九点半		正跟藏起来的黑田会合，用安眠药迷晕黑田，将其放到别屋的沙发上躺下，把自己的衣服给黑田穿上，自己的鞋则放到沙发旁边。 从黑田的衣服里拿到车钥匙，把黑田的车从馆背后弃至曲川上游。	
晚上九点半	田所从二楼走廊窗户确认别屋的灯灭了。 为了等坂口睡得再沉一些，决意等二十分钟后行动。		
晚上九点五十分至十点	田所潜入别屋，踩在凳子上，拧松灯泡。 打翻玻璃杯，划破手指（回房间后贴上创可贴）。从开水间找来替换的玻璃杯放好。	正从东馆拿来霰弹枪和消音器。包装严实后才取出，以免火药在雨中受潮。	

时间	相关人员的行动	正（凶手）的行动	周边状况等
晚上十点半至十一点		回到别屋，通过胶带和灯泡确认田所曾潜入。把沉睡的黑田搬到椅子上坐好，让其摆出前倾姿势，将霰弹枪枪口塞进其喉咙固定。把自己的笔记本摊开到正中间的一页，当作遗书留下。在黑色药品盒（装有针管）外面套一个大一圈的红色盒子，放到挪至门边的凳子上。上到三楼，叫醒信子，让她去别屋。信子不会记得此时发生的事。正藏在三楼书房里窥视动向。	
晚上十一点十五分	满在一楼走廊目击到信子。信子手里握着在别屋门口发现的红色盒子。		
至晚上十一点四十五分	满带信子到三楼，给信子擦干头发后安顿其睡下。满离开房间就寝。	在三楼书房听到动静，前往了解发生了什么。在满离开后闯入信子的房间，往信子的衣服上洒动物血。做完这些后，正暂时从葛城家退场。	
将近午夜十二点	由美苦苦等待去别屋的时机，却因看见田所的身影、目睹满走来走去而无法行动。午夜十二时许，由美展开行动。一进别屋，便看见扣下扳机即可轻松杀掉的"正"，如获天启。"正"的替身黑田死去。		

427

时间	相关人员的行动	正（凶手）的行动	周边状况等
凌晨一点零六分	全员惊醒。广臣发现浑身血迹和泥污的信子，与璃璃江、满、由美和北里共享信息。		收到三级警报。台风变猛烈。
凌晨一点十五分	在别屋发现"正"的尸体。		
凌晨一点三十分之后	健治朗、广臣、梓月、田所去调查别屋①。其间，璃璃江、满、由美换掉信子的衣服和床单，湮灭证据。健治朗从广臣口中听说信子的状况，也把握了事态。	正乔装打扮，混入避难者。	
凌晨一点三十七分			曲川泛滥。有人在W村拍摄视频。架在曲川上的桥被冲塌了。
凌晨一点四十分至两点	众人在食堂交流。为保护信子，牵制田所、三谷和坂口，防止其探究真相，健治朗做出虚假推理。全家人化作铁板一块打配合。讨论到最后，坂口夺门而出。	正发现逃难的年轻人与其祖父，认为带上他们回到葛城家不会引人起疑。他谎称自己是开小卖部那家人的儿子，帮助年轻人逃难。	大水逐渐涌入Y村。最先来避难的那个年轻人带上祖父开始逃难。
凌晨两点零五分	坂口的车在田所、三谷和广臣面前爆炸起火。坂口死亡。田所向辉义汇报至此为止的经过。辉义为田所和三谷的遭遇而震怒。	通过传感器确认坂口坐上了车，用自己的手机给废弃手机打电话，触发起爆开关，引发爆炸。表面上只是在打电话，被年轻人与其祖父看到也没关系。	

时间	相关人员的行动	正（凶手）的行动	周边状况等
凌晨两点二十六分			收到四级警报
凌晨两点半至三点	三名避难者来访。健治朗和田所出迎。 辉义和广臣暂时离开，烧掉信子的衣物。 开始分工作业。制作并码放水袋，进行室外扫除等。	正和两名避难者一起回到葛城家。看见田所手指上的创可贴，想到田所的失误与鞋里掉进玻璃碴的可能性。 谎称去厕所与两名避难者分别，从用人休息室偷拿钥匙去别屋。一度脱掉尸体的鞋，回收玻璃碴。放回钥匙后，若无其事地回到避难者之中。	
至凌晨四点	继续分工作业。		
凌晨四点后	辉义、田所、梓月去调查别屋② 此时鞋有被碰过的痕迹（鞋带孔内侧沾有血），血液已完全凝固。		
凌晨五点四十六分	健治朗、辉义、田所和三谷前往Y村，引导避难者。		夜尽天明。

"首先，正哥哥和坂口先生交换房间。哥哥提前去了趟别屋，在沙发下放置蜥蜴尾巴，想来他做过调查，知道坂口先生讨厌爬行动物。这样一来，就能诱导坂口先生提出'想换房间'。并且基于其心理，坂口先生会谎称'是正主动提出要换房间的'，这一点也被料中了。可谓万无一失。绝不会有人发现其实是正哥哥有想交换房间的动机……"

竟然仅靠这点细节就摸透坂口的心理，再以狡猾的手段暗中操控。

"然后是八点到九点间发生的事。聊天时哥哥邀请由美姑姑到客厅一起喝茶,让她听到对话,布好了局。不洗茶具而是原样留在那儿,是为了过后让我想到'第三人'的存在。

"在此之前,黑田先生把车藏到了树丛里。之所以这样做,是因为表面上他是去视察曲川了。之后,正哥哥和坂口先生交换了房间。

"接下来,九点十分左右,正哥哥背叛黑田先生,用安眠药将其迷晕。他脱掉黑田先生的衣服,把自己的衣服给黑田先生穿上,鞋也交换了。他自己则穿上了事先准备好的其他衣服吧。然后他把黑田先生放到沙发上躺下,将毛毯往上拉,蒙住了黑田先生的脸。"

紧接着,九点半,别屋的灯灭了,正离开了房间。我在将近十点进入房间,拧松灯泡,打翻玻璃杯。

"九点半左右,哥哥离开别屋后去了停车场。先是发动黑田先生藏在树丛里的车,将其抛到悬崖下的曲川上游。

"哥哥事先让黑田先生在坂口先生的车里设置好了炸弹。用作起爆装置的手机一开始就在哥哥手里。万事俱备。

"大约十点半,哥哥回到别屋,操作电灯开关,确认田所君曾潜入。接着哥哥把黑田先生搬到椅子上坐好,给他穿上鞋,将霰弹枪塞进他嘴里,并在桌上留下亲笔写成的遗书。如此便安排好了'促使由美姑姑杀人'的情境。大概花了三十分钟吧。

"离开前,哥哥把凳子放到了别屋门边,做好诱导信子奶奶拿走盒子的准备,然后上三楼叫醒了信子奶奶。见她朝别屋走去,哥哥便躲到三楼书房里窥视。这时尸体还没被人发现,万一有人看到他,也可以用'睡不着,起来走走'之类的托词搪塞过去。

"十一点四十五分左右，带信子奶奶回屋擦头发的满姐姐终于返回房间。确认满姐姐回去后，哥哥进入信子奶奶的房间，把准备好的袋装动物血泼到其衣物上。至此，嫁祸信子奶奶的工作便全部完成了。

"做完这些，哥哥离开宅子，为混入避难者而去往 Y 村。

"接着，十二点左右，由美姑姑进入别屋，用霰弹枪射击。就这样，黑田先生作为正哥哥的替身死去了。"

我哑口无言。

"哥哥操控了田所君和由美姑姑，制订出杀死'自己'的计划。他让由美姑姑深信所杀之人是正哥哥，让田所君将杀人惨案归咎于自身。就这样，两人三缄其口，真相永远不会大白于天下。这就是凶手的计谋。"

啊……我忍不住低呼。

"全部……全部是同样的套路。在这起案件中，所有人都成了正先生的棋子。他操控所有人的思维，诱导大家互相猜疑，作茧自缚……

"先是引发对信子夫人的怀疑……以此促使葛城家化作铁板一块，加深家人和客人之间的对立。

"还有，用私藏的一个注射器盒子略施小计……满小姐因而越发怀疑信子夫人，璃璃江夫人则怀疑起满小姐。而且，信子夫人会藏起证物……

"另外，他乔装后出现在立柜前，并让人拍下照片，将广臣先生和夏雄君卷入猜疑的旋涡，使父子失和……嫌疑落到黑田先生头上，怀疑黑田先生的健治朗先生越发不敢轻举妄动……

"最后是我……他操控我和由美夫人，造就了黑暗中的谋杀……我悔恨于自己的所作所为，难以启齿，由美夫人也因犯下杀人重罪而闭口不言……"

完美——我不禁喃喃道。一切连成完整的圆环，制造出浓重的烟幕。如此庞大的蓝图，一般人根本不可能看穿。

广臣低吟："趁大雨天下手，原来是为了让雨水冲刷掉尸体等证据啊。坂口先生炸死后，车和尸体让雨水一冲，就无从查证了。大水涌进一楼，黑田先生的尸体现在应该也浸在水里了……"

"就像我刚才说的，只有田所君的来访是正哥哥没料到的偶然因素。不过，田所君，正哥哥以前就听我提起过你，某种程度上揣摩出了你的性格。见你那副样子，他确信可以用你当棋子……这只是我的推测。我和田所君久别重逢，在我的房间里说话时，还有三谷君和田所君边贴瓦楞纸边说话时……正哥哥或许抓住这两次机会偷听了谈话，摸清了田所君的性格和心理状态。"

离开葛城的房间之前，门外的确有动静。贴瓦楞纸的时候也是，正出现在我们面前的时机，仔细想想确实太巧了。

"这计划可真够费事的……"由美自言自语。

"要骗过葛城家所有人。从各位推测、讨论的架势就能看出来，要骗过在场全员绝非易事。不过，只要引导Ａ和Ｂ互相猜疑，使其无法无所顾忌地行动，就能让他们远离真相。

"正哥哥描绘的犯罪蓝图有多周密，由此可见一斑。不确定的因素太多，恐怕并非一切尽如他计算，但妈妈试图包庇满姐姐、红色盒子触发信子奶奶内心的那根弦，这些对正哥哥来说都在意料之中。"

"结果万事顺遂，哥如愿以偿？"满不快地嘟起嘴，"那哥也太幸运了吧！"

"并非事事都顺利。正哥哥应该是做过大量基础准备，好比黑田先生的失踪。既然要杀掉对方当替身，便只得营造出黑田先生'失踪了'的假象。和黑田先生交换身份风险太大，在亮处一看就穿帮了。毕竟是家人。

"但'失踪'又颇显蹊跷，立马有人疑心'中枪死去的会不会是黑田先生'也不足为奇。因此，正哥哥设法将黑田先生的死伪装成水灾导致的事故。就是冲到河里的那辆车。可你们不觉得那辆车太不可控了吗？倒是恰好有年轻人从 W 村路过拍下了视频，但夜幕下未必能拍清楚。就算监控拍到，清晰度也指望不了。我们冒着那么大的雨去桥梁那边就更不可能了。换言之，那项准备是'没人看到也无大碍'的准备。把车抛到馆背后的悬崖下轻而易举，成本小、收益高，若是成功，黑田先生失踪的故事就会更加不可动摇。"

"……哥做了好多像这样的准备？"

"这些准备里，顺利的大概有一半吧。没有哪项措施是非成功不可的。各项准备也不会互相阻碍。整体进展越是顺利，正哥哥制订的犯罪蓝图就越是无懈可击，他的足迹会渐次消逝。我从未见过能绘制出如此狡猾的图纸的人。"

真的像蜘蛛一样。葛城低语。

"从本案的开端，就能看出哥哥做事滴水不漏。把坂口先生、黑田先生和梓月先生叫来的邀请函便是绝佳的例子……"

"噢，确实是在这个家里打印的，但不知道是谁寄的，莫非……"

"是啊，现在知道了。制作邀请函寄给他们的，是哥哥。最大的目标是黑田先生，为了给他登门的理由。他是共犯，是炸弹的提供者，还是计划里最关键的替身。他的来访是必要条件。可只邀请黑田先生又太显眼了……我爸知道黑田先生和葛城家的人有血缘关系，弄不好会一眼看穿……于是哥哥做了三封邀请函，邀来三个人。通过邀请坂口先生和梓月先生，掩盖真正想要邀请的对象……邀请坂口先生的话，他很可能会爆料惣太郎爷爷疑似遭家人杀害，如此一来，既能用照片搅得全家人心惶惶，又能将邀请函之谜偷换成'坂口先生为何受到邀请'之谜……可谓一石三鸟。没准哥哥甚至在期待受邀的梓月先生能帮忙做简单的验尸呢。所以，见田所君和三谷君出现，哥哥想必非常开心。客人越多，黑田先生就越不显眼……"

爽快地迎我们进门，在家里领路的那个温柔开朗的正的形象，蓦地在脑中扭曲了。原来我从那时起就被骗了啊。

"哥哥善于通过旁敲侧击诱导他人的思维变化。他的话极具说服力，令人深信不疑，一词一句纯粹到让人觉得错的是自己。"

正和三谷在网球场对打的情景在脑海里复苏。他变换着击球方式，巧妙地引导三谷接球。他对全家人的操控，或许是遵循同样的道理。

"辉义，这也太——"健治朗摇摇头，"纸上谈兵了。"

"爸爸，公司 Logo 图案的细节，你是自己注意到的吗？"

"欸？"

健治朗惊愕地张大了嘴，面色眼看着苍白了下去。

"大家也试着回忆一下。"

葛城挨个指着他们说："妈妈——你烦恼着和满之间的关系，而故意当着田所君他们的面提起母女关系的是谁？

"广臣姑父——你碰立柜里的安瓿时听见有动静，以为被人看到了对吧？当时，站在西馆客厅门前的是谁？要靠乔装引发你和夏雄的矛盾，得知道你碰过安瓿的事才行，不是吗？

"由美姑姑——听了夏雄的话,以冷静劝诫的口吻强调应'对孩子的证词持谨慎态度',故意煽动广臣姑父和夏雄对立的是谁?"

我全都……全都有印象……这起案件处处都有正的影子。阴魂不散……

"田所君。"

葛城最后转向了我。

"你下安眠药,贴胶带让门锁不上,还把灯泡拧松了。为什么要这么做?"

"咖啡能掩盖安眠药的苦味。别屋的门锁是普通的那种,贴上胶带,锁舌就弹不出来了。然后是灯泡……这是因为昨天傍晚,我和三谷一起去别屋的时候,听坂口先生讲过。那个灯没有灯绳,也没法用手机操作,只能按开关。所以,只要拧松灯泡,按下开关也一时打不开灯,就能方便小偷作案……"

"也就是说,你去别屋是想确认房间的条件。"

"是的……说来难为情,葛城,我想着出个什么案子,你也许就能振作起来了。我就想设法让人去偷坂口先生的相机。"

"为什么要让人偷相机就得做这些手脚?"

"还问为什么——因为小偷害怕人、时、光啊。害怕被人看见,害怕开锁耗费太多时间,害怕罪行暴露在灯光之下——"

"你是怎么知道这些的?"

"怎么知道的……"

从负责盗窃案的同事那里学到的小偷思维模式……

"啊啊啊啊啊!"

是正!那时候……正陪三谷打完网球后,架不住央求,给我们讲了警察的趣事!

"天哪……"

早在那时，正就已经做完了准备……向我灌输"小偷三原则"，诱导我去调查别屋的条件，以确保我会去拧松灯泡。我是自己去调查的，这个念头令正的气息在我心里消失了。

假装温柔待我、给我希望，摆出一副比谁都和蔼可亲的笑容……正当时表现出自己的经历不足挂齿的态度，但我们央求他讲故事，简直是正中他的下怀……

我双腿发软。

——田所君总是陪在阿辉身边呢。

——要让阿辉振作起来，得有个契机……见你来到这里，我仿佛抓到了这个"契机"，仿佛握住了温暖的援手。

——田所君，能请你把阿辉从深渊里救出来吗？

我用力闭上眼。

傻瓜！我真是个傻瓜！那才是……那才是"刻意表演的家庭剧"啊！葛城让我什么都别信，我却根本未能践行！

我忆起正那时温柔的表情。我被葛城家的众人严词以对，又对葛城的状态倍感不安，看着正的神情，便觉得只有他是自己的同伴。那些竟然全是假的。

我不愿相信。然而这是事实。

在充斥着谎言的葛城家，看起来最为诚实的人——竟是最恶劣的骗子。

"……辉义，你是什么时候发现真相的？"健治朗语气沉重地问。

"看到鞋的时候。可我怎么都接受不了这个结论。

"不过，有两条线索让我接受了。其一是黑田先生发给正哥哥的短信。"

葛城背诵出短信的内容。

通往葛城家的坡道上有栋老房子对吧。原来的住户搬走了，又新搬来一家人。村子里传言原先那家人的独生子因事业受挫而闭门不出，家人在当地待不下去了，遂决意搬家。每逢外出购物都遭人嘀嘀咕咕说闲话，自然不胜其烦。话说那独生子不愿意出门却愿意搬家，也是够好笑的。

新搬来的那家人也形迹可疑，多加小心吧。

"好招人厌的消息啊。"满皱皱鼻头，"感觉特别自以为是。"

"是啊。从中能看出黑田先生的本性。正哥哥和黑田先生的关系比周围人想象的要亲密……并且透着可疑的气息。可是，当真只是如此吗？这个不好笑的玩笑，真的只体现了黑田先生的自以为是吗？这与我们对黑田先生的印象相去甚远。

"因此，我换了个思路：黑田先生料想对方也会对这个玩笑感到好笑，才发了这样的内容。"

"也就是说……是收信人性格的问题？"

听我这么问，葛城点了点头。

"当然，光看这条短信，两种可能性都有。也许黑田先生真的很自以为是，又或许是正哥哥性格扭曲。二者皆有可能。这条短信算不上决定性证据。不过——它足以让我开始怀疑正哥哥会不会并非表里如一。

"而令我得到确信的，是田所君和悠人君。"

"噢……"我说，"是车的事啊。坂口先生不是'大灰狼'……"

"孩子的眼睛往往能看穿真相。问题是，悠人君见到的究竟是谁？本以为是坂口先生，可他是开车来的，应该是没跟悠人君搭话就开过去了。黑田先生、梓月先生和健治朗一家也都可以排除嫌疑。唯有一个人，接到了紧急任务，只能独自坐公交再徒步过来。"

"是正先生……"

我不由得叹息。

然而下一秒，我冒出疑问。

"但是，等等，我进屋之前，悠人君跟我说'大灰狼在这儿'。我以为他指的肯定是这个房间里的某个人，因为进屋正好要从悠人君面前经过。"

"说到点子上了。寻找凶手分为两步：先说中凶手的姓名，再找出凶手的所在之处。"

我茫然不解。

"当前环境下，分明有一个群体是悠人君最容易近距离接触到的——'大灰狼'就在他们之中。"

"原来是这么回事！又跟'蜘蛛'——正先生，混在最初的三名避难者里这个结论联系起来了。"

葛城张开双臂。

"来吧，现在走出房间，我带各位去见见真凶吧。田所君，出去吧。"

我依言出屋，大家却没立刻跟上来。纳闷之际，房门在十秒后冷不丁开了，葛城走了出来。

"辉义君，那到底是什么意思？"

广臣边缠问边跟在葛城身后。葛城得意地一笑，说："马上就知道了。"

他好像单独跟家人说了些话。究竟说了什么呢？

葛城走向三楼北侧走廊较宽敞的空间，避难者们拥挤地坐在那里。

约莫十名避难者靠墙坐着。

避难者们的吵闹声蓦地传入耳中。听着他们因恐惧与不安而颤抖的声音，连我也心生忐忑。

葛城润了润嘴唇。

"我们来捋捋。正哥哥在凌晨两点半到三点之间进过案发现场，在那个时间段能自由行动的，只有最先来避难的三人。到这里为止，都是刚才讲过的。

"想到这步，距离答案就只剩一步之遥。三人之中，有两人是祖孙，一个人自称是开小卖部那家人的儿子，在这儿一个亲属都没有。他只是顺道去了祖母家，跟村里的人也不认识。

"换句话说，他不用担心有人认出他的脸。况且，我和田所君、三谷君在食堂前的走廊说话时，只有他没露面。"

葛城把手搭到那人肩上，冲他微笑。

"好久不见，哥哥。有一天没见了吧？"

男人以阴沉的眼神瞪视葛城。

3 对决【水位没过馆 2.0 米】

"——哥哥?"

男人歪了歪头,看样子是打算装傻到底。

他的脸跟正一点也不像,但葛城坚决主张那是乔装,说是要在家人面前露脸,哪怕只是片刻,也得经受视线的洗礼,不可能不乔装打扮一下。肯定是用填充物塞了脸颊,脸也上妆了。

"那个,抱歉。我听不懂您在说什么……"

正愁眉,面有难色,表情颇具说服力。

"打算装傻到底是吧,那就听我说会儿话吧。"

葛城蹲下来,向正叫板。

"唉……请便,你想说就说吧。"正有气无力地回答。

"哥哥,不光衣服和鞋,你把黑田先生的所有随身物品都换成了自己的。还拿走了他的手机。"

葛城连珠炮般发难。正沉默地垂着头。

"交换手机也不是难事,毕竟你用安眠药把黑田先生迷晕了。你把黑田先生的指纹录入了自己的手机。录入新指纹需要输密码,但操作自己的手机自然没什么阻碍。就这样,你精心筹谋,打造出坚如磐石的'交换尸体'诡计。我们就是因为用尸体的手指解锁了手机,才误以为'这具尸体必定是正哥哥无疑'。"

就连这事都在正的掌控之中？！我惊得说不出话。

"为了计划中的一连串案件，你所做的这类准备有很多。有的奏效，有的落空，不胜枚举。诱导家人互相猜疑也好，手机的指纹也好，黑田先生的车也好，即使这些全部落空，也不会破坏你绘制的犯罪蓝图，而每有一项奏效，便能使你的计划更稳固一分。

"谁知手机发出了紧急速报。警报声响个不停，家里人和来避难的人都听到了好几次。每当警报响起，所有人都会拿出手机看屏幕。在这样的环境下，一个年轻人没带手机就显得太可疑了。为了彻底撇清嫌疑，你费尽了心机，无论如何都想避免败在这种低级错误上。

"因此，你不能处理掉黑田先生的手机。紧急速报的画面不用解锁手机也能看。要紧的是手头得有一部手机，能跟来避难的人在同一时间拿出来确认。"

"来吧，"葛城逼近正，"要是想说刚才的推理都是我的妄想，就当着在场全员的面，解锁那部手机试试！"

正慢慢抬起头，露出狐疑的眼神。

"做不到吧。把黑田先生的指纹录入自己的手机是小菜一碟，反过来却无计可施。你不知道黑田先生设置的密码，就没法把指纹录入黑田先生的手机，也没法直接用密码解锁。来吧，要是想说我推理错了，就证明给大家看看！"

来吧。

葛城唾沫横飞。

我从没见过他以如此激动的语气追逼凶手。身处极限状况，他也绷紧了弦吗？

抑或对于信赖的哥哥沦为恐怖的杀人犯感到强烈的愤慨？

这时，正颤了颤肩膀。

他缓缓站起身。

抬起头，扬扬自得地一笑。

"闷声听你讲了半天，搞不懂你在说些什么。"

"不用再装傻了，哥哥。"

葛城气势汹汹。正从容不迫地与他对峙。

"总之，打开手机就行对吧。能打开，你便罢休。"

正拿出手机，挑衅般举过头顶。过度的紧张令我喉咙发干。

为什么？

为何正会这么镇定？

他缓缓将大拇指按到基板部分。

主界面打开了。

怎么会——

我如坠冰窟。积累至此的推理，尽数崩溃了。一切都付诸东流。这起案件没有真凶。正是幕后黑手这一推理是谬误。造成这起惨案的终究还是我。是我害死了正。眼前的男人不是正。

"这样就行了吧？"

男人脸上挂着温和的微笑。

"不。这样就证明了，你就是哥哥。"

"什么？"

男人挑起眉毛。

"哥哥，你错就错在，"葛城霍地抬头，"以为躲在暗处的只有自己。"

"欸？"

"呜嗷嗷嗷嗷嗷！"

伴随一声吼叫，正突然从视野里消失了。

发出吼叫声的是避难者中的一人。一个把雨衣兜帽压得很低的男人。那人死死抱着正的腿。正"哇！"地喊了一声，倒在地上。健治朗和广臣从旁一跃而起，将正按伏在地。

"啊，是你……"

我指着雨衣男。

"三谷！"

他在葛城推理的关键时刻缺席，居然是藏到那种地方去了！

正携带的手机飞向空中。

"田所君！"

我应声而动，抓住手机。

"开着屏幕！别让它锁屏！"

我用手指按住屏幕，防止锁屏。可葛城用意何在？

再看回正，只见他表情剧变。

他龇牙咧嘴，双目圆睁，战栗不已，被三个人按着仍不放弃抵抗，全身散发着杀气。

"辉义……辉义……你小子……你小子！"

看见葛城俯视正的眼神，我顿觉体温尽失。

那是不含任何感情的眼神，冷若冰霜，令人深感做何辩解都得不到原谅。看见眼前有虫豸痛苦挣扎时，人就会露出这样的眼神吧。

轻蔑的眼神。

"喂喂，正先生，你这副表情可太难看啦。"

梓月颤抖着肩膀嘲笑。他特意走到被按伏在地的正的身旁蹲下，脸对脸地说："很不甘心吧，哥哥在弟弟面前一败涂地。我也经历过同样的事。不过，在这种时候，哥哥只能坦率地承认失败，夸夸弟弟啊。"

"……你说什么！"

梓月回头看向我，嘴角浮现微笑。在注射器一事上，我骗过了哥哥。我听出他是在说那时的事，耸了耸肩。

"田所君，把那部手机给我。"

被葛城的气势镇住，我乖乖递过手机。

葛城摆弄着手机，看都不看正一眼，侃侃而谈："哥哥，我知道你拿的是自己的手机。你的计划是长期的，只不过赶上水灾，方便处理尸体，才提前实施了。你早就计划好要替换手机，给自己准备两部手机自然不在话下。况且，你不可能随身携带黑田先生的手机。这种决定性证据，你第一时间就会处理掉。"

"那又为什么！为什么长篇大论半天，故意说出错误的推理！"

健治朗按着正的右肩回答："正，这是为了拿到你的手机。并且解除锁屏的状态。"

"什么？"

"我和广臣先生，还有三谷君，提前听辉义讲了他的计划，关于如何夺取你的手机。三谷君披上雨衣，混进了避难者里。"

"说什么傻话，姓三谷的小鬼明明在那儿……"

他看向我背后，睁大了眼睛。

回头一看，正以为是三谷的男人，其实是穿着三谷衣服的另一个人。

"避难者里有位跟他年纪相仿的男性。"广臣厉声道，"我们让他们交换了衣服。看来你没能记住只见过一次的高中生的脸，对不对？"

"哦！"正激烈地摇头，"那又怎么了！抢走我的手机又能怎样？！那种东西根本算不上什么证据！"

"找到了。"

葛城说着，举起手机亮出屏幕。

是拨号界面，显示着十一位的号码，拨号就能打过去。

正雯时脸色铁青。

"我知道你拨号给手机引发了爆炸，你就是这么杀害坂口先生的。"葛城淡淡地继续道，"哥哥，你慎之又慎，一万个小心。所以，你才筑起这般复杂的蜘蛛巢，成功伪装出自己的死。谨慎如你，不可能不做任何保险就利用灾害。我就是在找这个号码。从留在现场的那部手机里没找到。"

"难怪洪水涨势快得惊人。"健治朗说，"正，你用的是炸弹。把坂口先生连人带车炸飞的那种。你人为引发了砂石滑坡，妨碍警方介入。于你而言，参加过海外恐怖组织活动、有制作炸弹经验的黑田君，是求之不得的帮手……"

"就是这么回事。"广臣道，"阻断警察进村的道路，是因为'自己'的尸体遭到查验就麻烦了。而滑落的砂石阻塞了水从Y村向下流的通路。结果，洪水涨势加快，水淹到了馆里，这就是你的目的，对不对？"

"之所以想让水淹到馆里，是为了便于处理尸体、冲掉证据。"

"可是，"满摇了摇头，"再怎么说也太离谱了。他自己也混进了避难者里啊，何苦置自己于险境——"

啊，满反应过来。

"原来如此。"璃璃江颔首道，"所以辉义刚才提到了'保险'……"

"既然设置了炸弹用来加速水灾，"由美摇了摇头，"那再设置个炸弹用来排出积水就行了……太可怕了……"

"看样子大家都得出了同一个结论。"

葛城一脸满足。

他费尽心思,终于将家人凝聚在了一起。

在正散播的猜疑下化作铁板一块的家人,如今因对葛城的信赖而团结一心。

"住手,不许按,不许按开关!既然如此,我要带你们所有人上路!休想……休想得救!"

"这是给你自己准备的吧?哥哥,你也真是自私啊。"

"吵死了!再说,你们确……确定要这么做吗?下游区域可还有村子呢。引爆炸弹就相当于打开闸门,下游区域会受灾的。"

我浑身一震。

"是啊……葛城。的确,这里的五十条人命很重要。可为此牺牲其他人,实在是……"

"哈哈!看吧,你朋友也这么说。怎么样,辉义,你狠得下心按开关吗?你有勇气背负这么大的代价吗?"

过于沉重的质问。

令人意外的是,健治朗决然道:"下游区域的村民已经疏散完毕。"

"咦?"

"'打开水坝'的警报也在一个小时前发布过了。当然,在下游区域以及曲川流经的关东一带,尤其是东京,舆论一片哗然。不过,我联系了当地政府,确认居民已经疏散完毕。你能想到的事,你以为我就想不到吗?……别太小看我了。"

"呃……呃……"正唇舌发抖。他一个劲儿地摇头,唾沫星子四溅地大叫。

"但……但你们没有证据。"正唾沫横飞地说,"没有能证明我犯罪的证据。一部手机而已，压根起不到什么作用。还有，还有啊，我的目的已经达成了。别屋的尸体被水冲洗过了！坂口的尸体也让水给冲走了。能证明我犯罪的东西全都消失了！"

这就是他的意图。加速水灾发展，抹除自己的全部犯罪痕迹，谁都不会起疑。竟企图操控自然灾害，常人想都不敢想。

然而葛城言笑自若。

"哥哥，你这是以为只有自己用了交换诡计啊。"

"啊？"

"田所君，你还记得吗？把我爸叫到房间之前，我说'还有些别的事要办'，离开了一会儿。"

我睁大眼睛。

"该不会——"

"没错。我把黑田先生的尸体搬到二楼的房间了。哥哥，等警察赶到，你就没法再狡辩了。你做的伪装终归是以没有警方介入为前提。核查一下牙科记录之类的，立马水落石出。"

正嘴唇煞白，身体的颤抖越发明显。按着他的几个人冷冷道："别动。"

"别开玩笑了！都是说谎，虚张声势！太奇怪了，我应该完美操控了你们所有人才对。按照我布的局，谁都绝不会怀疑我！你们联手得太快了！阿辉给你们吹了什么风？！哪儿来的时间……"

他目眦尽裂，瞪视着葛城。

"还不死心啊。"健治朗说着摇了摇头，"辉义最先是来找我谈的。他挨个与家人谈话，确实取得并巩固了信赖。可你是真凶这个结论……直到最后一刻，我都无法相信。但在此时此地，我们选择相信辉义。"

"为什么！"

"刚才临出屋，辉义做出了预言：'接下来，某个人会尝试解锁手机屏幕。必定能解锁成功。届时请观察那人的表情。'"

正呆呆地张大了嘴。仿佛大梦初醒，他紧绷的身体放松下来。

"他对你整个人了如指掌。而你在解锁手机后笑了，正。嘴角轻轻勾起笑容……那是你的笑法，我再熟悉不过了。"

"我亲自确认过你的表情，哥哥。刚才水涌进一楼，大家跑上楼梯时，混在避难者里的你的表情……水涌进来的刹那，你立即确信别屋里的证据和尸体会被冲洗掉。你着实出色地扮演了恐慌的避难者，却仍有一瞬间，露出了不合时宜的笑容。那时，我得以确信你就是'蜘蛛'。"

正不再言语，默默垂着头。

完美的胜利。

分析预测，精心布局，欺骗对手。

原本单方面防守的葛城，最终在与哥哥的智斗中胜出。

"辉义，"健治朗继续道，"按下开关，下游也不会有人死。即便如此，还是少不了受到谴责。人能疏散，建筑和土地的损害却没法避免。但要渡过灾害总得经历伤痛……活下来才有希望。放心吧，不会让你一个人背负这一切的。"

健治朗背对我们，仰天说道："因为我们——是家人。"

葛城莞尔一笑。缓缓扬起的脸颊上滑过一串泪水。

"谢谢你，爸爸。"

葛城伸出手指按下通话键。

雨停了，经过雨水的冲洗，空气分外清新。

凛冽的空气会使声音越发澄澈。若无尘埃更不待言。

传来"咚——"的响声,好似升空的烟火,令人心情愉悦。在我听来,宛若庆功的礼炮声。

"他为什么会犯下如此罪行?"

"最大的目的恐怕是钱。哥哥发现了惣太郎爷爷的秘密财产——藏在密道入口的钻石,为了夺取它,他杀害了爷爷。但宝石无法直接使用,于是他先将自己从葛城家抹消,想要开启新的人生。宝石是他的本钱。精心设计的交换身份诡计,层层叠叠的误杀构图,诱导家人互相猜疑的剧本——种种准备全都是为了让自己隐身于盲点,销声匿迹。"

"对支配自己的家族的复仇……见识了如此恶劣的犯罪蓝图,倒也有这种感受。"健治朗以冷静的声音说。

"是的。哥哥在'第一阶段'……就是还没破解任何谜团、哥哥的伪装大获成功的阶段,觉得就这样推进也无妨。但他姑且顾虑到我的存在,索性又编出一份能利用我的剧本,使自己'遭到误杀'的结论更加不可动摇。这就是'第二阶段'……我通过推理开辟的道路。然而对哥哥来说,这充其量是道保险……无论我是否解开谜题,本质上讲都无关紧要……我在哥哥眼里不过是一件道具……"

葛城语气渐强,似是染上了怨恨。

"我被彻彻底底地侮辱了……这个人对我毫不在意,只想得到钱和新的人生……"

"阿辉,为什么啊?"

仍被按在地上的正抬头看向葛城。

"你原先明明是个'好孩子',是我把你培养成了那样。你从不说谎,可刚才你是中了什么邪?为了从我这儿拿到炸弹的开关，你说谎了。你撒下了弥天大谎。"

葛城俯视正的眼神终于带上了感情。从他和蔼的微笑，以及轻唤"哥哥"时过分温柔的声音里，我明白了那感情是什么。

怜悯。

"哥哥，我感觉今天才第一次跟真正的你说上话。"

葛城长长地叹了口气。

"回想起来，打从一开始你就是这副德行。你告诉我，你在警察间高声主张是我解开了谜题，遭到了嘲弄。当时，从爸爸口中引出'算作正的功劳不是挺好嘛。能帮上哥哥的忙，辉义一定也很开心吧？'这句话，也在你的算计之中。你是想让我坚信只有哥哥是同伴吧？你的手段一向如此。钻人心的空子，无声无息地支配他人，不让对方察觉。透明的恶意……惣太郎爷爷将你形容为'蜘蛛'，抓住了你的本质。"

"别太张狂。你现在能摆出一副名侦探的架子，还不都是我的功劳？是谁教给你看穿谎言的方法？是谁教给你推理的思路？是我。全都是我教给你的。你的人生轨道全都由我铺就。你没有自己的人生。你这个演员的人生，是我创造的。造物怎么可能背叛创造者……"

这句话刺激到了我。脑海里闪过那位编辑的脸，还有我写的短篇小说。

不对。亲手培养的事物，也会背叛自己。那部短篇小说就是一例。想表达的内容遗失了，无意间写就的部分获得赞扬，创作者受到作品的束缚。然而期望一切皆如所想，不过是种傲慢。

啊，很像。

我和这个人很像。

我陷入深深的绝望之中，恨不得立刻否认——却越想越觉得像。

这时葛城开口了。

"哥哥,你教给了我看穿谎言的方法。"

他咧嘴一笑,伸手抚上后颈。

"广臣姑父说谎的时候,会摸后脖颈。"

"咦,真的吗?"

广臣睁大眼睛。

"由美姑姑会垂眼,爸爸会清嗓子,妈妈会擦眼镜,满姐姐会环抱双臂……而正哥哥会挠脸颊,对吧?"

正对葛城怒目而视。被说中习惯动作的众人都有些不自在,眯眼看着葛城。

"这些全都是你教给我的,哥哥。说谎的时候,人的身体会出现细微的反应。你说能看穿这些反应,就能识破谎言……"

"嗯……是啊,全教给你了。"

"我很纳闷……"

"啊?"

"因为,你说谎的时候并不会挠脸颊……哥哥,我的眼力比你教我的时候要敏锐得多。自己积累了实践经验,不用你告诉我每个人的小动作也能看穿谎言了。所以只能这么想:一开始把自己的习惯动作告诉我时,你就说了假话……"

正没有回答。

"没错,你从很久以前就是个骗子。"

"哈,这怎么可能?谁会布这种局啊,都不知道什么时候才能派上用场——"

"看,鼻头皱起来了。哥哥,这才是你的习惯动作。"

"少拿无聊的话唬人!"

见正怒火中烧，葛城笑了。

"嗯，是在唬人。用在哥哥身上，效果立竿见影啊。"

"咦？"

我怀疑起自己的眼睛。

正用脱离束缚的右手摸向了鼻尖。

大概是下意识的动作。他瞬间面色苍白，迅速从鼻子上拿开了手。

他输了。

在心理战中输了。

"哥哥……你告诉我假的习惯动作时，或许确实只是出于恶作剧心理。不过，你借此机会灵活运用了这个谎言。你就是这种人……所以我也用谎言回击。"葛城俯视着正说，"从今往后，一生中每次说谎，你都会顾虑自己的鼻头有没有皱。这是种诅咒。你也许会试图弄清楚自己真正的习惯动作是什么，但已经无法停止在意鼻头了。如此一来，我的谎言便会成真。你的鼻子会真的对强烈的压力产生反应……"

葛城淡然宣告，面容看上去犹如恶鬼。正睁大眼睛战栗着。

赢了。受培养者独自成长，大获全胜……

这是一场清算葛城家过往的战斗。

赢了。葛城赢了。这一事实也令我的心如释重负。我是我，正是正，我能够坦然而果断地区分开了，不觉神清气爽。我和正的身影有一瞬重叠——恰恰因为如此，将正打得落花流水的葛城反而令我心情舒畅。我感到现在能以崭新的心态再去写小说了。

而此时此刻，葛城辉义与葛城正这对兄弟的过往现出真容——得到清算，即将落幕。

"哥哥，你说你创造了我的人生。那么，我执着于谜题也好，破解谜题也好，试图以此救人也好，或许全都是错觉。把你教给我的东西全忘了，做回普通人，也许能生活得更轻松。"

葛城说着看向那群避难者。

那里有悠人。葛城救了他的父母，也救了他。他就在那里，真真切切。

葛城露出爽朗的笑容，对正说道："可是哪怕如此，我也……只能去解开谜题。"

【水位没过馆 2.0 米】
【水位没过馆 0.8 米】
【水位距馆 0 米】
【水位距馆 2.2 米】
　　……………

尾声

大水完全退去花了十多天。

趁能联系上父母和学校，我和三谷打去电话，两人都狠狠挨了一通训，纯属活该。继夏天的山火，我重蹈覆辙，母亲因而下达严令："大学入学前禁止一切旅行。"三谷哈哈哈地嘲笑我。真不服气。

大雨停歇，无人机空运来物资，我们摆脱了生命危险。最艰苦的时期过后，单纯是"难熬"的时期到来。穿着防水裤子回到馆的一楼，舀出渗进来的泥水，扫除污泥，处理掉没法再用的家具，做这些活计的时候着实难熬。被家具的钉子弄伤手指时，梓月说有感染破伤风的危险，细心帮我做了处置。

我觉得梓月看我的眼神变了。

以前，梓月说对我不抱任何期待。他压根没把我这个没出息的弟弟放在眼里。

而自从在葛城的房间上演那一幕以来，他开始对我另眼相看……不。

说是盯上我了更为准确。

"那不能算是输了。"梓月恨恨地说。我笑着回敬："不肯承认失败，比输掉本身更逊。"梓月一脸不痛快，但对伤口的处置堪称完美。

正彻底失去抵抗的气力，虚脱般枯坐在二楼的一个房间。大家讨论过要不要在把他交给赶到的警察之前从外面反锁上门，最后健治朗驳回称没必要，可能是身为父亲，终归对儿子残存一丝亲情。

　　由美虽是受正操控，但毕竟杀了人。即使周围人原谅她，她也不会原谅自己。她将实情对警察和盘托出，其后便顺其自然。广臣表示会不遗余力为由美辩护，帮她赢得尽可能轻的判决。夏雄也常伴父母身边。这家人以后还会遇到种种考验，好在广臣应该会比从前更加关怀夏雄。夏雄和悠人也是，消除隔阂后，他们想必能坦率地重新做朋友。

　　璃璃江和满的关系急速拉近了。待一楼的状况安定下来，满说要帮璃璃江打扮打扮，给她尝试了许多从未试过的妆容和衣服。身着丧服时利刃般的气质无影无踪，璃璃江摇身一变，显露百合花般的楚楚姿容，令我叹为观止。若是出言感慨，估计会被葛城揶揄"原来田所君喜欢年长的女人啊"，我便没吭声。

　　避难者们道着谢，一个接一个地返回退水后的村子。有人回到村里的家着手安排修缮房屋，也有人联系其他县的亲戚，约好借住一段时间，由亲戚接走。河流恢复了原本的水量，临时架设的桥勉强能供人通行，因此也有人去了W村小学的避难所。

　　再造一座像样的桥，怕是要耗时好几年。

　　灾害留下的伤痕与阵痛不会马上消失。

　　他们还需各自奋战。无论是重建家园，还是继续在避难所生活，抑或在亲戚家展开新生活——各有各的战斗。

　　而这些都以活下来为前提。

　　葛城兑现了承诺。

　　对于黑田和坂口的事，葛城追悔莫及。特别是坂口，葛城说自己要是早点行动，没准能阻止他的死亡。倘若在别屋发现尸体后就采取对策，就能注意到坂口性命有虞，在他遇害前保护好他……也说不定。

我忆起葛城告发正之后的那一晚。

"哪怕如此也只能去解开谜题……"葛城略显自嘲地笑笑,"说出这种大话,结果是我还不够成熟。"

他靠在房间的墙边,始终垂头丧气。

他赢了对决,然而这场胜利代价不菲。

"葛城,真对不起。连我都干出那种事——"

"正哥哥的操控精细入微,会受他摆布也是没办法的事。没关系,你只不过是下了安眠药而已。倒是可以刑事处罚你,但警方应该不会追究。不过呢,希望你能深刻反省。"

"这些我都想过,可我要说的不是这个……"

比起刑事处罚,我更害怕葛城不原谅我。

我甚至怯于说出口,不敢吭声。

"田所君,我对不住你。"

"咦?"

"要是我能早点注意到——"

"不是的……不是的!葛城,你道个什么歉啊?该受责备的是我……我做了不可饶恕的事。我……"

"你才是钻进误区了。"

葛城直直地注视着我。

"田所君,别再苦恼了。我同样插手了不可饶恕的事。假如信子奶奶的衣服还留着,至少能做个血液鉴定。销毁证据这种事,是我最不应该做的……"

不知是由于灾害还是精神疲劳,葛城低垂的脸愈显消瘦。

"是吗……你也是这么想自己的啊。感觉好怪呀,侦探和助手都是罪人……"

"如果你想听宽恕的话语,我就说给你听吧。但如果你无法停下自责，自顾自地从我面前消失——我可不会原谅你。"

安心感油然而生。

我还可以待在这里。

或许是说完了想说的话，葛城如弦绷断了一般安静下来。他把脸埋到两膝之间。渐渐地，葛城的肩膀开始颤抖。隐约响起啜泣声。

我蓦然惊觉。

葛城在这起案件里，两次失去哥哥。

第一次是发现尸体时。

第二次是推出凶手时。

不可能不受伤——他怎会不感到受伤？整个案发期间，他都在烦恼、挣扎、痛苦。我完全没能跟上他的心思。本以为在别屋看到鞋的时候，他是看见自己送的生日礼物，切实意识到死亡而遭受了打击。实则不然。他是察觉出正就是凶手，见正连这份礼物都毫不犹豫地安排进计划，因正的绝情而备受打击。诸如此类，我全都——全都浑然不觉。

葛城仍蹲着，没有抬头。我听见抽鼻子的声音。"这样就好"，"这样就好了"，他像坏掉的机器般重复着。

任何安慰之词都显得不尽如人意。

我一直守在葛城身边，直到他平静下来。

犯下罪过的名侦探与其助手。

我感到只有自己能陪伴他左右，尽力体会他的心情。

曾经苦思而不得的自身立足点，此刻豁然开朗。

太阳照耀着山间，被水浸湿的大地映出暗淡的光芒。

《AOMIKAN NO SATSUJIN》
© Tatsumi Atsukawa, 2021
All rights reserved.
Original Japanese edition published by KODANSHA LTD.
Publication rights for Simplified Chinese character edition arranged with KODANSHA LTD.
through KODANSHA BEIJING CULTURE LTD. Beijing, China
本书由日本讲谈社正式授权，版权所有，未经书面同意，不得以任何方式做全面或局部翻印、仿制或转载。
Simplified Chinese edition copyright © 2025 New Star Press Co., Ltd.
著作版权合同登记号：01-2024-2413

图书在版编目（CIP）数据

苍海馆事件/（日）阿津川辰海著；朱东冬译. —— 北京：新星出版社，2024.7（2025.2 重印）
ISBN 978-7-5133-5628-2

Ⅰ．①苍… Ⅱ．①阿…②朱… Ⅲ．①推理小说 – 日本 – 现代 Ⅳ．① I313.45

中国国家版本馆 CIP 数据核字 (2024) 第 095964 号

午夜文库
谢刚 主持

苍海馆事件

[日] 阿津川辰海 著；朱东冬 译

责任编辑 赵笑笑　　　　**责任校对** 刘　义
责任印制 李珊珊　　　　**装帧设计** 冷暖儿
封面插图 绪贺岳志

出 版 人　马汝军
出版发行　新星出版社
　　　　　（北京市西城区车公庄大街丙 3 号楼 8001　100044）
网　　址　www.newstarpress.com
法律顾问　北京市岳成律师事务所
印　　刷　北京汇瑞嘉合文化发展有限公司
开　　本　910mm×1230mm　1/32
印　　张　14.875
字　　数　211 千字
版　　次　2024 年 7 月第 1 版　　2025 年 2 月第 2 次印刷
书　　号　ISBN 978-7-5133-5628-2
定　　价　65.00 元

版权专有，侵权必究。如有印装错误，请与出版社联系。
总机：010-88310888　传真：010-65270449　销售中心：010-88310811